Kahane

serie maior

letra Grande

1. Historias de la gente
2. Relatos fantásticos latinoamericanos 1
3. Relatos fantásticos latinoamericanos 2
4. Cuentos fantásticos de ayer y hoy
5. Relatos de hace un siglo
6. Cuentos del asfalto
7. Aventuras del Quijote
8. Cuentos perversos
9. Cuentos de amor con humor
10. Relatos de mujeres (1)
11. Relatos de mujeres (2)
12. Fantasmagorías y desmadres
13. Relatos a la carta
14. Cuentos confidenciales
15. Cuentos de taberna
16. Cuentos de la calle de la Rúa
17. Cuentos a contratiempo
18. Personajes con oficio
19. Cuentos sobre ruedas
20. Historias de perdedores
21. Cuentos increíbles
22. Cuentos urbanícolas
23. Historias de amor y desamor
24. Cuentos marinos
25. Cuentecillos para el viaje
26. Cuentos con cuerpo
27. Cuentos brasileños
28. Relatos inquietantes
29. Cuentos de la España Negra
30. Historias de dos
31. Los sobrinos del Tío Sam
32. Cuentos nicas
33. Cinco rounds para leer
34. Cuentos astutos
35. Cuentos árabes
36. Cuentos andinos
37. Cuentos divertidos
38. Viajes inciertos
39. Relatos de amor y muerte
40. Historias de la escuela
41. Cuentos medievales
42. Cuentos modernistas
43. Historias con nombre de mujer
44. Relatos subterráneos
45. Cuentos rusos
46. Historias de Madrid
47. Cuentos melancólicos
48. Cuentos japoneses
49. Relatos de la tierra y del entorno
50. Cuentos cubanos
51. Cuentos sorprendentes
52. Cuentos ecuatorianos
53. Cuentos de terror
54. Relatos de mujeres (3)
55. Cuentos dominicanos
56. Relatos de otro milenio
57. Siete latinoamericanos en París
58. Cuentos costarricenses
59. Cuentos policiales
60. Historias extraordinarias
61. Cuentos galácticos
62. Cuentos catalanes
63. Cuentos crueles
64. Cuentos panameños
65. Cuentos hondureños
66. Cuentos de las Dinastías Ming y Qing
67. Cuentos impunes

serie maior

1. Con otra mirada. *Cuentos hispanos de los Estados Unidos*
2. Voces cubanas. *Jóvenes cuentistas de la isla*
3. Allegro ma non troppo. *Cuentos musicales*
4. Cuentos del Islam
5. Afsaneh. *Cuentos de mujeres iraníes*
6. Luna creciente. *Cuentos chinos contemporáneos*
7. El silencio en palabras. *Cuentos del África francófona*
8. En la línea de la libertad. *Cuentos antifascistas*
9. De La Habana ha llegado... *Cuentos cubanos contemporáneos*
10. Kahani. *Cuentos de mujeres pakistaníes*

Kahani

Cuentos de mujeres pakistaníes

Selección y Presentación de

Aamer Hussein

Editorial Popular

MINISTERIO
DE CULTURA

Esta obra ha sido publicada con una subvención de la Dirección General del Libro,
Archivos y Bibliotecas del Ministerio de Cultura, para su préstamo público en las Bibliotecas Públicas,
de acuerdo con lo previsto en el artículo 37.2 de la Ley de Propiedad Intelectual

La versión original de este libro fue publicada por Saqi
bajo el título *Kahani. Short Stories by Pakistani Women*

© **Editorial Popular**
C/ Doctor Esquerdo, 173 6º Izqda. Madrid 28007
Tel.: 91 409 35 73 Fax. 91 573 41 73
E-Mail: epopular@infornet.es
http://www.editorialpopular.com

© **Saqi Books, 2005**

Diseño de colección: José Luis del Río
Fotografía cubierta: © fotosearch.com

Imprime: Cofás

I.S.B.N. (13): 978-84-7884-369-5
I.S.B.N. (10): 84-7884-369-8
Depósito Legal: M-40.381-2007

IMPRESO EN ESPAÑA - PRINTED IN SPAIN

Índice

Prólogo
Aamer Hussein 7

Prefacio
Aamer Hussein 17

Viajes de sueño
Azra Abbas 29

Cuando los muros lloran
Altaf Fatima 35

Padrino
Khadija Mastoor 47

Tempestad de otoño
Hijab Imtiaz Ali 75

Dos historias
Hijab Imtiaz Ali 93

El despertar
Mumtaz Shirin 95

El descenso
Mumtaz Shirin 123

La historia de la abuela
Amtul Rahman Khatun 137

Algunas cartas mal dirigidas
Fahmida Riaz 157

Exilio
Jamila Hashmi 175

Parbati
Farkhanda Lodhi 201

El pecado de la inocencia
Umme Umara 239

Aros de fuego
Khalida Husain 269

Prólogo

AAMER HUSSEIN

En el período posterior a la división del subcontinente indio en 1947, la literatura urdu en Pakistán desarrolló una identidad propia. Por una parte, mantiene el vínculo sociolingüístico con la literatura urdu en la India, y por otra, refleja las demandas y caprichos de un nuevo capítulo de la historia que se está escribiendo. Esto plantea interesantes interrogantes acerca de la identidad cultural autónoma y la relación, siempre en evolución, entre el arte y la política. La literatura pakistaní contemporánea también revela paralelos fascinantes con la literatura de otras sociedades postcoloniales nacientes y se involucra, de manera osada, con los géneros y los estilos que se producen en los países desarrollados de occidente, redefiniéndolos y reconstruyéndolos para sus propios fines.

Sin embargo, a la literatura urdu no se le ha concedido todavía su justo lugar en los anales de la literatura mundial. Los escritores surasiáticos que recientemente han obtenido renombre en occidente son todos anglófonos y por lo general están incluidos bajo el rótulo de anglo-indios. Salvo un puñado de honorables excepciones, esos escritores que se han traducido de las lenguas nacionales/regionales han sido relegados al espacio limitado de las publicaciones académicas. A pesar de todo el elogio superficial ofrecido a las mujeres escritoras por sus logros, el espacio que se les ha dado es insignificante, sobre todo si se tiene en cuenta las importantes contribuciones que han realizado al experimentar, en la forma y en los temas, en el último medio siglo, que iguala y a menudo sobrepasa a sus contemporáneos masculinos.

Mi intención original no era realizar una antología dedicada exclusivamente a mujeres, pero mis editores, que señalaron acertadamente, y mis propias lecturas de la ficción urdu sirvieron para confirmar la decisión: demasiados escritos realizados por mujeres han sufrido el rechazo en el último medio siglo. *We Sinful Women* (*Nosotras mujeres pecadoras*), la primera antología de poetas feministas contemporáneas realizada por Rukhsana Ahmad, presentó a las mujeres pakistaníes a la audiencia anglófona. En el presente libro, una antología de cuentos traducida del urdu, intento establecer un equilibrio al presentar un grupo de importantes escritoras de cuentos y otras menos conocidas. Sus historias son accesibles y a menudo lanzan un desafío en la forma; en contenido, son universales y se encuentran profundamente arraigadas en la experiencia particular de una nación y su psiquis.

Quizás aparece un nuevo tema: el efecto de los primeros cuarenta años de la historia del país –a partir de la división hasta la muerte de Bhutto[1] y después de ese hecho– sobre la imaginación de sus mujeres. A pesar de que también aquí se manifiesta la experiencia puramente subjetiva, esas escritoras que trabajan menos con la política y más con la experiencia personal, se han liberado en la escritura a través de los textos políticamente conscientes de la primera ola de mujeres escritoras. Sus mundos de sueños son iluminados y oscurecidos por los caprichos y vicisitudes de la sociedad que los moldean. La Amina de Fahmida Riaz, exiliada en la India, ve su alienación en términos sociohistóricos: ella escribe un grupo de poemas apasionados, en los que expone las grandes diferencias en un sistema democrático que todavía permite la terrible pobreza. El narrador sin nombre de Khalida Husain en la pequeña historia se

---

1 Zulfikar Ali Bhutto (1928-1979), fue fundador del Partido del Pueblo Pakistaní, presidente del país (1971-1973) y Primer Ministro (1973-1977).

mueve en una oscuridad metafísica: *¿no soy responsable de ese mundo, más allá del Tercer Mundo, que vive dentro de mí?* Sin embargo, su triste soledad es idéntica.

Estas historias, traducidas especialmente para esta selección, aparecen por primera vez en castellano; otras han aparecido previamente sólo en Pakistán y en Inglaterra. Espero que sirva para incitar a otros editores y traductores a hacer su muy necesaria contribución al terreno de la traducción de la ficción pakistaní contemporánea. Ésta es particularmente relevante, ya que Pakistán *tiene apenas tres décadas de antigüedad.* Sus ficciones son el espejo literario de una historia turbulenta y la división de un lenguaje; sus escritoras, siempre una fuerza equitativa dentro de su cultura, no sólo han contribuido vitalmente al arte de la ficción, sino que a menudo han renovado, e incluso subvertido los discursos prevalecientes.

Los escritores urdus más importantes, y en realidad los nuevos escritores jóvenes que todavía no han asegurado su reputación, contribuyen mucho al debate internacional que busca descentralizar las teorías y nociones estéticas eurocéntricas. Varias de las autoras incluidas en la antología también son novelistas, pero el cuento tiene un lugar en la literatura surasiática seguido sólo por la poesía, y los escritores urdus han mostrado casi todos sin excepción una gran maestría en las formas breves: el cuento, el relato y la novela corta. Tratados con igual facilidad, los modos románticos y poco realistas heredados de la pasada tradición del realismo europeo, los escritos de protesta inspirados en el marxismo y las estrategias posmodernistas características de nuestro siglo, han demostrado que el desarrollo de las técnicas ficcionales, a pesar del continuo debate ideológico, no es sólo una cuestión de conflicto u oposición entre realismo y fantasía, tradición y modernidad o arte y política, sino una frecuente yuxtaposición contradictoria de opuestos en un crisol imaginativo y lingüístico. La literatura urdu moderna, considerada en gran medida como descendiente de los decretos del Movimiento de Escritores Progresistas de orientación social, ha retenido, sin embargo, sus vínculos con los modos pre-novelísticos autóctonos y es esta coexistencia de elementos aparentemente irreconciliables la que los escritores modernos han explotado de forma creativa.

Aunque la antología se concentra sobre todo en los escritos de los sesenta hasta los ochenta, las muestras de las dos escritoras que se destacaron mucho antes –Mumtaz Shirin y Khadija Mastoor– ilustran de un modo efectivo las dos tendencias dominantes: la estética fabulista y la realista social respectivamente. Sin embargo, cada una muestra rastros de la tendencia antitética en su obra. La muestra de Mumtaz Shirin es un monólogo precoz, escrito cuando aún era una adolescente, lo que evidencia su estética modernista y su comprensión de la necesidad de auto expresión de la mujer. Khadija Mastoor, como feminista, se concentró brillantemente en las vidas de las mujeres desposadas y su historia, *Padrino*, refleja sus preocupaciones. Las mujeres de las clases bajas a menudo son los personajes centrales y aunque sus historias se basan en un método visiblemente realista, la dicción es poética y tiene situaciones picarescas, su obra se vincula a los modos narrativos antiguos. Esta parte también incluye historias de la decana de la ficción pakistaní, Hijab Imtiaz Ali.

Mastoor y Shirin pertenecieron a la generación de Ismat Chughtai, quien decidió permanecer en la India después de la división, y Qurratulain Hyder, que emigró a Pakistán cuando se produjo la división, posteriormente volvió a la India. Hyder dejó una enorme brecha en el mundo de la literatura pakistaní, y su influencia está en todas partes. Jamila Hashmi y Altaf Fatima también son escritoras pioneras de su generación y pueden denominarse herederas del manto de Hyder. Hashmi estuvo a la vanguardia de las escritoras en la década de los sesenta e insistió en dar un espacio similar en sus ficciones a hindúes, sikh y musulmanes, al enfatizar una experiencia cultural común. Su feminismo radical con frecuencia se refracta mediante la perspectiva de narradores masculinos, y a través de ellos incorpora en sus historias una crítica a las normas patriarcales, planteando así temas candentes sobre la clase y el género. Difícilmente –y quizás de manera inusual en el contexto pakistaní– una mejor novelista que ella sea escritora de cuentos, Hashmi está representada aquí por su famosa historia de violación y exilio que tiene lugar poco tiempo después de la división, *Exilio*. Éste es uno de mis cuentos favoritos en cualquier idioma y combina, en mi opinión, el marco sociohistórico y el alcance de sus novelas con la subjetividad de los cuentos modernistas y la intensidad lírica de una balada tradicional.

Altaf Fatima, que pertenece a la generación de Hashmi y Mastoor y también es una novelista refinada, ha desplegado en la última década gran calidad en el género de cuentos, lo que la ubica en primer plano entre las escritoras pakistaníes. La historia incluida combina la narrativa tradicional y la polifonía postmoderna con una cubierta de protesta política para contar la historia de la seducción de una mujer campesina y la traición de un antropólogo occidental.

La siguiente generación de escritoras, que nació alrededor de los años treinta y cuarenta, a menudo renuncia a su influencia nacional o local y se identifica con Camus, Kafka, Márquez y Kundera. Sin embargo, todas han heredado una pasión por el mito autóctono, la parábola y tienden a presentar incluso sus planteamientos más políticos en un marco de fábula y poesía. Como varias de estas escritoras provienen del Punjab, han introducido un fuerte sabor rural y local al lenguaje urdu, utilizándolo para representar un entorno reconociblemente pakistaní, en lugar del elegante y urbanizado del norte de la India, a menudo evocado por las generaciones precedentes. También la división aparece mucho menos en su obra; sus metáforas y tropos por lo general representan problemas actuales como la opresión militar, las normas patriarcales y feudales, la sexualidad y la discriminación de géneros.

Además se incluyen a Farkhanda Lodhi, Umme Amara y Khalida Husain. La última, a menudo es considerada la exponente más refinada de esta generación del cuento; ella ubica la perspectiva de la mujer urbana en un semi-fantástico, pero reconocible entorno pakistaní, y crea nuevas leyendas que articulan las preocupaciones sociales y políticas de la nueva era en un tono que a la vez evoca a antiguos bardos, poetas épicos y a Kafka, Camus y Woolf. Lodhi puede considerarse la sucesora natural de Mastoor; su ficción, sin embargo, refleja sus raíces punjabí en su dicción robusta y sus escenarios folklóricos. El análisis de Umme Amara de la guerra de 1971 que llevó a la independencia de Bangladesh[2] completa este segmento.

Por el alcance de sus preocupaciones y experimentación, los escritores que nacieron alrededor de la división, y del mismo modo gran parte de la escritura anglófona de cada continente, están posiblemente más cercanos a los escritos de Assia Djebar o Hoda Barakat. Para completar la colección tenemos dos de éstas: la poeta pionera Fahmida Riaz, quien se ha convertido recientemente en escritora de ficción y una de las más importantes escritoras de su país en todos los géneros -sus historias altamente políticas y osadas, desafían las clasificaciones genéricas; y Azra Abbas que escribe tanto poesía como prosa. Estas escritoras, en efecto, muestran la influencia de sus predecesores, tanto occidentales como orientales; mantienen un cuidadoso balance entre la continuación de una prolífica tradición literaria y los cambios de estrategia demandados por la situación de continuo tránsito en que viven.

El título de este libro *Kahani* –que quiere decir *historias*- lo hemos tomado del libro que reúne los cuentos de Amtul Rahman Khatun.

2 Después de la independencia de la India del imperio británico en 1947, se produjo la independencia de Pakistán, cuya población era predominantemente musulmana. Este hecho hizo que la región de Bengala quedara dividida entre dos países. La parte oriental de Bengala, llamada entonces Pakistán oriental, es la actual Bangaldesh. Obtuvo su independencia de Pakistán en el año 1971, tras una sangrienta guerra.

Prefacio

Aamer Hussein

Antes de la publicación de la primera edición inglesa de esta antología en marzo de 1999, dos acontecimientos me hicieron pensar que tenía tiempo para añadir al menos dos historias más.

En primer lugar, justo antes del inicio del año, al fin me tropecé, en mi biblioteca local, con una compilación de todos los relatos de ficción que A. R. Khatun había escrito. Era un libro sobre todo de historias fantásticas, dirigidas a los niños, pero de gran interés para los lectores de cualquier edad, como la autora misma señala. En mi libro siempre quise incluir a Khatun, ya que disfruto mucho su obra, no sólo porque su nombre en sí hace que algunos literatos urdus se esfumen, sino porque de sus novelas es casi imposible extraer fragmentos y el relato que tenía era poco representativo. De las historias fantásticas en la compilación, elegí tres cuentos relacionados con la moral, ubicados en la época actual. Dos reflejaban la división; eran perfectos para incluirlos. También sabía que el libro saldría en vísperas del centenario del nacimiento de Khatun.

Ese día de marzo del 99, cuando los primeros ejemplares de la antología estuvieron disponibles al público, un crítico pakistaní me dijo que Hijab Imtiaz Ali, otra escritora pakistaní que disfruto mucho, había muerto a los 91 años de edad (algunos dicen 96). Tenía un cuento de ella en el libro, pero no estaba satisfecho; prefería haberlo traducido yo mismo.

Ahora, casi ocho años después de esa primera compilación, sale esta edición revisada con traducciones recientes de relatos de las dos escritoras; sus obras merecen ser conocidas por un público poco familiarizado con el urdu[1]. Las traducciones fueron realizadas por Sabeeha Ahmed Husain, quien leía a ambas cuando era niña y además su bilingüismo natural la hace una intérprete capaz de su (a veces) difícil idioma.

Ambas autoras –sobre todo Khatun– plantean interrogantes sobre la inclusión en los cánones. Khatun

---

1 *Urdu:* lengua derivada de del grupo de dialectos *jari boli*, centrados en Uttar Pradesh y en la región de Delhi, que sirvió como lengua común entre la población local y los invasores musulmanes. Desde el siglo XVIII en adelante es conocida simplemente como urdu. Lengua oficial de Pakistán, donde la hablan unos 40 millones de personas; en la India la hablan unos 50 millones de personas.

se ha visto como una escritora de romances escapistas y una proveedora de la moralidad convencional. Sin embargo, sus historias fantásticas y la ficción para niños le proporcionaron gran elogio en vida, y es de éstas que elegí un ejemplo.

Altaf Fatima, una contemporánea más joven, señaló que sus novelas modernas retomaban estilos antiguos y exuberantes –el romance tradicional o *dastaan*-, aunque también los *qissas* reformistas del formidable Maulvi Nazir Ahmad, quien decidió educar a sus hijas con historias edificantes en la década del 60 del siglo XIX (que Khatun leyó cuando niña); él fue el primer novelista popular urdu, en los tiempos coloniales. Otra joven contemporánea, Farkhanda Lodhi, después de referirse a su antecesor con un elogio apenas perceptible, señaló que Khatun explotaba el mismo terreno –es decir, el hogar y la tierra, y la división–, así como la aclamada Khadija Mastoor en su novela *Aangan*, traducida como *The Inner Courtyard* (*El patio interior*) por Neelam Husain en el 2000; Khatun se encontraba al frente de sus colegas más radicales, que habían reflejado las devastaciones de la división, mostrándonos a los refugiados recién llegados que se establecieron entre los lugareños e interactuaban con ellos, a la vez que se creaban nuevas vidas. A todo esto añadiría que las mejores novelas de Khatum se comprometen audazmente con las historias de su tiempo, desde la Primera Guerra Mundial y el movimiento de liberación hasta la descolonización y la vida en un Pakistán posterior a la independencia y a la creación de la nación. Todo esto con el ligero toque de una prosa sobria y precisa y con una pizca de sátira social. El cuento que he seleccionado aquí, con un estilo equilibrado entre la forma de contar para adultos y la simplicidad alcanzada en sus historias fantásticas, ilustra muchos de sus temas característicos, a la vez que pone en práctica otras ideas interesantes. En primer lugar, emplea una estructura narrativa tripartita: una narración en primera persona que incluye otra, dentro de una narración omnisciente. En segundo lugar revela su propia ficcionalidad –el narrador del relato incluido se destaca por el uso de nombres simbólicos (entre ellos el nombre de la heroína, que narra la historia, o el relato oral, dentro de la historia); ella expresa lecciones morales a medida que avanza. Por una parte, se encuentra la ficción de la contienda, la lucha y la movilidad ascendente, una historia imaginaria moderna de la autorrealización económica de una mujer excepcional y valiente, aunque común y corriente. Por otra parte, parece indicar su estatus como un ensayo ligeramente de ficción: comienza con una lección de historia, y los acontecimientos narrados se representan en el resplandor cegador de la conciencia histórica (las hostilidades étnicas y religiosas, la migración y el reasentamiento) y el realismo social.

La historia de Abuela, en una primera lectura, funciona como un relato de elogio al libre comercio y al espíritu empresarial, donde observamos a una inmigrante que logra éxito con el consentimiento de las normas capitalistas-nacionalistas y la moralidad convencional. Termina con la exhortación escalofriante de la heroína, que Ayn Rand aprobaría: si quieres respeto, mejor sé tan rica como yo. Sin embargo, la estructura dialógica del relato permite a los dos narradores debatir la proyección moral de los nuevos ricos, los emigrantes corruptos, y el clima social que estimula la mendicidad, la ambivalencia moral y los negocios turbios. Todo esto ocurre apenas quince años después de la muerte del fundador del país. Se elogia el trabajo duro, pero dentro de los límites rígidos de una ética del trabajo musulmán liberal de honestidad, caridad y comercio justo. A pesar de compartir sus planteamientos iniciales con Ayn Rand, Khatun, en su conclusión final, lejos de apoyar las políticas económicas de su heroína, deconstruye el final de la historia con observaciones sobre el nuevo mundo oportunista e impulsivo del Pakistán de mediados de siglo y postcolonial.

Por último, Khatun nos da una heroína que cae desde la clase media más baja educada y deslucida, al mundo del servicio doméstico y el comercio callejero.

Ella da vueltas a los oscuros molinos satánicos con el entusiasmo de esas escritoras sociales realistas que desechan su trabajo como trivial. Pero a diferencia de las heroínas de Mastoor, Lodhi o Hashmi, ella encuentra la manera de salir del laberinto. Es de destacar que su heroína está destinada a un paraíso de nuevos ricos sin ironías acompañantes: completamente fabricado en un mundo patriarcal. Las heroínas de las novelas más famosas de Khatun están poco interesadas en la capacitación profesional o educativa excepto como preludio para la vida matrimonial; aquí la autora nos presenta una protagonista viuda que, al igual que las heroínas de sus historias fantásticas, comienza a enfrentarse a la adversidad sólo con la fe en Dios y el coraje nato como únicas armas. Su posición como mujer en una sociedad patriarcal nunca se discute; es el efecto de la maquinaria económica del mundo sobre las mujeres, la feminidad de por sí no es lo que interesa a Khatun. Entre un grupo de feministas contemporáneas aumenta un sereno resurgimiento del interés en su obra; muchos lectores la ven como una gran narradora que al expresar el naciente interés en los derechos de la mujer dentro del contexto religioso-nacionalista, derrama vino nuevo –o más bien helado– en el viejo envase del romance urdu reformista o tradicional. Se dice que está en proyecto una traducción de su novela *Afshan*.

Por otra parte, Hijab Imtiaz Ali, está fundamentalmente interesada en el género, sobre todo en el período
(los sesenta) en que Sabeeha Husain escogió que fuese
publicada. Su relato, al igual que el de Khatun, constitu-
ye un ejemplo del estilo posterior de la autora. Hijab,
siempre interesada en los acontecimientos históricos en
su obra y también descartada por muchos como una
narradora de la alta burguesía con poco interés en los
asuntos mundanos, ubica su obra más temprana en una
tierra fuera del tiempo y sólo elípticamente es reconocible como una imagen de espejo oscuro de su propio
ambiente y período (el medio aristocrático de la nobleza de Hyderabad, y después la ligeramente menos opu-
lenta, aunque no menos esnobista, vanguardia de
Lahore). De hecho, ella es una novelista auto-conscien-
te, una escritora posmoderna de avanzada, interesada en
la narración auto-reflexiva de la memoria, el deseo y los
deslices del lenguaje que revelan involuntariamente
impresiones, evasiones y carencias. Todo esto con un
lenguaje imaginativo y estilizado de forma exquisita
que, a veces, es tan fantasioso como los sándwiches de
piña que sus personajes hedonistas comen entre sus jue-
gos de tenis y viajes en bote.

Hijab, muy poco interesada en el mundo de los
pobres, en su primera novela breve –la famosa *My
Unfinished Love* (*Mi amor inconcluso*) de 1932, donde

el amor del narrador adolescente y la secretaria de su padre, de mucha más edad, provoca el suicidio de ella— caló a fondo al realizar una vivisección de las diferencias de clases dentro de las estructuras sociales de la aristocracia y la élite, lo que muestra la relativa falta de poder de los hombres educados sin privilegios o riqueza hereditaria, obligados a recorrer su propio camino en el mundo. En particular, Hijab está interesada en la pasión, el gran desestabilizador que viene para borrar las diferencias, pero fracasa y que conduce, para los hombres, a la locura, la ebriedad, y hasta el suicidio. La mujer sobrevive, más triste pero rara vez más sabia, para escribir (o narrar) sus historias.

A semejanza de su autora, educada a la inglesa, elocuente en varios idiomas, su habitual alter-ego, la omnipresente Roohi, pilotea su propio avión (también como Hijab, que sacó su licencia en Lahore a mediados de los años treinta); viaja por todas partes, a menudo en compañía de amigos hombres, escribe historias y parece libre de seguir sus deseos, excepto cuando llega al matrimonio. Sus amigas, precursoras de las mujeres de los años cincuenta y sesenta, son casi anacrónicamente *liberadas* cuando las crea por primera vez. A la par, refleja sus crisis emocionales. Cuenta sus historias. En la novela de los años cuarenta, *Cruel Love* (*Amor cruel*), Jaswati se enamora de su primo y se compromete con su hermano adoptivo; su amado, al conocer que su relación es imposible debido a la lealtad de su familia (un eufemismo del feudalismo paternalista), sucumbe a la enfermedad (una metáfora frecuente en el mundo de Hijab). En los años cincuenta, en *Dark Dreaming* (*Sueño oscuro*) inspirada en el psicoanálisis, Sophie, obsesionada con el recuerdo de su padre ebrio, prácticamente sabotea el compromiso aceptado que esperaba realizar, cuando se enamora de otro borracho.

Tempestad de otoño reelabora elementos –alcohol, obsesión masoquista de las mujeres, arte y vida– de una novela anterior, que sustituye los exteriores cinematográficos y exuberantes de las ficciones de su juventud, por un interior apenas evocado y los sonidos del mar, el viento, las aves, y las hojas caídas, ajenos al escenario, ya sea porque Hijab espera, en la cuarta década de su carrera, que estemos completamente familiarizados con Roohi y sus maneras (es decir, ella está en la búsqueda de un material y escribirá sobre sus hallazgos), o porque ahora está a cargo del material que espera que los minimalistas capten hasta saciarse. El poeta y crítico Alev Adil ve el escenario como cinematográfico, a la manera de los melodramas de Douglas Sirk; a mí me recuerdan más a la radio, ya que la historia es representada por dos personajes que dialogan casi todo el tiempo, y como consecuencia sus efectos son sobre todo auditivos.

En sus exploraciones psicoanalíticas, Hijab desmantela uno de los prejuicios sobre la mujer oriental: la ve dominada por la razón, no por la emoción. Lanza otro desafío, ve la tan mencionada virtud de la paciencia de la mujer musulmana como una desventaja y por el contrario aboga por un cambio de conducta. De hecho, Alev Adil interpreta *Tempestad de otoño* como una fantasía dirigida por Roohi, que es tanto directora como espectadora, con Zulfie ahora que pasiva y obedientemente alimenta la fantasía de la mujer mayor. En este filme de memoria recuperada, ella proyecta a Roohi como escritora-directora, mientras observa la representación histérica que ella misma instiga, también toma una especie de venganza sobre Zulfie por atreverse a amar, como ella misma hizo a menudo en su juventud.

La conclusión ambivalente (¿está en la imaginación de Roohi?) reafirma esta lectura. ¿En realidad Zulfie oculta sus sentimientos más profundos o es sólo la víctima inocente de un borracho amoral? El final abierto de Hijab deja espacio para más de una interpretación.

Hijab construyó cuidadosamente su propia persona como la artista romántica que pasaba horas volando en su avión, tocaba su órgano, tenía muchos gatos y escribía su diario a la luz de una vela mientras las bombas caían sobre Lahore. Fue una representación a la que muchos escritores visitantes fueron convidados, y al final, la persona que de hecho se ideó para borrar las diferencias entre el autor y el narrador fue ensombrecida por su reputación literaria. Hijab se convirtió en una leyenda aún en vida; y una crítica contemporánea, Samina Choonara, la llamó la Bárbara Cartland de Pakistán. Adil, como no-pakistaní, está indignada por esta comparación, y coloca sus relatos-oníricos como precursores del *nouveau roman* y su estilo surrealista como similar a la enigmática modernista inglesa Anna Kavan, descrita como la 'hermana de Kafka' por Brian Aldiss. En realidad, el arte de Hijab era híbrido: entre sus tempranas influencias estaban *Noches Árabes*, traducciones del turco y los escritos orientalistas de los decadentes franceses Pierre Loti y Pierre Louys; sin embargo sus primeras ficciones –pudiera decirse reescrituras feminizadas– se encontraban del mismo modo atrincheradas en la tradición de versos romances persa y urdu, la que ella refiere con frecuencia. A pesar de todo, su estilo posterior parece prescindir de todas las influencias excepto la de Freud. También el escenario ha cambiado: la ciudad costera puede o no ser Karachi, pero el ambiente puede reconocerse como Pakistán de mediados de siglo, con sus veladas alimentadas de alcohol, la apropiación de la música y el arte tradicional por los diletantes adinerados, y su vanguardia incómodamente suspendida entre el oprobio y la aceptación social.

Hijab y Khatun son dos ejemplos muy diferentes de la práctica de la ficción de mediados del siglo XX: una que apoya de mala gana la cordura, a la vez que exalta el éxtasis, la locura del amor y el arte, en una prosa prestada del sueño y del discurso del inconsciente; otra que lanza sus historias a la clara luz de la razón y el pragmatismo. A pesar de encontrarse en los márgenes de la corriente principal de las preocupaciones literarias de las mujeres pakistaníes contemporáneas, ambas son similares en sus inquietudes a otras escritoras de esta antología: por ejemplo, compare el mundo imaginario de Hijab con la ensoñación de Azra Abbas o el relato de Khalida Husain, o lea a Khatun seguida de Hashmi y Fatima. Como mínimo, los resultados serán interesantes.

Viajes de sueño

Azra Abbas

1

Los pies que caminaban sobre el agua en realidad eran nuestros.

Y tú deseabas tocar las ropas robadas.

¿Las yemas de tus dedos están manchadas con nuestros colores rosas?

¿Sabes que las mariposas buscan los mismos colores? Pero no debes tocarlas, se alejarán con esos colores y las veremos volar, pero no podremos detener nuestros pies, que caminan sobre el agua.

¿Pero serán esos nuestros pies?

Porque entonces si nos sentamos junto a nuestras madres, coseríamos ropas y una fragancia de color polvo y picante emanaría de las cocinas.

¿Es cierto que en los días que vendrán, nuestros cuerpos incinerándose en el otro lado del sol, saldarán las cuentas por nuestros pecados, y las aves volarán con nuestros ojos ocultos en sus plumas?

¿Es cierto?

Pero ahora nuestras manos están perfumadas con palabras más poderosas que el amor y nos levantamos de nuestras camas en la noche, porque nuestros brazaletes comienzan a tintinear solos y la suave luz de nuestros brazos se extiende tan lejos como la fragancia.

Entonces, ¿a dónde vagaremos?

¡Oh luces, sígannos en la oscuridad!

¿Por qué, en el deseo de caminar en aguas abiertas, siempre estamos dados a la inmovilidad de nuestras moradas? ¿Dónde, lejos de nosotros, se disfrutan nuestros sueños? ¿Por qué la forma del brillo de la noche nos indispone?

2

Las almohadas yacen sobre las camas vacías como muchachas abandonadas. La música se agita con el viento, se sumerge en la carne, el cielo que busca el agua, las personas que vuelven a casa –cabezas muy distantes caen con sueños pesados– un arroyo de agua fría corre a través de nuestros senos y aves blancas vuelan por los alrededores con agua en los picos, parejas de palomas se persiguen entre sí, barcos anclan en las orillas y alguien roza el hombro.

¡Sangre virgen! Retornarás de esas orillas mientras el resplandor se esparza sobre la mitad de los océanos y huellas fluidas realicen viajes imposibles, abrirás los ojos que pintan la soledad y los misterios del viaje al camino sin sentido.

Lejos, entre los árboles densos y de flores blancas, los sonidos de los pasos no miran hacia atrás a los espléndidos océanos; aquí, los viajes son silenciosos y las formas de los sueños, como algodón apiñado, se desvanecen desproporcionadas.

Los sufrimientos de la noche se incrementan en una luz evanescente y pueden escucharse los deseos como los cascos de los caballos sobre el suelo, incluso en los caminos –no tenemos ninguna pista de los días por venir– incontables ojos fijos, como rocas negras que bajan de árboles oscuros, se mueven hacia los océanos y los cuerpos están medio quemados ante la luz medio dispersa del sol, fuera del torbellino de los árboles, las sombras de los vientos, los sonidos y los momentos continúan extendiéndose, y los cielos, incapaces de soportarlo se ciernen sobre ellos.

Las oraciones, que escapan de las palmas, son ahora parte imperceptible del aire.

3

Recoger conchas de paredes de tierra descarnadas, permanecer despiertos en la noche, inscribir sus impresiones sobre vientos oscuros, tormentosos y que van tras el destino, labios cargados con oraciones, y la quietud de las tardes ardientes, como la dulzura de un nombre cargado de amor, nuestra virginidad.

¡Y, oh Dios!

Este bosque, que nos acompaña como una sombra invisible, deja sus canciones desnudas en nuestros cuerpos y se asemeja a personas que aplacan su sed en estanques llenos de serpientes.

Ojos de gorrión aterrorizado, alas rotas, con innumerables miedos incapaces de volar y la primera expresión de un bebé recién nacido y sin hogar, como lluvias celestiales, crean mundos que penetran en los labios con la fragancia de las oraciones puras.

Antes del crepúsculo, persiste en nosotros el deseo de un viaje que atrofie las articulaciones, los talones se sometan a la travesía y los momentos etéreos agobien el cuerpo, pero la noche exige responsabilidad para su soledad y se desprende de un cielo jamás visto, para soportar el sufrimiento de los días desafortunados; nos liberamos.

¿Dónde está el ojo vigilante que angustia a la media luna, y dónde, la visión no sujeta a sueños?

¿Dónde está todo lo que se encuentra en la oscuridad?

Oh, luz del tiempo, tamizada por las canciones del
momento, ¡sólo un sorbo para la sed!

¿Dónde está todo?

¿Está en la oscuridad?

Azra Abbas nació en Kanpur, India, en 1952, y emigró siendo
niña a Karachi, donde ha vivido desde entonces. Es una de las más conocidas de la nueva ola de poetas feministas, ha publicado algo de ficción
breve, así como una memoria impresionista de su niñez, *Mera Bachean*,
traducida al inglés como *Kicking Up Dust* (*Patear el polvo*) por Samina
Rahman. Abbas es profesora y vive en Londres.

Cuando los muros lloran

Altaf Fatima

Los carruajes tirados por caballos gradualmente disminuyen de las calles de Lahore (titular de diario).

Los animales salvajes son un recurso natural: es su deber protegerlos (cartel sobre un muro).

Y todos los muros dicen: No soy el muro que hizo el constructor con la ayuda de una mezcla de tierra, cemento y concreto. Soy el muro hecho por el sol y la luna que los seres humanos llaman las hermosas colinas de Margalla. Deseo poder mostrar el cartel del dueño del Mercedes negro que atropelló a un niño que estaba sentado detrás de su hermano en una patineta muy cerca de una escuela, lo aplastó y huyó.

¿Y qué hay del otro niño, por el que debo viajar tan lejos para encontrarlo? Quizás me espera.

Pero ni siquiera sabe que vamos a buscarlo. No importa. Sus ojos azules, su grueso pelo rubio... Debe estar muy solitario allí, e infeliz.

La historia que Gul Bibi contó a las personas del pueblo es la que vi, escena por escena, durante seis meses. Pero juro por la noche oscura, que no escuché una sola palabra de ésta hasta hoy, a pesar de que lo tengo todo en una cinta dentro de mí, de principio a fin, y las propias palabras de ella.

¿Quién? ¿Qué? ¿Cuándo? ¿Por qué?

Ella misma contestará a todas tus interrogantes.

Sólo tienes que recordar que ella es una mujer, además una mujer del valle. Y toda mujer de valle –no importa cuál, Cachemira, Kaghan o Kalash– recuerda una de las manzanas maduras que cuelgan de las ramas de los árboles de sus jardines.

Los personajes de esta historia son todos centrales: no hay extras. Esta es más o menos la secuencia con que aparecen, según el guión. Una viuda cuya atractiva hija se ha casado hace poco. Una mujer extranjera rubia, de ojos azules. Y un turista también rubio, de ojos azules –o si se quiere cambiar el cliché podría llamarlo becario, estudiante de antropología–, bueno continuemos, sólo escuchemos la cinta.

-Alguien en el bazar me dijo que había un trabajo disponible en la Casa de Descanso. Acaba de llegar una dama extranjera. Necesitaba una sirvienta. Yo estaba hambrienta. Yo vivía cerca de la mezquita junto a la esquina del bazar en mi choza hecha de tablas y paja, después de casar a mi Mahgul y quedar entre mis cestas como una manzana podrida. Cuando Mahgul partió, el tío dejó de enviarme dinero para mis gastos, y me moría de hambre. Fui en cuanto escuché del trabajo y comencé de inmediato. La mujer me pareció un poco loca. Excéntrica. Escribía toda la noche con la luz encendida, luego se quedaba dormida, despertaba de repente y caminaba por toda la habitación. Ponía una hoja en la máquina de escribir antes del primer llamado a las oraciones y la escuchaba escribir de nuevo. Después me despertaba, llamándome, Gul Bibi, tráeme un poco de café. No podía comprender sus hábitos. Durante el día iba al bosque a recolectar hierbas, raíces y hojas. Una vez me preguntó, Gul Bibi, ¿en tu pueblo no practican magia blanca? De todas maneras pregunté. Esas son prácticas diabólicas, le dije claramente, somos musulmanes, no jugamos con magia. Si nuestras hierbas y emplastos no funcionan, buscamos a algún santo para que nos dé un amuleto. Y no tenemos ningún santo en nuestro pueblo. Después de eso, comencé a observarla. Por las noches se quitaba toda la ropa y miraba su cuerpo desnudo en el espejo. Se quedaba mirándolo y comenzaba a llorar. Pero sin emitir sonido. Extraño. La juventud de Mahgul me había quitado la mía y al ver a esta mujer, la traía de vuelta. Pensé que sus hechizos tenían efecto sobre mí. Pero después de todo tenía que alimentarme de alguna manera. Ella era una buena mujer, sin embargo, se quedaba escribiendo, dándole a la máquina; un día ella iba al pueblo con un bulto de esos papeles suyos. No regresaba durante días.

La cinta se rompe en este punto.

Aquí es dónde él aparece, con sus jeans azules y camisas a cuadros bajo su chaqueta de piel de Peshawari, su sombrero de Swati, su mochila, y su cámara. Se instala en la Casa de Descanso. (Espera… He organizado la secuencia de las cintas de nuevo. Sólo permítanme ajustar el sonido un poco…).

—Se instaló con tanta tranquilidad que asumí que era su pareja. Apenas necesité preguntarle a ella al respecto. Ella pasaba los días enteros en el bosque, recolectando sus ramas. Él se encaramaba durante horas en las rocas blancas junto al Naran, y ponía carnadas a las truchas que se ocultaban en sus aguas. Atrapaba una trucha al día más o menos… (Alto. Cuando los muchachos intentaban atrapar alguna trucha en el Naran eran detenidos por un guardia, y creaba un gran alboroto. Pensábamos, bueno, si no podemos atrapar truchas, en cambio tomaremos un poco de maíz de las mazorcas. Aquí es tan dulce, tan jugoso. Los granos de maíz, los campos de maíz... Los pensamientos como un trompo, giran de un lado a otro, ante las puertas de las escuelas, alrededor de las horas de juego, los caballos, el silencio, las perlas... Y un niño con ojos tan luminosos y claros como las aguas del Naran y el pelo tan brilloso como el maíz recolectado esperaba, esperaba... ¿Por quién? Por mí, quizás...) ¡Corten! El botón de la grabadora ha sido apretado de nuevo. De forma automática, ¿o por interferencia demoníaca? La voz: un hombre en el bazar.

–Después que la dama extranjera partió, el hombre que Gul Bibi había tomado por amante permaneció una semana más. Y luego un día con la mochila y la cámara al hombro, caminó con sus largas piernas para ver al cocinero de la Casa de Descanso y le dijo que le diera las llaves de la señora a Gul Bibi cuando regresara.

–Lo vi marcharse en el autobús de Kaghan. Gul Bibi todavía estaba enferma. Yacía en cama en su choza todo del día, con su bufanda sobre su rostro. Cuando le di la llave al otro día, ella no podía creerlo. Ella le repitió al mullah, el caballero no debió haber hecho eso, no debió haber dejado la llave de la señora con Gul Khan. Quién sabe con qué escapó...

–Ella ni siquiera sabía su nombre. Habían pasado veinte días desde que él partió, luego treinta. La señora no había regresado todavía. Gul Bibi no había sido bien pagada, y como no había trabajado, ¿cómo podía reclamar un salario? Estos extranjeros te piden justificación por cada centavo que reclamas. Entonces un día nadie volvió a ver a Gul Bibi. La puerta de su casa también estaba cerrada. Después que el último autobús de Kaghan partió, un muchacho de 10 años llamado por el Sultán trajo un mensaje a la hija de Gul Bibi: Tu madre se casó con Shakoor. Ella se marchó con él en el último autobús para Batrasi. Shakoor encontró trabajo allí en el bosque. Esta llave pertenece a la dama extranjera. Devuélvesela cuando ella regrese.

–El mensaje sorprendió a todos. No había nadie con ese nombre en nuestra villa. Pasaron otros treinta días; alguien dijo que vieron a la dama extranjera en la estación de autobuses con su equipaje. Pensé en decirle dónde podía encontrar su llave, pero ella fue a buscarla directo del autobús a casa de la hija de Gul Bibi. Eso también nos sorprendió.

La próxima voz suave e imperceptible, la de María.

–La conocí en la estación de camiones de Balakot. Ella tenía alheña en sus manos y sus muñecas estaban llenas de brazaletes. Tenía un vestido floreado con muchos colores y la cinta de su trenza estaba decorada con pequeñas campanas. Me pareció que estaba embarazada. Sus ojos se iluminaron cuando bromeé al respecto. Luego me dijo que había dejado mi llave con su hija. Ahora tendré que buscar otra mujer para que me ayude:

quiero quedarme dos meses más. (La voz comienza a desvanecerse. La escena se aleja.) ¿No esperaba esto de ti... John?

Corten.

De nuevo la voz del hombre del bazar.

—Todo duró exactamente cinco meses. Lo conté con mis dedos. Comenzó el otoño. El viento de la montaña está cargado de nieve. Así era como estaba el tiempo cuando ella se marchó de la estación de autobuses un día. Estaba vestida de negro, sus muñecas al descubierto, su rostro desolado, su pelo despeinado y su barriga como un tonel. Se mantenía alrededor de la casa de su hija como una burbuja, quien estaba de pie en la puerta con un plato de harina en sus manos. Ella cayó en sus brazos y comenzó a llorar y a lamentarse. Todos tuvimos que llamarle la atención de que debía preocuparse por la condición de su hija. La alejamos, con dificultad. Cuando le preguntamos qué había pasado, respondió que Shakoor había ido a combatir contra los *genios* en la selva y murió en el conflicto. Los *genios* ni siquiera conservaron el cadáver; lo desaparecieron.

—Lo que será, será, dijimos; en todos los acontecimientos debes agradecerle al Creador...

La cinta de repente llega a su fin y se parte, porque me quedo dormida. Siempre me pongo soñolienta cuando estoy preocupada. Hoy, cuando fui a la oficina temprano, habían llegado los periódicos y por error los recogí. Boom. Boom. En todas partes el hedor de la carne quemada. El olor del polvo que se eleva de las casas y los edificios caídos. Tanques. El mal olor de los cuerpos en descomposición. Dios, como exageran estos periodistas. Aquí, en un lugar como Naran, no puedes creer lo que lees. Señor, hiciste la tierra tan hermosa y los corazones de las personas tan... ¿adónde voy ahora, tan llena de furia? No voy a regresar. Voy a perderme aquí en esta belleza. Los chicos tiemblan: pero las escuelas abren pronto, dicen. No puedes pasar la vida afligido por el dolor de otros. Ni siquiera he llegado al lugar donde el niño de ojos azules y cabello como el maíz...

Y la cuenta de su nacimiento.

Este es el testimonio de una partera de edad avanzada con manos torcidas.

—María siempre se había preocupado porque no había un hospital en los alrededores, ni siquiera un dispensario. ¿Cuánto pueden sobrevivir las personas con hierbas, raíces y emplastos? Alguien debía al menos crear un centro de maternidad. En realidad al principio la tomamos por doctora, terminábamos a su puerta con nuestros padecimientos, dolores y lesiones. La pobre comenzaba a llorar y a decir con gestos, no soy doctora, pero no podías esperar que ellos le creyeran. El resultado fue que ella se quedó sin las medicinas que traía para su propio uso. Esta vez habló con todos las personas importantes de los alrededores y al final descargaron sus propios infortunios sobre ella; dicen que los doctores no trabajarán aquí, prefieren permanecer en sus grandes ciudades donde hay dinero. María estalló en lágrimas una vez más.

–Para intentar consolarla -dije-, no te preocupes, Dios siempre está allí. Entonces ella se levantó del suelo, y miró a los caminos del Señor, madre e hija dieron a luz a la misma vez, intenté cuidarlas a ambas. Las dos tuvieron varones. Los bañé y los vestí; cuando llevé el hijo de Gul Bibi al mullah y le pedí que susurrara el nombre de Dios en su oído, se aterrorizó y lo puso sobre el suelo como si el niño fuese la descendencia del diablo. ¿Qué tipo de niño es éste? Rugió. El pelo como el maíz y los ojos como zafiros. Estaba horrorizado. Le hice señas para que se mantuviese en silencio. Fue entregado a nosotros por Dios, por lo tanto cumpla con su deber y susúrrele Su nombre en el oído. Cuando Gul Bibi, su madre, vio al niño, su sonrisa se convirtió en lágrimas, y entonces murió tranquilamente.

–Afzal Khan, el yerno de Gul Bibi, todavía me pregunta cada vez que me encuentra sola: ¿Estás segura que mi suegra dio a luz a este niño? Entonces levanta tu mano en dirección a la Ka'aba y jura que su esposa no tiene nada que ver con él.

—Cada vez, levanté mi mano y dije: el único vínculo de Mahgul con el niño es que salió de la barriga de su madre. Él es tan joven, el chico, y la mujer cuya madre lo abrigaba en su vientre no lo tenía en su poder para protegerlo, por lo que su esposo la despierta en la noche y exige: Dime la verdad, ¿este niño en verdad es de tu madre, o la partera lo colocó al lado de ella en medio de la noche sólo para protegerte? Si eso fue lo que sucedió, te juro por Dios que voy a dispararle con esta bala. Le mostró la bala y dijo: Así que… así que…él no puede jugar así con la vida de alguien nunca más. Por eso Mahgul le pidió a Janet, que se marchaba del lugar después de una larga estadía allí, señora, dijo, llévelo con usted, desde que Mamá murió he temido darle un pedazo de pan, él no tiene una persona que le desee éxito o un protector.

Sí, Mahgul, él no es una trucha, no pertenece a una especie protegida. Por lo tanto debes ser paciente. Ambas debemos ser pacientes, y esperar a que llegue el momento…

Afligida, salí al bazar. En la bajada que conduce a una mezquita hecha de madera, desde la que puedo escuchar la voz (no amplificada) del muecín. Él nunca canta antes o después del llamado a las oraciones, pero justo ahora lee en voz alta el Corán. Cuando le preguntan a la mujer que es enterrada viva: ¿Cuál fue el crimen por el que fue ejecutada, entonces qué?

Esa será la hora en que
El sol será cubierto
Y las estrellas perderán su luz
Y las montañas caminarán
Y los mares arderán en llamas
Y el libro del recuento se abrirá
Y la piel de los cielos será arrancada
Y todo, en esta hora de revelación, se revelará.

Y al observar todo esto, los muros de la ciudad llorarán y en mi interior los muros de mi ser se empapan con la llovizna de mi llanto silente.

Y letras brillantes proclaman desde las colinas de Margalla:

¡LOS ANIMALES SALVAJES
SON UN RECURSO NACIONAL!
¡PROTEGERLOS ES NUESTRO DEBER!

Altaf Fatima nació en 1929 en Lucknow, India, y emigró a Pakistán en la división. Profesora de literatura urdu, ha publicado muchas antologías de cuentos y novelas; la más conocida es *Dastak Na Do*, ha sido traducida por Rukhsana Ahmad como *The One Who Did Not Ask (El que no preguntó)* (1993). Fatima vive en Lahore.

Padrino

Khadija Mastoor

El odioso silencio de medianoche parecía susurrar una trama sangrienta. Padrino caminó segura por el medio de la calle asfaltada como si fuese hecha justo para ella. Los centinelas de guardia silbaron desde algún lugar cercano. Un extraño terror emanó del silencio amenazante. Padrino se abstrajo de los sonidos de los silbidos. La punta de metal de su bastón raspaba el asfalto, y sus botas pesadas y masculinas hacían un gran ruido. La desesperación emergió en su rostro. Ella suspiró profundamente, una y otra vez, entonces miró al cielo con ojos fatigados como si de allí también colgara un pesado cerrojo. Murmuraba algo –juraba o rezaba–, ¿quién sabe? Los centinelas se le acercaban, pero ella avanzaba con pasos equilibrados, con gran firmeza.

–¿Quién eres? –la voz era tan cercana que tuvo que permanecer tranquila.

Había gran desesperación y dolor en la manera en que se detuvo: quizás no quería hacerlo. El centinela le echó el ojo, sorprendido. Era una figura muy esbelta de mujer, con bastón en mano, zapatos de hombre y una camisa grande y holgada, enormes y anchos pantalones *shalwar*[1], y sin *dupatta*[2]. Padrino permaneció en silencio por un momento, observaba al atónito soldado como si dijera, *Hermano, déjame caminar hasta que me harte.* El soldado se volvió y silbó alto. El ruido de las pisadas de los centinelas se acercó.

–¿Quién eres? ¿Eres muda y es por eso que no hablas?, –el soldado gritó y su voz se escuchó a lo lejos.

–¿Por qué me molestas, hombre? Ocúpate de tus asuntos, –dijo tranquilamente Padrino.

–¡Ocuparme de mis propios asuntos, escoria! Dime, quién eres. –El centinela se abalanzó sobre ella.

–¡Soy tu padre, bastardo!

Regresó a la vida, golpeando el pavimento con su vara. La fragilidad del mundo parecía convertirse en una maldición, que golpeaba en su rostro como la lluvia. El centinela siseó una maldición.

–Vamos, a la estación. Por vagabundear a las 2:00 de la mañana con una porra. Escoria.

1 *Shalwar:* pantalones anchos y abolsados.

2 *Dupatta:* prenda en forma de bufanda usada por las musulmanes y otras mujeres por modestia o como ornamento.

–¿Me vas a llevar a la estación, lo harás? –cayó sobre el soldado–. Llévame a la estación. Ya verás: llévame a la estación.

Se desempolvó una pierna con el bastón. Luego cuando él, atemorizado, buscó su porra, ella cayó sobre él con tal fuerza que le rajó la cabeza. La punta de metal esparció su cerebro por todas partes. Ella murmuraba quién sabe qué, en voz baja. A la luz de la luna pálida e insípida, brotaba la sangre viva y pulsante. Los pasos de los otros centinelas se acercaban.

Abstraída, Padrino vio la sangre y su pie levantado, lista para correr. Sólo había avanzado unos pasos cuando seis soldados la rodearon, le quitaron el bastón y la esposaron. Después de dejar dos guardias para que custodiaran el cuerpo, los otros cuatro la flanquearon, dos a cada lado, y partieron a la estación cercana. Los soldados hablaron de su compañero muerto y maldijeron a Padrino. Pero ella caminó en silencio, pensando quién sabe qué. La noche pareció escupir con furia, como los soldados.

Padrino permaneció detenida en la estación tres días. No necesitaban investigar, ella había estado en prisión varias veces. Conocían toda su historia. La mantuvieron esos días para averiguar por qué odiaba al centinela muerto y para averiguar la dirección de su amante. Ella insistió en que no tenía ahora, ni siquiera conocidos. Pero nadie le creyó y las carceleras le dieron una buena paliza. Al cuarto día la pusieron en un carro blindado y la trasladaron a la prisión donde fue encerrada en una celda hasta que se dictara sentencia del caso.

Cuando Padrino fue llevada a esa celda solitaria, no reía como siempre, llamaba a la celda casa adorable, ella no bromeó ni se burló de los centinelas sino que permaneció completamente en silencio, y cuando se cerró la puerta de hierro de su celda, extendió una estera sobre la plataforma de fango, y colocó la cabeza en la parte elevada para formar una almohada. Todo el día miró en silencio al techo. Había un caldo de lentejas, aguado, de escasos granos, en un recipiente de aluminio junto a dos *chappatis*[3] gruesos y burdos que intentaban seducirla. Por la noche, ellos la obligaron a alimentarse. Pero su comportamiento no cambió mucho. Fuera de la puerta de hierro, el turno de vigilancia era sustituido. La luz amarilla de las linternas brillaba de un lado a otro.

–Barraca n.º 1, Barraca n.º 2. Todo bien, todo bien –las voces de las carceleras se respondían entre sí.

Padrino se quedó suspirando. Quizás hoy los recuerdos de su vida, que comenzaron en una familia pobre, habían vuelto, empeñados en atormentarla.

Tal vez eso fue lo que ella revivió, al yacer en la oscuridad, observando algo.

3 *Chappati:* panqueque, parecido al pan sin levadura.

Esos días en que su padre trabajaba como mayor-domo en una casa cercana y su madre refunfuñaba por-que ganaba al mes quince rupias. En esos días su nom-bre era Kaneez, no Padrino. Quince rupias y cinco vidas. Nunca tuvo la panza llena, por lo tanto se volvió una buscapleitos. Nunca sintió la menor vergüenza de arrebatar la parte de la comida de sus cuatro hermanas, para llenar su propia barriga. La madre la castigaba, y hablaba de la gratitud y la privación de sus hermanas, pero cuando llegaba la hora de la comida, ella se lanza-ba a la cocina, olvidaba todos los regaños y arrebataba sus porciones como un mono. La madre consolaba y mimaba a sus otras hijas cuando tenían hambre. Maldecía a Kaneez y le deseaba el mal. Kaneez lloraba mientras veía a su madre darle afecto a sus hermanas y, por un momento, se apartaba en silencio. Pero cuando entraba a la cocina saltaba y se lanzaba de nuevo, rom-piendo de paso varias de las cazuelas y recipientes de barro. La madre la golpeaba en el pecho, e incluso una o dos veces la golpeó con varas de leña. Sin embargo, cuando la mujer que vivía cerca la criticó y pronunció sus nombres, la madre dijo con esperanza que cuando creciera cambiaría. Pero los hábitos de Kaneez empeo-raron. Alrededor de los trece años, fue recluida como es costumbre, pero sus modales no cambiaron ni un poco. Tampoco el salario de su padre aumentó. Ella aprendió nuevos trucos. Pasaba horas volviendo su cuello hacia la puerta del local de los sirvientes y cuando las mujeres de las grandes casas venían vestidas con sus galas, ella aplaudía ruidosamente y comenzaba a gritar:

–Le pido a Dios que estas comedoras de *pulao*[4] y arroz dulce mueran. Le pido a Dios que mueran éstas que visten de gala.

Ella detenía a los vendedores ambulantes de *pakoras*[5] y dulces, y corría sin comprar nada, abusando de ellos. Un día se sobrepasó. Maldijo a la esposa del empleador de su padre, y la ofendió por no aumentarle el salario. Ese día él casi pierde su trabajo. Le ordenaron vagar por los locales y fue sólo al caer a los pies de su ama y rogarle que disculpara el parloteo de una niña inmadura que continuó ganando su pan. Cuando el padre regresó a casa, la azotó tan fuerte con una vara, que no pudo levantarse de la cama durante días. Después de eso la puerta permaneció cerrada.

Alrededor de los quince, la madre concertó su matrimonio, para arreglar las cosas. Pidieron prestadas veinte rupias y comenzó el período preparatorio. En ese entonces, no peleaba por comida y su rostro lucía radiante a pesar de su estómago medio vacío. Algunas

4 *Pulao:* plato de arroz.

5 *Pakora:* buñuelo picante, hecho de flor de garbanzo; a menudo se come como aperitivo, con té.

de sus amigas se habían casado hacía poco tiempo y le dijeron que además de la comida y ropas nuevas, una novia recibe de su esposo el tipo de amor que nadie más puede darle.

Luego de partir para casa de su esposo, Kaneez olvidó sus infortunios anteriores. Su esposo la amaba con sinceridad y su suegra la cuidaba tanto que alimentaba a Kaneez con sus propias manos, día y noche. Pero cuando ella levantó el velo nupcial y quiso ver la casa, se dio cuenta que sólo era la ama de nombre. La órdenes salían de su suegra dientes de caballo. El sa rio de veinte rupias de su esposo también se lo e gaba a su madre. Rápidamente, dijo adiós a su go e intentó tomar el control de la casa, pero se volvió cruel como una bruja. Cerró c habitación que contenía tres baúles enorm le prohibió orinar en la cocina y no le centavo del salario de su esposo. Ade deliciosos bocados que su esposo hu de su ama. Consumida por los cel las comidas de Kaneez en míseras tró indiferente al hambre qu Kaneez intentó advertir con pero él se ofendió.

–Si dices una sola habrá nadie peor que y

pegada a la piedra de amolar, para criarme. Todo en esta casa es suyo.

A pesar de todos sus esfuerzos por hacer ver a su suegra con malos ojos y hacer que su esposo pensara como ella, Kaneez sólo logró que se alejara. Él comenzó a evitarla. Había peleas constantes. Ella mortificaba a ̇ suegra, que la maldecía, lloraba y gritaba todos los ̇o estuvo satisfecha ni siquiera después de ganar ̇ de todo el vecindario. En venganza, dio tan ̇nnez, que no era suficiente para que se ̇ando Kaneez se abría paso hacia ̇vectivas de la bruja se vol- ̇ las riñas constantes y ̇ba su venganza ̇ padre, ella ̇ando

la-
tre-
oviaz-
u suegra
n llave la
es de metal,
dejó tocar un
taba de la cocina
más, le negó los
comenzó a medir
porciones, y se mos-
padecía. Por último,
amabilidad a su esposo,
palabra sobre mi madre, no
Mi madre trabajó con la nariz

ɔn
ɔrtar
rnidad.
hijo caye-

ra bajo la influencia de su esposa por ese motivo. Kaneez se volvió una tigresa. En cuanto se sintió lo suficientemente fuerte, agarró a su suegra por el pelo y la golpeó. Esa noche, el esposo y la suegra le arrebataron al lactante de su seno y la echaron.

Ella no conocía el pueblo, a quién pedir ayuda, ni dónde encontrar refugio. Cubierta con su *burqa*[6], caminaba sin rumbo fijo, cuando la esposa del *tonga–walla*[7] la vio. Ella visitaba a Kaneez con frecuencia y le obsequiaba, en un lenguaje inmundo, los chismes del vecindario. La llevó a su casa y le mostró gran ternura, pero no pudo detener sus lágrimas. Kaneez golpeaba su pecho, lloraba, y se lamentaba cuando señalaba las gotas de leche que empapaban su blusa. Esa noche cuando el *tonga–walla* aparcó su carreta y el caballo, sus estrafalarios amigos vinieron a la casa de manera desinhibida, cuchicheando y hablando entre dientes. Luego cerraron las puertas y comenzaron a jugar por dinero y a fumar hachís. La esposa se sentó con ellos sobre el suelo a fumar un cigarro y obligó a Kaneez a fumarse uno completo también.

6 *Burqa:* túnica larga con capucha, a menudo negra, usada por mujeres que siguen estrictos códigos religiosos en el vestir.

7 *Tonga–walla:* conductor de una tonga, o carruaje tirado por caballos.

Ésta fue su primera experiencia con hachís. Hizo estallar su inconsciente y cayó sobre la cama, llamó a su bebé, su joya, toda la noche. Varios días después, cuando sus lágrimas no habían disminuido todavía, la esposa del *tonga–walla* le dijo que un amigo de su esposo se había enamorado de ella. No lloraría. Si quería disfrutar, tenía que escapar con él. Le prometió una vida de lujos. Kaneez se negó, insistió en que quería una reunión con su esposo y suegra. Soportaría cualquier cosa si ellos la acogían de vuelta. Pasaría hambre, pero no diría una palabra. Si ellos le prohibían tener a su bebé, no extendería sus brazos; si le decían que no podía verlo, se cegaría. Sólo quería estar cerca de él. Al final, el *tonga–walla* fue a ver a su esposo para llegar a un acuerdo, pero volvió con los papeles de divorcio. Como una demente, Kaneez desgarró su pelo, golpeó su carne, gritó y lloró. Su nuevo amante la consoló con todo su corazón. El *tonga–walla* la reconfortó tiernamente y la apoyó con un diluvio de invectivas contra sus opresores, pero nada tenía sentido para ella. Llamaba a su bebé toda la noche, le hablaba, chillaba sin cesar y fumaba hachís.

Pasaron dos semanas y entonces la esposa del *tonga–walla* dijo que no podía soportarla más. Kaneez tenía un pretendiente perfecto y debía establecerse en su casa. Al final, ella estuvo de acuerdo en irse con la condición de que podía ver a su joya sólo una última vez.

Sin embargo descubrió que su esposo y su madre se habían mudado a otro pueblo. Después de las noticias no lloró, ni se lamentó, sólo se quedó en silencio como si se hubiera convertido en piedra. Al otro día su amante la llevó a un valle del pueblo poco conocido y desolado donde pronto descubrió que él vivía de robar. No se opuso. Cualquier cosa que traía a casa gracias a la destreza de sus manos, la echaba en el regazo de ella. Aunque él gastaba dinero con adoración, ella no podía encontrar una palabra cortés que decirle. Lo maldecía con frecuencia, fumaba montones de hachís y languidecía en cama. Pero los ladrones y canallas sólo querían una mujer y el desgraciado había encontrado una después de mucho tiempo. No le diría ninguna palabra amarga. Así pasaron muchos días.

Confinada en la cama, fue examinada por todas las parteras locales y descubrió con rapidez que era infértil porque su suegra no le había proporcionado una partera adecuada. Después de esta revelación se volvió más extraña que antes. Yacía en cama, golpeaba su pecho, maldecía, fumaba y comía tanto que su salud se resintió.

Un año después, insistió en que ayudaría a su hombre a ir a trabajar para un hombre rico. Él estuvo de acuerdo con la idea y muy pronto le enseñó los trucos más simples del negocio. Como precaución, también le enseñó a romper cerraduras y algunos días después, ella abandonó su *burqa* y comenzó a aventurarse en casas para hacer su trabajo más fácil. Ahora los dos se daban la gran vida. En lugar de llorar y lamentarse, reía devorando litros de leche y dejó de ser tan severa con su amante. Entonces, un día, quién sabe qué la poseyó: en lugar de robar las posesiones del ama, secuestró a su bebé lactante. Fue atrapada muy pronto, asfixiaba al bebé con besos. Ella y su compañero fueron encarcelados y condenados, cada uno, a siete meses de trabajo forzado. Se reunieron después de su liberación y volvieron a trabajar en las calles oscuras. No obstante, su compañero le advirtió que si hacía algo tonto de nuevo, moriría. Un *Padrino* decente no era atrapado por la policía. Cuando ella le preguntó el significado de *Padrino*, aprendió que ése era el nombre que usaban los señores del crimen en Bombay y que él había vivido durante un tiempo con estos señores del crimen.

Dos o tres días después, ella le exigió que en lo adelante la llamara *Padrino*. Si la llamaba Kaneez de nuevo, le rompería el cráneo. El amante intentó convencerla de que ese título no era apropiado para las mujeres, pero ella renegó de su feminidad. Después que asumió el nombre de Padrino, comenzó a vigilar casas de nuevo y una vez, sin consultar, entró a robar torpemente. Fue encarcelada durante un mes y su amante fue obligado a sufrir una sentencia de seis meses. Esta vez, cuando se encontraron después de la liberación, la conducta de Padrino fue mucho más extraña que antes. A tal punto, que su amante no podía comprenderla. Vagaba por las calles a plena luz del día empuñando su garrote. Su compañero y sus amigos delincuentes le advirtieron que metería a todos en problemas si seguía comportándose de esa forma, pero no le importó. Deambulaba por los alrededores, fumaba mucha marihuana y se tiraba en la cama. Al final, hartos de ignorar todos sus súplicas y advertencias, sus compañeros la abandonaron. Yacía hambrienta y sedienta durante mucho tiempo, mirando el cielo. Esa noche entró a la fuerza en una casa haciendo un gran estruendo y terminó en prisión durante seis meses.

Cuando fue liberada se sentó hambrienta y sedienta en el callejón donde había vivido con su amante. Cuando cayó la noche, se levantó, fatigada y fue a la casa de un conocido que había dejado el crimen. Le pidió algo de comida y partió, luego de robarle el garrote que tenía en el pórtico.

La oscuridad de la noche se hacía más horrible, pero ella caminaba junto a ese camino asfaltado, golpeaba suavemente con su vara, pensando quién sabe qué y poco tiempo después estaba de pie, mirando al centinela, como si dijera,

–Hermano, déjame caminar hasta que me harte, estoy desesperada. La vida parece muy triste esta noche. Déjame caminar…

Pasó una noche y un día de silencio en prisión. Al otro día, cuando comenzó a orinar, como un gato, a través del enrejado de hierro, no había sombra de pesar en su rostro. En el momento que el vigilante pasó por su celda, gritó,

–¡Oiga! ¿Diga algo, no? Camina de un lado a otro como una máquina.

El vigilante pasó por delante y la miró furioso; Padrino lo maldijo como si ella fuese un hombre y se rió a carcajadas.

Encerrada en solitario, estaba molesta y necesitaba hachís. En sus anteriores temporadas en prisión no había carecido de éste. No tenerlo la desequilibraba. Su cuerpo le dolía mucho, se sentía enferma. El doctor de la prisión la examinó, pero le recetó una medicina tan amarga que hizo pedazos la botella y los lanzó por toda la celda, lo que la aterrorizó.

Un día Padrino intentó congraciarse con la prisionera voluntaria que repartía la comida.

–¿Puedo conseguir algo de drogas por aquí, caramelo?

–¡No! –dijo la voluntaria, pero le dio lástima y le dio dos *bidis*[8].

–Si me consigues un poco, te daré dos rupias. –Padrino intentó sobornarla con el dinero que había logrado esconder a pesar de todas las búsquedas.

–No, Mi Dios, si algún oficial se da cuenta, perdería mi indulto. Tengo que salir rápido. Tengo un niño pequeño.

Los ojos de la mujer se llenaron de lágrimas. Después de eso, Padrino nunca le habló de la droga de nuevo. En cambio, comenzó a asediar a las otras trabajadoras de la prisión, maldiciéndolas cuando se negaban.

Hoy, un mes después, Padrino ha estado en la corte para escuchar su sentencia. Atendió en silencio todo el proceso judicial, pero cuando escuchó su sentencia pronunciada, chocó ruidosamente sus esposas y gritó:

–No quiero catorce años en prisión. Si estoy viva después de eso, ¿el juez me dará un hogar?

Maldijo en voz alta mientras las guardias la llevaban a rastras.

–¡Oigan, bastardos! ¡Perros! ¿Por qué me dan catorce años nada más?

Las vigilantes la empujaron hacia dentro del carro y maldijo en todo el camino hasta la prisión. Cuando

---

8 *Bidi:* cigarro local.

llegaron, había transcurrido la mitad del día. Le dieron un uniforme de la prisión y una sábana, y la dejaron en la barraca n.° 2. Cuando entró, todas las prisioneras se encontraban afuera haciendo ejercicios. Envuelta en sus mantas y colchones negros, observó las filas de copas de aluminio. Maldijo en voz baja y su rostro, desolado por la falta de droga, lucía repulsivo. Durante un rato, caminó de un lado a otro y cuando las prisioneras volvieron y comenzaron a inquietarse antes de la comida, casi siseó de la ira:

—¡Oigan, bastardas! Cállense, o mataré a alguien más, para que me condenen otros catorce años.

—¿Quién te crees que eres, perra? —respondió enseguida una mujer.

Padrino se subió las mangas y otra mujer tuvo que apartarlas. Padrino peleó con varias mujeres durante la noche, y las vigilantes la observaban mientras se sacudía y se volvía con impaciencia en la cama.

Cuando le sirvieron granos de garbanzo en el desayuno, se paró en frente de la fila, viva y alerta.

—¡Denme más! Esto ni siquiera va a llenar una esquina de mi barriga.

A la voluntaria le dio pena su cuadro de abstinencia y le dio un poco más.

—A mí también, hermana, —dijo cariñosamente la mujer detrás de Padrino.

–Ustedes perras, si quieren lujo, quédense en casa en paz –la mujer recogió su cubeta.

–Maldice a alguien más otra vez, –amenazó Padrino–, y te romperé la cabeza.

Se abalanzó sobre la cubeta y aunque no pudo coger comida, fue azotada seis veces como un ejemplo para las otras mujeres. Entonces todas fueron enviadas a trabajar. La paliza no tuvo el efecto deseado. La mujer que había peleado con ella la noche anterior, hizo las paces con ella.

–¿Hermana, por qué fuiste condenada? –preguntó una mujer cuando se sentó a remendar las ropas de las prisioneras.

–Hermana, –habló en un tono amanerado, imitando a la mujer–. No te atrevas a llamarme *hermana*. Mi nombre es Padrino, *Padrino*. ¡Maldigo al género femenino! ¿Sabes quién es un Padrino? Un señor del crimen. No soy una mujer, soy una asesina. Estoy aquí por matar a alguien –anunció Padrino en voz alta. La otra mujer la miró desconcertada.

–¿Hay algo de droga por aquí, mi amor? –susurró Padrino, avanzando furtivamente hacia una mujer que había fumado *bidis,* sin parar toda la noche.

–Shabratan puede tener un poco, –dijo la mujer, señalando a la prisionera a quien Padrino había dado seis golpes antes.

–¿Tienes *charas*[9]? –Padrino estaba muy angustiada por la falta de droga. La *bidi* que había mendigado sabía a paja.

–¿Tienes dinero? –Shabratan le dijo en voz baja, a la vez que tejía con gran habilidad su cesta.

–Sí. –Padrino hizo una constancia de una rupia de su delantal y se lo dio; Shabratan sacó un cigarro de marihuana de la manga de su *shalwa*r y se lo dio.

–¿Una rupia por un cigarro?

–Sí, señor. –Shabratan respondió con desdén.

Padrino perdió la paciencia.

–Está bien, toma otra rupia. –Padrino la agarró por el pelo y la haló hacia sí. El caos estalló entre las mujeres. Padrino tomó de vuelta su rupia antes que nadie se diera cuenta de la causa del problema. Sin embargo, las otras las separaron con dificultad.

Las mujeres en la barraca de Padrino pronto parecieron resentidas contra ella.

–Siempre está buscando problemas.

Varias veces fue reportada al subdirector con la solicitud de que la transfirieran. ¿Pero quién escucha las quejas de las mujeres? Sus peleas eran un asunto diario. Padrino sólo era otra creadora de problemas. Su carga de trabajo aumentó un poco. ¿Pero, qué representaba

9 *Charas:* droga.

esa diferencia para ella? Ella hacía el trabajo más duro en un abrir y cerrar de ojos. Por último, para deshacerse de ella, las mujeres de la barraca dejaron de hablar con ella. Pero eso tampoco sirvió de nada. Se burlaba, atormentaba y obligaba a Shabratan a suministrarle marihuana gratis y a pesar de que juró que no tenía más, Padrino continuó viviendo a costa de ella, amenazándola con delatarla a la directora. La amiga de Shabratan, por la que ella cumplía este año en prisión, lograba darle montones de marihuana por quién sabe qué medios y ella se los daba a la otra mujer adicta y lo vendía a precios inflados. Pero este parasitismo de Padrino, la maldijo, era una desgracia particular sobre Shabratan. Otras mujeres recibían visitantes que en secreto le pasaban dinero y Shabratan le preguntaba de manera desafortunada:

–Padrino, ¿no tienes a nadie? ¿Un amante o un amigo?

–Te tengo a ti, ¿no? Me mantienes abastecida, ¿no?

Padrino extendió una mano hacia su *shalwar* y Shabratan se levantó de un salto. Aparte de la droga gratis, Padrino tomaba a la fuerza una parte de la comida que les traían a las mujeres en las visitas. Peleaba con ellas por ésta y si no la obtenía por la fuerza, se la robaba por la noche. Luego lo compartía con otras mujeres que, al igual que ella, no tenían visitantes.

Cuando las mujeres veían que su comida había desaparecido, golpeaban sus pechos, gritaban y peleaban con Padrino, pero a ella no le importaba ni una pizca. Varias veces fue azotada y aumentaron su trabajo forzado por crear tantos problemas y robar comida, pero cuando el doctor de la prisión la visitó, ella se acostó y se quejó:

–Doctor, estoy tan débil, que ni siquiera puedo lograr tragar la corteza del pan. Por favor prescríbame un poco de leche.

En seguida, las otras la contradijeron:

–Doctor, no sólo se traga la corteza de su propio pan, también roba la de todas las demás.

El doctor rió burlonamente y se fue sin examinar a Padrino. A veces a las mujeres más frágiles le daban leche y Padrino maldecía de forma obscena a las que habían impedido que se la dieran. Por último, ella misma tomaba una cuota semanal. Ese día se regocijaba triunfante:

–Vamos, quéjense un poco más de mí. Sólo beberé mi leche –reía en voz alta, mortificándolas.

Para Padrino era una costumbre pelear, agarrar a alguna por el pelo, y luego golpear a otra, pero pasaba días tranquilos, tan tranquilos, que ni siquiera respondía al abuso. A veces ocultaba su rostro y lloraba en secreto, después secaba sus lágrimas, amenazaba a Shabratan y fumaba mucha marihuana.

Pasaron los días, las mujeres en la barraca de Padrino iban y venían, además de Shabratan. Antiguas y nuevas, todas conocían a Padrino. Todavía peleaba con ellas por la comida y bebida, pero las protegía del maltrato de las vigilantes. Una vez, incluso, golpeó a la directora por condenar a una mujer a cuatro días en solitario, por insolencia. La golpeó en presencia del resto de las mujeres. Padrino recibió diez latigazos por eso y fueron eliminados sus privilegios. Ahora las mujeres le contaban sus desgracias y en las noches, cuando sollozaban y extrañaban sus hogares, Padrino las consolaba con palabras de ternura, secaba sus lágrimas, compartía su tristeza y se quedaba en silencio. Esa noche, a la barraca de Padrino fue llevada una mujer joven y delgada, que llevaba un bebé de apenas dos meses. En cuanto llegó, la mujer se sentó sobre el suelo, puso al bebé en su seno y comenzó a llorar. Las prisioneras se reunieron a su alrededor y le preguntaron por qué estaba aquí. ¿Qué crimen había cometido? La madre no respondió, lloraba cada vez más. Las mujeres le ofrecieron agua y la calmaron, sólo Padrino se sentó a distancia, molesta. Cuando la madre, exhausta de llorar, se quedó en silencio, Padrino se le acercó:

—Excelente, mi noviecita, cometes un crimen y luego lloras. Si eres tan poca cosa, debiste quedarte en casa acicalada y respetuosa.

–¿Qué crimen? –estalló de rabia la mujer, luego volvió a llorar–. Me tendieron una trampa.

–¿Cómo que una trampa? –preguntó Padrino con un poco de simpatía.

–Mi esposo se casó de nuevo a un año de nuestra boda, –la mujer comenzó a contar su historia–. Lloré y me lamenté, pero luego me contuve para no privar, a mi bebé sin nacer, de su padre. Viví como una sirvienta en mi propia casa. Eso no fue suficiente para mi esposo. Solía decir: *Quiero que arregles personalmente la cama para mí y para mi nueva esposa.* Coloqué una piedra en mi corazón y lo hice –suspiró y secó sus lágrimas.

–Incluso, después de eso, fui una espina en el costado de su esposa. Un día ella se acostó y comenzó a gritar que había sido envenenada. Todo el vecindario se reunió. Cuando el doctor la examinó se dio cuenta que había tomado demasiado opio. Cuando llegó la policía ella les dijo que yo la había envenenado. Registraron la casa y a mí, y descubrieron un poco de opio atado a mi *dupatta*. No sé cuándo lo puso allí. La policía me llevó a la estación y de allí a la prisión. He estado en otra barraca desde entonces. Mi padre ganaba el caso, pero Dios sabe cómo perdió, y he recibido seis meses de sentencia, suspendida durante tres meses por el bebé. Soy una buena mujer, ¿cómo mostraré mi cara cuando salga de aquí? El honor de mi padre ha sido mancillado.

Comenzó a sollozar de nuevo.

–Pero tonta, ¿por qué viviste como una esclava en casa de tu propio esposo? Debiste irte ese mismo día y buscarte otro amante, no estarías hoy aquí, –dijo Padrino acalorada.

Entonces ella jaló la pierna del bebé dormido y carraspeó.

–Has arrastrado también a este cachorro. Debiste haberlo lanzado al rostro de su padre y haberle dicho, *Cuídalo tú*. Déjame cargarlo un poco. –Padrino tomó el bebé con ternura en sus brazos.

–Toma, fuma esto, –le ofreció a la madre un cigarro de marihuana a medio fumar.

–No fumo. Y fíjate, no maldigas a mi hijo de nuevo. Estoy aquí por él, si no, habría saltado del techo de mi casa y me habría matado.

–Mi bebé, mi bebé. ¿Quién te crees que eres, madrezuela? Tómalo. –Padrino levantó al niño como si fuese un ratón y de un empujón se lo dio a su madre. Entonces lo maldijo en secreto durante horas.

Esa noche Padrino inquieta, daba vueltas de un lado a otro, miraba al niño y decía en voz baja quién sabe qué, cuando, como de costumbre, quedó profundamente dormida, roncaba, inconsciente de las mordidas de las pulgas en su manta.

De repente Padrino se sintió en el mismo estado que tuvo la primera vez que vino a la prisión, con ganas de pelear, causar problemas, y ser malhablada. Era particularmente hostil con la mujer del bebé. Se lo arrebataba y después se lo daba de forma brusca.

–Mi bebé. ¿Quién te crees que eres, sólo porque tienes un bebé?, –Padrino gruñía y la mujer la miraba perpleja, y abrazaba fuerte al bebé, llorando de manera tan desconsolada que todas las mujeres maldecían a Padrino.

Si el bebé despertaba llorando en la noche, Padrino comenzaba a dar vueltas:

–Calla al pequeño cachorro. Lo has lanzado sobre nosotras para que arruine nuestro sueño.

–Mira, Padrino, has buscado pelea sin motivo. ¿Qué niño no llora? –algunas mujeres intentaban hacerla entrar en razón.

–Entonces déjenlos llorar, ¿pero por qué arruina mi sueño? Dejen que nuestra noviecita calle la voz del bebé.

–Yo preferiría callar tu voz, –contestó la madre, mientras temblaba con furia y sollozaba impotente–. ¡Ay! ¡Ay! Mi madre.

Padrino se calló, pero mientras las otras mujeres dormían en la noche, ella daba vueltas de un lado a otro, inquieta.

Un día el bebé tuvo una fiebre ligera. La madre lloraba a su lado. Tiernamente, Padrino le pidió que le dejara cargarlo. Pero cuando vino el doctor, en seguida ordenó que Padrino se lo devolviera, insistiendo que escucharía los síntomas de boca de su madre. Padrino obedeció, pero su sangre comenzó a hervir. La madre lloraba mientras decía:

–Doctor, mi bebé está terriblemente enfermo. Ha estado inconsciente toda la noche, no ha abierto sus ojos, mi joya, su frente arde como el fuego.

–No tiene fiebre ni nada, Doctor, –interrumpía Padrino con resentimiento.

–Chilló toda la noche y dice que estaba inconsciente.

El doctor indicó a Padrino que hiciera silencio, examinó al niño, luego escribió una receta y la administró en presencia de ella. Hoy el padre de la mujer la visitó, le trajo algunas ropas y pequeños juguetes para el bebé. La mujer parecía contenta.

–Mi padre dice que arregló mi divorcio y que me casaré con el hijo de su hermano, –dijo con felicidad–. Mi primo siempre ha estado enamorado de mí. Él no se casó después de perderme, y además, adora a mi bebé.

–Oh, entonces tienes un amante, –interrumpió Padrino–. Ese amor va a durar poco, sabes. No te hagas ilusiones, no va a durar.

–Si no dura, al menos tengo un hijo. Él me mantendrá por el resto de mi vida. ¿Qué te pasa? –La mujer se ofendió y se puso de mal humor en silencio.

Mañana el bebé y la mujer serán liberados. Padrino intentó cargar al bebé a la fuerza, pero la mujer no la dejó tocarlo una vez. Tampoco respondió a su acoso. Estaba tan feliz, que apenas pudo dormir en la noche. Cantaba canciones de cuna y besaba al bebé; Padrino la miraba infeliz.

–Cállate y ve a dormir, criatura maldita, –Padrino gritaba una y otra vez, pero la mujer la ignoraba y no durmió hasta después de la medianoche.

Cuando estaba profundamente dormida y el silencio llenó la barraca, Padrino se sentó en su cama. Miró alrededor furtivamente. Un bombillo la alumbraba desde muy arriba.

–Barraca n.º 1, Barraca n.º 2. Todo está bien, todo está bien. Afuera las voces de las vigilantes se llamaban entre sí. Padrino se arrastró suavemente hacia la cama del bebé y su madre.

Al amanecer, quitaron la sábana del colchón de Padrino. Hubo un alboroto. Los oficiales de la prisión se reunieron alrededor y la madre del bebé golpeó su pecho, gritó, se pegó en el rostro con piedras, y calló sobre el suelo en una posición recta. La camisa de Padrino estaba fuertemente amarrada alrededor de su cuello y del bebé, que yacía sobre su pecho, con los dientes de leche en su boca. Sus ojos se salieron de las órbitas y sus cuerpos estaban fríos y rígidos.

Khadija Mastoor nació en 1927. Emigró a Pakistán desde su nativa Lucknow después de la división. Miembro activa de la Progressive Writers Association (Asociación de Escritores Progresistas), sostiene firmes puntos de vista feministas y de izquierda que permean su ficción. A pesar de ser fundamentalmente escritora de cuentos, es más conocida por *Angan* [*Courtyard (Patio)*], la primera de sus dos novelas feministas, que cubre los años antes y después de la independencia de la India. Murió en 1982, a los cincuenta y cinco años.

Tempestad de otoño

Hijab Imtiaz Ali

Cuando regresaba a casa, después del festival anual de danza y música de Bagum Najam, me atrapó una tempestad de otoño. Es el quinto aniversario de la boda de Zulfie pensé: ¿por qué no aprovecho para detenerme y celebrar con ella?

Zulfie había cortado con sus amistades después del fracaso de su adorable matrimonio. Pero ahora, por casualidad nuestros caminos se cruzaban de nuevo. Hoy, después de lo que parecía un siglo, llegué a su casa y toqué a la puerta, Zulfie abrió y me saludó.

–¡Roohi! ¡Tú! –sus ojos se abrieron–. ¿Perdiste el camino?

Ignoré su sarcástico comentario.

–En realidad no me gusta entrometerme en la vida privada de nadie –dije–, pero pensé darte una vuelta y desearte un feliz aniversario.

–Entra, entra. Casi no puedo oír lo que dices. El vendaval se lleva tus palabras. –Me condujo adentro y me invitó a sentar junto a un escritorio sobre el que titilaba una vela–. Una noche de otoño tormentosa –dijo.

–Sí. Hace siglos terminó la primavera. Pero pensé que podrías estar celebrando tu aniversario.

–Así que todos ustedes pensaron eso –dijo con una débil sonrisa. Cambió de tema–. ¿Dónde estabas?

–En una de las veladas de Begum Najam. Un recital de *sarod*[1].

Acomodé mi chal decorado con hilos dorados sobre mis hombros y saqué un pequeño frasco de colonia del bolso. Lo olí para calmar mis nervios. Una extraña tristeza nos envolvió. Podíamos escuchar los graznidos estridentes de las gaviotas.

–Oh, la celebración anual de Begum Najam –sonrió con melancolía–. Me pregunto cuántas vidas se han perturbado por ese festival. ¿Alguien habló de mí?

–Hay comentarios…

–¿Que elegí mal?

–¡Y te disparaste al pie! –completé la oración por ella.

---

1 *Sarod:* instrumento solista de la música clásica del norte de la India. Está hecho de Madera de teka, la parte frontal está cubierta con piel de cabra. Tiene cuatro cuerdas (dos de acompañamiento y dos de ritmo) y 11 cuerdas *simpáticas* o de resonancia.

–¿Quién puede impedir que se agiten las lenguas de las personas?

–La integridad moral puede, Zulfie.

Un silencio siguió nuestra conversación. Era una de esas noches asiáticas de otoño, oscura y desolada. El vendaval y el mar aumentaban los terribles aullidos sobre la playa. El murmullo de las hojas secas era un recordatorio del fin de la placentera temporada. La atmósfera opresiva me ponía indiferente. Abrí mi bolso. Saqué un tranquilizante y me lo tragué.

–¿Cómo está Firoz ahora? –pregunté en tono atento.

Dudó por un momento y dijo:

–Igual. Como una caña hueca, que flota de un lado a otro sobre la superficie de un estanque. Bebe como una termita, ha vaciado su propio interior. Mi dedicado artista está ocupado en destruir su propia vida. A veces siento que no me queda paciencia, pero eso no significa que haya renunciado a él.

–Entonces, ¿qué quieres decir Zulfie? Si no has renunciado a él, ¿por qué necesitas afirmar lo evidente? Debes recordar los buenos tiempos que compartiste con él en los últimos cinco años: la risa, las celebraciones, los alegres placeres... ¿tus recuerdos primaverales?

Como siempre, partí en un viaje a las islas del recuerdo. Mi melancolía aumentó.

Zulfie tembló y cerró los ojos. Tardó un rato en recuperarse antes de decir:

–No traigas de vuelta mis recuerdos primaverales en un tiempo tormentoso, Roohi. Quiero olvidarlo todo.

–No trates de negar hechos sólidos, Zulfie. Fue ese otoño, hace cinco años, que tu vida se volvió al revés. Un incidente en una noche tormentosa como hoy…

–El festival de otoño de Begum Najam estaba en pleno apogeo, esa ocasión la que detuvo las festividades de mi vida. Bebí lo que creía un néctar y resultó ser un veneno mortal. Por el amor de Dios, ¿por qué continúo así? Crees que lo hice fue un gran error, pero no me arrepiento de nada. Amo a Firoz.

La miré con pena.

–En realidad te contradices al decir una y otra vez que lo amas. Nunca lo dudé.

Se contuvo.

–¿Quién puede decir que no lo amo? Reconozco que es un alcohólico. Pero me preocupo por él más que nunca.

Mientras hablaba, jugaba distraída con un cuchillo de papel que había cortado, en forma de espada.

–Zulfie, yo solía juzgar a las personas, no por lo que decían sino por los movimientos inconcientes de su cuerpo. ¿Por qué peleas con las sombras? Necesitas aprender a hacer frente a la persona en sí.

–La noche se hizo más profunda. El sonido de las olas era como el llanto de un animal salvaje. Una y otra vez sentí como si yo llorara en voz alta. Mi mente comenzó a proyectar imágenes de una noche hace cinco años, otra tormentosa y ruidosa noche otoñal. Pero en los grandes salones de Begum Najam, el festival de la música y la danza estaba a tope. Las notas musicales bulliciosas y apasionadas, al hacer eco en las estudiadas pausas de los bailarines clásicos, creaban una atmósfera etérea y tenían un poderoso impacto sobre la audiencia. Los animados espectadores estaban por los alrededores con vasos de coloridas bebidas en las manos. En las galerías inundadas con luces, conversaban y reían entre sí. Algunos amantes de la música habían salido en parejas a los balcones y terrazas, se sentaban, inmersos en la música, observaban las olas inquietas del océano humano. Yo, también, estaba en uno de esos grupos, perdida en el tono de un *ghazal*[2] favorito. Estaba de pie cerca de un gran candelabro, cuando de repente el diálogo de dos mujeres jóvenes me distrajo.

¿Quién es la muchacha del vestido rosado a quien él le habla tan atentamente? Se supone que él estaba perdidamente enamorado de Sunbul, y eso fue el mes pasado.

---

2 En la literatura islámica, género de poema lírico, por lo general breve y elegante en la forma; casi siempre trata sobre temas amorosos. (N del T).

Pero eso fue en agosto y estamos en septiembre, es muy anticuado continuar un romance de agosto en septiembre.

La dama de más edad, sentada a mi otro lado miró a la muchacha de rosado y murmuró: *Dios mío, estas jóvenes de hoy conocen a un joven apuesto que lleva un clavel en el ojal de la camisa, les ofrece el asiento o les alcanza un plato de helado con una sonrisa, y ellas piensan que perdió el corazón por ellas. Y sobre su carácter, una ignorancia total y falta de discernimiento. Cuán cuidadosas éramos, cuando jóvenes, ¿recuerdas Aisha?*

Muy bien, –respondió la más joven–. Pero nosotras perdimos nuestros corazones ante una mirada agradable. ¿Recuerdas cómo la sonrisa reluciente del príncipe Farrukh echó abajo tu fortaleza de...?

Oh, eso fue algo muy distinto. Hay una gran diferencia entre las pequeñas trampas de hoy y la forma en que éramos. Quedábamos atrapadas a pesar de nuestra discreción; ellos quedaban heridos a pesar de ser impulsivos.

Satisfecha con lo que había dicho, la dama recogió su falda dorada y se recostó cómodamente.

Sentí una risa muy alta. Alcé los ojos para ver sobre quién comentaban. Allí estaba Zulfie con su vestido rosado Schiaparelli, sus rizos negros se agitaban sobre sus hombros, hablaba animada con un elegante Don Juan. Hacían una pareja atractiva, como un par de cisnes sobre la superficie de un lago. Su atención en el otro provocaba envidia en los más jóvenes, mientras que los mayores lo encontraban cómico o lo juzgaban de mal gusto. Me pregunté por qué las personas mostraban tanto interés en el comportamiento de los otros.

Unos pocos minutos después, cuando Begum Najam pasó, le pregunté:

–¿Quién es ese joven, Shamsa?

–¡Oh! ¿No conoces a Firoz, el famoso y popular pintor? ¡Él mismo parece una hermosa pintura!

Asentí.

–¿Zulfie lo conoce hace mucho?

Ella rió.

–¿Lucirían tan melosos juntos si fueran viejos conocidos?

–Sí, ya veo –dije–. Tal atención es muestra de una relación floreciente. Además, he escuchado los elogios a este artista talentoso; su opinión sobre la amistad es muy liberal, me han dicho que siempre da más importancia a una nueva relación que a una vieja.

Begum Najam sonrió.

–Una señal de buen gusto. Esas personas son la vida y el alma de una fiesta; es por eso que se hacen invitados tan populares y todo el mundo los invita.

–Por supuesto –dije–. ¡Las cosas que tenemos que hacer para crear una atmósfera animada!

Los amantes pasaron septiembre y octubre nadando en un mar de pasión, y convirtieron el otoño en primavera. A pesar de ser amigos sinceros, sus costumbres anticuadas comenzaron a interferir y a darle sermones a Zulfie, que intentaban impedir que se deslizara en las resbaladizas pendientes del amor, o que atravesara su desierto espinoso. El resultado fue que Zulfie eliminó todo contacto con estos tontos bien intencionados y saltó sobre la valla del matrimonio en la primavera. Sólo unos meses después de la boda, le llegó la inspiración al artista. Cansado de viejas imágenes, comenzó a mostrar interés en otras nuevas. Echó sus viejas pinturas al cesto de la basura. La primavera idílica de Zulfie se ensombreció por las tormentas de otoño.

En poco tiempo, volví con un sobresalto, de mi viaje de ensueño. Vagar por estos recuerdos me entristeció. Dije:

–Me pregunto qué te sucedió cuando todas las campanas repicaban y no corriste a refugiarte, ¿saliste a hacer frente al peligro? De acuerdo, Firoz irradiaba un encanto devastador esa noche. Pero también tenía ese vaso lleno de vino rojo en su mano en el que tantas mujeres se habían ahogado sin querer. Estaba muy borracho, sus pies se tambaleaban y sus manos temblaban. Aún así te enamoraste de él.

Su ira se había consumido sola. Parecía un ave herida.

–¿Qué más podía hacer? No has escuchado los famosos versos de amor:

Es un fuego que no puedes avivar ni extinguir.
Cuando la belleza se prepara para la batalla, el amor depone sus armas.

Me tambaleé por un momento. Luego me recuperé y dije:

–¿De qué hablas, Zulfie? Ese es el tipo de ceguera emocional de la que sólo los hombres son capaces. Flotar como una paja sobre un torrente de emoción es típico de los hombres, sin embargo en circunstancias similares, las mujeres utilizan sus cabezas, no sus corazones.

–Ahora soy más consciente de los niveles de emoción y razón –dijo Zulfie.

–¿Consciente de los niveles? Alma inocente. Hace cinco años, todos tus amigos intentaron advertirte, al señalar las vicisitudes de tu relación… pero has caído, jadeando como un animal herido. Indefenso e impotente. A veces siento que apenas puedes ser culpada; en tu naturaleza está el disfrutar ser herida: eres como un discípulo de la antigua escuela de filósofos griegos, ¿acaso no eran los pesimistas? Pero en los últimos años has experimentado el dolor suficiente. ¿Qué más quieres?

–Sólo deseo morir en lugar de Firoz.

–¿De verdad crees tus propias palabras? Cariño, estoy convencida que deseas exactamente lo contrario de lo que dices. Porque rara vez expresamos lo que en realidad deseamos; revelamos lo que no queremos. Reconozco que el proceso es en su mayor parte inconsciente.

Apenas terminé mi frase cuando el rugido de las olas y la luz de los relámpagos provocaban una convulsión en la atmósfera. Zulfie lo sintió antes que yo lo dijera. Dijo:

–¿Escuchas el rugido del mar, Roohi?

–Sí, Zulfie. –La miré atentamente–. ¿Pero a qué tormenta te refieres, a la de afuera o la de adentro?'

–¿De qué hablas? –Ella estaba indiferente–. Es una depresiva noche de otoño. No hables en un lenguaje filosófico complicado. ¿Acaso no cargo ahora con el peso de la paciencia por cualquier cosa que hice, correcta o incorrecta?

–No estoy a favor de los pesos de la paciencia, porque eso muestra incapacidad para poder enfrentar

un problema. La paciencia es más fácil que el enfrenta-
miento. Si estás decidida a enfrentar la injusticia y la
persecución con valentía, no necesitas paciencia. Pero
basas tus ideales en la creencia de que el peso de la integridad humana y la realización moral es sufrir dolor e
inclinar con coraje tu cabeza, ante cada desastre que te
ocurra. No puedo comprender, ¿por qué debes gastar
todo tu breve tiempo sobre la tierra en convertirte en
una pizarra, para que le escriban encima con tiza sus
penalidades?

–Tienes razón, Roohi. Sé que esa persona que
conocí hace cuatro años en la festividad de Begum
Najam, que me alejó de mis huertas soleadas y llenas de
frutas, y me dejó en un desierto sombrío y solitario sin
nadie a quien acudir, no merece perdón, merece castigo,
un castigo severo.

La fuerza del vendaval aumentó. A ella le faltaba el
aire y estaba agotada.

–¿Castigo severo? –dije–. Entonces en alguna
esquina oculta de tu corazón albergas un deseo ardiente
de venganza. Dime, ¿estaba errada al decir lo que dije?
El motivo porque no estaba convencida de lo que dijiste es que en lugar de maldecirlo, rezas por tu propia
muerte. Te lo dije en ese entonces. Ahora hablas de castigo para Firoz. Este tipo de actitud inconsciente
demuestra la inmadurez de tu mente. Tu enfado es natu-

ral. Si apagas un fuego, por lo general brota con llamas violentas. Puede reducir tu esencia misma a polvo.

Yo estaba irritabda.

–¡No! *Los fuegos del amor todavía resplandecen…* –citó un verso popular, pero no pudo disimular su angustia.

Dije con impaciencia:

–Siempre miras las superficies limpias, nunca te fijas en las esquinas oscuras. Es por eso que estás tan orgullosa de la profundidad de tu amor. Pero por desgracia, Zulfie, estoy obsesionada con discriminar entre lo genuino y lo ficticio. Es esa preocupación mía la que me susurra: Bajo la calma superficial de tu mar de amor hay corrientes letales. Éstas no son sólo imágenes poéticas del discurso: hay hecho concretos. Pero deja todo eso a un lado, y dime lo que dice el doctor.

–Lo odio.

–¿Odias al doctor? ¿Por qué?

Zulfie se sobresaltó ante mi pregunta. Miró afuera de la ventana, donde iluminaban los relámpagos.

–¿Por qué? –dijo indiferente–. No hay un motivo en particular. Sencillamente lo odio.

–Bueno, entonces cambia de doctor.

–No resulta fácil hacerlo. Hay algunos impedimentos.

–¿Es un experto?

–Difícilmente.

–¿No te cobra el tratamiento?

–Sí.

–¿Entonces, por qué dudas?

–Está bien, puedo pensar en cambiarlo.

Mostré sorpresa ante tales indecisiones. Por un momento me miró angustiada. Entonces susurró:

–¿Sabes lo que me dijo un día?

–¿Qué?

–Dijo: *¡Begum Firoz, tú y tu esposo son polos opuestos! El ebrio y el Ángel de la Merced.*

–¿Entonces qué le dijiste?

–Lo abofeteé –parecía triunfante.

–¡Lo abofeteaste!

Me sorprendí. Quizás esperaba que me impresionara con la lealtad a su esposo. Mi reacción fue todo lo contrario.

–Si estabas tan clara con respecto a tus sentimientos, ¿por qué tuviste que emplear la violencia física para probar tu posición? ¿Cuál era la emoción contra la que peleabas?

En ese momento un murciélago extendió sus alas ruidosamente sobre la rama de un roble seco.

–¿Qué fue eso?

–Mi conciencia. Esa fue la razón por la que lo abofeteé.

–¡La conciencia! –dije con arrogancia–. En la edad de la ignorancia el hombre escuchaba la voz de su conciencia. Hoy el hombre tiene el deseo de dominarse a sí mismo al igual que a su conciencia. Siente que actuar bajo la influencia de su conciencia es un insulto a su individualidad. Es por eso que tu conciencia te hizo abofetear al doctor sin examinar tus motivos.

–¿Qué otra cosa podía hacer, no crees que debí haberlo hecho?

–¿No te has preguntado por qué un fugitivo acude a la fuerza cuando teme ser atrapado? Tus sentimientos eran evidentes. Entonces, ¿por qué la necesidad de abofetearlo? En fin, ¿qué sucedió después de eso?

Se levantó de repente durante nuestro intercambio.

–Déjame hacerte un poco de café.

–No Zulfie, no necesito café, necesito un poco de comida para pensar. ¿Qué sucedió después?

–En realidad fue demasiado lejos, Roohi. Me abofeteó a mí.

–Es la próxima etapa, Zulfie. Hombre juicioso, tu doctor: puede ponerse como una fiera. ¿Y entonces?

–Lo odio más aún.

–¿Más aún? ¿Cuánto?

Ella estaba un poco perpleja.

–¿Estás bien de la cabeza? ¿Crees que tengo indicadores para medir grados de amor y odio?

–El amor y el odio se miden por el mismo indicador, no por diferentes.

–Pero tienes razón: no hay manera de medirlos. Aun así, una persona equlibrada puede encontrar armonía entre las emociones en conflicto, sin mucho esfuerzo.

Me sentía intranquila; todo el reencuentro pesaba sobre mí. Sentada junto al candelabro, caí en una apacible ensoñación. La luz de la vela titiló y Zulfie dijo con odio.

–Tengo ganas de estrangularlo… doctor granuja… sonríe y piensa que no seré capaz de resistir su sonrisa relampagueante…

–¿Es feo? –la interrumpí suavemente y saqué mi botella de colonia de nuevo.

Se quedó en silencio un momento, luego dijo:

–No sé. No me he preocupado mucho en cómo luce. Una enfermera que contraté hace tiempo creía que era popular en el hospital debido a su buena apariencia. No me interesa saber más.

Continuó quejándose durante un rato y yo la escuché sin comentar. Los vientos tormentosos hacían cada vez más ruido.

–Firoz puede ser un miserable y un alcohólico –dijo finalmente–. Pero quiero que viva.

Lejos las olas del océano reían.

–¿Por qué continúas rezando para que Firoz viva? ¿O es que intentas convencerte de que quieres que él viva?

La tormenta pareció disminuir durante un momento y luego retumbó de nuevo con más fuerza aún. Zulfie me miró bruscamente.

–Roohi, tu sales con esas conversaciones sin sentido. Tu pregunta no merece una respuesta.

–Sí Zulfie, tales preguntas siempre permanecen sin contestar –el embate del otoño pareció ponerla melancólica–. ¿Te importa si descanso un poco? –le pregunté acomodándome sobre el sofá. En ese momento, sentí como si me quedara dormida con el tono de una melodía exquisita.

Zulfie dijo:

–Parece que el otoño se llevó mi sueño. No tengo ningunas ganas de dormir.

–¿Quiere decir que te quedarás despierta toda la noche? –dije, bostezando. En la distancia, una gaviota de mar chilló lastimeramente. Yo también sentí como si llorara.

–No, en el silencio de la noche, termino todos los trabajos que no soy capaz de hacer debido a la confusión del día. A veces me siento con un libro o algún trabajo de costura. Compré una adorable tela de seda rayada de la exhibición de artesanía de la semana pasada para hacerle un pijama a Firoz. No he tenido tiempo para terminarlo todavía.

La miré con los ojos medio cerrados. Pensando que estaba dormida, ella me cubrió con un chal y se cambió de lugar. Se sentó junto a la ventana en silencio, como si no le quedase energía.

Entonces, de repente, algo hizo que se pusiera rígida y mirara a la mesa. Cogió una tijera grande y afilada. Parecía lo suficientemente letal, no sólo para ropa, sino además para cortar con calma una arteria. Comenzó a chasquear la tijera abriéndola y cerrándola como si quisiera ver si podía compararse con el filo de una espada.

De pie, se quedó pensando durante un rato y entonces entró en la habitación donde el paciente yacía en su sopor ebrio. Se acercó a la cama en puntillas, para no despertarlo.

Las gaviotas chillaban otra vez en la tormenta. Junto a las orillas del canal una perra extraviada aullaba sin cesar. En el silencio de la noche se escuchaba el reloj. Los vientos afuera juntaban fuerzas. Llegó a la cama del paciente con la tijera en la mano. Había silencio en los alrededores. Destapó el pecho de su esposo y lo miró por un momento.

Mis ojos se cerraron por sí solos. Pensé que en cualquier momento esta habitación sería testigo de la perpetración de un crimen. Zulfie acarició el pecho de su marido y murmuró:

–Qué pecho más ancho y hermoso. ¿Sudas mucho?

Se arrodilló amorosamente junto a su cama, sacó el pijama de seda del montón de ropa a su lado, y sonriente comenzó a cortarlo en pedazos. Temí que se cortara los dedos junto con la ropa.

Afuera, la tormenta se había acabado. Pero los misterios de la noche aumentaban, aumentaban.

Hijab Imtiaz Ali nació en 1908 en Hyderabad, India, y creció en Madrás. Hija de un novelista, comenzó a escribir desde muy temprana edad, influenciada por el romanticismo francés y la ficción turca. En los años treinta, ya escritora famosa, obtuvo licencia de piloto, convirtiéndose en la primera mujer india en pilotar un avión. Se casó con el escritor Imtiaz Ali Taj —hijo de la figura femenina más importante de la literatura urdu, Muhammadi Begum— y se mudó a Lahore, donde vivió hasta su muerte. Publicó obras en todos los géneros literarios, entre ellas las de más renombre son la novela corta *Meri Natamaam Muhabbat* [*My Unfinished Love (Mi amor interminable)*] y la novela freudiana *Andhere Khwab* [*Dark Dreams (Sueños oscuros)*]. Su reputación como iniciadora de la prosa con estilo revivió en los años noventa, con la reedición de su obra en Pakistán. Murió en 1999.

Dos historias

Hijab Imtiaz Ali

1. Mañana de otoño

Esa mañana su rostro estaba pálido. El sonido del viento era sombrío como el eco de un canto fúnebre interpretado por un hombre sentado en una cueva oscura.

No le dije una palabra, ella tampoco intentó hablar. Ambas estábamos de acuerdo, dos mujeres enamoradas no debían hablarse entre sí esa aburrida mañana de mal tiempo.

Me senté un rato en silencio junto a la ventana, contaba las olas moteadas del mar.

Ella se sentó tranquila sobre el sofá, e intentó sacar música de las cuerdas rotas.

2. Tarde de verano

Bajo el árbol de mora un ave estira sus alas. Desde el árbol de guayaba, verdes pericos, poco familiarizados con la teoría musical, chillan de forma estridente. Debe ser la tarde.

El despertar

Mumtaz Shirin

–¡*Apa*[1], Gulnar *Apa*! Mira, la señorita Fen... –Javaid tiraba de mi sari con sus diminutas manos.

–¡*Arrey*[2], suéltame! *Apa*, *Apa* todo el tiempo. ¡Mira cómo arruinas mi nuevo sari blanco son tus manos sucias y mugrientas! ¿Jugabas con fango, miserable mal educado?

Golpeé enojada su mano. Él retorció su rostro.

–No, *Apa*. La señorita Fence está en camino... –sollozó–. Por favor llámala... la señorita Fence es tan agradable. Ella me dio pastel y cacao... delicioso cacao. Por favor llámala, *Apa*. Dulce, *Apa*.

–¡*Arrey*! –estaba sorprendida–. ¿La señorita Fence, aquí?

1 *Apa:* hermana mayor.
2 *Arrey!, Arri!:* exclamación equivalente a ¡*Eh*!

Miré por la ventana, sí realmente era la señorita Fence que a lo lejos recorría el camino y hablaba con una mujer. ¿Entonces, debo llamarla? pensé. Miré rápido a la habitación. ¡Los libros y los muebles estaban regados por todas partes! Una silla estaba contra la pared y una plomada en medio de la habitación, como si se jactara sobre su superficie sin pulir. ¡Y el sofá! ¡Oh! El relleno sucio se salía por un hueco. ¿El mantel? ¡Javaid había hecho un gran uso de la tinta al trazar dibujos encima! Dios mío, ¿hay algo en orden?

¡Uf! ¿Qué tonto mal educado ha regado los papeles sobre el suelo? ¿Alguien tiene un niño tan travieso? ¡Y esta capa de polvo de una pulgada de grosor...! ¿Es por que Kariman está muerta? La desgraciada y desafortunada ni siquiera se ha molestado en barrer las habitaciones, temprano en la mañana.

–¡Kariman, oh Kariman! Trae el plumero. ¿Has juntado este polvo para vender?

–¡Voy, *Bibi*[3]! Ya voy. Déjame quitar el pan de la parrilla que se va a quemar.

Al infierno con ella y su pan. Es tan miserable, siempre junto al horno... Por qué estaba tan agitada, me pregunté, y comencé a sentirme avergonzada de mi comportamiento. La pobre mujer estaba sola y todas las

---

3 *Bibi:* dama, señorita.

tareas domésticas pesaban sobre su cabeza. No estábamos tan bien como para pagar a diez sirvientes. Incluso uno era una bendición.

Rápidamente cambié el mantel, arrastré las sillas a su lugar y empecé a recoger los papeles regados por todo el suelo. Mientras lo hacía, miraba por la ventana. ¡La señorita Fence se había detenido! ¡Qué cerca estaba!

–¡Zakia! ¡Zubeida!

Grité con todas mis fuerzas. ¡No hubo respuesta! Me paré en la puerta, miré hacia afuera y sentí rabia homicida al ver a ambos en el patio. Zakia estaba de pie y tomaba a Javaid de la mano, mientras Zubeida se había encaramado en la entrada y estiraba el cuello para atrapar la mirada de la señorita Fence.

–¿Zakia, podrías ayudar? ¿No te avergüenzas de estar de pie así?

–¿Por qué estás molesta, *Apa*? No siempre estoy así en la entrada. Sólo hoy… así… –rió como si se fijase en mi expresión de ira.

–¡Anjá! ¡*Apa*, hoy tu termómetro ha subido a cien grados! Mira si no digo algo para bajar la temperatura de mi *Apa*. ¿Debo decirte algo realmente interesante? –estiró la cara y dio una palmada– ¿Debo, *Apa*?... Anjá… ¡La señorita Fence viene por este camino!

–Ya lo sé. Ven y ayúdame a limpiar la habitación. Sólo sabes hablar –fui brusca con ella.

–¿Entonces, *Apa*, vas a llamar a la señorita Fence? –preguntó, saltando con alegría. Zubeida también bailaba. ¿Por qué estos chicos todavía son tan cariñosos con la señorita Fence?

Chasqueé los dedos para llamar la atención de Zakia, que miraba de nuevo a la puerta. Los papeles aún estaban regados por toda la habitación.

–¡Oh! Considerando el estado de la casa, no voy a llamarla –irritada, arrojé los papeles que había reunido sobre el suelo.

–¿Qué dices, *Apa*? –Zakia me miraba sorprendida.

La ignoré y llamé a Zubeida:

–¡Zubeida! ¡Javaid! Entren.

–¿Por qué, *Apa*? –preguntó Zubeida mientras entraba.

–Ven aquí. Si la señorita Fence te ve, se dará cuenta que ésta es tu casa y estará obligada a querer verme. –Halé a Javaid hacia adentro también.

–¡Eso sería fantástico! ¿Por qué no habría de venir, *Apa*?

–¿Dada la condición de tu hermosa casa?

–Pondremos orden a todo. Por favor déjala venir, *Apa* –ambos suplicaron con entusiasmo.

–Te dije que no voy a llamarla.

–Oh, *Apa*. Hace tanto que no tenemos oportunidad de ver a la señorita Fence. ¿No han pasado dos o tres meses desde que partiste de la escuela? Después de tanto tiempo, sólo por casualidad, ella está en nuestra ciudad y pasa por nuestra casa, y tú, ¿no vas a llamarla? *Apa*, eres... –Zakia se detuvo en medio de su arenga y rió, y me lanzó una mirada pícara.

–¡Tienes razón! Ya sé... desde la *bhaiyya*[4] de Parvaiz...

–¡*Arri*, cállate! Ya comenzaste con esos tontos discursos. –La pellizqué duro.

–Eres muy falsa, *Apa*. Mira qué tímida te pones al mencionar el nombre de Parvaiz.

Tímida, me puse de pie, sonrojada, encogida por dentro, perdida, como si el nombre lanzara un hechizo sobre mí. ¡Qué nombre tan bello! ¡Qué maravilloso! Parvaiz.

Desperté de mi ensueño para encontrar las puertas abiertas, la cortina que se agitaba al viento y de pronto vi a la señorita Fence de pie frente a nuestra casa, que me miraba fijamente. Cuando la miré, sonrió y comenzó a acercarse.

–¡Oh, Dios! ¿Qué se hace ahora? –sacudía a Zakia–. Te das cuenta. Mira, viene hacia aca.

Corrí rápidamente desde allí, sólo me detuve para respirar, una vez que estuve en mi habitación. Poco des-

---

4 *Bhaiyya:* hermana mayor.

pués, cuando me asomé, vi a la señorita Fence sentada en la habitación que da al balcón y a Zakia, de pie a su lado, con un atractivo plato de bananas y naranjas.

–Llama a Gulnar, –decía la señorita Fence. De pronto me vio asomada, sonrió y me llamó– ¡Gulnar!

Retrocedí con timidez hacia la puerta... ¿Qué habrá provocado mi tímida conducta? Es que todavía siento lo mismo por ella. ¡Sí! Como sabe que yo sé... pero debe abrigar la misma impresión errada...

Siempre he sido tímida frente a ella, escapo cuando aparece. Cuando me mira escondo mi rostro con ambas manos, aunque quisiera quedarme mirándola. ¡Qué niña tan extraña era yo hace algunos años! Poco a poco me abrí con ella. ¡Incluso en ese entonces, cuando nos encontrábamos de repente, se notaba mi confusión! ¡Qué días aquellos! Para mí era habitual esperar horas por ella en el balcón, después que la campana sonaba. La semana que no teníamos clases con ella era la semana más miserable de todas. Sí, yo la adoraba. La quería tanto que me perturbaba. Las chicas se burlaban de mí:

–Gulnar, no sabemos por qué adoras a la señorita Fence, ella no es bonita. De hecho, no sería errado llamarla fea.

¡Esas brujas, si al menos les hubiera arañado la cara! ¿Cómo sabrían lo hermosa que me parecía? Estaba molesta con Zarina, aunque era mi amiga más querida. Recuerdo que llevaba puesto un sari negro ese día y que le había pedido prestado una *bindiya*[5] negra a Purva para ponérmela. Zarina y yo vagábamos por la residencia de estudiantes cuando Indira apareció de algún lugar...

–¡Anjá! Hoy luces diabólicamente hermosa, Gulnar.

–¿Como la señorita Fence? –dije sin darme cuenta.

–¡Sí, como la señorita Fence! –dijo Zarina sarcásticamente–. ¡La señorita Fence! ¡Tendría que morir y volver a nacer tres veces para tener tu belleza!

Me enfadé mucho con ella.

–¿Estás molesta conmigo, Gul? ¡Está bien, ella es cinco veces más hermosa que tú! ¿Feliz ahora?

Partió riendo en voz alta e Indira sonrió también. Tuve ganas de matar a Zarina. Después de todo, ¿quién era ella para insultar a la señorita Fence? Si se decía una sola palabra contra ella, estaba lista para pelear con toda la escuela. No estaba sola. Muchas chicas me habrían apoyado porque estaban enamoradas de ella. Zarina era diferente, no pondría obstáculos en mi camino, pero sería feliz de ver a la señorita Fence entregarse a mí. ¡Qué chica tan generosa era!

---

5 *Bindiya*: adorno que se pinta en la frente.

¡Por otra parte, estaba esa Lakshmi! Sentía celos terribles de mí. Hizo todo lo posible por alejar la atención de la señorita Fence de mí. ¡Todos esos hermosos saris que usaba, sus modales fingidos, y sobre todo sus joyas de perlas especialmente diseñadas! ¡Incluso se rizaba el pelo con un aparato eléctrico! ¡Sí! ¿De que servía todo su esfuerzo si de todas maneras no era bonita? La señorita Fence sólo tenía que mirarme para que se consumiera por los celos. A pesar de leer cientos de libros sobre la asignatura de la señorita Fence, ¿podía escribir mejor que yo? ¿Alguna vez sacó mejores notas que yo? Como nada funcionaba, la envidia se apoderaba de ella y siempre buscaba una oportunidad para hacer algún comentario dañino. ¡Cómo se enojaba cuando escuchaba que las personas me decían que era hermosa! Su respuesta era:

–¡Sí! ¿Puede llamarse a alguien hermoso sin tener un cutis blanco y rosado? La estatura y un cuerpo esbelto son los requisitos de la belleza.

Esos los cumplía, era alta y esbelta, pero no había belleza en su delgado cuerpo. Parecía una larga tabla de madera que apenas hubiese sido tallada. No había formas agraciadas en su cuerpo. Sin elasticidad ni estilo. ¡Un pedazo de madera liso y sin vida! En realidad quería hacerla callar.

–¡Sí! Para la belleza, los rasgos encantadores son mucho más importantes que una tez hermosa, y un cuerpo relleno y con formas redondeadas es tan bello como uno delicado, de hecho es mucho más atractivo.

Pero yo sonreía y me mantenía en silencio. No quería que sintiera que había tenido éxito al meterse conmigo.

A veces me mostraba una chica de una tez hermosa y me decía:

–Mira Gulnar, qué bella esa muchacha.

Y la muchacha que señalaba era tan fea y de una apariencia tan repulsiva que yo estallaba de risa. Nariz achatada, fosas nasales anchas, labios muy gruesos y un cuerpo torpe, pero sí, ¡tenía un bello color! Yo decía:

–¡Lakshmi, saludo tu sentido de la belleza!

Cuando esto no funcionaba, ella descendía al plano personal, se burlaba de mí y me llamaba *negra* aunque mi tez es del color del trigo...

También estaba Zeenat, que no dejaba tranquila a la señorita Fence. ¡Con qué ingenuidad se quejaba!:

–Gulnar, eres la favorita de la señorita Fence.

Y esa enorme chica gruesa... ¡más mujer que chica! Vivía y suspiraba por la señorita Fence, y qué modos peculiares tenía para demostrar su amor, ¡hacía incluso que la señorita Fence riese en voz alta! Y Nalini...

–¡Gulnar Bibi!

–¿Qué pasa, Kariman?

—*Begum*[6] me pidió que hiciera tostadas francesas y *samosas*[7]. ¿Sabes que una tal señorita *Sahiba*[8] había venido de visita? Hija, tengo mucho trabajo, ¿puedes rebanar estos pedazos de pan? Mi dulce niña, siempre te serviré fielmente.

Abrí la puerta y me asomé con cuidado para ver si la señorita Fence miraba hacia acá. *Ammi*[9] estaba sentada a su lado y hablaban animadas. Rápidamente caminé en puntillas hacia la cocina, limpié bien el cuchillo y me senté a rebanar el pan. Kariman puso los pedazos tostados sobre la estufa, les echó sal, pimienta, y cebolla, y comenzó a dorarlos. ¿Así se hacen las tostadas francesas, no? ¡Eran las favoritas de la señorita Fence! ¡Cuántas veces las hice con mis propias manos y se las envié en los días en que estaba de profesora en una escuela local y cuánto lloré cuando fue transferida! Me habló e intentó consolarme, pero no podía detener mis lágrimas. Después de llorar mucho, persuadí a *Abba*[10] para que me enviara al mismo lugar donde trabajaba la señorita Fence y nos encontramos de nuevo. Pasaron dos años en un instante. Tuve que presentarme al exa-

6 *Begum*: dama; Señora. Originalmente se refiere a una mujer de la nobleza pero en la actualidad se usa como equivalente de Señora.

7 *Samosa*: pastel triangular relleno con trozos de carne o vegetales.

8 *Sabih, Sahiba*: título honorífico equivalente a Señor o Señora.

9 *Amma, Ammi:* Mamá.

10 *Abba, Baba:* Papá.

men final de la escuela y luego me separé de la señorita Fence para siempre. No podía soportar pensar en eso. ¡Cuánto deseé que la escuela me ofreciera un curso de maestría para pasar otros dos años con ella! Incluso tuve la idea de suspender ese año. Para una chica que siempre había estado en la delantera de su clase sería particularmente vergonzoso, pero eso nunca me molestó. Los profesores esperaban mucho de mí. Ganaría muchas medallas y premios en la convocatoria. Ser primera entre las chicas era normal para mí y había medallas especiales por eso, pero también encabezaba la lista del estado en sociología e inglés. Los chicos se quedaban atónitos y el nombre de la escuela quedaría impreso en letras doradas, pero entonces no me importaba si perdían sus esperanzas. El día final del examen llegué y fui a ver a la señorita Fence por última vez. Cuando volví a la residencia de estudiantes después de decirle adiós, fui directo a mi habitación, me tiré sobre la cama, escondí mi rostro entre las almohadas y lloré amargamente. Tantas lágrimas enrojecieron mis ojos y humedecieron la manta. Cuando Zarina llegó, me abrazó y comenzó a consolarme. Mientras más me consolaba, más lloraba. Esa noche Zarina se sentó a mi lado largo rato, me explicó tantas cosas que mis picantes ojos comenzaron a cerrarse bajo la presión del sueño. ¡Qué persona tan adorable fue Zarina!

–¿Terminaste de rebanar los pedazos, hija? Alcánzamelos para que pueda freírlos en *ghee*[11], y querida hija, rellena los panqueques con los trozos y haz las *samosas*. *Begum* preguntó por ellos hace un instante. ¡Qué puedo hacer hija! Puedes ver lo vieja que estoy. No puedo hacer demasiado con las manos o, ¿de otra manera te habría pedido que trabajaras? ¡Que el cielo me perdone! ¡Que se infecte esta boca con gusanos por haber pronunciado alguna vez estas palabras! Esas manos delicadas sólo sirven para sujetar una pluma, ¿cómo puedo yo, una simple sirvienta, desear verlas ejecutar tareas serviles? ¡Qué Dios me ciegue antes de desearte eso!

La vieja Kariman comenzó a halagarme. Rellené los panqueques con los trocitos y comencé a hacer las *samosas* sin responder.

Cómo me quería la señorita Fence, me llamaba a su casa muchas veces e insistía en que la acompañara en sus caminatas. Cuánto me lo pidió ese día,

–¡Ven al menos una vez, Gulnar! Te llevaré a dar un paseo en mi auto. Te llevaré de un jardín a otro.

Mi orgullo herido me hizo despreciar sus ofrecimientos. ¡Y con cuánta generosidad me señalaba! ¡Ochenta u ochenta y cinco por ciento! Al ver esto las chicas sentirían mucha envidia. Dirían:

---

11 *Ghee:* mantequilla clarificada.

–Por supuesto, eres su favorita, ¿no? ¿Cómo podríamos tener esas calificaciones?'

Cuando pronunciaba mi nombre, lo saboreaba en su boca como una golosina deliciosa, y cuando me sonreía, qué adorable era esa sonrisa. Al momento quería llamarla *Angelina* en lugar de señorita Fence, pero nunca me atreví a hacerlo. Aunque dudaba al abrir mi boca ante ella, en mis cartas escribía lo primero que me venía a la mente. Escribía: *Reina de mi corazón, Mi amor, Reina de la belleza, Angelina celestial.* ¡Escribía cartas románticas muy extrañas! Ella nunca se molestaba, pero un día…

Un día Lalita y yo estábamos sentadas con ella en la parte de atrás del auto. En la conversación Lalita preguntó:

–Señorita Fence, ¿usted sabe manejar?

–No, –respondió–, pero hace tiempo que quiero aprender, por eso siempre tengo listo un atuendo, –luego se volvió hacia mí– una chaqueta y un pantalón, Gulnar.

Me lo dijo de forma tal que me derretí de la pena.

–Luciría como un hombre con él puesto, ¿no?

Me senté con el rostro oculto en ambas manos. Sí, había un atisbo de hombre en ella. Muy alta, con un pecho robusto y ancho, y su mirada me hacía sonrojarme. Incluso aunque estuviese de pie en una multitud, hablando con otras chicas, sus ojos se fijaban en mí… y qué bien se veía con el sari color mandarina. El reflejo del sari lanzaba un resplandor dorado sobre su rostro y producía un débil color rojo en sus mejillas, mezclado con un poco de azul, y desde lejos sus marcas de la viruela no se notaban tampoco...

Coloqué el plato de *samosas* frente a Kariman, que comenzó a freírlas. ¡Al fin estaba libre de todas las tareas! Estar sentada frente a la estufa tanto tiempo me hacía sentir caliente, por lo que me lavé las manos y la cara con agua fría, me sequé con los extremos del sari y miré hacia la habitación donde estaba sentada la señorita Fence. La misma sonrisa mágica que me había hechizado. Ahora estaba lista para verla... hasta que mi vista cayó sobre mi sari. Tenía remiendos sucios y las marcas de las garras de Javaid se veían con claridad. ¿Cómo puedo salir con este sari? Vi a Zubeida salir.

–¡Zubeida! –la llamé. Ella salió sin prestar mucha atención–. Zubeida, ven aquí.

–No, no iré. Quiero ir a ver a la señorita Fence.

–Mi dulce pequeña. Escucha a *Apa*. Te daré un chocolate.

–¿Qué quieres, *Apa*? –sus ojos se iluminaron ante la perspectiva del chocolate.

–Cariño, tráeme un sari del armario. Ves lo sucio que está éste. ¿Cómo puedo tenerlo puesto para ir a ver a la señorita Fence? Toma las llaves del armario.

–Está bien, *Apa*. Iré rápido, la señorita Fence todavía pregunta por ti.

Aún se interesa por mí. Quizás. Hace dos meses le envié una carta a través de otra chica, que me contó de su alegría al recibirla. ¿No se había alegrado el día que llegué sin previo aviso a la escuela donde trabajaba? Podía verla desde el lugar donde estaba oculta, pero ella no podía verme y envié a una chica para decirle que yo buscaba que me admitieran en esa escuela. En un estado emocional exaltado, repitió mi nombre varias veces.

–¡Gulnar! ¡Gulnar! ¡Gulnar! ¿Será cierto? –la chica se lo aseguró–. ¿Dónde está? Dime. –La chica comenzó a decirle dónde yo estaba, pero sin prestarle mucha atención salió a buscarme–. ¡Gulnar! ¿Dónde estás?

Disfruté al ver su impaciencia.

–Por fin todo está preparado. Déjame descansar este viejo cuerpo un rato…

Vieja miserable. Siempre murmurando. Yo estaba irritada.

–Dios te bendiga, Gulnar Bibi. Qué ayuda has sido para esta anciana. –Kariman extendió un pedazo de yute en la cocina y se acostó–. Oh, allí estás, hija. Mi Bibi tendrá una larga vida. ¡Pensaba en ti, mi niña! Estás en mis rezos todo el tiempo. No miento. He trabajado en muchos lugares, pero no señor, nunca vi una chica así. En otras casas incluso chicos jóvenes me refunfuñaban, pero mi Bibi nunca me dijo una palabra dura. Ahora mis días de trabajo terminaron, por eso es que incluso he abandonado tu hogar. Hija, te diré con sinceridad, sólo vine por las noticias de tu boda. Siempre abrigué la esperanza de verte de novia con mis propios ojos. Dios te bendiga con un joven maravilloso.

¿Podría haber un joven más maravilloso que Parvaiz? Sobre mis labios apareció una sonrisa gentil. Volví la cara rápido para que Kariman no lo notara.

Entonces, de pronto, mi mente se vació de todos los pensamientos, excepto de uno: ¡Parvaiz! ¡Parvaiz!... y me dejé llevar hacia este mundo hermoso y brillante. Extremadamente hermoso. Mucho más que la escuela y el mundo de la señorita Fence.

Hubo un tiempo que me pregunté si cuando me casara podría amar a mi esposo completamente. Una vez, Zarina, que sabía quiromancia, miró a mi mano y dijo:

—Tu esposo te amará mucho.

Y sentí tanta pena por mi futuro esposo, al pensar que no sería capaz de corresponder a su amor. ¿Y ahora? ¡Mira cuánto me preocupo por Parvaiz!

—*Apa*, aquí está el sari.

Tomé el sari que trajo Zubeida, lo puse sobre la mesa y comencé a peinarme.

¿Cómo pude olvidar a la señorita Fence? Ella se preocupaba mucho por mí. Demasiado. ¿Alguna vez lo había expresado con palabras? Cuando estábamos juntas, ella sentía un miedo letal.

–¿Gulnar, que dirán las chicas? ¿Gulnar, si la directora nos ve, entonces...?

No importa si las chicas nos ven. ¿Hemos cometido un crimen tan horrible? ¡Oh, la timidez! Cuando ella llevaba las copias corregidas a clases, se excedía en halagos hacia mis ideas y puntos de vista pero nunca decía a las chicas que eran míos. Al devolver las hojas de respuesta ni siquiera tomaba mi nombre, pero me daba las más altas calificaciones... Sí, ¿era ésta una manera de comportarse? Obtenía las más altas calificaciones, pero ningún maestro me daba notas tan altas como la señorita Fence, que me daba el ochenta o el ochenta y cinco por ciento. ¿Qué importa que me diese las más altas calificaciones? Estaba tan feliz de que me elogiara en clases frente a todas las chicas y dijera:

–Vean cuánto ha sacado Gulnar.

–En lugar de:

Este número de la lista ha obtenido calificaciones muy altas, este número de la lista ha hecho esto, hecho aquello, hecho lo otro, este número de la lista, este número de la lista... –quedé reducida a *este número de la lista*.

Incluso la señorita Jones, con su maestría de Oxford, pasó media hora una vez elogiando mis ensayos, a pesar de que el estándar de su evaluación era muy elevado, y la señora Soshil Sarojini dijo:

–¡Que el cielo la bendiga! Gulnar se ha superado esta vez. ¡Qué maravillosas respuestas! Leí y releí estos papeles incontables veces.

Nunca tuvo problemas en elogiarme frente a los profesores y las otras chicas, ni la señorita Kamla Bai tampoco. ¡Además de las profesoras, los profesores hombres también elogiaban mi inteligencia y capacidad! La única excepción era la señorita Fence, que nunca usó una sola palabra de elogio. Quizás pensó que era indigno. ¡Sí!

¡Cómo quería que ella apreciara mi belleza! No siempre, pero a veces me habría gustado un impulsivo *¡Gulnar! ¡Qué hermosa eres!* Al menos una vez pudo haber dicho, *Hoy luces muy hermosa, Gulnar,* o *Ese sari te queda muy bien.* Cuánto me esforcé los días que tenía clases con ella para usar los saris que me quedaban mejor, me esmeraba en el peinado y usaba pulseras de colores. Estaba especialmente orgullosa de mis muñecas y dedos, y colocaba mis manos sobre la mesa para que la señorita Fence pudiera ver muy bien las pulseras, que se ajustaban perfectamente a mis muñecas igual que a los dedos. Era muy evidente que me creía hermosa, de otra manera no me habría mirado así. Cada vez que sentía que lucía particularmente bien, podía darme cuenta que ella me prestaba especial atención. Sus ojos se fijaban en mí. Así era. ¿Acaso pensaba que yo era de piedra o era una pintura inanimada sólo para recibir una contemplación silente? Después de todo era un ser humano. ¡Una joven de diecisiete años, romántica y sensible! ¿Se habría agotado su preciosa cantidad de elogios si hubiese dicho algo en voz alta? Es cierto que era profesora, pero la señora Soshil también lo era. ¿No elogiaba ella mi apariencia?

El día que participé en una obra que representaba el amor hacia la música y la danza de la reina Nur Jahan, cómo me admiró la señora Soshil mientras me maquillaba.

–¡Gulnar! Eres la persona más apropiada para representar a Nur Jahan. ¡Qué bien escribes! El señor Soshil canta elogios por ti. ¿Él también fue profesor tuyo, no?

Después de aplicarme polvo, pintura labial y coloretes, dijo:

–Ahora levanta tus ojos. Déjame maquillarlos también.

Y cuando dijo:

–¡Cielos! ¡Qué ojos más hermosos! –¡cómo deseé que hubiese dicho estas palabras la señorita Fence, en lugar de la señora Soshil! ¿Por qué nunca me interesé en la señorita Soshil? ¿Qué tenía tan especial la señorita Fence?

¡Zarina nunca se cansaba de elogiar mis ojos! ¡Y Lalita! ¡Incluso les escribió versos de elogio! Zini también solía decir:

—¡Gulnar, no debes usar lentes, ocultan tus hermosos ojos!

Todos mostraban admiración hacia mí. Prestaba especial atención a mis ojos para que la señorita Fence pudiese mirar dentro de ellos y en su clase me quitaba los lentes aunque tuviese problemas para ver lo que estaba escrito en la pizarra. ¡Sí! ¿Alguna vez tuvo efecto sobre la insensible? ¡Pero Parvaiz! Los ojos perspicaces de Parvaiz responderían a la belleza de los míos a primera vista. Se levantarían por sí solos.

—¡Tus ojos! ¡Tus ojos de gacela! ¡Qué negros! ¡Qué embriagantes!

En la escuela sólo participaba en obras que la señorita Fence me avisaba. *Santa Juana* fue elegida como la obra de la escuela y yo representaría a Juana. Estaba vestida de una forma tan complicada que incluso me sorprendí de mi propia imagen en el espejo y estallé de risa; pensaba en Juana, una muchacha de pueblo y prisionera de la corte, ¿estaría vestida de esa manera? Pero en filmes y obras de teatro el criterio supremo es que la muchacha que represente a la heroína debe lucir adorable y usar hermosos vestidos. No era culpa de la señora Soshil y la señorita Jones, quienes me escogieron para el papel. La señorita Jones me hizo ponerme su atuendo caqui de montar, mi pelo largo se recogía arriba y quedaba suelto sobre los hombros. No había sido peinado pero estaba hábilmente desordenado sobre las cejas y la frente. La culpa fue de Veedhi; ella representaba el papel del Duque de York. Se pintaba los labios en el momento en que se levantaban las cortinas. Me tomó de la mano cuando pasé por su lado, y me haló hacia ella:

—¡Gulnar! ¡Qué es esto! ¡Eres la heroína! ¡No tienes coloretes, ni pintura de labios!

Rápidamente me pintó un poco los labios y me frotó un poco de colorete sobre las mejillas. Cuando me miré en el espejo al pasar, ¡quedé petrificada! ¡Qué bien lucía mi pelo reseco y despeinado! Seguro la señorita Fence me elogiaría hoy. De hecho, no le quedaría otra opción.

Al final de la representación la señora Soshil, la señorita Jones y la señora Daniels subieron rápido al escenario y me tomaron de la mano cálidamente, y me felicitaron por desempañarme bien en un personaje tan difícil. Todos quedaron electrizados con mi actuación. Todo fue elogios, ¿pero y la señorita Fence? Ni siquiera se sentó en el público para ver la obra, sino que permaneció de pie detrás del escenario, dirigiendo a los actores. Le pedí, aferrada a sus hombros y mirándola de forma suplicante, que se sentara en el público a ver la representación. Si estuviese en su lugar, me habría derretido. Incluso una piedra tendría más sensibilidad.

—¡Gulnar! He asumido algunas responsabilidades que debo cumplir.

¡Tus sagradas responsabilidades! Bueno, al menos lo vio desde los laterales.

Esa noche me demoré en volver a la residencia de estudiantes. A cada paso las chicas se amontonaban a mi alrededor.

—¡Gulnar! ¡Lo hiciste de manera brillante! ¡Cómo calificar tu actuación! ¡Qué hermosa lucías en el escenario, Gulnar!

Escapé de las chicas y llegué exhausta a la residencia. Zarina estaba afuera esperándome. Corrió y me abrazó.

—¡Mi querida Gulnar! Debiste haberte cortado el pelo y maquillado de la manera que lo hiciste para la obra. Parecías un hada esta noche, pero tu maquillaje no era apropiado para Juana, ¿no? Cuando el inquisidor dijo, *Juana, luces muy pálida esta noche*, ¡tus mejillas estaban rojas como el amanecer!

Ambas estallamos de risa. Tomadas de las manos corrimos al comedor. Todas las chicas se habían sentado para comer. Cuando entraba, me felicitaron. Esa noche fui a la cama regocijada pero no pude dormir. ¡Sí! ¿Qué me importaba el elogio de todos? Mañana veré a mi señorita Fence. Mi Angelina. Y ella me elogiará.

A la mañana siguiente fui a verla con grandes deseos y expectativas. ¿Y qué recibí de mi Angelina? Un rostro inexpresivo y una conversación anémica... Zarina tuvo razón cuando dijo, *Gulnar, una chica romántica como tú, y la insensible y frígida señorita Fence... no pegan. Tú eres fuego y ella es hielo...* En realidad carecía de emoción. Un cuerpo insensible. Una estatua de piedra. ¡Un bloque de hielo! ¡Cómo podía compararse con Parvaiz! Cada vena en el cuerpo de Parvaiz está llena de vida. Es eléctrico. Incluso en las fotografías luce muy romántico.

El día que *Abba* lo invitó a cenar para darle su presente de compromiso, también logré mirarlo de soslayo. Zarina terminó y Jabeen también.

–*Dulha Bhai*[12] está aquí, –anunció Zubeida y, ¡cómo se aceleró mi corazón!

Zarina y Jabeen corrieron a la ventana y me halaron:

–¡Gulnar, levántate! Mira a tu *dulha*[13] también.

Primero dudé, pero deseaba poder verlo.

–¿Qué dirá *Ammi*?

–¡Oh, vamos! ¡Levántate! No pierdas esta oportunidad dorada.

---

12 *Dulha bhai:* término afectivo para cuñado.
13 *Dulha:* novio.

Zarina logró arrastrarme hasta la ventana. Con qué timidez se paró frente a *Abba*. Cuando entró al pasillo intenté espiar por el hueco de la cerradura, ¡pero el desgraciado era demasiado pequeño! Por último ideamos un plan. Jabeen apagó la luz de nuestra habitación para que nadie pudiese ver hacia adentro y Zarina, en silencio, deslizó el cerrojo y la abrió un poco. Por supuesto Jabeen y Zarina se apresuraron hacia delante... No sé por qué me quedé detrás.

–¡Qué joven más guapo, Gul!

Zarina me abrazó emocionada. Bajé los ojos con timidez.

–¡Mi Gul! Qué maravillosa pareja hacen –dijo mientras levantaba mi cabeza, el amor corría por sus ojos. Volvió a asomarse–. ¡Qué figura tan atractiva y qué hermosos ojos! ¡Ven aquí, Gul! ¡De veras le temes a *Ammi*! –Zarina comenzó a halarme otra vez–. –¿Viste los ojos de tu Parvaiz? Una verdadera respuesta para ti misma...

Sí, lo vi todo. El hermoso rostro. Los labios sonrientes. Los hermosos ojos rebosantes de vida e impulsividad.

–*Arri*, parece muy romántico, Gul. Apuesto que te caerá encima. Te lo digo desde ahora, Gul, te echará a perder, te usará como un collar alrededor de su cuello.

Yo ardía del deseo. Caí en sus brazos... Enloquecida...

—Mujer loca, muriendo por la señorita Fence. Qué esperanzas tenías con esa mujer glacial e insensible. ¡La misma frialdad y los mismos ojos indiferentes en la felicidad o la tristeza, la ira o la impaciencia! ¡Mira a Parvaiz, qué rostro tan expresivo tiene! Como si estallaran rayos de luz…

Sí, parece ser la encarnación de la impulsividad. Sus ojos se mueven con rapidez hacia todos lados. ¿Por qué? Quizás me busca.

Quería derribar las puertas; olvidar la presencia de todos, ir y pararme frente a él. ¿Y si yo estuviese de pie detrás de una cortina, la cortina se moviese por un momento, le hubiese sonreído descaradamente, y luego con timidez bajaría mis ojos y lo dejaría sin aliento? Yo lucía tan encantadora con el sari de seda azul de borde dorado.

¿Por qué debía salir con este sari? Me pondría el sari de seda que me trajo mi Parvaiz. Me quité el sari que me acababa de poner y llamé a Zakia que salía con un plato de *samosas*.

—Zakia, por favor tráeme mi sari azul. El de seda.

—Está bien, te lo traeré, pero ven rápido. *Ammi* dice que no va a sentarse con la señorita Fence a comer. Sería mejor que tomaras su lugar.

Miré con desgano a la habitación. La señorita Fence estaba sentada con las manos juntas, mirando hacía arriba. Sus ojos lucían indiferentes e insensibles. Se veía extremadamente delgada, y lívida, tenía los labios pálidos, y la piel marcada por la viruela. De repente sus marcas parecían crecer, hacerse más profundas y expandirse por todas partes. Su rostro se volvía repulsivo. Rápidamente sacudí la cabeza para librarme de la imagen grabada en ella. Fue sustituida por otra imagen floreciente. De Parvaiz. Esos hermosos ojos azules, grandes, en forma de almendra, embriagadores, con largas cejas negras. Ese rostro, la ancha y hermosa frente... ¿Y los labios? Qué hermosamente tallados. Sensuales, abultados y ligeramente inclinados como si estuviesen llenos de sonrisas. Esa piel oscura. Hermoso Shyam. Mi Shyam y yo su Radha. Recogí la foto de Parvaiz de la mesa y la besé con una fiebre de impaciencia.

—¿Este sari? —alarmada, dejé la foto. Zakia estaba de pie con el sari.

—Sí, ése.

—*Apa*, ven rápido. Las *samosas* se enfrían y aquí tú te cambias sari tras sari. ¿Cómo puedes estar tan indiferente mientras la señorita Fence continúa preguntando por Gulnar?

—Ya voy.

Recogí la foto de nuevo y olvidándolo todo, me perdí en su belleza. Qué rostro más bien parecido. Oh, esos labios. Mis ojos se fijaban primero en los labios.

Estos labios… que pensamiento… me derretía de la vergüenza. Solté la foto y comencé a ponerme el sari… Qué
encanto había en su personalidad, ¡qué masculinidad!
Cuerpo compacto. Buena estatura. Pecho ancho. Brazos
largos y fuertes. En esos brazos. Uf, esos pensamientos
otra vez. ¡En mis venas latía electricidad, mi pulso se
aceleró! La sangre hervía, dispersando calor. Fuego.
¡Oh, las emociones contenidas, esta tormenta! Caí en la
cama y escondí mi rostro en las almohadas. Esto… qué
delicioso fue.

–¿Gulnar, qué te ha sucedido?

Ammi estaba allí de pie, su rostro ardía de la ira.

–La señorita Fence ha esperado por ti mucho rato.
No tienes ninguna consideración por una persona
mayor, y además es tu profesora –*Ammi* salió hablando
en voz baja.

–Espera por ti. Pregunta por ti. No deja de hablar
de ti.

Está bien, voy a salir. Sí, ¿por qué no? Definitivamente saldría. Me pondría el sari que me trajo Parvaiz.
Sí, usaré el anillo, símbolo de nuestro compromiso. Lo
sacaré de la pequeña caja de terciopelo. Qué hermoso
anillo. Mi anillo de compromiso. La *P* de Parvaiz había
sido bellamente tallada sobre éste. Cómo brillaba la
única gema verde en medio de las blancas. Lo miraba
con orgullo y me lo puse. Sí, saldré así y le diré lo feliz

que estoy por mi casamiento. Ella debe pensar que estoy avergonzada de mi comportamiento hacia ella, que saldré con una expresión triste, una cara de remordimiento y que le comentaré de mi condición con tonos de dolor. ¡Mi sufrimiento! ¡Quizás llore! ¡Cómo la sorprenderé! Al ver mi sari exclamará, *¡Qué hermoso sari!* Y responderé con orgullo, *Parvaiz me lo trajo.* Le hablaré de Parvaiz. Alegremente, le contaré lo guapo que es Parvaiz. Le insistiré para que asista a mi boda… Le diré cuánto amo a Parvaiz. Arderá cuando escuche eso. ¿No? Seguro que lo hará. Esa vez que fui a casa sin despedirme, me preguntó una y otra vez:

–Gulnar, ¿no te has casado, verdad?

Cuando lo negué, no me creyó.

–Me lo ocultas, Gulnar.

Por eso no me felicitó al recibir las noticias de mi compromiso… y ahora al ver mi cara no de pena sino de gran placer, felicidad y expectación, ¡cómo arderá! ¡Sí! Si se molesta, que se moleste. Como si me importara. Al pasar, recogí la foto de Parvaiz.

Mumtaz Shirin nació en Bangalore, India en 1924. Una de las críticas pakistaníes más influyentes de su época, escribió extensamente sobre los efectos de la división y de los nuevos nacionalismos sobre la literatura urdu e introdujo la idea del *nouveau roman* y otras técnicas postmodernas en la ficción urdu. Sus ensayos están recopilados en dos volúmenes, uno de éstos se centra en los escritos del famoso escritor Manto. Shirin sólo publicó dos recopilaciones de cuentos. Murió en 1971.

El descenso

MUMTAZ SHIRIN

Él miró hacia arriba.

Ocurrió una gran estampida de estrellas, amplia, blanca y resplandeciente. Blancas escaleras llevaban a las blancas habitaciones de arriba, que estaban bañadas de luz, la luz de arriba.

Se pararon al pie de la escalera. Él y ella. Él miró hacia arriba, a la gran estampida... No, ella no podía subir. No podía subir los escalones en su estado. Él dijo con ternura

—Déjame llevarte.

Ella se sonrojó y sacudió la cabeza.

—No... no. Imagina llevarme todo el trayecto hacia arriba, las personas miran.

—No me importa.

Estiró sus brazos hacia ella, pero lo empujó hacia un lado protestando:

–Puedo subir las escaleras yo sola.

Entonces está bien, sólo te serviré de apoyo.

Puso los brazos alrededor de sus hombros y la sostuvo con fuerza.

Juntos subieron las escaleras, escalón por escalón.

Los escalones, anchos, blancos, resplandecientes, llevaban a la habitación blanca escaleras arriba. Allí había luz, donde la vida nació.

Ahora el dolor corría por ella a intervalos cortos. Unos escalones arriba, el dolor se vuelve más intermitente y más agudo, a través de su columna vertebral, sus caderas y su barriga. Escalofríos corren por todo su cuerpo, gotas de sudor salen de su frente. Él sacó un pañuelo y secó su cara.

–Pronto terminará, –le murmuró con ternura. La agarró con fuerza–. Apóyate sobre mí, descansa todo tu peso sobre mí. Así, está bien. Esto te calmará.

Ella cerró los ojos y dejó que su cabeza cayera sobre los hombros de él.

Subieron peldaño tras peldaño.

Las enfermeras la llevaron adentro; a él le pidieron que esperara afuera. Afuera, se sentó en un banco; todo pareció tan repentino. No se lo esperaba, más bien fue pronto. Ella había estado muy bien esa tarde. Él llegó a casa como de costumbre, muerto de cansancio, y ella lo saludó con una sonrisa tierna y tranquila. Estaba apenada de verlo desanimado y desgastado. Como siempre, trajo el jarro y vertió el agua mientras él se lavaba la cara y las manos. ¡Qué esposa tan dedicada! En su corazón surgían sentimientos de amor y gratitud. Él deseaba que ella se sentara a su lado y hablara con él, hablara con él de los viejos tiempos felices. Pero ella dijo que debía cenar primero; lucía tan débil y exhausto. Ella sirvió la cena. Él y los niños se sentaron para comer el escaso alimento. Ella fue a la cocina, quizás para ver si quedaba algo más que darles, y entonces... vio que se agarraba a la puerta y desapareció en el umbral. Él dejó su comida y corrió hacia ella. La aguantó y la llevó a la cama. Le preguntó con ansiedad qué pasaba, pero ella no le dijo. Con ella siempre sucedía lo mismo. Intentaba ocultar su dolor ante él. Pero él podía sentirlo. Entonces ella tuvo que decirle que había comenzado. Se apresuró con ella hacia allí.

Deseaba que todo estuviese bien, cómo tembló en sus brazos cuando la llevaba escaleras arriba. Debió sufrir terriblemente. Estaba tan débil. Apenas le quedaban fuerzas. ¿Saldría viva de esta lucha de vida o muerte? El dolor se aferró a su corazón mientras permanecía sentado allí afuera, esperando.

Ella permaneció en la sala de partos. Los dolores eran insoportables. Sus ojos se hincharon; mordía duro sus labios. No se quejaba, no dejaba que el llanto escapara de sus labios. Él sabía por su lamento que ella sufría terriblemente y él también sufría. Ella no emitió sonido; sólo sufrió y sufrió hasta que no pudo hacerlo más. Perdió el conocimiento.

Él se paró junto a la puerta cerrada. La locura lo poseyó. Caminó de un lado a otro; luego regresó y se sentó en el banco, se movía con impaciencia. Miró al espacio vacío con ojos que parecían no ver. Pero prestó mucha atención para ver si escuchaba algún lamento, o algún llanto de la sala de parto. No pudo escuchar ni un sonido. Todo estaba tranquilo. ¿Significaba que...? Fue apuñalado en el corazón.

–¡Oh, Dios, Dios! Déjala vivir esta vez –rezaba en silencio desde las profundidades de su alma.

Decían que mientras nacía una nueva vida, la propia vida de la madre estaba casi extinguida. Trató de escuchar de nuevo. Todo estaba tan tranquilo como antes. Tal vez lo soportaba con paciencia. Siempre lo había hecho. Quizás estaba viva, y estaba bien.

Se sentó en el banco a esperar; la espera le parecía interminable. El tiempo permanecía inmóvil. El sufrimiento, el dolor, la tortura de toda una vida se retorcían en esos pocos momentos.

Adentro, ella yacía inconsciente. Fue un bebé muy pequeño. Antes que el cordón se cortara de su ombligo, ya había muerto. Poco a poco, ella cobró consciencia.

No preguntó por su bebé. Un sentimiento oculto, desconocido y vago, *el sexto sentido*, le advirtió que había muerto. Las enfermeras la consolaron. No se preocupó; siempre ocurría eso con los bebés que nacían el octavo mes. Rara vez sobrevivían. Una enfermera trajo al bebé y lo sostuvo para que ella lo viera. Lentamente giró la cabeza hacia un lado. Sólo una mirada al pequeño rostro pálido, al pequeño cuerpo inanimado y dos lágrimas silentes corrieron por sus mejillas. El cálido flujo de amor maternal que surgió en su pecho, se congeló de nuevo dentro de ella.

La puerta se abrió y salió una enfermera. Se puso de pie y corrió desesperado hacia la enfermera. Le dijo que el bebé había muerto en cuanto nació. Él no debía preocuparse: siempre sucedía con los bebés que nacían el octavo mes. Pero él no pensaba en el bebé. Sólo si ella estuviese viva… ¿Lo estaba? La enfermera continuó:

—Mire, no debería preocuparse, estos bebés rara vez sobreviven.

—¿Mi esposa...?

—¿Su esposa? Bueno, tráigale una taza de café. La revivirá un poco.

¿Café para su esposa? Entonces estaba viva.

Cuando trajo el café, vio que la llevaban a otro pabellón. Ella se acostó tranquila sobre la cama. Él permaneció de pie a su lado y observó su cuerpo débil y pálido.

–¿Cómo te sientes ahora? –le preguntó con suavidad, tomando su mano fría y sudada.

Ella sonrió débilmente.

–Estoy bien. Pero esta vez me siento sin fuerzas, sabes. Cada articulación de mi cuerpo me duele.

No hablaron del bebé. Él pensó que era mejor así. Ella se había salvado y eso era todo lo que él deseaba.

A la mañana siguiente él fue al hospital. También llevó a los niños. Ella les sonrió. Los niños se reunieron alrededor de la cama de su madre y él se sentó junto a ella, sostenía su mano.

Ella se dio cuenta de la mirada ansiosa en sus ojos y apretó su mano de manera tranquilizadora. Sus ojos descansaron sobre el rostro de él. Había mucha ternura y afecto entre ellos: amor, devoción y adoración silente.

Tampoco faltaba la atracción física: en ninguno de ellos. Su ropa holgada y humilde colgaba sobre su forma extremadamente delgada y oscura. Ella usaba ropas descoloridas y rústicas. Perdió la figura por dar a luz a tantos niños. Ellos estaban desgastados por el trabajo duro. No habían tenido suerte. La pobreza les arrebató el poco encanto que la juventud les había dado. Él antes tenía la piel castaña, ahora algo oscura. Sus mejillas se habían hundido. Ella tenía la piel de color amarillo pálido; sus ojos, muy metidos dentro de las cuencas, estaban rodeados por anillos oscuros. Con apenas veinticinco años, parecía mucho mayor. Estaba consumida.

Había algo más que la belleza, una fuerza más fuerte que la atracción física, que los mantenía juntos.

Los ancianos habían unido sus manos según ritos religiosos y desde entonces pertenecían uno al otro. Ella sabía que debía amar a su esposo. Era su señor, debía adorarlo, y lo amaba, lo adoraba y dedicó la vida a su servicio.

Estaba consciente que debía cuidar a ese ser débil y delicado, debía protegerla y apoyarla. Ese ser débil había compartido su vida con él, era la señora de su casa, la madre de sus hijos. Así sus corazones se unieron. Eran el fruto de una larga comunión; habían profundizado su afecto y amor mutuo. Los niños nacieron del amor unido por ese lazo.

También los niños podían sentir que todo no iba bien con su madre. Le preguntaban con ansiedad,

—¿Madre, no estás bien? —Le tocaban la frente—. ¿Tienes fiebre?

El más pequeño dijo de manera conmovedora

—¿Dónde es que sientes dolor, mamá? Enséñame. Te besaré allí y el dolor se irá…

Él besó sus brazos.

—Aquí.

Ella agarró al pequeño y lo acercó a su corazón. Se sintió muy feliz. Cómo la amaban sus pequeños, la propia carne de su carne, sangre de su sangre. Ella les había dado su vida para que crecieran. Estos pequeños seres habían tomado forma y vida dentro de su vientre. Suspiraba mientras pensaba que no había creado vida esta vez.

Después de todo, ¿qué más había en su vida lúgubre y miserable?: pobreza, hambre, miseria, pena y dolor, excepto los niños que la amaban y el esposo que la cuidaba. Sí, este era el tesoro de su vida.

El tiempo de la visita terminó y tuvieron que marcharse.

Ella los siguió con los ojos mientras salían por la puerta del pabellón.

A la mañana siguiente, él la encontró acostada, quieta y calmada, pero estaba más pálida que nunca. Su rostro estaba amarillo, como si le hubiesen rociado agua de cúrcuma. Parecía que hubiesen chupado toda la sangre de su cuerpo.

Una enfermera entró, pinchó su pulgar y tomó una gota de sangre. Al absorberla en un papel, examinó el porcentaje de hemoglobina en su sangre. La doctora entró en ese momento y la examinó también.

La doctora se volvió hacia él, furiosamente.

–¿No vez el peligro en que está tu esposa? –continuó en inglés–, ¿Puedes imaginarlo? Nunca le diste inyecciones de extracto de hígado, ni le diste extractos durante el embarazo. Ahora que está más allá de toda esperanza de recuperación, la traes aquí. Y se supone que nos culpes de su muerte.

Cada palabra de la doctora cayó como un martillo que golpeaba en su corazón. ¿No amaba a su esposa? ¿No la cuidaba? ¿Nunca le dio los tónicos e inyecciones? Un insignificante empleado: ¿cómo podía darse el lujo de pagar los tónicos e inyecciones para su esposa? Quedó reducida a esta condición. Estaba cerca de la muerte... cerca de la muerte... Oh, la pobreza es un infierno.

Ya no fue más en autobús a la oficina, sino que caminaba todo el trayecto. Dejó de fumar sus cigarros baratos. Con las pocas *anas* que ahorró compró frutas. Pidió prestado dinero y pagó las inyecciones.

Ella permanecía pálida y más débil que nunca, una palidez mortal. Tenía el rostro descolorido. Su cuerpo estaba frío y adormecido. Los guantes y medias de cuero para el frío se le salían de manos y pies. Bajo sus pies se mantenían recipientes y bolsas de agua caliente. Podía sentirse la presencia de algo invisible que rondaba sobre ella. Algo que presagiaba su muerte.

Sin embargo, ella tenía una sonrisa débil y de consuelo. Cuando él se sentaba a su lado, la miraba y el dolor se reflejaba en sus ojos. Él la reconfortaba:

–Te pondrás mejor. Cuidaré de ti. Te daré tónicos y frutas. Estoy ahorrando dinero, sabes.

Ella le sonreía con mucha tristeza:

–Sí, me pondré bien, —un atisbo de esperanza.

Tal vez esta esperanza mantendría la vela de su vida encendida. Pero a la mañana siguiente él se dio cuenta de que su sonrisa era forzada, sus ojos tenían la mirada perdida.

Entonces llegó la noche crítica. Su calma dio paso a los quejidos. Esa noche ella se lamentó y se quejó sin parar, de forma lastimera. Él vio que se aproximaba la crisis. Pidió a las enfermeras y doctores que le dejaran quedarse con ella esa noche. Ellos no escucharon sus súplicas. ¡Estaba en contra de las reglas del hospital! ¡Además, éste no era un pabellón especial que permitiese a alguien quedarse con el paciente! Vino una enfermera y le dio a ella las pastillas para el sueño, gritándole con brutalidad,

–¿No puedes estar tranquila? Te quejas horriblemente. ¿No te das cuenta de que molestas a los otros pabellones?

Los pacientes en los *otros pabellones.* ¿Por qué no podía revelar toda la verdad? Los pacientes en los *pabellones especiales, los elegidos...* Este tratamiento le fue suministrado porque él era pobre, no era de *los elegidos,* pensó con amargura mientras trotaba hacia la casa. Los lamentos de ella lo perseguían. Yacía bien despierto, mirando al techo, pudo escuchar ese lamento lastimero toda la noche.

A la mañana siguiente estaba calmada de nuevo. ¿Significaba que la crisis había terminado?, pensó esperanzado. Pero la doctora la examinó y sacudió la cabeza con desilusión.

–Sólo queda una esperanza.

–¿Qué es doctora? –preguntó desesperado.

–Transfusión de sangre...

–Por favor examine mi sangre, doctora. Si resulta apropiada para ella...

La doctora miró al hombre de la cabeza a los pies. ¿Daría sangre, este hombre delgado y desgarbado? Él mismo parecía tener muy poca. Pero su mirada conmovedora y de súplica pareció responder: lo haría.

–Daría cualquier cantidad de sangre, si podía salvar su vida.

Varios cientos de centímetros cúbicos de sangre fueron extraídos de su cuerpo hacia el de ella. En la sangre de su esposo, cada gota contenía el calor de su amor, y al pasar por sus venas, ella obtenía un poco. Pareció revivir. Él tocaba su cabeza. Estaba caliente, estaba caliente. Se inclinó hacia ella y le susurró con suavidad,

–Seguro te recuperarás ahora.

Ella le regaló una sonrisa cálida, había comprendido todo. Ella le agradeció con una expresión de los ojos y abrió sus labios para decir algo. Sus labios temblaron; tomó una coloración azul y todo su cuerpo sufrió violentas convulsiones por lo que se estremeció por completo. Hincó las uñas en las sábanas. Él la agarró y se inclinó sobre ella. Ella quería decir algo, pero los labios se separaron y temblaron. Quizás ella preguntaba por sus hijos. En tal desesperación, este pensamiento relampagueó en su mente. Él le pidió a las vecinas, que lo habían acompañado, que fueran y buscaran a los niños. Su casa no estaba muy lejos. Pronto los llevaron. Ella los miró uno a uno. Intentó extender sus brazos hacia el más pequeño, pero cayeron sin vida. Lo miró por última vez, como si le dijera adiós.

Luego todo terminó.

Golpeando su cabeza, él gritó su nombre una y otra vez. Pero pronto se dio cuenta que estaba en el hospital. No debía comportarse así. También estaban los niños. Debía mantener la calma frente a ellos. Se dejó caer sobre una silla. Los niños se pararon junto a la silla donde estaba su padre y miraron al cuerpo de su madre. El misterio de la muerte estaba más allá de su comprensión.

Él la miraba también, mientras las enfermeras la cubrían con sábanas blancas. Tenía el rostro pálido, y el grueso cabello negro caía sobre sus hombros. Él miraba y miraba. Se encontraba abstraído del entorno. Apenas entendía las pocas palabras que se decían a su alrededor. La doctora dijo:

—Es muy tarde en la noche. Puede llevar el cuerpo a casa mañana. Mientras tanto, el cuerpo será puesto en la morgue. Sentimos que no hayamos podido salvar su vida... y puede pagar la cuenta después...

Las mujeres pobres, que llevaban el cuerpo abajo, gritaban:

—No lo bajaremos a menos que nos paguen primero.

Él escuchó a las enfermeras decirse entre sí:

—Después de todo, hemos visto muchas muertes aquí, nunca nos asustará ver un cuerpo muerto. Estamos acostumbradas. Pero mírala. ¿No sientes...? —murmuraron algo.

La insultaban incluso muerta.

De repente, él se levantó y cargó el cuerpo en sus brazos. Alguien le trajo una camilla. La empujó por un costado. Ignorando a los que lo miraban de pie, asombrados e impactados, llevó el cuerpo hacia las escaleras que llevan abajo al patio trasero.

Hacía varios días —¿cuántos días fueron?— la había conducido escaleras arriba, ayudándola, sosteniéndola con fuerza. La había hecho subir las escaleras y ahora, con el cuerpo sin vida en sus brazos, él bajaba.

Una vez hubo vida en su cuerpo. Porque incluso la tenía hace unos instantes. Ahora estaba fría, rígida y pesada con la muerte. Él había amado este cuerpo, lo había amado durante diez años, y ahora lo había perdido para siempre. ¿Cuántas veces lo había llevado en sus brazos cuando era ligero, suave y cálido? Apenas tenía catorce cuando se convirtió en su novia. Su madre estaba viva entonces. Ella la hacía trabajar todo el día. Cuando su madre se encontraba afuera visitando a unos parientes, ellos pasaban buenos ratos. Él la cargaba en sus brazos y giraba. Esos días felices habían terminado demasiado pronto. El trabajo duro y la maternidad la habían debilitado mucho; constantemente estaba enferma. Él le pidió que no trabajara tan duro, pero ella no lo escuchaba. Cuando ella trabajaba, él la seguía furtivamente, la levantaba con delicadeza y la acostaba sobre la cama para que pudiese descansar. Sí, muy a menudo. Ahora cargaba su cuerpo en sus brazos por última vez.

La bajaba, por las escaleras.

Las escaleras eran estrechas y oscuras. Había oscuridad a su alrededor. La oscuridad de la noche, la oscuridad de la muerte. Los escalones parecían no terminar nunca. Un largo camino hacia abajo… abajo, abajo. Un largo descenso. El último.

La historia de la abuela

AMTUL RAHMAN KHATUN

–Abuela querida, cuéntanos una nueva historia hoy.

–Mis niñas queridas, ¿acaso no les he contado todas las historias que recuerdo? ¿Dónde voy a encontrar una nueva?

–¡No, no, abuela! No vamos a dejarte ir a menos que nos cuentes una historia. Miren, Safia y Rokaya también llegaron; ahora somos cinco. Nos divertiremos mucho.

–Sí, abuela –Rokaya y Safia se les unieron–. No venimos todos los días; sus nietas han escuchado todas las historias, nosotras sólo hemos escuchado unas pocas. No nos marcharemos sin una historia.

Abuela dijo:

–Bueno niñas, apenas empiezo a contar una historia y ustedes comienzan a hacerme preguntas. No hay diversión al contar una historia a menos que haya un murmullo adecuado como respuesta de los que escuchan.

—Abuela, ahora que por suerte los exámenes terminaron podemos estar despiertas hasta la medianoche o incluso más tarde, nos comportaremos.

La abuela sonrió.

—Bueno chicas, han escuchado todas las historias que conozco sobre reyes, hadas y demonios; hoy voy a contarles sobre alguien tan común como cualquiera de nosotros. Es una historia para chicas, no para chicos.

—En este momento no hay ninguno —dijo una de ellas—. Comienza, abuela.

La abuela preguntó, mientras abría su cofre de semilla de betel:

—Bueno chicas, ¿en qué año se creó Pakistán?

—En 1947 —las chicas respondieron al unísono—. ¿Crees que no sabemos que nuestro Qaid–i–Azam Muhammed Ali Jinnah fue el creador?

—¿Cuándo murió?

—El 11 de septiembre de 1948 —respondieron las chicas.

La abuela suspiró.

—Por desgracia él no vivió para ver el florecimiento de un nuevo país; un infante de un año quedó huérfano. ¡Dios nos proteja! Lo necesitamos.

–Bueno niñas, ahora díganme: ¿cómo llegaron a Pakistán, por tren o por avión?

–Abuela, nacimos aquí, ¿no recuerdas?

La abuela hizo un gesto de impaciencia.

–¡Mi memoria! La verdad es que creo que me estoy poniendo senil. En realidad pensaba en tu hermano, que nació en la India. Nosotros vinimos en avión. Pero miles vinieron en tren; había trenes especiales donde las personas eran amontonadas como cabras y ovejas.

El recuerdo la hizo suspirar de nuevo.

–Pero esto no es una historia de hadas, abuela; sólo revives tus viejos recuerdos.

–¿Y? –dijo la abuela–. Son los viejos recuerdos los que se convierten en historias. Como les decía, era uno de esos trenes especiales que trajo a Saliqa Begum aquí.

Las niñas rieron nerviosamente.

–¡Qué nombre tan cómico! ¿Puede alguien llamarse Saliqa Begum?

–No, su nombre real era muy diferente. Yo le llamaba así por sus maneras refinadas y su prudencia. La conocía desde que vivía en la India. Ella vivía en nuestro vecindario y me llamaba tía. Eran personas humildes, pero bien educadas y de buena familia. Su esposo Shaheedullah trabajaba en una oficina por un salario de sesenta rupias al mes...

Las niñas rieron nerviosamente otra vez. La abuela dijo irritada:

—¿De qué se ríen ahora?'

—Ustedes se aparecen con esos nombres extraños. ¿Shaheedullah? ¿Puede eso ser un nombre?

—¿Qué es un nombre? Da igual llamarlos de cualquier forma. No es necesario revelar sus nombres reales. Él fue asesinado en el camino hacia Pakistán, por lo tanto lo llamé de esa manera.

—Oh Abuela, te quedaste atrapada en todas esas anécdotas ahora; eso no es una historia…

—Entonces, ¿qué es para ti una historia? ¿Debe tener cuernos que salen de su cabeza? —dijo la abuela molesta—. Les cuento una historia real. Ya han escuchado muchas tonterías y mentiras; si no están interesadas, vayan a la cama.

—Está bien —dijeron las chicas en un tono poco animado—. ¿Qué pasó entonces?

—En los próximos quince o dieciséis años nadie sabía dónde estaba Saliqa. Pensé que la habíamos perdido. Pero hace algunos años, ella vino a verme en un auto. Al principio no la reconocí. *Burqa* Black Lady Hamilton, *shalwar* crepé de blanco, fina bufanda azul y blanca decorada; adornos dorados en las orejas, un medallón dorado alrededor de su cuello, ocho brazaletes de oro resplandecientes en cada muñeca. Era una mujer muy hermosa, pero entonces supe que sus ansiedades y dudas habían robado la frescura de su piel; estaba floreciente como una granada. Aunque tenía cincuenta, no parecía tener más de treinta y nueve años. Cayó sobre mi cuello en cuanto llegó y me abrazó. Estaba totalmente desconcertada por su repentina aparición. *¿No me reconoces?* gritó. ¿Qué podía decir? En realidad no la había reconocido. Dije en voz baja que mi memoria había sido afectada por mi avanzada edad, y le pedí que me refrescara la memoria y me diera una pista sobre quién era.

Cuando me dijo su nombre y el de su esposo me quedé asombrada por el cambio en la forma de vestir. Recordé su *burqa* rústica de algodón y ropas de muy mala calidad. En ocasiones especiales ella sólo usaba los atuendos que le habían regalado en su ajuar, ¿qué más podías esperar de un salario de sesenta rupias al mes? Un esposo, dos niños, y ella para alimentarse; no podía ni siquiera pagar un sirviente después de su matrimonio. Me quedé boquiabierta al verla vestida con tanta exquisitez. Debe haberse casado con un hombre rico, pensé…

–O encontró una casa abandonada llena de viejos tesoros –interrumpieron la chicas.

–No –dijo la abuela–. ¿Escucharán tranquilas y prestarán atención a mi conversación con Saliqa Begum?

–Al notar mi silencio, ella dijo: *¿Tía, no me reconoces?* ¿Cómo no voy a reconocerte pequeña? Es la sorpresa. *¿Tu esposo consiguió un buen trabajo?*'

Las chicas interrumpieron de nuevo:

–Hace un rato dijiste que debió casarse con un
hombre rico. ¿Entonces por qué preguntaste si su esposo había conseguido un buen trabajo?

La abuela levantó la nariz.

–No intenten confundirme, chicas. En realidad,
había escuchado que su esposo había sido asesinado,
¿pero cómo podía repetir algo que sólo había escuchado por un rumor? Así podría averiguar los hechos reales.

–¿Qué te dijo Saliqa Begum? –las chicas querían
saber.

–Ella suspiró. *Oh, tía, ¿no sabes? Fue asesinado por
el camino. Traje a mis dos hijos aquí. El varón tenía diez
años, la niña ocho. Permanecimos en los campamentos
muchos días. Odiábamos la cocina colectiva. Habíamos
dejado todos nuestros utensilios domésticos. Tenía un
plato y un vaso, y en lugar de una moneda, contaba sólo
con el nombre de Dios. Los pocos adornos de mi ajuar los
había vendido; todo lo que me quedaba era un par de
pendientes floreados. Como sabes, cuando vienen los
tiempos malos, ni los vecinos ni los amigos pueden evi-
tártelos. Todos siguieron su camino. Luego de un tiempo*

pensé, ¿Durante cuánto tiempo puedo estar sentada aquí viviendo de la caridad? Tengo que enfrentarme al mundo. Y reuní mi coraje. No tenía equipaje, sólo una sábana que me dieron las agencias de ayuda. Tomé a mi hija de la mano y puse la sábana sobre el hombro de mi hijo. Deposité mi fe en las manos de Alá y partí. Nunca había estado en las calles, no conocía el camino. Preguntando direcciones, llegué al bazar. Créeme tía, tenía ampollas en los pies y los niños estaban en un estado lamentable después de todo lo que caminamos. Con la ayuda del Todopoderoso, encontré un joyero que compró los pendientes: por 10 gramos de oro, tenía 50 rupias, que era un alivio. El dueño de la tienda era un tipo amable. Al ver cómo estábamos, mandó a buscar un poco de naan y kebabs para nosotros, y me preguntó: ¿Hermana, a dónde irás ahora? Cuando le conté todas mis inquietudes, dijo: Si quieres, puedo darte un empleo. Estuve de acuerdo de inmediato. Él envió un sirviente conmigo, pero la señora de la casa puso mala cara cuando vio a los niños y dijo yo no puedo hacerme cargo de los niños, sólo necesito una mujer que me ayude. Yo misma hago la comida, el pan viene del panadero local. Sólo puedo pagarte 10 rupias al mes y no puedo alimentarte. Estuve de acuerdo.

Contando las cincuenta rupias que tenía, pensé que habíamos hecho todo lo que podíamos y estábamos a

salvo. Sin embargo, el problema era dónde quedarnos.
Le pedí a la señora un pequeño espacio que no utilizara;
estaría con ella día y noche, y también haría trabajo
extra. Se negó.

El sirviente que había venido conmigo me propuso:
Hermana no te preocupes, buscaré algún lugar para que
vivas. Hay un templo cerca donde muchas personas se
han refugiado. Seguro encontrarás refugio allí.
Entonces, tía, acepté el empleo y el lugar para quedarme.
El templo estaba lleno de personas. Yo también reclamé
un pequeño espacio, expandí mi manta y senté a mis
niños. Después de andar errante todo un día, me sentía
completamente agotada. Mandé a buscar algo de comi-
da, los alimenté y los acosté a dormir, y entonces lloré de
pena la mitad de la noche. Podía descender en la vida,
pero la atmósfera en el templo no era para mí. A la
mañana siguiente llevé a los niños conmigo y comencé.
Fui a ver a la señora que me dio el empleo, hice sus com-
pras y después fregué los platos.

Entonces decidí resolver el problema por mi cuen-
ta. En esta gran ciudad, debía haber un lugar donde
buscar refugio. Había varias mansiones grandes en esa
zona. Me armé de valor y entré en una de ellas, a los
niños los dejé afuera. Encontré que cuatro familias des-
plazadas ocupaban la mansión. Parecían ser personas
muy decentes. Les hablé de mi difícil condición y les pedí

un poco de espacio para vivir. Sintieron pena por mí y me dijeron que ocupara la casa del guarda, que ni el portero ni los sirvientes debían vivir allí. Les di las gracias y agradecí a mi creador. Llevé a los niños adentro. Los otros inquilinos no tenían sirvientes, por lo que me emplearon para hacer sus compras. Cada familia me pagaba cinco rupias. Eso me proporcionó un ingreso seguro inmediato de treinta rupias al mes. Al otro día, llevé a mi hijo al mercado. Tenía las cincuenta rupias conmigo; compré una estera de paja, un recipiente de barro, otro para agua, algo de lentejas y especias y un cucharón. También compré material para una muda de ropa apropiada para cada niño, una aguja, hilo y una tijera. Todo me costó veinte rupias. Durante todo el día, cosí las ropas. En la noche les di un baño a los pequeños para refrescarlos. No me preocupé mucho por mí; después de todo, quedé reducida a ser una sirvienta.

Al otro día salí para buscar más trabajo. Vi una mansión que parecía enorme. Entré. Estaba habitada por una gran familia, alrededor de veinte y algunos niños. Eran personas de allí y parecían muy a gusto. Ya tenían cocinero, pero buscaban una sirvienta. Me dieron un empleo de cincuenta rupias al mes. Suspiré aliviada. Mi trabajo era comprar carne y alimentos en diferentes cantidades, para cinco familias. A veces le decía al carnicero que me diera un poco más, que añadía al guiso y se

lo daba a los niños. Los habitantes de la mansión utiliza-
ban mucha mantequilla líquida para cocinar. Era invier-
no, y mucha grasa se congelaba en los platos, yo les echa-
ba agua caliente para que la ghee se elevara a la superfi-
cie. A la mañana siguiente podía quitar toda una capa de
grasa congelada y usarla para cocinar el estofado de los
niños.

–Puff, querida, ¿no te resultaba asqueroso?

Saliqa Begum respondió:

–¿Por qué tía, qué motivo había para sentir repul-
sión? ¿No has escuchado que cuando estás tres días sin
comer incluso la comida prohibida es permitida? Gracias
a Dios, no tuve que humillarme y pedir la ayuda de
alguien. ¡No puedo contarte los días y noches de angus-
tia que he vivido! Dondequiera que trabajaba, recogía
cáscaras de nabo, apartaba las verdes y las llevaba a casa.
Enseñé a mi hija a limpiarlas y a hervirlas, y cuando lle-
gaba a casa les añadía pimienta, sal, ajo y un poco de
mango en polvo a las suaves hojas que ella preparaba y
las sofreía en un poco de aceite. O a veces yo cocinaba
lentejas o guisantes picados bien condimentados. Como
dulce, mojaba pedazos de pan seco y los cocinaba con un
poco de azúcar. Sabía delicioso.

–¿Dónde aprendiste esos trucos –le pregunté.

–La necesidad lo enseña todo –respondió–. Vale
más que cien maestros. Pero no debes ceder a la angus-

tia. Haz lo que puedas, ese es mi lema. De todas formas, tenía trabajo, pero el chico no tenía nada que hacer. Era una preocupación constante.

–¿Por qué no intentaste que lo admitieran en una escuela? –e pregunté.

–Tía, él ya sabía leer el Corán y estaba en sexto grado. Podía leer y escribir urdu. No soporto tener pendiente el pago de la matrícula de los niños, y luego ir por ahí pidiendo libros o dinero para comprarlos. Los compañeros de clase se ríen si van a la escuela con zapatos rotos y ropas raídas. Mi hijo era un muchacho sensible; no quería que se sintiese inferior o que percibiera las diferencias entre ricos y pobres con tan poca edad, y se quebrantara su espíritu. Hoy la educación casi no presta atención a la adquisición del conocimiento: es un medio de hacer dinero. Al ver cómo eran las cosas, en eso me concentré: en hacer dinero. Un hombre pobre, no importa lo educado que pueda ser, no se gana un lugar en la sociedad. Bueno tía, cuando terminó el mes, obtuve mis salarios, preparé algunas samosas con carne troceada, se las di a mi hijo y lo hice pararse en la puerta de una escuela. Se vendieron enseguida y obtuve un cien por ciento de ganancia. Cada día hacía un poco más de samosas. Nuestra creencia en el dicho, La acción obtiene recompensas, *estaba justificada.*

Seis meses después, cogí un viejo cofre de madera de té para usarlo como carretón y contraté a un muchacho para freír samosas en el lugar y venderlas bien calientes. Entonces todo lo que mi hijo tenía que hacer era supervisarlo y por la tarde traer a casa las cuentas y la ganancia. Cuando reuní quinientas rupias, adicioné unos pocos productos: frituras de lenteja, brochetas con salsa picante, y otros. Créeme tía, cada comprador podía gastar una rupia de una vez. Como dulces, hacía turrón de coco y pasteles de sémola, porque pueden almacenarse durante la noche y venderse al día siguiente. Cuando había muchas ventas añadía otro tipo de brochetas al menú. Fui bendecida con la ayuda divina y en un año alquilé un local y tenía mi propia tienda. En el primer piso del local, había un apartamento con un baño por lo que me mudé allí, renuncie a mis trabajos y comencé a administrar la tienda.

*Tía, experimenté la pobreza, así que lo primero que pude tener fue un horno antiguo; empleé un hornero y brindé un menú separado para los pobres. Les cobraba sólo el pan que comían, y les daba lentejas o vegetales gratis para que lo acompañaran. Las lentejas las hacía bien condimentadas, por lo que no hacía falta comer mucho. Una vez a la semana hacía carne con curry y añadía algunos de los platos con salsa más económicos. Por el precio de cuatro **anas** se podía satisfacer un apetito normal. Mi local atraía gran cantidad de clientes.*

Tía, ¿qué más puedo decirte? Mi hijo matriculó al tercer año. Siempre ha sido inteligente, pero tuvo que dejar sus estudios después de sexto grado y estuvo separado de la escuela y no tuvo oportunidad de estudiar durante un año. Él estudió duro por su cuenta durante dos años para ponerse al día. Si lo hubiese dejado ir a la escuela, ¿quién sabe qué malos hábitos pudiese haber aprendido? Un niño necesita la guía de su padre en sus años de formación. Yo estaba afuera casi todo el día, levantando el negocio. Él habría tenido que dejar sola a su hermana, y perdería el tiempo en la calle, jugando bolas con sus compañeros o empinando cometas...

–Estoy de acuerdo querida –dije–. Antes, jugar bolas era muy mal visto; pero hoy en día en estas escuelas nuevas es muy popular entre los chicos, igual que empinar cometas. No sólo los chicos, sino los hombres de todas las edades están locos por unirse a la diversión.

Saliqa Begum respondió:

–*Tienes razón: empinar cometas es un propósito inútil, un deporte para los ricos, pero no para los desposeídos, ¿cómo pueden permitírselo? Es adictivo; he visto niños rebajarse hasta robar, hurtar los libros, los lápices y el papel de los bolsos de sus compañeros de clase para satisfacer su hábito... Gracias a Dios mis hijos no han adquirido malos hábitos. Cada noche, les leo textos de*

*libros religiosos y los advierto de no mentir, robar y esas
cosas.*

Le pregunté a Saliqa Begum:

–¿Todavía mantienes tu negocio de alimentos?

Respondió

*–Alá ha recompensado mi trabajo duro con dulces
frutos. Por Su gracia, después de estos quince años, mi
hijo es propietario de un hotel. Aparte de los gastos,
ganamos tres mil rupias al mes. Estoy buscando una
chica disponible para él.*

Le di una palmada cordial en la espalda.

–¿Y tu hija qué? Debe haber crecido también. No
me has contado mucho sobre ella. ¿Se casó ya?

Saliqa Begum dijo:

*–Se casó hace cinco años, tiene una hija también,
bendita sea. Fue en su auto en el que vine. Estaba
impresionada. Yo misma le enseñé a leer y a escribir
urdu. Ella aprendió a cocinar a una temprana edad. En
fin, todas las chicas disfrutan con tejer y bordar. La providencia la bendijo con una buena apariencia. No digo
esto sólo porque sea su madre, sino porque les gusta a
todos. Una viuda con dos hijos y dos hijas vivía junto a
nosotros. Nos hicimos buenas amigas. Sus hijas estaban
en la escuela. Ellas comenzaron a darle lecciones de
inglés a mi hija. Las tres, la madre y las hijas, la adoraban. Mi amiga posee muchas de tierras. Ellos eran*

oriundos del lugar. Mi Saleema sólo tenía quince cuando ella me pidió su mano en matrimonio para uno de sus hijos, pero me mantuve aplazándolo: después de todo eran extranjeros y estaba el hecho de que eran ricos. Fui franca con ellos; no estábamos a su nivel, le dije. A lo que respondió que ellos estaban interesados en Saleema, no en nuestro estatus social. Durante tres años lo mantuve en espera. Entonces el muchacho se presentó a un examen y obtuvo un empleo en el Servicio Civil. Mis vecinos comenzaron a importunarme. Mi hija tenía dieciocho. La gente me decía que no aceptara su propuesta; decían que buscara un hombre de mi propio país. Pero no estuve de acuerdo con la idea de la separación y los prejuicios: ¿cuánto tiempo íbamos a permanecer aferrados a nuestro sentido de las diferencias? Hay buenas y malas personas dondequiera. Tuve una amarga experiencia con mi propia gente en el campamento de refugiados. Las personas que entraban y salían de mi casa durante el tiempo que mi esposo se distanció de mí. Los propios hermanos y hermanas de mi esposo fueron apartados; otros parientes no llegaron al nuevo país. Estaban destinados a convertirse en mártires y yo estaba destinada a ser una sirvienta.

Saliqa Begum pareció perderse en tristes pensamientos. Traté de cambiar su humor preguntándole que había pasado con el matrimonio de su hija. Ella dijo:

—No puedo decirte, tía, cuántas noches de insomnio pasé, tratando de llegar a la decisión correcta. No había nadie lo suficientemente cerca para pedirle consejo. El muchacho parecía sensible y responsable, pero realmente no tenía experiencia. Como Saleema ya tenía dieciocho, pensé que después de matricular ella querría hacer su licenciatura en letras y después su maestría; entonces encontraría un trabajo, y habría pasado la edad del matrimonio. Pienso que una muchacha debe casarse alrededor de los veinte. Muchas rehúsan casarse, prefieren trabajar. Sin embargo, llega un momento en la vida de una mujer en que necesita una familia a su alrededor, un compañero en la vida. Algunas mujeres se hacen mayores anhelando esa clase de realización. Algunas entonces terminan con hombres casados, o muchachos mucho más jóvenes que ellas, jóvenes inexpertos que después de unos pocos años se alejan de ellas. Incluso los hombres mayores están en búsqueda de novias de diecisiete. Con todas estas posibilidades en mente, deposité mi confianza en Dios y acepté la propuesta de mi vecina. Ellos llevan casados cinco años, con la gracia de Dios, y hay completa armonía y confianza entre nuestras familias. La hermana del muchacho está casada también y su hermano se marchó y se casó con una mujer blanca en Londres. Saleema vive feliz con su suegra. Les enseñé a mis hijos obediencia a la ley del Señor

primero, y luego obedecer a sus padres y a todos los mayores.

Abracé a Saliqa Begum y dije:

–¡Qué mujer tan sabia llegaste a ser! En todos estos años nunca lo pensé.

–*Tía* –dijo– *en estos últimos quince años aprendí a ser sabia y observé los caminos del mundo. Ahora he llegado a la conclusión que, en esta era, sólo los ricos son respetados. Cuando yo vivía en un cobertizo y cocinaba en una cazuela de barro y las cáscaras de los vegetales se apilaban en la esquina de mi habitación y fregaba los platos sucios de las personas y hacía sus compras, con el pelo enredado y viejas ropas grasientas, las personas me hablaban desde arriba y nunca fui respetable, prudente, ni eficiente. Ahora soy todas esas cosas. Las personas se inclinan y se esfuerzan ante mi presencia. El salón de mi habitación se compara al pabellón de los emperadores mogoles. Mi cuarto tienes camas caras afestonadas con mosquiteros. Las personas imitan mis manteles bordados a manos. Mi mesa de comer es considerada única, y mis cubiertos y vajillas son apreciados. De repente soy muy elogiada y recibo muchos cumplidos. Mi forma de vestir es excelente. Las personas vienen a mí en busca de consejo y sugerencias cuando preparan el ajuar de sus hijas. ¿Y por qué? Sólo porque tengo dinero. Recuerdo los días en que damas finas bajaban sus narices y decían, ¡Oh,* mira esos refugiados y la suciedad que los rodea! ¿Ni siquiera puedes comprar un jabón de un penique? *Me quedaba callada y mis ojos se llenaban de lágrimas. ¿Qué podía hacer? Sólo tenía una muda de ropa, pero no me rendí, persistí. Ahora este es el único consejo que le doy a las personas:* Si quieres ser respetable, aprende a hacer dinero.

–Mi querida –dije–, no todos han trabajado duro como tú. Muchas personas han hecho dinero fácil mediante trucos y estafas. Las personas que viven en chozas reclaman grandes casas. Cualquiera que alguna vez tuvo un árbol de guayaba en su patio viene aquí y adquiere todo un huerto. Grandes familias que compartían una casa en el antiguo país, tienen aquí una casa para cada miembro de la familia.

–Pero tía, ¿los oficiales del gobierno no hacen ninguna investigación sobre sus demandas?

–Invenciones de larga duración –dije–. Los papeles de la familia se destruyeron en los disturbios. Las personas inventaron cuatro testigos falsos dándole veinte rupias a cada uno. Hace poco, el gobierno abrió un nuevo departamento y los recién llegados y los desempleados tienen su oportunidad. Muchos de ellos llenan los bolsillos de sus propias familias. Es como el dicho: *Incluso un ciego que reparte dulces sólo se los dará a los suyos.*

Saliqa Begum se marchó. Pero me quedé pensando en ella durante varios días. Su historia termina aquí. La próxima vez, quizás, les contaré la verdadera historia de Lady Ruin, y el desastre en que convirtió su vida.

Amtul Rahman Khatun nació en Delhi en 1900. Se casó con un primo a los 19 años; comenzó a escribir en 1939 y publicó su primera novela *Shama* gracias al financiamiento de su esposo. Fue un éxito inmediato. Sin embargo, no fue hasta después de la muerte de su esposo a manos de los japoneses en Malasia durante la Segunda Guerra Mundial que A. R. Khatun, como se conoció, decidió hacer de la escritura su carrera. En 1947, durante la división, se mudó a Pakistán y se estableció en Lahore donde vivió hasta su muerte en 1965.

Poco prolífica —publicó seis novelas en 25 años, junto con un grupo de historias extensas y otras breves para niños—, Khatun permaneció alejada de las actuales corrientes literarias. No obstante tuvo una enorme aceptación popular, sobre todo entre los jóvenes y mujeres. Tres de sus novelas han sido adaptadas a la televisión. Todos sus libros, que constituyen una combinación única de aventura, romance, comedia e historia social, se siguen imprimiendo hoy en día; su descripción de la Delhi posterior a la división, en su primera novela, continúa siendo muy comentada. A pesar de todo, es ignorada casi por completo por los críticos. Un grupo de escritoras señaló en obituarios que ella había revivido, con habilidad y estilo, una antigua tradición de escritura provista de conciencia social que refleja las realidades de la vida en Pakistán en un mundo cambiante. Sus historias para lectores jóvenes son consideradas por muchos como su mejor y más perdurable obra, y han sido reunidas en un volumen, *Kahaniyan (Historias)*, de la que fue seleccionado el relato para este libro.

Algunas cartas mal dirigidas

Fahmida Riaz

1

Cuando *B* fue asesinado en una desolada celda en la cárcel de Kot Lakhpat en Pakistán, Amina estaba en Delhi. En la mañana, alguien tocó a la puerta de la habitación del hotel. Amina abrió. Él no entró. La miró pálida, casi culpable.

–¿Qué pasa? –preguntó Amina, no pensó en *B* en lo absoluto. Creyó que el recital de poesía había sido cancelado.

–Lo han colgado, –dijo en voz baja, evitando sus ojos.

Se tomaron tanto tiempo en el caso de *B* en el que los residentes de la India se habían involucrado mucho.

Amina se sintió aturdida y helada.

–¿Cuándo?

–Esta mañana, a las cuatro.

De nuevo aturdida. Muchos pensamientos cruzaron por su mente. Entonces dijo prestando mucha atención a sus palabras,

–Siempre lo supe. Se lo dije a Murad muchas veces. Pero no creía lo que yo sabía. Murad es excesivamente optimista, sin esperanzas. En realidad es un iluso.

Cuando ella terminó su estallido quejumbroso, estaba lista para tomar decisiones. Varias declaraciones de políticos e intelectuales que había recogido para salvar a *B* ahora eran inútiles. Era mejor destruirlas aquí mismo. ¿Pero los libros? ¿Cómo pasarlos de contrabando a Karachi? Antes, un amigo en las aerolíneas había prometido llevar los paquetes ocultos. Ahora no era conveniente. Ella debía encontrarlo y recuperarlos. Debía mantener su cita en la embajada de Pakistán. En la tarde habría una *mushaira*[1] en la residencia del embajador. Debía ir allí también. Actuar con naturalidad.

En la embajada de Pakistán había un diplomático que tenía extrañas relaciones con Amina. Una parte importante fue en el transcurso de los quince años desde que se conocieron; las dos cartas que Amina le envió le fueron devueltas con el rótulo de *Dirección incorrecta* impreso por todas partes. Había preguntado en todas

---

1 *Mushaira:* círculo de poetas.

partes, de una oficina a otra, y por último, al no encontrar la dirección en ningún lugar, se la enviaban de vuelta a la oficina postal. Entre el envío de las dos cartas hubo un intervalo de varios años. Fueron enviadas a dos países diferentes. Ésta era una extraña coincidencia y Amina a menudo se preguntaba si la providencia tenía algo que ver con la coincidencia de la *no–entrega*.

Pero Amina era muy cariñosa con sus amigos. Su amistad de direcciones equivocadas era extensa, impecable, poco exigente y gentil.

Hace mucho tiempo, cuando todavía estaba en la universidad y recién se había unido al Departamento de Servicios Extranjeros, ellos se conocieron y al momento se gustaron. Amina se enamoró de él, pero él la desalentó con amabilidad. Sin embargo, los jóvenes aspirantes a poetas en la India están entrenados por tradición literaria para no registrar los más evidentes mensajes de rechazo. En realidad, parte de la mejor poesía expresa pasiones muy unilaterales. Es una poesía para degustar los deseos propios y las muchas formas maravillosas en que se manifiestan. En los clásicos indios, este amor es como la llama quieta de la vela sobre la que el *yogui* y el *sufí*[2] fijan su mirada. (¡En otras culturas esta perseveran-

---

2 *Sufi:* aquel que se encamina hacia Dios por medio del amor divino y la devoción. Se esfuerza por alcanzar la perfección, pues sabe que el ser perfecto es el único capaz de alcanzar la verdad.

cia unilateral puede parecer completamente inútil y risible!)

Para Amina, su amor por este hombre era como la llama legendaria en el palacio apartado en la que el lavandero fijó su mirada, mientras se paró en las aguas heladas del Yamuna, una noche larga y fría. No notas cuando las primeras luces del amanecer muestran poco a poco el cielo y la llama se funde a la luz del día, impredeciblemente trae alivio al paisaje extendido, la visión misma del palacio sobre las distantes orillas del Yamuna.

–¿Qué precio? ¿No tiene precio? –dice el rey al otro día.

–Este hombre no ha logrado ninguna hazaña. Fue calentado por la llama de la vela en nuestro palacio.

Pero el sabio ministro dice al rey:

–La llama de la vela no le dio calor. Se sostuvo por mirarla.

El rey rectificó. Al lavandero le fue dado el premio. Amina también abandonó al lavandero con su primer volumen de poesía. La publicación y la buena acogida fijaron de forma decisiva el curso de su vida.

Ahora las cartas. No hubo cartas de amor. Fueron escritas a él durante la guerra Indo–Pakistaní de 1965. La segunda la escribió muy poco antes de la guerra Indo–Pakistaní de 1971, cuando el ejército pakistaní masacraba bengalíes. ¿Por qué, de todas las personas, le escribía a él si nunca había mostrado el menor interés en asuntos políticos? Libros, música y pinturas era de lo que más hablaban. Una vez que ella le dijo por teléfono que leía historia, él le dijo con pesar: *No pierdas tu tiempo.*

Creyó en la separación eterna del *mundo exterior* y su vida interior. El flujo de su vida interior era indudablemente hermoso, y reflejaba las imágenes de una belleza muy delicada, muy parecida a una pintura china. Y Amina... Ella fue disparada para siempre hacia el *exterior.* ¿Debíamos tener una guerra contra la India? ¿Debían ser masacrados los bengalíes en nuestro nombre?

Dos veces ella intentó hacer contacto y equivocó las direcciones de sus cartas. Ahora, mientras ella caminaba hacia su habitación, se sentía vagamente intrigada.

2

Estaba de pie, junto a la mesa, para recibirla. De pronto se alegró de verlo, su rostro familiar, la misma sonrisa tonta.

Se maravillaron por la coincidencia de haberse encontrado de nuevo, sin hacer ni siquiera el menor esfuerzo. Cuando ella estaba en Londres, él fue destinado allí y ahora, de todos los lugares posibles, en Delhi. Hablaron sobre la poesía urdu en la India.

–¿Vienes a la *mushaira* esta noche en casa del embajador? –preguntó.

Él pareció desconcertado. No había manera de escapar de la pregunta. Atrapado al fin, pensó Amina.

Entonces dijo con su tartamudeo deliberado, frases cortadas, expresadas generalmente para comunicar sus sentimientos más profundos, la turbulencia de su mente,

–No voy. No sé –pausa–. Siento como si alguien…, –pausa– fuese allí a buscar algo, –pausa– y, –pausa–, no busca muy bien.

Amina comenzaba a sentirse exhausta. Miró a la habitación, las flores, la fotografía del Padre Fundador sobre la pared. Sabía cómo se sentía él, sabía que a pesar de su fingido comportamiento en verdad estaba muy angustiado. Pero había una diferencia. La raíz de su angustia yacía en su propia elección. Él no estaba tan asustado como Amina. Ella sonrió con dulzura y se despidió de él. Apenas vio el rostro de angustia incontrolada.

En el camino de vuelta en taxi ella murmuraba para sí: ¡*Hermano, eso fue un encuentro con la dirección equivocada!*

3

Desde que buscó asilo en la India, Amina se había resignado pacientemente a la nueva realidad de que en su país anfitrión cada disturbio público, cada descarrilamiento importante, cada fallo eléctrico era ahora su responsabilidad personal. Esto no sólo era un síntoma de la megalomanía floreciente; sufría el destino final de todos los refugiados políticos, de manera que ella también cayó presa del curso de un desastre evitable, las maldiciones de un encarcelamiento prolongado y los interrogatorios frustrados. Los refugiados políticos en todo el mundo sufren de este mal, ya que cargan con el peso de todos los pecados del país anfitrión. No tiene sentido intentar ser razonable con uno mismo: después de todo, el refugiado busca evitar la persecución sobre su persona, el encarcelamiento, quizás incluso la tortura física y este acto de ninguna manera es una declaración al mundo de que el país anfitrión es un verdadero paraíso en la tierra. Las posturas de superioridad moral no pueden aliviar este sufrimiento. Sólo se añade a la culpa, la humillación de un argumento defensivo.

En el país anfitrión nadie menosprecia al refugiado político. Las personas simpatizan con éste y le traen cestas de frutas y ramos de flores. A partir de ahora vivirá como un inválido crónico. Incluso puede disfrutarse durante un tiempo. Pero la cuestión es, ¿Qué decir? La hospitalidad sólo confunde más esta difícil situación. Sabe que se encuentra en una posición en que no puede ser natural ni honesto. Como refugiado político, lo correcto en realidad es escribir odas de elogio al país anfitrión que avergonzaría a todo interesado, a pesar de la posibilidad de ayuda, y lo haría parecer un perfecto estúpido.

¿Entonces qué debe hacer? Siente (le dice una pequeña ave) que su única oportunidad de redención está en encontrar los errores del país anfitrión; sólo que sería la prueba irrefutable de su integridad aún intacta. De esta forma mostraría al mundo que todavía es el viejo individuo crítico. Con mucha frecuencia la estratagema funciona magníficamente. Salva su posición a los ojos de las personas, y eso, Dios sabe, es más de la mitad de la historia de nuestras vidas.

Amina escribió varios poemas apasionados, que exponían los enormes defectos de un sistema democrático que todavía tolera la horrible pobreza. Ella lee a un selecto grupo de escritores indios. Los intelectuales indios, que rara vez han conocido la persecución desde la última mitad del siglo, que son libres de elegir entre la derecha y la izquierda, el este y el oeste, norte o sur, siempre se estremecen ante la represión. Le sonreían cálidamente a ella. Uno de ellos señaló: *Es una muestra muy sincera.*

Estas palabras le revelaron a Amina en el acto que había enviado otra carta con dirección equivocada.

Toma tiempo, pero llegas a saber que cuando dices las cosas correctas por las razones equivocadas, sólo juegas en la galería de tus propias dudas y ansiedades.

Las cartas con dirección equivocada de Amina únicamente intentaban decirle eso.

4

Los meses se convirtieron en años antes de que ellos compraran una vajilla en Delhi. Comprar cualquier cosa les parecía un gran despilfarro de dinero ya que se quedaría cuando ellos regresaran.

Cuando la última copa regalada por sus amigos se rompió por accidente, no tuvieron otra opción que comprar un juego de tazas de té.

Cuando fueron a comprar el juego de tazas, se hizo muy evidente para Murad que ellos todavía no regresarían. Nadie a su alrededor podía comprender por qué comprar tazas causaba tal angustia en esta pareja en el exilio.

En lugar de las seis tazas habituales que venían en el juego, Murad compró doce tazas. Convenció a Amina de que era importante comprar tazas extras por si una se rompía, para que el juego no pareciese incompleto. Sin embargo la razón principal para la compra extra de tazas era que no quería entrar a la tienda de nuevo.

Cuando un amigo les regalaba un paquete de semillas, Murad se sorprendía y se irritaba. Le parecía que era extremadamente pesado que sus amigos le regalaran algo que necesitaba tiempo para crecer y tener flores.

Ocultó el paquete en un cajón de la mesa de la cocina. Si permanecían allí durante esos meses, en los que las semillas podían germinar, crecer y tener flores, ¿qué podían hacer con las macetas de flores cuando regresaran? Lo más posible era que no pudiesen llevar las macetas a otro país. Tendrían que dejarlas o regalarlas. Ambos se habían vuelto renuentes a la idea de dejar cosas atrás. Esa aversión evidentemente estaba arraigada en el abandono de todas sus pertenencias cuando escaparon de su país sólo con garabateadas notas dirigidas a los parientes, donde les daban instrucciones para que dispusieran de sus pertenencias lo mejor que pudiesen.

Después de algunos años, se produjo un alzamiento en su país. Murad mantuvo la calma y habló desapasionadamente a sus amigos sobre los inesperados sucesos o el fracaso del alzamiento. Fue durante esos días que compró algunas macetas. Encontró el paquete de semillas olvidado en una de los cajones de la mesa de la cocina y las sembró, con tenacidad. Le tomó mucho tiempo llenar cada maceta con tierra, plantar la semilla y mezclar el fertilizante con la tierra hasta llenarlas. Cuando las semillas estuvieron sembradas, las colocó ordenadas en fila. Todo lo que pudo hacer después fue darles vueltas siete veces (lo que no hizo) para concluir el ritual.

El ritual de la siembra de semillas fue inventado inconscientemente por Murad para alejar la mala suerte.

5

Desde que pusieron un pie en el exilio, Murad aborreció la esperanza, no importa lo elocuente que se mostrara en su elogio. La esperanza siempre lo avergonzó, tanto que se negaba a verse involucrado en una situación donde la esperanza y la desesperanza resultaran componentes indispensables de la vida cotidiana. Estaba convencido de que si la esperanza lo abandonaba, su vida podría ser mucho mejor.

En condiciones normales, la esperanza, la vergüenza y la mala suerte de todos los mortales, permanecía razonablemente esparcida, apenas dispersa en objetivos como tomar un autobús u obtener un anuncio para su diario. Pero ahora toda la esperanza convergía en un solo punto, esforzarse por derrocar el régimen militar en su país. Por lo tanto, si perdía un autobús, lo irritaba

mucho porque incluso había dejado de considerar la
posibilidad de que podía perder el autobús, y cuando
salió de su casa hacia la parada del autobús, nunca deseó
tomarlo sino más bien deseó comprar el diario.

Murad no necesitaba que alguien le dijera que
desear era el peor estado posible en el que estar. Lo
opuesto de la esperanza es la desesperación, a lo que
nunca le prestó atención, quizás porque su alma siempre
la había conocido. Sin embargo se asume erróneamente
que un alma desesperada no conoce la esperanza, que
sólo atormenta otra vez a un alma desesperada. Un optimista incurable nunca es atormentado por la esperanza.
Para él, el fracaso es un juguete, una bola mágica que
arroja al aire con un *¡hurra!* silente, y sin importar
dónde caiga, se encuentra de nuevo en sus manos porque es una bola mágica, y está listo para lanzarla una vez
más, él mismo siempre flota ligero a varios pies sobre el
suelo.

Murad nunca había fracasado en el logro de sus
objetivos, por lo que no conocía el fracaso. Comenzó su
vida en la absoluta pobreza, donde la esperanza agitó
sus alas y dio vueltas alrededor de su cabeza como bui-
tres sobre la ciénaga junto al río, donde los cuerpos de
los animales muertos yacen descompuestos.

El odio de Murad hacia la esperanza era similar al
odio hacia Amina.

Cómo librarse de la esperanza: ésa era la cuestión. No era ingenuidad sino la necesidad de crear esperanza. Pensó que sería mejor si cambiaba la naturaleza de la esperanza. Siempre se piensa lo peor (qué divertido es). Siempre se desea al menos un poco más. Pero Murad depositó su corazón en la esperanza de lo peor (que aún así no le impidió preparar en secreto algo que sería un poco mejor que lo peor).

Pero los preparativos en secreto fueron en vano. El alzamiento fue aplastado. Un poblado fue bombardeado. Casi mil personas murieron. Varios miles fueron encarcelados.

Murad fue a comprar macetas y posturas. Mientras tanto las semillas de la primera siembra, ya florecían. En cuestión de meses, su pequeño apartamento se llenó de plantas. Se había dedicado mucho a su cultivo, de manera que la simple idea de dejarlas atrás o regalarlas rompería su corazón. Murad veía a sus plantas como su campo de batalla secreto para combatir la esperanza. Sin embargo, una mañana en que removía la tierra de las macetas y sacaba los gusanos de la tierra, pensó que si un alzamiento era aplastado, ¿puede seguirle otro?

6

La palabra *alzamiento* siempre le recordaba a Murad un minúsculo alzamiento en un pueblo que no fracasó y otro alzamiento en su propio cuerpo que sí.

En Colarchi, un pequeño pueblo en Pakistán, el propietario no sólo era rico sino también un intelectual local. Era amigo del comisario subalterno y pasaban las noches bebiendo whisky y recitándose poesía uno al otro. El comisario subalterno le estaba agradecido por ambas cosas, ¿dónde más en ese pueblo abandonado por Dios podría encontrar whisky y poesía a la misma vez y en el mismo lugar?

Como resultado directo de su amistad, el propietario se convenció de que si los *haris*[3], los campesinos, exigían la mitad de la cosecha (como estaba legalmente establecido) no tendría dificultad en encerrarlos en un instante. Los *haris* demandaron la mitad de la cosecha. El propietario los amenazó con saquearlos y expulsarlos, junto a sus familias, de sus tierras. Cuando los cultivos se acercaban a la cosecha, la disputa permaneció sin resolver.

En el momento en que la cosecha estuvo lista, el propietario fue a ver al comisario subalterno.

---

3 *Hari (m.), hariani (f.):* trabajador agrícola sindhi.

–*B* les ha metido cosas en la cabeza, –dijo el propietario–. Él nos dice una cosa y a ellos otra. A nosotros nos dice, *Yaar*[4], *sólo les hablo*. A ellos les dice, *Vayan, vayan, tomen la mitad de la cosecha*. Revelemos su engaño. Enciérrenlos.

Los *haris* fueron arrestados y enviados a prisión.

Resultó que Colarchi era un baluarte del grupo revolucionario de Murad. (Aquí baluarte significa la fuerza de siete campesinos o menos). Uno de sus camaradas vino de prisa a la célula. La célula regresó enseguida al pueblo y pidió a las mujeres que cuidaran la cosecha.

El propietario había contratado a bandidos locales para llevar la cosecha a su propio *godown*[5]. Los campesinos serían reducidos a una pulpa pastosa, supurante, de líquido rojo, por estos bandidos, porque eran realmente salvajes. Pero cuando los bandidos llegaron a Dera y vieron a las mujeres cuidar la cosecha, regresaron tan rápido como si hubiesen visto a los mismísimos demonios del infierno.

Sus anchos pantalones de nueve yardas ondeaban al viento, ellos unieron sus manos:

–¡Levantar la mano contra las mujeres de otros! ¡No, *Baba*, no! Eso no se hace –dijeron los bandidos.

---

4 *Yaar:* compañero, amigo.

5 *Godown:* almacén.

El propietario pasó por alto lo que uno de los bandidos le decía con palabras sinceras:

–Podemos ser bandidos, pero no somos lo que llamas... sodomitas. Tenemos madres, hermanas e hijas. En cada negocio hay un código de conducta. ¿Y si alguien ataca a nuestras mujeres mientras estamos fuera? ¿Qué ocurriría a nuestro bandolerismo?

Arrestar a los campesinos fue un error.

Mientras tanto, una caravana de camellos avanzaba bajo el brillante cielo estrellado, sus campanas tintineaban tenuemente sobre las frías y suaves dunas de Colarchi. Llevó la mitad de la cosecha al pueblo más cercano (donde se ubicaba la célula), y antes del amanecer fue distribuida entre las madres, hermanas e hijas de los campesinos.

7

El segundo alzamiento ocurrió cuando detrás del gran montón de heno, bajo ese brillante cielo estrellado, la *hariani* sonrió. Cuando sonreía, bajaba la mirada. A la mañana siguiente todo Murad pudo ver que superpuesta a la mirada baja estaba la fotografía de su esposo, ¡el líder del grupo! ¡El camarada! Él no podía hacerlo. Ni por su vida. No podía traicionar al camarada que jadeaba y corría sobre las dunas con los camellos. Una parte de mí dice, tonto, si no lo haces... alguien lo hará. Pero no puede levantarse. Lo que se levanta en su lugar es un gran dedo de desaprobación y una voz retumbante que dice, el honor de tu hermano, etc. La voz de su padre, abuelo, bisabuelo, o de todos ellos reunidos en una. La fraternidad se escurre entre las piernas y derrite las rótulas. ¡La camaradería se sostiene a través de la impotencia! La *hariani* sonríe con rebeldía. Una sonrisa inolvidable...

Fahmida Riaz nació en Meerut, India en 1945 y creció en Hyderabad, Sind. Su primer volumen de poemas se publicó en 1965 y más tarde publicó otros. Destacada radical y feminista, pasó varios años como refugiada en la India durante el régimen militar del General Zia, pero ahora vive y trabaja en Karachi, donde dirige una imprenta feminista. Reconocida poeta urdu, ha ascendido, con la novela *Godavari* y la extensa narración *Karachi*, como una de las estilistas en prosa más innovadoras y originales contemporáneas en Pakistán, ya que combina técnicas documentales con la ficción en su obra

Exilio

Jamila Hashmi

Sita, del poema épico indio Ramayana siguió a su esposo Rama al exilio, y fue raptada por el demonio–rey Ravana, y en su reino ella prefirió exiliarse en un bosquecillo en lugar de casarse con él y disfrutar de los privilegios de ser reina. Cuando finalmente Rama la rescató y la llevó de vuelta a su reino, tuvo que marchar al exilio porque las personas de su reino pusieron en duda su castidad durante todo el tiempo que vivió lejos. (Nota del traductor)

Las aves volaban, batían sus alas cada vez más rápido, el sol se ponía amarillo y descendía hacia los escalones del gran lago de Uchal. Los rayos del atardecer se tornaban dorado pálido como las puntas de los *gurdvara*[1].

---

1 *Gurdvara:* lugar de adoración sij.

Del otro lado de la gran plaza pública, la feria de Dusehra comenzaba a dispersarse. En poco tiempo, las imágenes del demonio Ravana serán incendiadas. Las personas gritarán mientras corren a su alrededor, temerosos, y en el triste crepúsculo las brasas se asemejarán a bengalas descendentes. Las llamas se elevarán durante largo rato y los rostros de la gente en los alrededores lucirán asustadizos a la luz del fuego, como si cada uno estuviese disfrazado de Ravana en busca de Sita para aprovecharse de su aislamiento y su segundo exilio.

El exilio es algo duro. Pero el poder individual no es nada. ¿Quién elige el sufrimiento como opción? *Bhai*[2] solía decir:

–*Bibi*, ¿por qué siempre sueñas? Este amor que disfrutas, esta alegría a tu alrededor, disminuirá poco a poco. El tiempo lo consume todo. Pero el deterioro viene con tanta lentitud que nos acostumbramos a él.

¿Dónde está mi hermano hoy? Esta brisa que viaja conmigo, lleva el olor del lugar donde nací; si supiese en qué lugar está, le diría:

–Pregúntale, lo harás, ¿por qué este dolor no disminuye? Incluso después de llevar su peso durante años por difíciles caminos, ¿por qué las personas aún sueñan? ¿Por qué ansían la paz y por qué adoran la luz?

2 *Bhai*: hermano; Bhaiyya.

¿Por qué la única petición de Sita al rezar en el exilio era reunirse con Ramchandra? ¿La desgracia no fortalece a las personas lo suficiente como para abandonar la esperanza en los buenos tiempos? Después de todo, ¿por qué no podemos amar la oscuridad? ¿Por qué?

El árbol de *naak* ha florecido desde el año en que Munni nació. Las estaciones cambian y sus ramas se llenan de flores y los árboles se inclinan por su peso. La unión del árbol y el suelo es aún mayor. Sus raíces penetran más en el suelo y nadie puede sustituir esa relación.

Munni creció. Qué silenciosas me han parecido las pisadas del tiempo. Hoy *Bari Ma*[3] dijo a Gurpal:

–*Kaka*[4], lleva a mi *babu*[5] y a los niños a la feria de Dusehra. Ella no ha salido del pueblo durante años.

Gurpal dijo bruscamente:

–Madre, ¿cuándo me pediste que los llevara alguna vez? No es mi culpa que no haya salido durante tanto tiempo.

¿A quién puede culparse? Cuando alguien me llama *babu*, nuera, siento que abusan de mí. Lo he escuchado durante años. Desde esa noche en que Gurpal me empujó al patio y habló con *Bari Ma* mientras estaba sentada en su taburete.

---

3 *Bari Ma:* Abuelita, lit. gran madre.

4 *Kaka:* apodo punjabí para el hijo de la familia.

5 *Babu:* nuera.

–Mira, madre, te traje una *babu*. Atractiva y bonita. Es lo mejor de la redada de hoy.

Ma se me acercó, y levantó la llama de la lámpara. Mis ojos estaban hinchados por el hambre y el miedo. Caminar descalza tantas millas me había dejado sin la fuerza para levantar un dedo. Me desplomé a sus pies. Las vacas y búfalos atados en el patio, dejaron su pasto y me miraron fijamente.

Bari Ma me miró de arriba a abajo varias veces y dijo:

–Si Gurpal realizó un día decente de trabajo, no habrá sido en este estado. Mírame, estoy casi ciega de abanicar el fuego. Y todas las sirvientas han dejado de llamar porque nuestra cosecha no estuvo a tiempo. Dime cómo se supone que cargue el peso de esta casa. Si tan sólo comenzaras a cultivar estaría encantada.

Gurpal dijo:

–Pero mira ya no tendrás que soportar más los aires y caprichos del trabajo eventual. Ahora tienes tu propia sirvienta. Ponla junto a la piedra de amolar, hazla extraer agua, toda la que quieras. No tengo obligaciones con ella. Te traje una *babu*.

Toda Sangrao estaba llena de *babus*. Pero nadie cantaba canciones de boda al toque de los tambores. Ni las bailarinas hacían bromas indecentes o balanceaban sus caderas y se divertían. Nadie aceitaba mi pelo endurecido por el polvo, ni ninguna matrona me aseaba. Me convertí en novia pero mis manos no estaban decoradas con alheña, ni mi vestido de despedida era rojo nupcial. Ningún palanquín vino a llevarme.

Bari Ma escuchó a Gurpal, me miraba como si fuera un peso que su nieto recogió en algún lugar. Entonces entró de nuevo con la lámpara y nadie más se preocupó por mí. ¡Qué bienvenida para una *babu*!

A partir de ese día, soy Sita. Sufro el exilio y soy prisionera en Sangrao. Sustituyéndose en sus trabajos y sorbiendo *bidi,* los cargadores se burlaban entre sí. Tiran sus cargas sobre los asnos con tanta brusquedad que crees que los animales son de madera. Las carretas de bueyes de los actores de Ram–Leela están puestas a un lado y los jóvenes actores comen *pakoras* y *kulfi*[6] cremosa con salsa picante, despreocupados de sus atuendos satinados. Las manchas parecen marcas de excrementos sobre sus coloridas ropas. Munni se pone de pie a observarlos. No se da cuenta de que podía perderse. ¿Qué diferencia provoca la conciencia? Si alguien va a perderse, puede desaparecer de toda una casa.

Gurpal tira de ella; y también los chicos, cansados, lloran y piden algo de cada vendedor que ven. ¿Eso es justo?

6 *Kulfi:* pudín parecido al helado.

Las madres son empujadas por la multitud, indiferentes a sus niños, y son separadas de ellos. Niños pequeños, que miran a cada rostro, lloran en voz alta y siguen caminando. Dime, ¿las personas separadas en ferias se encuentran de nuevo alguna vez? La separación se convierte en una barrera entre generaciones. Nuestros ojos nunca son agraciados con los rostros que deseamos ver al menos una vez más. Nuestros caminos se cierran detrás de nosotros como figuras del entramado de una tela. No podemos desandar nuestros pasos sobre el camino que hemos recorrido. Nada vuelve atrás. La multitud en la feria avanza, siempre adelante.

El tiempo nunca vuelve. *Bhai* solía decir:

–*Bibi*, el momento que pasa se borra. Se convierte en polvo.

No le prestaba atención; en cambio, me concentraba en jugar con mi casa de muñecas junto a mis amigas en cuanto regresaba de la escuela. *Bhaiyya* intentaba aconsejarme.

Mi padre me había comprado esa casa de muñecas. La compró en una exposición. Munni sujeta con ternura un gran vestido de muñeca. Gurpal observa la multitud desde arriba. Y Munni se inclina una y otra vez para mirar a su muñeca. También los chicos llevan ídolos de Ravana y miran a cada rostro que pasa con expresiones de asombro. Los ojos de Munni expresan mucho amor

por su muñeca. La nariz y ojos están definidos por grue-
sas puntadas sobre la amplia tela que es su rostro. Tiene
un anillo en la nariz. Ella agarra su larga falda, su manto
de borde dorado está alrededor de su cabeza. Parece una
bailarina. Bailará. Nuestra ruta hasta Sangrao pasa por
las orillas del lago Uchal. La activa caravana se mueve
por caminos torcidos y rectos, y rutas intrincadas;
incluso cuando hayamos recorrido el camino hasta
nuestro destino debemos seguir caminando. Para siempre, para siempre, aun cuando nuestros pies estén heridos y no haya nada en nuestros corazones.

El azul del atardecer aumenta cada vez más. No sé
por qué, las tardes me hacen tremendamente infeliz.
Una estrella salta, late y se estremece como la mecha de
una lámpara en su mar azul y vacío; su aislamiento me
recuerda mi exilio. En mi aislamiento, soy como un
árbol solitario que no da frutos ni florece. Esta estrella
me recuerda la nave en que *Bhai* fue al mar. Cuando se
preparaba para viajar al exterior, rodeado de montones
de equipajes, la voz de *Amma* estaba quebrada por las
lágrimas, pero ella empacó tranquilamente por él y rezó.
Afuera *Baba* estaba involucrado en todo tipo de negocios y *Bhaiyya* estaba desanimado. *Apa* caminaba de un
lado a otro en el patio interior, con pasos silenciosos.
Caminé con arrogancia por la casa, silbando. ¿Quién
siente la severidad del dolor antes de ser herido?

Todos habíamos ido a despedirlo al puerto. *Bhaiyya* fue a resolver los papeles para el equipaje de *Bhai*. Me incliné sobre el rail para observar el agua salobre y le pregunté a *Bhai*:

–¿Por qué esta agua es así? ¿Por qué está manchada de petróleo? ¿Por qué tienen botes salvavidas aquí? ¿Para qué son los remos? ¿Para qué sirve el ancla? ¿No asusta ver los botes balancearse arriba y abajo sobre las olas?

Molesto por las preguntas, *Bhai* dijo:

–Cuando crezcas sabrás todas las respuestas automáticamente, *Bibi*.

Hoy, ya sé. El bote que no tenga remos se hunde. Los botes pueden hundirse incluso en la costa. Una sola ola es suficiente para hundirlos. Ahora que he crecido y descubierto las respuestas, *Bhai* ya no está.

Luego se escuchó el silbido del barco; Baba abrazó a Bhai, pasó la mano sobre su cabeza y dijo:

–Bueno hijo, entonces te entrego a Dios.

Bhaiyya abrazó a *Bhai* y *Apa* lloró conmovida. Al verla sollozar, *Bhai* dijo:

–Mira a *Bibi*, qué feliz se ve. ¿Qué motivo hay para llorar? Regresaré en dos años. No me voy para siempre.

Entonces él me abrazó contra su corazón y me dijo:

–Bibi, te traeré regalos de París. Sólo escríbeme.

Asentí con fuerzas. Se escuchó el último silbido y él se marchó, fácilmente, despreocupado, como si fuese hasta la esquina. Agitamos nuestros pañuelos mientras vimos el barco, y en la neblina de la tarde, el reflejo de las luces de todo el puerto se movía en el agua. La luz del barco tembló como una estrella solitaria y luego se desvaneció. Después de eso, todas las luces a mi alrededor se hundieron para siempre. Las olas no reflejaban la luz.

Qué alto grité, aferrada a *Amma*. Alguien en mi corazón decía: Nunca volverás a ver este rostro de nuevo. Nunca podrás ver a *Bhai* otra vez. Mi corazón se estremecía como esa estrella solitaria que en el oeste temblaba de miedo sobre el azul del atardecer.

Lejos, en los jardines, la oscuridad de la noche despliega sus alas. Gurpal cargó a los dos chicos y avanzaban delante de nosotros con pasos que parecían líneas blancas. Munni caminaba despacio. Saltaban sobre los cultivos maduros, se nos adelantaban diez campos, y esperaban. Gurpal les cuenta a los chicos la historia de Ravana. ¿Cómo él puede saber que soy Sita, que lo sigo, y que él es Ravana?

Munni me dice:

—Ma, el tío de Saroop me dio algunas ropas bellas y de muchos colores. Son de seda. Son agradables al tacto. ¿Ma, no tienes un hermano que pueda enviarme cosas agradables? ¿Ma, por qué no dices nada? No te gusta la feria, ¿o sí? ¿Estás cansada?

–Sí, Munni, estoy cansada. He envejecido. He tenido que caminar muy lejos.

–No has envejecido nada, –me dijo Munni con confianza–. Eres como un icono de la diosa, Ma. *Bari Ma* dice eso también.

¿Cómo puede saber Munni cuánto he tenido que caminar? ¿Qué grande es la distancia entre una vida y otra? Cuando nos endurecemos, no queda esperanza en nuestros corazones. Entonces es cuando nos adaptamos a la adoración. Mis ojos se han convertido en piedra, observan, esperan a esos que se separaron del camino a Sangrao. Mi corazón está vacío. Ellos me llaman Lakshmi, diosa de la fortuna, pero aún las cadenas del dolor son difíciles de romper, profundas y fuertes, siguen aferradas.

Munni pregunta de nuevo:

–¿Ma, no tienes un hermano, un *Mama*[7] para mí?

¿Qué puedo decirle? ¿Cómo debo responder? Me quedo de pie en la bifurcación, a pensar.

Yo adoraba a *Bhaiyya*, pero estaba muy asustada con él. Cuando entró a la casa, mi *dupatta* pareció acomodarse sobre mi cabeza, caminé más tranquila, y con-

---

7 *Mama:* hermano de la madre.

tuve mi regocijo. Cuando me paré a su lado, sentí que era la persona más alta del mundo. Mi hermano era de andar cuidadoso, hablar agraciado y tenía una hermosa letra. Escribía líneas rectas y claras, sin garabatos en los márgenes, ni manchas de tinta en las manos. Solía decirme:

–*Bibi*, cuando crezcas, escribirás así también.

¿Qué pensaría mi esbelto y pulcro hermano si me viese hoy? Hay tanta tinta en los pergaminos de mi destino que no se ve una línea recta en toda la página. Nunca aprendí a escribir con limpieza.

En esos días, cuando organizaba la casa de muñecas, pensaba que podíamos vivir en ella. *Amma*, *Baba* y yo; *Bhaiyya*, *Bhai* y *Apa* también. Sólo viviremos aquí. La vida es una canción dulce, no necesitamos nada, no hay escasez. Cuando Bhaiyya se casó, dije que nuestro hogar era un paraíso, un completo y bienaventurado paraíso. Cuando alzaba mis manos para rezar en esos días, no sabía qué pedir. Entonces, al igual que ahora, no le pedí nada a Dios. El dolor y la alegría ocupan el mismo lugar en el círculo de la vida.

Bhai cruzó el océano y mis sueños de paraíso se destrozaron. Todos los pedazos de mi vida se esparcieron por todas partes, y como fragmentos de vidrio, sus bordes puntiagudos herían a los que pasaban. Los pies de todos se herían, no quedaba nadie que cruzara al otro lado. El camino duerme como si atravesara un terreno de cremación. No hay nadie en millas a la redonda. ¿Quién percibe de Sita el anhelo en esa otra tierra? Qué difícil es el dolor de la soledad y la vida. Gurpal me llama desde lejos. Llama a Munni. Caminamos despacio. Sólo las varas permanecen de pie en los campos de algodón. Las personas juntan flores de risa, y se las llevan. Las pelusas no han aparecido todavía, ni se han formado los granos. Ráfagas de viento obligan a doblarse a las tiernas y flexibles plantas. Has tenido que inclinarte ante el viento. Todos se inclinan, todos se doblegan.

Bari Ma debe estar inquieta. Un miedo indefinido por mí obliga a su corazón a latir. El camino hacia la tierra en que ella piensa es tortuoso. Después de la distancia que he caminado con Gurpal, no tengo fuerzas para caminar más. Después de todo, ¿cuánto puede una persona mantenerse caminando, sobre todo si no hay dónde ir? ¿Adónde puedo llevar mi corazón herido, la raya poco enrojecida en mi pelo? Munni se pone en mi camino. Munni es una barrera entre el pasado y yo. ¿Cuánta distancia hay entre mis seres queridos y yo? ¿Cómo puedo asomarme más allá de ella?

Los grupos de canto se acercan desde atrás, cantan canciones religiosas. La feria, montada a orillas del lago Uchal, se ha dispersado y acomodado en los caminos de los alrededores. Los niños lloran, los hombres hablan en

voz alta cuando pasan junto a Munni y a mí. Las mujeres, vestidas con sus mejores atuendos, caminan rápidamente con los pies descalzos, sostienen mantos que
cubren sus frentes, llevan bultos de dulces comprados
en la feria y cargan a sus bebés. Sus zapatos, atados a sus
mantos, se mecen tras ellas. Existe una profunda afini-
dad entre el suelo y los pies. ¿Por qué crear una barrera? Cuando estaban distantes, las personas se conver-
tían en manchas blancas. Un *yogui*[8] dobla por el camino
a Sangrao detrás de nosotros, rasgando su *ektara*[9]. Qué
conmovedora es su voz. Tiene razón, ¿no?, cuando dice
que ansiamos la luz, aun cuando sabemos que es insus-
tancial. No escucho la melodía de sus cuerdas, sólo una
palabra ocasional de su canción.

−¿Ma, por qué estás tan tranquila? Di algo, tengo
miedo.

Munni apenas puede sostener a su muñeca en su
intento por aguantar más duro mi mano. Su voz está
quebrada por las lágrimas. No logra hacer otra pregunta.

Cuando crezca, Munni también se dará cuenta de
que es inútil temerle a la oscuridad. Cuando su magia
comienza es irresistible. *Bhai* solía decir:

---

8 *Yogui:* practicante de yoga y persona sana y mentalmente equilibrada.
9 *Ektara:* instrumento musical de una cuerda.

–*Bibi*, el agua contiene poder, labra su propio camino.

En esos días no podía comprender sus palabras: ¿de dónde el agua obtiene su poder? El paso del tiempo labra su propio camino. Cuando *Bari Ma* me llama, arreglo mi lunar de adorno de la frente y respondo con amabilidad, *Ji*[10]. Intento dedicarme a los quehaceres con presteza para mantenerme ocupada y no tener tiempo de pensar y analizar.

Cuando tuve el tiempo, no tuve la intuición; ahora que la tengo, no tengo tiempo. Siempre hay una carencia y nunca se agota. Esto o aquello siempre permanece incompleto. Si cierro mis ojos, mi corazón dice, *Tus hermanos estarán aquí en un momento y en cuanto Bhaiyya me vea, dirá, '¿Bibi, qué es este disfraz? Ese lunar en la frente no te queda nada bien. Quítatelo. Tíralo. Mira lo que tengo para ti. Deja todo eso. Ven aquí, a mí. Siéntate. Las vacaciones son breves y pasan rápido. No vayas a ninguna parte cuando esté de visita'.*

En la gran habitación, nos sentábamos, mirábamos fotos, hablábamos, tomábamos té, y nos calentábamos sobre el brasero. Cuando reíamos alto, *Amma* decía con voz soñolienta, *Niños, tienen que levantarse en la mañana. Vayan a dormir.* Y *Bhaiyya* le decía, *Amma, vivo lejos de la casa todo el año, soñando con mi desdi-*

10 *Ji (por ejemplo Amma ji):* sufijo que indica respeto.

cha, ¿cuál es la prisa? Al final nos quedaremos dormidos,
Amma. Yo pensaba, *Estos momentos se convertirán en*
polvo. El paraíso que creamos con amor será borrado por
el polvo y el anonimato que no lo encontraremos de
nuevo en ningún lugar. Como las fotos, somos un reflejo de la realidad. Mi corazón siempre estaba loco, y
tenía ideas extrañas y caprichosas.

Mi corazón siempre estaba entregado a fantasías y
latía sin propósito. Cuando pienso al respecto, me res-
ponde con la pregunta, *¿Qué pierdes, Bibi? Nadie puede*
controlar la fantasía. ¿Qué tienen de malo los sueños si
ellos reflejan lo que quieres?

Respondí que todo lo que me quedaba eran mis
derechos. Mi corazón decía que es un pecado perder la
esperanza, ¿pero qué debía esperar?

Munni agarra mi manto y pregunta:

—Ma, ¿dime por qué *Mama* no viene aquí?
¿Podemos ir a *Diwali*[11]? ¿Ma? Todas las chicas van. Mi
corazón ya no está más en esta villa, Ma. En realidad no
disfruto tampoco la feria. Estoy triste. Quiero visitar la
casa de mi *Mama.*

¿A quién puedo pedir la dirección de la casa de su
Mama? Todas las villas fuera de Sangrao son como casas
de muñecas para mí; sin una realidad; meras sombras de
Sangrao. Todo es sombra.

11 *Diwali:* festival religioso hindú de las luces.

Todavía mi alma se pregunta, quién sabe dónde buscar las cosas que no están en ningún lugar, anhelar las voces que nunca escucharé de nuevo. ¿Por qué mi corazón latió todos estos años en que he soportado canastas sobre mi cabeza, llenas con mezcla cocida para combustible, leche, y estiércol de vaca, cada vez que un aroma repentino en el viento trae de vuelta las notas de cientos de instrumentos que se acercan? Ellos me llevarían lejos. Ahora sé dónde están todos. Y es un lugar más allá de mi alcance. Como el camino que lleva a Sangrao, todos los caminos se cruzan entre sí a su paso. ¿Qué importa buscar esta ciudad de hadas?

Las luces temblorosas de las lámparas, que arden dentro de las puertas abiertas de los hogares prósperos, parecen ser del país de las hadas. Gurpal y los chicos, y Munni y yo ahora caminamos juntos. Las cabezas satinadas de las cañas peinan mi pelo. El viento abraza su manto de raso, y las lleva lentamente hacia un sueño profundo. Cuando salga de mi aislamiento, el camino será más fácil.

Munni dice:

—Ma, estoy cansada, no puedo caminar más.

Los chicos lloran y sus ojos se cierran del sueño. No pueden sostener más sus Ravanas y nos salimos del camino hacia un muro bajo de un campo. Munni descansa su cabeza sobre mi regazo. Gurpal dice:

—Mira qué tonta son las mujeres. Hoy se han perdido muchos niños. Se entretienen en la feria y se concentran tanto en las representaciones de Ram y Leela que dejan a sus hijos perderse.

—Los niños se pierden de sus madres incluso sin ferias —dije, acariciando la cabeza de Munni sin mirarla.

—¿Alguna vez podrás olvidar ese incidente? En aquella época era diferente, ahora ha cambiado —dice Gurpal suavemente.

¿Cómo puedo convencer a Gurpal de que las épocas nunca son diferentes y que las personas están condenadas a sufrir porque no pueden olvidar? En mis recuerdos esa escena está viva: fuego en todas partes, el país se había hecho independiente, fue dividido.

Papá y Mamá dijeron:

—Todas estas personas están locas por volar a otro país; ¿puede el dolor alcanzar a alguien tan cerca entre sus seres queridos? *Amma* y *Baba* eran muy simples, el dolor siempre viene de alguien cercano y querido. ¿Cuán real es esta preocupación sobre qué extranjeros gobernarán? La vida ha perdido su belleza y el rostro de todos está manchado por un chorro de sangre. Esos que dieron caridad en nombre de Bhagwan[12] o Alá, han

---

12 *Bhagwan:* Dios (hindú).

pasado sus espadas por las gargantas de otros. Esos que habrían muerto por el honor de sus hermanas e hijas, han perdido sus escrúpulos. Las palabras de hermanos y familiares han sido cortadas como los grilletes de siglos de independencia y división, y se convierten en polvo bajo los pies de los vagabundos. *Amma* le dijo a *Baba*, *Debemos tomar a las chicas y partir. Tengo miedo, es inútil confiar en alguien.*

Baba dijo con su serenidad habitual:

–Madre de *Bibi*, te preocupas sin necesidad, igual que todos. Dime, ¿qué podría salir mal? Debe haber una división. Este matiz y llanto terminará en unos días. No te preocupes, todo volverá a la normalidad.

En circunstancias ordinarias, esta respuesta habría tranquilizado a *Amma*, pero ese día no.

–Nuestras vidas y honor están en peligro. Tenemos hijas jóvenes –dijo–. Escúchame: envíame a mi hermano.

Baba dijo:

–Los caminos están repletos de vagabundos que se han marchado de sus pueblos. Están destruyendo vehículos. Es más peligroso salir, mejor te quedas tranquila en casa. Dios nos protegerá.

Baba debió estar preocupado por la situación, pero no le pidió ayuda a nadie salvo a Dios. El único error de *Baba* fue confiar en los viejos valores.

Entonces sucedió que cuando Gurpal me llevó afuera como resultado de ese error, vi la cabeza blanca de Papá que yacía junto a la orilla del canal. Su cuerpo estaba en el agua. De alguna manera encontró la fuerza para levantar sus ojos cerrados y su cabeza sangrienta, y rezar. Era el momento para que fueran aceptadas las plegarias, ¿no crees? Una lanza resplandeciente atravesó el pecho de *Amma* y ella cayó donde le había pedido a Dios que protegiera su vida y su castidad. Los gritos de *Apa* a veces aún llegan a mí en los sonidos de la tormenta, pero hoy estoy tan indefensa como lo estuve entonces. Gurpal me arrastraba. Mi *dupatta* ya no estaba en mi cabeza, pero entonces qué esperanza podía tener de encontrar a *Bhaiyya* en estos caminos. ¿Si *Bhaiyya* hubiese estado conmigo, alguien se hubiese atrevido a tocarme? ¿Podría alguien arrastrarme así con la cabeza al descubierto a través de los caminos de mi lugar de nacimiento, donde cada partícula era preciosa para nosotros? Por esos caminos se derramó la sangre de mi padre. Su pelo gris fue arrastrado por ese polvo. Si al menos pudiese alcanzar a ver del polvo de su cabeza, diría que ese polvo era más afortunado que yo. Tenía tantas cosas que decirle a *Baba*. Cuánto había irritado a *Amma* y molestado a *Bhai*. Cuando fui llevada a rastras a Sangrao, sin palanquín, no había nadie joven hacia quién acercarme, llorar y lamentarme de haber perdido el hogar de mis padres, nadie para despedirme. Después del sufrimiento, si existe algún deseo de paz, y una esperanza remota, entonces el peso se aligera. Mi viaje nunca se redujo. Gurpal, ¿debo recordar u olvidar? Nunca me dejes volver la cabeza una vez para mirar una última vez.

Soporté los golpes de *Bari Ma*, el abuso de Gurpal, la incomodidad del hambre, mi ojo fijo en una esperanza remota, como una lámpara que parpadea, quizás *Bhai* y *Bhaiyya* vinieran a Sangrao a buscarme, le sonreiría a *Bari Ma* y partiría con mis hermanos, sin mirar a Gurpal. Ese día la brisa, jugando entre las hojas de *neem*[13], cantarían himnos y todo el pueblo celebraría. ¿Por qué todos nos creemos el centro del universo? ¿Alguien sabe? Parpadeamos en busca de luz hasta que nuestros ojos estén acostumbrados a la oscuridad y a los sueños. Las esperanzas, como pensamientos errantes giran en mi corazón. Munni nació y las cadenas de mi corazón se suavizaron. La tropa de esperanzas circundantes se dispersó y comencé a despertar, incluso en mis sueños. En ocasiones, una palabra mía resonaba en las canciones de Sangrao.

Cuando los dos países llegaron a un acuerdo, Gurpal se deprimió, se sintió doblegado y preocupado.

---

13 *Neem:* árbol con propiedades medicinales, utilizado para curar diversas enfermedades.

Él y *Bari Ma* se sentaron en el patio a hablar sobre quién sabe qué, pero ninguno me dijo nada. En esos días Munni comenzó a gatear y a pronunciar sonidos; las noticias volaron con estruendo y llegaron como un tornado. Ningún ejército vino a buscarme.

Entonces escuché que los soldados del otro país habían buscado a sus muchachas y las habían llevado de vuelta. ¿Dónde, a qué país, después de todo? ¿A qué personas? me preguntaba todo el tiempo. Quizás *Bhai* y *Bhaiyya* vendrán a buscarme. Ellos me han esperado durante mucho tiempo en la puerta de la tierra mágica. Definitivamente, debo ir. Cada día reunía todas mis esperanzas y miraba ansiosa a la curva al final de la calle.

Ese año, en el invierno, los soldados vinieron a Sangrao a buscarnos. Además de ser la hermana de *Bhai* y *Bhaiyya*, también soy la madre de Munni y me pregunté, ¿Quién sabe quienes son estas personas y cómo es ese país? Por primera vez en mi vida, mi fe se tambaleó. La tierra de mis sueños se hizo polvo y se desvaneció ante mí. Mis raíces habían penetrado profundo en el suelo desangrado. ¿Quién quiere alguna vez secarse, marchitarse y ser destruido? Incluso las muchachas tienen que dejar la casa de sus padres e ir a la de sus esposos. Cada novia se casa y se muda a cualquier parte. De todas formas, si *Bhai* y *Bhaiyya* no estuvieron presentes en mi partida. Gurpal había puesto una alfombra de bienvenida de cadáveres para mí, enrojeció mi camino con sangre, saqueó pueblo tras pueblo para lanzar fuegos artificiales en mi boda. Las personas celebraron mi noche de bodas con gritos y alaridos, idas y venidas. Toda la atmósfera estaba cargada con el olor del polvo, el humo y la sangre, según las nuevas tradiciones. Me había traído a Sangrao, entre los campos de trigo, a una habitación mugrienta, en una casa donde pasaría el resto de mi vida, llena del humo azul del estiércol de vaca.

Durante todos estos años, cuántas veces había mirado las palabras de las páginas del libro que Gurpal trajo para leerle a Munni. Las palabras latían en mis ojos. De repente recordaba las historias que *Bhaiyya* y *Bhai* me habían contado, decían:

—Bibi, hay libros con mejores historias que éstas. Cuando seas mayor, verás cuántas cosas agradables hay para leer.

Cuando el ejército vino a rescatarme como a la princesa de los cuentos de hadas, me oculté. ¿Por qué debía irme con alguien extraño? me pregunto. ¿Por qué no están *Bhaiyya* y *Bhai* para recogerme y despedirme? Por dentro, creció mi decepción hacia ellos. Todavía estoy molesta.

Cuando Munni está a mi lado, me pregunta:

   —Ma, ¿por qué no vas a casa de *Mama*, ni siquiera en Diwali? ¿Por qué *Mama* nunca nos ha enviado dulces?

   Mama ni siquiera salió a buscarme, Munni. Ellos nunca vinieron a rescatarme. ¿Quién puede encontrar tiempo para deambular en busca de alguien? Poco a poco, el amor encuentra apoyo. Los hijos de *Bhaiyya* deben tener la edad de Munni. Cuando ellos pidan ir a visitar a su *Mama*, él no tendrá que cambiar de tema como yo, para mantener un secreto. A veces se llevan historias dentro, que no se pueden contar. Por eso, cuando las novias de estas calles hacen sus ajuares y cantan canciones a la sombra de los árboles de *neem*, me quedo en silencio.

   ¡Cuánta vida había en nuestro patio! Cuánta dulzura hay en las melodías familiares. Las estaciones se sucedían, año tras año, padres y hermanos vienen a despedir a las novias, y los pies de Asha, Rekha, Purna y Chandra no permanecen sobre el suelo. Sus palabras suenan como canciones. Las estaciones siguen cambiando.

   Las muchachas salen de sus habitaciones y preguntan por la llegada de sus hermanos. Mi corazón late en mi garganta y un nervio se tensa cerca de mi corazón, podría estallar. Extiendo mi mano para espantar un cuervo y cae muerto a mi lado. *Bari Ma* tiene esperanza en mí. Cuando rompí todos los vínculos con mi vida pasada, *Bari Ma* y yo creamos un lazo más profundo. Me convertí en su Lakshmi Babu, su afortunada nuera. Ella me contaba historias con gran afecto. Y cuando otras mujeres se quejaban de sus nueras, ella avivaba su resentimiento elogiándome.

La fragancia de los granos serpenteaba a través de los campos y el olor del trigo tierno se mezclaba con el humo azul y se convertía en una canción, decía: el cielo protector está repleto de estrellas, solas o en pares, y el agua de la primavera oscila en pequeñas ondas. Si un día un jinete joven llega, detrás de los campesinos que llevan bultos de forraje sobre sus cabezas para los bueyes, y desmonta junto a mis puertas abiertas, gritaré, ¡*Bhaiyya*! y lo abrazaré. ¿Por quién he esperado en esta puerta? ¿Cuánto tiempo después de la muerte de mis seres queridos debo cargar los cadáveres? Al mirar esos caminos tortuosos, las lágrimas brotan solas de mis ojos.

Si estas lágrimas caen sobre Munni, se levantará ansiosa y preguntará, Ma, ¿por qué lloras? Cómo le explicaré mi dolor a Munni si me pregunta, Ma, ¿por qué están húmedos tus ojos, incluso en la noche de Dushera? ¿Estás cansada?

Gurpal ha cargado a ambos chicos. Munni y yo vamos a Sangrao. Sita ha aceptado el santuario de

Ravana, en lugar de un segundo exilio. ¿De dónde podré sacar fuerzas para enfrentar otra etapa de incredulidad y usarlas como apoyo a mi fe?

Las luces de la vida se han alejado de mí como las luces de ese pueblo que quedó atrás, pero todavía soy incapaz de amar la oscuridad, ¿quién sabe por qué?

Debo seguir caminando. El cansancio es como el dolor en cada parte de mi cuerpo. Pero aún así, debo continuar. En la feria de la vida, los exiliados y los moradores del bosque están obligados a moverse y yo me quejo, me pregunto si *Bhai* y *Bhaiyya* estuvieron tristes alguna vez por mí.

Estoy más preocupada por Munni. Mañana ella me hará la pregunta de nuevo, y de nuevo nadie será capaz de responderle. Ni Gurpal, ni yo, y probablemente ni *Bari Ma*.

¿Por qué hay tantas preguntas como ésa, tan onerosas y difíciles? ¿Pueden ser respondidas por alguien?

El dolor de las largas noches de invierno aviva el fuego, hace recordar viejos sueños y escucha las historias. Dime, ¿las historias pueden ser ciertas? Mi corazón está predispuesto, no olvidará el pasado.

¿Hay algún conocimiento más allá de Sangrao?

En las calles altas y bajas del pueblo, el hedor a orina y a estiércol de vaca, mezclados con el olor del grano, fluye con el torrente de la vida. Hoy se acaba.

Los días terminan como ráfagas de viento. ¿Quién sabe cuánto queda del viaje?

Jamila Hashmi nació al este del Punjab en 1929. Novelista aclamada y premiada, se hizo famosa en los años sesenta con una serie de novelas, algunas largas y otras breves, entre las que se incluye la laureada *Talash i Baharan* [*The Search for Spring (La búsqueda de la primavera)*], que trata de las vidas de sij, hindúes y musulmanes. En los años ochenta publicó novelas basadas en las vidas de la famosa profetisa Bahai, Qurratulain Tahira y de Mansour al–Hallaj (su obra más apreciada). Murió en 1988.

Parbati

FARKHANDA LODHI

—¡Maten!

¿Fue una voz o el eco de un recuerdo?

—¡Maten!

Se acercaba.

Las armas rugían… de ambas partes, desde todas partes… y todo alrededor era el eco, el himno patriótico recurrente.

—¡Maten!

Cañones, aeroplanos, sirenas, silbatos y el latido de los corazones. Luego el silencio. Agitando el silencio, dividiendo la consciencia, un grito.

—¡Maten!

Una bala silbó cerca, por poco alcanza su hombro. Ella se inclinó y comenzó a caminar, protegiendo su cabeza. La frontera estaba a unos pocos pasos. Tenía que llegar. Ningún sonido, sólo un silencio sibilante, una tormenta en el corazón y un estruendo en el centro de la tierra. Ella apretó su bolso con ambas manos.

Otra bala vino de algún lugar, de todas partes. Lluvia, ruido, fuego, calor, sed...

Avanzó lentamente, tapando sus oídos con ambas manos. Equilibrada y apoyada en sus brazos, cruzó la frontera antes de que rompiera el amanecer. El retumbar del cañón se detuvo, luego se hizo más alto y más frecuente. Aún quedaba tiempo para que rompiera el día. El olor característico de la pólvora la rodeaba. Por un momento, el humo oscureció la luz de la mañana.

Ella se recostó bajo los arbustos y trató de respirar profundamente. No había peligro de que alguien pasara por allí.

Si escucho el sonido de pisadas o veo a alguien que se acerque, me tiraré al canal que está a la derecha, lo decidió con absoluta calma. Durante un largo rato, permaneció perdida en sus pensamientos, mordiendo sus labios adoloridos e hinchados. Tenía muchos obstáculos que enfrentar. De las heridas de sus rodillas brotaba sangre fresca y era consciente de las heridas de su pecho, endurecida con la suciedad incrustada.

¿Adónde puedo ir en estas condiciones?, su mente se mantuvo reflexionando.

Las aves de la mañana no habían comenzado su coro. ¿Por qué estaban en silencio? El fuego y las

explosiones se habían tragado su goce feliz y el mundo
parecía desolado. Qué rápido la belleza del mundo se
había transformado en luto. Ella estaba ahogada por el
miedo y el odio. La recorrió una ola de repulsión, hacia
los seres queridos, los extraños, incluso hacia sí misma.
Su ser interno se sumergió cada vez más en la oscuridad. El sol se negaba a salir. Los proyectiles de los
cañones retumbaban y el horizonte se iluminaba por las
momentáneas llamaradas que iluminaban el cielo y
luego de repente se apagaban. Cada vez que escuchaba
el estruendo temía que un proyectil le cayera encima.
Había elegido un mal lugar para detenerse. El peligro
era inminente. Avanzó. Cada vez más. El silencio ate-
rrador gemía palpablemente y gritaba, similar a cuando
los niños quedan huérfanos y el precioso honor de las
viudas es arrebatado. El retumbar de los tanques y
carros, viejos y nuevos eslóganes, ruido... Las personas
despertaron y se involucraron en la lucha por la vida
pero su mente todavía dormía. Totalmente paralizada.
¿Cómo podía caminar entre estas personas? Estaba casi
desnuda, cubierta de sangre. Su camisa colgaba hecha
jirones de su pecho. Avergonzada de su estado, dudó
un instante y entonces avanzó con determinación reno-
vada.

Se dio cuenta del latido de sus heridas; su conciencia aumentaba a medida que salía poco a poco del esta-

do inconsciente. Ahora era capaz de percibir el mundo de objetos a su alrededor. Los árboles expectantes como espíritus en la semi–oscuridad, eran en realidad árboles y el sol no había ascendido aún, aunque, a pesar del humo, se veía. El mundo debe ocuparse de sus asuntos. En el pueblo cercano, la muerte desafió la vida y la vida contestó, haciendo firme su avance. No puede detenerse. Tiene que continuar.

Ella se mantuvo caminando. El pueblo estaba a poca distancia. No se veía ni una hormiga; los maltratados y enfurecidos perros del pueblo ladraban. ¿A dónde habían ido las personas? El silencio se apoderó de todo. Ella llegó a los límites del pueblo.

No se veía nada detrás del muro caído. En el pueblo no había nada que retuviese a la gente. Quiso llorar: por la devastación en la villa, por el desamparo y la estrechez mental del hombre.

¿Debía volver al lugar de dónde había venido y nunca poner un pie en este lugar de nuevo? Sintió un feroz abandono. Pensó: *La tierra es nuestra madre y mira las llamas que consumen sus senos... ¿por qué no muere? Sus hijos la destruyen, y a sí mismos, y sin embargo el aire resuena con un solo grito: ¡Maten!*

Éste es el juego pensado por tus sabios hijos. ¡Oh, Madre! Tal vez muera en este juego. Si sobrevivo, pensaré mucho en tu condición. No tengo tiempo ahora. El tiempo elástico se contrae y se expande, como en un juego.

A cien yardas de distancia se veían los jeeps militares cuando llegaban y salían. Alrededor sólo había nubes de polvo y humo. Restos de hierba seca estaban en llamas. Las espigas de granos en pie estaban quemadas y las ramas, llenas de espinas del viejo árbol deshojado, crujían en las llamas. Humedeció sus labios con la lengua. ¡Qué sed tenía! No sobreviviría. Le parecía tener espinas en su garganta. Estaba deshidratada. Se le iba media vida sobre el montón de escombros. Escuchó el sonido de los pasos… más cerca… más cerca… y más cerca hasta que una voz dijo:

—¡Mátala!

—Sí, sí. ¡Mátala!

Ella se sentó con rapidez, e intentó cubrir su cuerpo sin éxito. Frente a ella había dos soldados armados que la miraban de manera expresiva. Sus miradas inquisitivas atravesaban sus ropas, penetraban en su carne, indagaban en su mente y en su corazón. Su cuerpo se puso rígido del miedo y la aprehensión del peligro. Perdió su capacidad de hablar y le pareció como si sus pupilas se convirtieran en piedra.

—¿Por qué no partiste con la gente del pueblo? Tu estado no es bueno.

Su tono la tranquilizó. Había lágrimas en los ojos de ella. ¿Qué… qué podía decir?

—Me había salvado de esas bestias salvajes en el último pueblo. Había enfrentado la crueldad y la violencia para mezclarme con el suelo de mi tierra. Ustedes son mis hermanos. Terminen conmigo. Háganme este favor

Habló tranquilamente y los soldados quedaron perplejos: ¿debían silenciar este loro parlante o permitirle morir con su historia de dolor dentro? Uno de ellos se alejó corriendo, volvió con una gruesa manta de algodón y cubrió su cuerpo. Los soldados estaban intranquilos, dudaban en hacer blanco sobre el hermoso y fresco cuerpo. Caía fuego. El aire ardía lentamente.

—¿Tienes parientes? —peguntó uno.

—Déjala, *yaar*[1] No pierdas tiempo.

El otro sacudió su cabeza.

—¿Vivos o muertos? —insistió el primero.

—Qué importa ahora —había una nota de desafío en su tono y su voz era clara—. Está en las manos de Dios.

El soldado miró hacia atrás. Su compañero se había marchado hacía un rato. Partió sin decir otra palabra. Ella estaba a salvo. Se acostó entre el ruido de los cañones y la pólvora… nadie vino a rescatarla o matarla. Los

---

1 *Yaar:* compañero, amigo.

defensores de su país combatían. ¿Algo podía ser más consolador que eso?

La tarde transcurrió. Fue asolada por el hambre y la sed. Una pequeña caravana se detuvo cerca de ella con una presencia simbólica de hombres; las mujeres y niños se encontraban raramente subyugados. Se pararon bajo el árbol de *sheesham*[2] con rostros asolados por el terror, los niños lloraban en el regazo de sus madres, sus labios estaban secos y pálidos. Luego llegaron unos camiones y otros vehículos y la policía militar los agrupó junto a una pequeña reja. Un hombre que parecía un oficial dio instrucciones en voz baja. No se apreciaba la menor fatiga en su rostro y se veía confiado en la situación. Los soldados realizaban su trabajo con rapidez, su vivacidad y bromas aliviaban la atmósfera de tristeza. El oficial parado junto a una anciana dijo:

–¡Ma! ¿Escapas de la muerte, no? ¿Por qué no te quedas? Deja que un hombre útil ocupe tu lugar –rió.

–Oh no, hijo, –gritó ella en el idioma local–. Me meteré en una esquina.

–¿Es tan preciosa la vida?

–Sí, hijo, no quiero morir en las manos de esos *kafir*[3]. La muerte visitará a todos un día.

---

2 *Sheesham:* árbol de madera muy dura.

3 *Kafir:* infiel.

–¡Ma! Esta es una oportunidad para el martirio, –le dijo el soldado a la anciana.

–¡El martirio es el resultado de nuestras acciones, hijo! Soy inútil, ¿qué otro martirio puede haber para mí?

Todos reían y el trabajo continuó como si nada ocurriera, como si las personas hubiesen despertado del sueño nocturno para encontrar que la mañana había comenzado en una nueva era, un nuevo mundo, y el deseo de descubrir este nuevo mundo y la aprehensión a lo que podrían descubrir, los distraía a todos. Las mujeres estaban en silencio, el miedo acechaba en sus ojos. La alegría y el ánimo de los hombres ocultaban una profunda ansiedad que obligaba al oficial a mirar continuamente hacia el este, y a los soldados a vigilar a las mujeres y los niños como al ganado.

Como estaba herida, la acostaron en un jeep. Su rostro tenía la palidez de la muerte. La llevaron a un hospital para revivirla. Ella gritaba obscenidades.

–Mátenme… no, no… mátenme… ¿cómo me haré frente a mí misma?… no, no… no estoy en condiciones de volver… mi hermano se suicidará cuando me vea… ¿cómo mi madre podrá mostrar su rostro? Les imploro en nombre del honor de sus mujeres… por la castidad y la lealtad de sus mujeres, déjenme aquí. Bestias salvajes han abusado de mí. Dejen que los perros me hagan pedazos. No tengo a nadie a quien encomendarme. No me pertenezco ni a mí misma.

Estuvo balbuceando mientras el jeep avanzaba a toda velocidad. Los dos que iban sentados al frente no prestaban atención a sus incoherencias, la trataban como un bulto. Su responsabilidad era llevarla a su destino y eso era todo. El jeep se detuvo y uno de los hombres se bajó. Su lugar fue ocupado por cartones vacíos y bultos. El camino estaba lleno de personas. Sus emociones se desbordaban en los eslóganes que gritaban. Jóvenes metían la cabeza en el jeep y miraban, y ella pensaba irritada, ¿por qué no arranca el jeep? ¿Por qué la transportaban de esta manera? ¿Acaso era ésta su procesión fúnebre?

—Esta es mi procesión fúnebre...

Alzó la voz y se enfureció por la insensibilidad del hombre que estaba en el asiento delantero. Él se negó a escucharla. ¿Todos se habían convertido en piedra? ¿Qué les había sucedido? Se habían convertido en marionetas manipuladas por el tiempo y la política, pensó, y gritó al hombre sentado cerca de ella:

—¿Estás sordo?

—No tengo tiempo.

Ella se levantó y se inclinó sobre el asiento delantero.

—¿No tienes tiempo? ¿Ni siquiera el tiempo para deshacerte de mí?

El hombre que conducía giró para mirar y sintió el aliento de ella sobre su sien.

–No me voy a deshacer de ti, –dijo pausadamente–, porque eres joven y no luces mal. –Entonces cambió el tema–. ¿Por qué no te acuestas? No te sumes a mis problemas.

Ella fue a hacerle preguntas, a hablar con él, pero él se negaba. El jeep se mantuvo en movimiento. El aire fresco la revivía ligeramente.

–¿Qué harás conmigo?

–Conservarte.

Se quedó tranquila. No había razón para decir algo más.

El jeep entró al complejo de un gran edificio y se detuvo. Los asistentes se acercaron con una camilla. Ella se bajó, rechazando cualquier ayuda.

–Está bien. *Salaam*[4].

Ella se detuvo.

–*Wa'eikum asalaam*.

El hombre tenía puestas unas gafas oscuras y la miraba: una mujer la envolvió en una sábana de algodón, llena de suciedad, despeinada y con lágrimas que hacían vetas sobre su rostro. Parecía una loca.

–¿Cuál es tu nombre? –el corazón del hombre se llenó de simpatía y pena por la solitaria mujer.

4 *Salaam:* saludo, respeto.

–Nada…

–Nada no es un nombre.

–Parveen, –respondió brevemente, sumida en sus pensamientos.

–Parveen, –repitió el hombre y añadió–, Peena.

Ella sonrió de forma inquisitiva, como si dijera, ¿Cuál es mi destino ahora?

El hombre se quitó las gafas y la miró bien.

–Me llamo Hassan. ¿Puedo hacer algo por ti?

–Nada…, –respondió Parveen molesta. Se sintió decepcionada de Hassan. Una extraña decepción.

–Está bien. *Khuda hafiz*[5]. Hassan se marchó.

–*Khuda hafiz.*

Parveen agitó su mano durante un rato. Ella se suavizó con él otra vez y las personas miraron sorprendidas a esta campesina que parecía un *sadhu*[6], allí de pie, diciendo adiós con su mano de una manera muy cortés, hasta que el jeep se perdió de vista. Sin embargo había terror en su rostro. Puro terror.

Cuando recobró la salud fue transferida del hospital al campamento. Se molestaba cuando le preguntaban por sus parientes o personas cercanas, en ocasiones se volvía histérica, como si su mundo interno quedase atra-

5 *Khuda hafiz:* adiós.
6 *Sadhu:* santo, mendicante.

pado por la experiencia de terror e injusticia. Poco a poco las personas dejaron de preguntar.

En el campamento, Parveen se encariñó con una viuda que la quería como su propia hija. Pasaba todo el día enseñando a las mujeres y los niños, y a las personas que la miraban en busca de compasión. Se convirtió en la *apa* de todos. Por la mañana y por la tarde era costumbre para ella sentarse con los niños más pequeños, que disfrutaban su tutela. Madres ansiosas, alejadas de sus hogares, tomaban un descanso, y se sentaban y especulaban entre sí en punjabí.

–¡*Hai nee*[7], qué muchacha tan agradable! ¿Qué será de ella? –preguntó alguien.

La otra mujer que estaba demasiado emocionada y sensibilizada con la situación de Parveen, golpeaba su pecho con ambas manos y exclamaba:

–¿Oh, por qué los *kafir* robaron su honor?

En el campamento, se casaban muchachas a diario. Las mujeres, que siempre querían casar a todas las muchachas del mundo, buscaban una pareja para Parveen, pero casarse con ella requería valor. La mirada de los hombres jóvenes la perseguía el día entero; para evadirla, Parveen completaba sus tareas del día antes que cayeran las sombras de la tarde, se iba a los campos y se encaramaba en los límites elevados, se perdía durante

7 *Hai nee:* exclamación punjabí.

horas en pensamientos desconocidos. Sus ojos buscaban la distancia… entonces regresaba, con la cabeza inclinada, en silencio, su andar oscilante la hacía parecer un *sadhu* que regresaba a la ciudad de su retiro. Parveen pertenecía a todos y se preocupaban por ella. Sus padres se preocupaban cuando ella caminaba con su *dupatta* sobre su frente y su mirada hacia abajo, que llamaba la atención de las personas comunes. Los hombres maduros se echaban a un lado respetuosos para dejarla pasar. Ella estaba ahora en una posición de exigir respeto.

No pretendía ganar fama en el mundo de su pequeño campamento. Se reunía poco con los adultos, pasaba todo el tiempo con los niños, todos entendían sus necesidades. Esos que tenían sus corazones rotos y sus heridas frescas, carecían del valor para acercársele.

Una tarde cuando volvía al campamento como siempre, se encontró a Zainab. La había conocido y había hecho amistad con ella en el campamento. Zainab tenía entre ocho y diez años de edad, provenía de un entorno rural y su padre estaba desaparecido. Después del desplazamiento de su pequeña familia fue ubicada en el campamento. Con frecuencia era vista deambulando fuera de éste, sus ojos y pies corrían ansiosamente a lo largo de los caminos que atravesaban los campos en busca de su padre. Cuando él retornara, podrían establecerse en algún lugar y entonces las palmas de las manos de Zainab podrían ser enrojecidas con alheña. Eran tiempos malos. Las madres siempre estaban teme- rosas, igual que Zainab, incontables jóvenes solteras esperaban con muchos deseos ocultos, por sus padres, hermanos y futuros novios, cuya sola presencia les ase- guraría una vida sin preocupaciones. Las hijas de Eva no deseaban nada más; pensar más allá no era posible para estas simples doncellas de pueblo. Cuando llegaban las noticias de los que habían muerto, lloraban. Cuando el mensaje era de victoria y vida, estallaban de alegría. Éste era el alcance de sus emociones y su mundo.

Zainab se interpuso en el camino de Parveen.

–*Apa*, has dejado de hablar con tu propia gente, ¿crees que deben dejar de buscarte? Ven, hay alguien que espera por ti allí.

Parveen se sorprendió y por un momento su ros- tro sobrio quedó ensombrecido por el miedo y el terror.

–Ven, ¿por qué te has detenido?'

Parveen dio algunos pasos titubeantes. No fue en dirección a Zainab.

–*Apa*, ¿por qué tienes miedo? Tus padres no te comerán. No es culpa tuya… –Zainab sacó sus propias conclusiones de la confusión de Parveen.

El cielo y la tierra se unieron cuando vio a Hassan frente a ella. El universo comenzó a colapsar. Sólo un pensamiento pasó por su mente:

¿Por qué había venido? ¿Por qué había venido? ¿Por qué había venido?

Sin levantar sus ojos o responder al saludo de Hassan, se mantuvo de pie, temblando. Su firmeza la había abandonado, no tenía idea de que pudiese demostrar que era tan débil. Poco a poco sus labios se abrieron y sus ojos se alzaron.

–*Salaam*[8].

–¿Por qué estás tan perturbada?

–Estoy bien.

Entonces Hassan comenzó a hablar.

–Un día fui al hospital por un trabajo. Pregunté por ti y me dijeron que habías sido enviada al campamento. Casualmente pasaba cerca de aquí y aquí estoy. Eso es bueno. –Habló con frases entrecortadas.

–Sí, estoy encantada... –Parveen respondió de manera formal. Zainab se fue.

–Me reconoces, ¿no? ¿Recuerdas mi nombre? –Hassan preguntó de nuevo.

–Sí, bueno... muy bien.

Hassan estuvo quieto un momento y dijo:

–No sé por qué presiento que eres un enigma que quiero descifrar. Aunque no tengo derecho. Incluso así...

8 *Salaam:* saludo, respeto.

Parveen sonrió y miró a Hassan de la manera que sólo las mujeres pueden. Ella olvidó lo que estaba a punto de decirle. Sus ojos mostraban curiosidad. Entonces dijo:

–Para un hombre cada mujer es un enigma. Bueno, hablemos de otra cosa. –Su tono se afinó.

–Parveen, quiero hablar contigo. No de guerra. La guerra es el azote de Dios. Quiero hablar de perdón y merced. Quiero soñar con la paz y la amistad contigo…

Hassan hizo silencio. Parveen también. La quietud habló, ellos escucharon y comprendieron.

–Está bien. Me iré ahora. Vendré de nuevo, si Dios quiere… –dijo mientras partía. Parveen, contrariada se quedó enraizada en el lugar, mirando.

Hassan comenzó a realizar visitas breves. Se sentaban en una arboleda, y compartían las historias de sus vidas y los acontecimientos del mundo. Parveen hablaba de sus fracasos e incompetencia, y buscaba convencer a Hassan de ellos. Era extremadamente preocupante que Hassan la persiguiera. Con frecuencia pensaba que Hassan la buscaba. Todavía, en algún lugar en el corazón de Parveen y en el escondrijo más profundo de su alma, había una felicidad oculta que, a pesar de sus esfuerzos, brotaba de sus ojos y que Hassan reconocía. La mente de Parveen no aceptaba esta felicidad. No estaba convencida de ella.

Una vez que contaba un incidente de su niñez, Hassan le dijo:

–Mira, Peena, siempre hay cosas que te hacen parecer un niño. Creo que todavía soy un niño. Cuando tenía cinco o seis años, jugaba afuera en el callejón. A veces se pueden encontrar cosas maravillosas al jugar, ¿no?

Quería que ella asintiera mientras contaba la historia. Parveen, se concentró en la historia y olvidó su rol.

–Dios cuida muy bien la inocencia humana. Un día encontré una perla, cubierta de fango y suciedad. Muy hermosa y adorable… al menos me pareció. La limpié con una escupida y la froté con la parte delantera de mi camisa. ¡Cómo brillaba! Entonces la puse en mi boca y jugué con ella. ¡Peena! Todavía no comprendo, ¿por qué uno siempre quiere tragarse las cosas que más le gustan? Hay una espontaneidad en el deseo del niño que los adultos aprenden a reprimir. Pero el deseo de la espontaneidad permanece. Recuerdo que mi madre me regañó por esa gracia e incluso me abofeteó. Dijo: *El cielo sabe qué inmundicias recoge y se pone en la boca.* Sollocé un largo rato y agarré la perla en mi puño. ¿Por qué mi madre no respetaba mi deseo? Mi pequeña conciencia despertó ese día y derramé lágrimas de sangre. Convencí a mi hermana mayor de que cosiera la perla al cuello de mi abrigo y la tuve muy cerca de mí durante muchos días. Quizás a otros no le gustaba pero yo estaba muy feliz.

Parveen se mostró interesada en este suceso sin importancia con una pequeña sonrisa y Hassan revivía por la continua magia de su feminidad, que caía sobre él como una lluvia fina.

El país vecino atacó inesperadamente en la noche, violando todas las normas y prácticas establecidas. Se abrieron muchos frentes y Hassan tuvo que correr de uno a otro. El ejército era pequeño y el enemigo era considerable. Un hombre tenía que hacer el trabajo de cuatro. Hassan era lugarteniente y como en esta guerra habían muerto muchos oficiales, Parveen comenzó a temer por la vida de Hassan y rezó por él, *Permite que Hassan regrese a salvo. Protégelo.*

A veces sentía como si Hassan fuera el propósito de su vida, y más allá de ese propósito no hubiera otro mundo. Hablaban mucho cada vez que venían: sus hombres hacían retroceder al enemigo en todos los frentes, el enemigo era derrotado y así sucesivamente. Parveen se sentaba en silencio a mirar el cielo, indiferente a los resultados. No escuchaba más que el sonido de la voz de Hassan.

Hassan fue herido de bala en un brazo y tuvo que ausentarse cincuenta días, por lo que fue a casa de Parveen. Vivía en medio del amor y la guerra, despreocupado de lo que estaba permitido y lo que no. La muerte se retira en situaciones de amor o guerra. Hassan no estaba preparado para morir físicamente ni para enfrentar la muerte de su amor. Su país ganaba la guerra y su meta personal era ganar su amor. Pocos días después Hassan se casó.

El día de la boda, Parveen se impuso silencio y se sentó absorta. A pesar de la insistencia de Hassan no podía describir sus sentimientos. Entonces poco a poco ella cambió por completo. Dirigió toda su atención a la casa, reía y canturreaba todo el día. Era el hogar de Hassan. Era su hogar. Cuando Hassan estaba cumpliendo su deber, ella se sentaba sobre la alfombra de rezar a decir todo tipo de oraciones. Tenía textos enmarcados de las escrituras sagradas y los comentarios del Profeta y los colgaba en todas las paredes de la casa. Cuando Hassan venía, la encontraba cada vez más volcada hacia la religión. Las reacciones de Parveen obligaban a Hassan a preguntarse sobre ella cada vez más. Una mujer de clase media, promedio, apenas educada, que vive en una pequeña comunidad, ¿qué es lo que piensa y por qué se comporta de esa manera? ¿Por qué lee textos religiosos y eruditos? ¿Por qué, hoy y en esta época, se obsesiona más y más con la religión? Y sin embargo, a medida que los rituales y las abluciones de purificación y limpieza aumentan, el rostro de Parveen se torna más fresco y radiante. Pronto se declaró la paz y la tierra se reveló en forma de una madre.

A la hora del té, Parveen le pareció diferente a Hassan. Él comenzó a mirarla, avergonzándola con su fija mirada. Entonces la tomó en su regazo y ella recostó el rostro en su pecho, hasta que le pareció que todo el universo se limitaba al aliento único, compartido y cálido de Hassan y Parveen. Los ojos se bañaban en las visibles emanaciones de radiante emoción, ambos estaban hechizados. Hassan lo rompió al preguntarle,

–¿Peena, por qué te has vuelto tan religiosa? Estoy asombrado.

–Intento agradecer a mi Creador que tanto me ha dado –Parveen habló con dificultad–. Me ha dado mucho. –Continuó repitiéndolo en voz baja– me ha dado tanto, me ha dado...

Hassan miró a sus ojos y sonrió.

–¿Qué te ha dado Él?, –preguntó con picardía.

Parveen bajó sus ojos con timidez.

–¡Oh, ya veo! –Él besó y besó sus ojos, empapándola en una lluvia de confianza e intimidad. Como la estrella de la mañana, una simple palabra pulsaba en su mente–: Victoria... victoria... victoria...

En la primavera el aire cambia. Hassan obtuvo dos ascensos, uno tras otro. Atribuyó su éxito a la estrella de la suerte de Parveen. Esta mujer fue afortu-

nada y su humilde presencia aseguró un futuro brillante para él, Hassan se convirtió en el adorador de
Parveen. Esta mujer oscura y de miembros suaves,
gobernaba a la vez sobre sus sentidos, su corazón y su
hogar. Su comportamiento y su manejo de los asuntos
de la casa tenían abrumado a Hassan, que ya no se preocupó de nada más. Parveen combinaba en su persona
todos los roles de mujer. Sabía cómo regañarlo igual
que una madre, podía bromear y confesarse como con
una hermana, y ofrecer sacrificios y enorgullecerse por
ser su esposa.

Después de su ascenso, Hassan fue ubicado en otra
ciudad y se mudó con Parveen a una nueva casa, lejos
del mundo que había conocido. Ambos estaban com-
placidos con el cambio. La rutina de sus noches y días se
alteró y entonces una flor estuvo lista para florecer en su
propio jardín. ¿Podía alguien ser más afortunado que
Hassan? Días pacíficos y la riqueza de la vida emergieron alrededor de él.

En la mesa del desayuno, al ver que Hassan no
estaba animado como siempre, Parveen se puso ansiosa.
Desde que se casaron, él no había estado tranquilo por
un momento. Sus ojos lucían agobiados. Parveen sintió
un profundo temor.

—¿Hassan, qué ocurrió con tus ojos? ¿Por qué
están tan agobiados?

Hassan puso su taza sobre la mesa y permaneció en silencio. No miró a Parveen todavía. Ella lo agarró con ambas manos y lo sacudió, casi a punto de llorar.

–¿Por qué estás en silencio? ¿Por qué no me dices…?

–No pude dormir anoche, –dijo Hassan con voz débil.

–¿Por qué? –preguntó Parveen impaciente–. ¿Por qué no me despertaste?

–Apenas estaba dormido, no sé en qué estado estaba. Tuve los sueños más terribles. He llorado desde entonces.

Hassan echó su cabeza hacia atrás y miró al cielo. Sus ojos se humedecieron de nuevo. ¿Hassan y lágrimas? Parveen se sorprendió. Este hombre que había desafiado la muerte en el campo de batalla, que presenció los cuerpos amontonados y saltó triunfante sobre ellos como el guerrero victorioso, el soldado valiente y audaz, ¿puede ser tan débil y delicado?

–Cuéntame el sueño. Aligeraré tu pesar.

–¿Por qué quieres escucharlo? Te causará dolor…

–Tienes que contarme.

Hassan comenzó a hablar entrecortado.

–Había un jardín, y era primavera, –dijo pensativo, como si pegara fotos en un álbum y recordara nombres olvidados. Su voz se tornó más grave.

–Dos aves se habían perdido y les construí un nido en el que comenzaron a vivir felices. Sus hijos estaban en el nido y entonces de alguna manera el nido se incendió. Peena... –se detuvo–. La llama creció y empecé a llorar. Cuando desperté mi almohada estaba mojada. Estaba agobiado, como si hubiese incendiado el nido con mis propias manos. Soy el culpable que causó el fuego y entregué todo a las llamas. No pude dormir más.

Parveen escuchaba atenta la historia y las oleadas de angustia barrían su rostro. Se sentó en silencio y tembló. La noche anterior, medio dormida había escuchado los pasos de Hassan y sintió que se inclinaba muchas veces sobre su cara, luego se volvió y se quedó dormida. Ahora Hassan contaba la historia y todo en la casa quedaba de repente quieto y sombrío.

Ninguno habló al otro hasta la partida de Hassan para la oficina. Un miedo opresivo cubrió sus corazones y dudaron de mirarse a los rostros. ¿Pueden las personas de pronto convertirse en extraños distantes, como sombras inciertas y anónimas? El mural del tiempo reflejó estas dos sombras: temblorosas, desvalidas y apenadas.

Cuando partió, Hassan le recordó:

–Prepárate. Hoy daremos un largo viaje. No quiero que ese sueño horrible se repita esta noche. Tal vez caminar por los alrededores nos haga sentir mejor. Luces cansada también.

Al salir, se detuvo para besar a Parveen en la frente, pero partió sin hacerlo. En su paso hubo una determinación que antes no existía. Parveen sintió una punzada y luego una ola de esperanza desconocida y la nostalgia la barrió.

Salieron al anochecer. Hassan conducía el jeep. La luna temprana de la noche se movía lentamente hacia el oeste. Parveen se sentó en silencio, sujetó con fuerza su medallón en el puño, y se sumergió en sus pensamientos. Hassan le había traído el medallón esta noche; en la pequeña tablilla estaba inscrito *Alá*. El nombre de Dios en el puño, y su corazón en un mundo de miedo y peligro. Por el camino, una tranquilidad espantosa y el silencio de Hassan.

–¿A dónde vamos? –preguntó finalmente.

–Sabes que siempre te sorprendo.

Hassan habló lo menos posible.

–Sí, tú siempre me sorprendes... –quedó complacida con la respuesta. Estaba tan acostumbrada al carácter de Hassan que no intentó averiguar más detalles.

–Duerme.

Hassan recostó la cabeza de ella sobre sus hombros. El jeep se mantuvo en movimiento y Parveen fingió estar dormida. Hassan detuvo el jeep y ayudó con mucho cuidado a bajar a Parveen, como si estuviese hecha de un vidrio frágil, y sosteniéndola, comenzó a caminar. Quizás éste era el destino deseado.

Ya era muy tarde en la fría noche. Ahora avanzaban a pie. La arena se hundía bajo sus pies y el tiempo pasaba lentamente.

–¿A dónde me llevas, Hassan? –Parveen preguntó una vez más, a punto de llorar.

Estaba embarazada y no podía caminar muy lejos. Sus pies perdían la estabilidad sobre la arena. Pero Hassan la halaba ahora. En el desierto sólo se escuchaba el sonido del viento que soplaba entre los arbustos y el de la cambiante arena. Encima, un campo de estrellas se extendía sobre el horizonte.

Hassan se detuvo. Abrazó a Parveen con fuerza, la besó y la apartó. Jadeaba del viaje y de la pesada carga que llevaba dentro de él.

–¡Parbati! ¡Vete! *Khuda hafiz.*

Partió.

Un grito escapó de Parbati. La oscuridad les hizo difícil ver sus expresiones.

–Parbati, no olvides. Tienes algo mío que mantener a salvo.

Se detuvo y habló, y entonces su sombra desapareció detrás de los arbustos.

–¡Hassan! ¡Hassan! –Parbati corrió tras él y se calló. Sus brazos se agitaron en el aire, sus manos taparon su boca para silenciar los gritos y que no rasgaran el corazón del silencio. Hassan partió.

Shiv había abandonado a Parbati. Adán había dejado sola a Eva en el paraíso. En este momento no era Parbati ni Parveen, sino sólo una mujer, una devota del amor y de la tierra florecida. Se acostó boca abajo llorando en el desierto y su medallón con el nombre de Alá grabado rodó por la arena. Quedó aislada junto a la trinidad del desierto: Dios, Adán y Eva. Separados por políticas.

–Hassan, Hassan, Hassan.

El sueño dorado de Parbati había terminado.

La noche casi terminaba. La luz de un nuevo amanecer esparcía sus rayos sobre el horizonte. Un hombre inclinado sobre ella decía,

–Golpéala hasta la muerte, *yaar*.

Y conciente ella anunció:

–Soy Parbati. La esposa del Coronel Mehta.

No quería morir.

De este lado de la frontera era la Sra. Mehta otra vez. *Shrimati*[9] Parbati Mehta, la esposa del Coronel

---

9 *Shrimati:* equivalente a señora.

Mehta. Ella tenía un color oscuro visible, era pequeña pero muy bien proporcionada, y tenía un lunar negro en la mejilla izquierda y la marca de una herida oblicua sobre una ceja. Su expresión era sobria. El gobierno circuló su descripción en los diarios y repartió hojas impresas. Durante la guerra ella había partido para espiar el campo enemigo. Durante un tiempo los mantuvo informados de sus ubicaciones, entonces el mundo cambió. Su pasión y fervor, como un arroyo cristalino, encontró nuevos canales y una nueva y rica existencia. Este camino había sido abierto por Hassan. Él había regado el jardín. Ella era la madre de su futuro hijo. La idea de la maternidad había elevado su valor antes sus propios ojos: se sentía importante y espléndida. Sintió que había penetrado en sí misma, que había penetrado los secretos de su propio ser. Ella era una persona por derecho propio, pero otros la habían acusado de mujer improductiva y de tierra infértil; ahora su seno estaba lleno de tesoros.

Cuando se casó con Metha era muy joven e impulsiva. Metha le dio todo, excepto confianza. Estaba convencida de que era posible tener un hogar incluso sin niños. Parbati estaba lógicamente orgullosa del gran Coronel Mehta. Ser su esposa le había dado un lugar en la sociedad, pero nunca dejó de ser víctima de la envidia y la codicia de la gente. Entonces, igual que ahora, las personas estaban listas para casar a sus hijas con el Coronel Mehta. Pasaron diez años de vida matrimonial. Era una mujer casada y extrovertida de veintiocho años cuando comenzó a sentir que había mucho más para una mujer que alcanzar la maternidad. Constantemente estaba obsesionada por un pensamiento: lograría algo antes de morir, lograría algo antes de morir.

Estalló la guerra con el país vecino, y preciosos hijos de incontables madres comenzaron a escribir la historia con su sangre. La seguridad de las fronteras demandaba sangre... sangre fresca vertida en formas humanas, llevada por las mujeres y luego sacrificada por ellos ante los muros de la ciudad. Al ver a sus preciados caer, estas mujeres podían alzar sus cabezas con orgullo y decir: *Una parte de esta tierra es mía. La he bañado con mi sangre. Esta tierra fértil es mi ser... Soy la propia tierra. Creé estas gemas y también las devoro.*

Parbati se inquietó cada vez más. La sangre corría por sus venas, vigorosa y apasionada. Siempre estuvo consciente de su bajo estatus. En cualquier momento podía ser privada del honor de sumar otra gota a la corriente del río. Una gota extraída de su sangre y de su ser. Qué imposible era. Pudo haber ganado el honor de sacrificar a su esposo, pero eso resultaba difícil. ¿Qué sería de ella sin él? Pensó: ahora que el fuego arrasa todo alrededor y la vida es incierta, puedo recibir las noticias de la muerte de Mehta en cualquier momento. ¿En quien se apoyaría después de la muerte de Mehta? Sería la viuda de Mehta, sin una medalla, sin honor, sin pensión, ni nada. Decidió que en lugar de esa existencia sin objetivos, haría algo para asegurar la posteridad de su nombre.

Cuando una mujer no puede convertirse en madre tiene muchos otros deseos.

El amor de Mehta había perdido su antigua importancia y riqueza. A pesar de conocerse, aún seguían siendo extraños. Mehta casi siempre estaba ocupado con su trabajo en la oficina. La esposa se ocupaba del trabajo social. Por la noche iban a la cama exhaustos. La vida había caído en una rutina y había perdido todo sentido. Pero la guerra había traído una nueva búsqueda y aspiraciones a su vida. Se abrieron nuevas ventanas con vistas encantadoras. Ahora había muchas oportunidades para Parbati. Mehta sugirió que se convirtiera en enfermera, pero en lugar de vendar las heridas de otros, quiso recibir algunas ella misma. Deseó correr a la línea del frente, reconfortar a los soldados, combatir y romper las líneas enemigas. Continuó molestando a Mehta con ese deseo. La única brecha que él pudo encontrar para su obsesión era que ella espiase en territorio enemigo, utilizando su belleza e inteligencia y si tenía que perder su vida, bueno, lo deseaba de todas formas. Esto la inmortalizaría.

Una inyección de morfina la hizo soportar las heridas infligidas en su cuerpo, y por el bien de su país cruzó la frontera en la noche. Su vida comenzó a cambiar. Poco a poco, el dulce hablar de Hassan penetró en su corazón, hizo un lugar en él. Espiritualmente eran uno. Después de casarse con Hassan, Parbati renació. Quizás había sido creada para Hassan, y había viajado largas distancias para llegar a ese punto. Cuántas penalidades había padecido para hacerlo suyo, y cuánta tiranía había soportado, sólo su corazón sabía. Después de tener a Hassan, ella había alejado su vida anterior como un tiempo en prisión que había pasado en espera de la libertad. Hassan fue el último refugio después del torbellino que su alma había sufrido, no sólo un hombre que le había dado confianza en sí misma. Ella, que había sido una criminal para todos, era ahora testigo de su propia existencia, su orgullo, su alma y emociones... Ahora podía decir que no era menos que nadie. También tenía un objetivo determinado.

Fue rescatada de la frontera y llevada con el mayor cuidado al Coronel Mehta. Él la recibió con amor y cortesía, pero Parbati no era la misma. La persiguió el temor que si Mehta lo descubría todo no la trataría nada bien, y era inevitable que lo hiciera. Parbati nunca le dijo nada a su esposo, pero él dedujo la situación. Sus ojos se enrojecieron de rabia y se puso como una hiena furiosa.

–No esperaba esto de ti. –Estuvo un rato en silencio y luego dijo– Por el bien del país... está bien... no tenías opción.

Su tono se suavizó. Recordó los sacrificios hechos por Parbati y dejó que su cabeza se apoyara en el hombro de ella. Parbati se acostó doblada sobre la cama, sin responder a ninguna pregunta, pero mirando el reflejo de las emociones en el rostro de Mehta. Se sentó en silencio, como si fuera la emigrante de una tierra lejana que se hubiese detenido en la posada del camino por unas horas. A pesar de todo, Mehta dijo que ella no tenía ningún sentido de culpa. Ella no había cometido crimen alguno, estaba segura. Mehta continúo hablando y en un intento por consolarla dijo:

–No te preocupes. Lo resolveremos.

–No has tenido hijos... podemos adoptarlo, –sugirió Parbati.

–Semilla inútil... hijo de un *mlech*[10]... no lo permitiré en mi hogar. ¡Comprendes Parbati! Te he aceptado por tu amor y lealtad, de otra manera serías impura... tendrás que deshacerte de eso. Ahora, hoy o mañana.

---

10 *Mlech:* término hindú para marginado, sobre todo no hindú.

De un respiro, Mehta había exigido, amenazado y advertido. Estaba adolorido por la pérdida del honor de su esposa y por conocer sus penurias. Parbati había vuelto del otro lado de la frontera con algo que habían deseado. Pero Mehta no formada parte de *eso*. Y ahora Parbati, una mujer humilde, estaba decidida a dominarlo. Él podía derrotarla por medio de la violencia. Él se abalanzó y Parbati gritó:

—No puedes hacer esto. No te dejaré hacerlo…

—Te mataré…

Avanzó hacia Parbati con ambas manos levantadas.

—Mátame entonces.

Parbati le ofreció su cuello. Sintió los golpes de Mehta sobre su pecho y se sentó adolorida. Recogió las piernas para proteger su vientre y siguió recibiendo golpes. Golpeada con pies y manos, su carne, huesos y sangre recibieron la golpiza para salvar la vida que se había refugiado en ella, para proteger la raza de la que era madre. Era madre, tierra y frontera, y más allá la vida continuaba generación tras generación. La vida crecía y el retoño debía protegerse. No… no… no… No dejaría que esto sucediera.

Mehta perdió, perdió en todos los sentidos. Después, la tensión entre ellos aumentó. Se acercaba el período de confinamiento. Mehta comenzó a desaparecer de la casa durante semanas. En su ausencia Parbati

estaba tranquila. Mientras él estaba lejos, ella podía
esperar en paz el momento en que la recompensa de la
vida se vertiera en su regazo. Su maternidad significaría
nueva esperanza, estaría anonadada de la alegría.

En ausencia de Mehta, Parbati fue al hospital. No
le informó a su propia familia ni a la de él, sólo garaba-
teó unas líneas a Mehta. Tenía que elegir si mantener la
relación o romperla. No tenía esperanzas en nadie, ni
relaciones con nadie. Todo el mundo la había decepcio-
nado. Incluso Hassan. El amor y las emociones prospe-
ran durante un tiempo, pero ante el llamado del deber u
otras metas, son ahogados por otros o se destruyen por
sí mismos. Mantener una relación resulta una maldición.
Romper las relaciones es un acto digno y Parbati rompía todas las relaciones sin preguntar si era digno de elogio o no. Este era solo el principio de un viaje para ella.
Estaba a medio camino. Entonces no era posible una
decisión final. Había tenido un sueño, su realización
estaba muy lejos. Todavía tenía que tocarla con sus
labios. Después de eso pensaría. Luego el deber la lla-
maría, escucharía y tomaría una decisión. El momento
final se acercaba lentamente. Esperaba con ansias y los
brazos abiertos. El tiempo corría.

Emergieron nuevos brotes y salieron nuevas hojas
en el antiguo árbol de *peepal* en el césped del hospital.
Las estaciones cambiaban y la protegían del fuerte y

helado azote del invierno, las nuevas plantas y brotes estallaron. La superficie de la tierra se volvió frondosa, igual que Parbati.

Bañada en rocío, despertaba la mañana.

Con el cambio de las estaciones, las mañanas eran tristes pero embriagadoras. El resplandor era pálido, ni claro ni brillante y su fresca y límpida belleza se expandía y penetraba en el corazón humano. Era el primer día de la primavera y un nuevo día para Parbati.

El mensajero informó que el Coronel Mehta había llegado. Parbati levantó su cabeza con confianza. Mehta no podía romper todos los lazos con ella. Estaba segura de una reconciliación. Pensaba que como había regresado, las cosas quizás funcionarían. Se sentó con el niño asido a su seno. Mehta entró en la habitación sonriendo, pero en lugar de reflejar ternura o consideración, sus ojos se enfurecieron. Un fuego que despedía chispas. Parbati respondió a su sonrisa con otra y se sentó en silencio.

–Vamos, –le ordenó Mehta al entrar.

–¿Adónde?

–A casa. ¿Adónde si no? Vamos, traje el auto.

–¿Enloqueciste? No ves a mi hijo…

Mehta la interrumpió.

–Me has vuelto loco, Parbati. –Avanzó hacia ella–. Por el bien de Bhagwan, mata esas emociones.

Comienza una nueva vida. Aprende a vivir conmigo. Has desgraciado a todos. Te encuentras en una misión suicida...

Parbati no respondió. Su mente estaba en blanco. Ni siquiera pensaba, entonces dócil como una cabra, lo siguió. Si ella provocaba un alboroto en el hospital, ¿qué dirían las personas?... Con ese pensamiento partió con Mehta. Durante todo el camino Mehta estuvo esquivo, susurraba algo en voz baja como si se encontrara en un estado de intoxicación.

–¡Parbati! Eres una mujer. Los musulmanes llaman a la mujer fuego. Tienen razón. Eres una mujer. Fuego. Lo consumes todo, lo reduces a cenizas. Ni siquiera puedo dejarte. ¿Qué voy a hacer? ¡Parbati, Parbati! Has conducido a Shiv por el mal camino. Lo has humillado...

Cuando llegaron a la casa, le dieron una cómoda cama a Parbati. Los sirvientes habían desaparecido y como Mehta detestaba la comida, la alimentó con leche caliente y bizcochos. Él no pensó que fuese necesario explicar los cambios que ella notó en la casa, pero ella también se cansó de representar un papel. Ahora quería sentarse y observar como espectadora. Había un placer en eso que recién comenzaba a experimentar... sentarse cómoda y sin preocupaciones. Lo que será, será. Había confiado su navío a las olas y quería ver qué sucedería.

La tarde se convirtió en noche, la noche avanzó, luego se acercó el amanecer. Fue el momento de apagar las lámparas y descansar con los ojos abiertos. Toda la noche estuvo despierta, con los ojos abiertos, mirando… Una mano se acercaría para apagar la luz en sus ojos ahora… ahora.

La noche se deslizó como una serpiente que acababa de dar a luz y buscaba a sus hijos para tragárselos. ¿Quiénes son sus hijos? Las estrellas… Parbati no podía pensar mucho. Tenía un hijo que era como una estrella para ella y no iba a permitir que nadie se lo tragara. Él era un pedazo de la luna. Él brillará y se transformará en sol… Aún faltaba tiempo para el amanecer. Sus miembros comenzaron a relajarse… ¿Por qué lloraban sus ojos? Duerme. Duerme, duerme. Cortinas. Cortinas pesadas. Olvido. Soñaba. Mehta está aquí… busca algo junto a ella. El niño empezó a llorar… No era un sueño.

Bofetadas… forcejeo… lucha entre la vida y la muerte… lágrimas y súplicas… odio. Envidia y agitación. Derrota y un sentido de culpa.

–Te lo digo, debes matarlo.

Mehta gruñó como un gato salvaje, que en sus garras separara la cabeza de su cría del cuerpo.

–No. No.

Ella sollozó y ocultó su hijo contra el pecho. Lo defendería de cualquier manera. Su cuerpo estaba exhausto.

—Me iré en cuanto amanezca... lejos.

Ella temblaba con pasión, incluso cuando hizo esta afirmación. Jadeaba las palabras con rabia ardiente. Después perdió la conciencia de lo que hacía. Abandonó el hogar.

Antes de que se acentuaran las sombras del atardecer, se encontró caminando hacia la frontera. Una tormenta de emociones la enloquecía. Una mujer demente caminaba en el seno de la tierra. Madre tierra. Una entidad unificadora, una posesión humana común.

Había olvidado que había países en la tierra y que los países tenían fronteras y que las fronteras estaban custodiadas. Avanzó.

Frente a ella el sol descendía lentamente, muy lentamente, hacia el océano del oeste. El cielo y la tierra estaban bañados en sangre. Continuó caminando, despacio... despacio... más cerca, más cerca y más cerca. Una bala silbó cerca, rozando su hombro. Sus brazos se apretaron sobre su pecho e inclinó la cabeza. Otra bala... y luego otra... Ya había llegado muy lejos. Muchas voces resonaban en la atmósfera... maten... las balas llovían por todas partes... una tormenta... tantas balas para ella sola... el humo se esparcía. La oscuridad avanzaba ante sus ojos. Una voz, se alzaba y disminuía. El suelo de la frontera... su sangre, roja, tibia, joven y fresca... luego paz, silencio y el eco resonante:

–¡Maten!

Farkhanda Lodhi nació en Multan en 1938. Ha escrito varios volúmenes de cuentos y una novela muy exitosa, Hasrat–i–Arz–i– Tamanna [*Unfulfilled, Unspoken Yearnings (Deseos insatisfechos y ocultos)*] Escribe en urdu y en punjabí. Vive en Lahore, donde es bibliotecaria jefe en la Universidad Estatal.

El pecado de la inocencia

Era una fría mañana de invierno. Cuando abrió los ojos el tren se había detenido en algún lugar y los gritos de los culíes y las voces soñolientas de los vendedores se escuchaban desde lejos. Levantó tranquilamente la ventanilla y se asomó. Se encontraban en un gran cruce de ferrocarril. Una ráfaga de viento frío la hizo temblar. Deprisa, cerró la ventanilla y se acostó en la litera dispuesta a volverse a dormir.

–No te duermas. Hemos llegado.

Amma acarició suavemente su pelo. Era su primera experiencia de un largo viaje en tren. Antes, todos los viajes se asociaban con *Baba*. Él trabajaba en tierras lejanas y mudar la casa era responsabilidad de *Amma*. *Amma*, su mejor compañera, demostró ser así en todos los aspectos. Los niños estudiaban en las mejores escuelas, las tierras eran muy bien cuidadas, parientes y seres queridos eran atendidos y nadie tenía motivo para quejarse.

Cuando *Baba* estaba lejos de casa, *Amma* lidiaba con los niños para que no extrañaran su presencia en lo absoluto. Les dio tanto amor que, ebrios de su exceso, la obedecían en cada orden, creyendo en el paraíso que yacía bajo sus pies. Como vivían con tranquilidad, sin un plan consciente, se habían labrado una ruta futura en el camino del progreso. Cuando, una vez al año, *Baba* volvía a casa de sus viajes por el extranjero y en tierras extrañas, y encontraba su jardín de delicia floreciente, se sentaba a su lado con alegría.

Todos adoraban a *Baba*. Su presencia se añadía a su felicidad, pero a la vez le temían. Cuando estaba por los alrededores, *Amma* andaba ensimismada. Discutía con él todo sobre la tierra, desde la familia hasta los vecinos, y *Baba* tampoco se cansaba de escucharla. Ella ofrecía su consejo a *Baba* en cada paso y él lo apreciaba. A menudo sucedía que cuando *Baba* se enfrentaba a un problema y su razón era desigual con el cometido, *Amma* le ofrecía su ayuda y *Baba*, depositando su responsabilidad sobre ella, retrocedía con un suspiro de alivio. *Amma* era la *Inteligencia Sabelotodo* y él tenía fe en que nunca podía fallar. No había duda de que Amma era una dama formidable y toda la familia confiaba en su larga visión. Sin embargo... sin embargo cuando Baba

volvió de Bengala y anunció su decisión, *Amma* perdió
la cabeza y toda su impetuosidad se desvaneció. Ella lo
miraba preocupada, sus ojos examinaban el umbral y las
paredes del *haveli*[1], sus manos acariciaban cada ladrillo
como si fuera la forma de un ser amado, o entonces se
volvía hacia *Baba* con una disputa colérica. Ella intentaba convencerlo con sus argumentos, pero esta vez *Baba*
no estaba impresionado en lo más mínimo con su larga
visión. Él se mantenía martillando sobre el mismo
punto: ya no podían vivir más allí. No podía enviar
dinero desde donde vivía, y si no podía enviarlo, entonces cómo iban a ser educados los niños, y los niños sin
conocimientos son inútiles, como la madera poco elegante. Lo más importante de todo era que no veía ningún futuro para sus hijos aquí, y los niños eran lo más
importante en su vida. Su bienestar era su felicidad.

–¿Entonces y esta *haveli*, estas tierras, nuestro
pueblo y nuestras personas? –*Amma* preguntaba con
tonos quebrados y su voz era barrida por un torrente de
lágrimas. Sería separada de todos sus hermanos y hermanas.

–¿Por qué no comprendes? Ya nada es posible
aquí. Estos niños son todo lo que poseemos. Incluso
aunque lo quieras, no hay lugar para ellos aquí. No

1 *Haveli:* mansión tradicional.

ganarás nada de estas tierras. Se trata de un país extranjero y ya no podemos vivir aquí.

Por primera, y quizás última vez, *Amma* tuvo que enfrentar la derrota. Entonces la observaron empacar con tristeza y separar sus cosas; tormentas de lágrimas asomaban en sus ojos por asuntos triviales. Al ver la intranquilidad de *Amma*, *Baba* también se inquietaba, pero ella iniciaba una lucha inútil por comprender sus palabras: ¿cómo el propio hogar se va a convertir en una tierra extraña?

Esta *haveli*, sus umbrales y paredes, su espacioso patio (que agota al cruzarlo de un lugar a otro), los robustos árboles de *neem* y *peepal*, bajo cuya sombra están dispuestos los mármoles y estas tres grandes habitaciones abiertas, orgullo y alegría de *Amma*, eran lugares en los que habían vivido desde que abrieron los ojos por primera vez. Ella siempre decía, *mi palanquín nupcial entró por la gran puerta y fue colocado justo aquí, y, gracias a Dios, mi ataúd también saldrá por la misma puerta. Cada mujer felizmente casada abrigaba este deseo.*

Y... ahora era la misma *Amma*, la misma casa, el mismo pueblo. ¿Entonces, cómo este mundo se convirtió en un mundo de extraños? Y el lugar donde vive *Baba*, ese mundo desconocido, ¿cómo va a convertirse en nuestro país? Ella le daba vueltas constantemente en su cabeza pero todavía no era capaz de encontrarle sentido. El final del ovillo permanecía tan enredado como siempre y cuando se cansaba, dormía indiferente largas horas en el desván. Los otros hermanos y hermanas soñaban con un futuro luminoso cuando empacaban, hablaban, y hacían planes para un mañana feliz. Nadie pensó en ella, que daba vueltas cómodamente, se frotaba los ojos y continuaba durmiendo, cuando de repente *Amma* se acordaba y entonces todo volvía a transformarse. Se realizaba una búsqueda desde una esquina de la casa, a todas las casas del vecindario y cuando todos estaban exhaustos, *Amma*, en su desesperación, recordaba el desván, y exclamaba que *Munni Rani*[2] debía estar en su pequeño refugio. Entonces *Bade Bhaiyya*[3] o *Amma* la sacaban de allí. En esos días, cuando cada cual estaba preocupado por el otro, ella sólo se interesaba en si había desván en casa de *Baba*... y cuando *Baba* vino, le preguntó muchas veces si la casa adonde iban tenía desván o no. En lugar de responder, Baba sonreía.

¿Por qué Baba la engañaba con una sonrisa en lugar de responder su pregunta? Definitivamente no había desván allí. Si no había ninguno, entonces... ¿entonces qué tipo de casa sería? ¿A dónde irían a parar todas sus pertenencias? Pensaba y luchaba para lanzar

2 *Munni, Munni Rani:* pequeña reinita, apodo para niñas.
3 *Bade Bhaiyya:* hermano mayor.

preguntas desde su interior y así pasaron los días, uno por uno, y tragando sus lágrimas, ella continuó empacando. Un día todos subieron a la plataforma a esperar para que el tren los llevara del país extranjero a su propio país, y después de un largo viaje de dos días y noches, estaba de pie sobre esa gran plataforma.

Los *culíes*[4] comenzaron a dar empujones. *Bade Bhaiyya*, de manera responsable, ayudaba al ordenanza a poner el equipaje en orden. No viajaban ligeros. *Amma* parecía llevar toda la casa con ella. Finalmente el equipaje fue agrupado y la pequeña procesión estaba lista para comenzar. Pero ella se helaba. El frío diciembre había convertido sus pies en piedra y le era difícil dar dos pasos.

—*Bade Bhaiyya*, por favor alquila un coche tirado por un hombre, no puedo caminar.

—¿Dónde va a encontrar un coche de esos por aquí, Bibi?

—Hay un *tum–tum*[5] disponible —dijo un culí que pasaba.

—Entonces tomemos un taxi. ¿Qué crees, *Bade Bhaiyya*? —Ella no se imaginaba un *tum–tum*.

—¡De verdad, niña! Ni siquiera hay un coche y pregunta por un taxi. —El ordenanza había escuchado la conversación.

---

4 *Culí:* vocablo cantonés para designar a los esclavos. En algunos países orientales se utiliza para designar a los trabajadores nativos.

5 *Tum–tum:* carruaje tirado por caballos.

–¿Entonces, cómo voy a caminar? Mis pies están adormecidos.

Miró indefensa a *Bade Bhaiyya*.

–Vamos pequeña, te cargaré –dijo, tomándola en sus brazos.

–Quieto. ¿Crees que soy una niña? –Ella se movió en los brazos de *Bade Bhaiyya*.

Desde que su hermana mayor se casó, se volvió muy consciente de sus años. Cada vez que alguien la trataba como una niña, su reacción era extrema e intentaba demostrar su adultez.

–Entonces, niña, te sugiero que des zancadas más rápidas. Ves, como yo hago. No tendrás frío.

El ordenanza la aventajó con rapidez. *Bade Bhaiyya* hizo lo mismo. Para intentar mantener el paso, ella también se apuró y salió de la plataforma al camino de gravilla. El crujir bajo sus pies la estremecía. ¿Por qué había mentido *Baba*? Había dicho que aquí los caminos eran tan adorables y resplandecientes que una persona podía incluso ver su rostro reflejados en ellos. ¿Cómo iba a saber ella que el amor transmuta la suciedad en oro, y transforma una piedra en un espejo? Cómo *Baba* amaba este suelo… pero esto era algo de lo que no sería conciente hasta mucho después. Se había contentado con la idea de que *Baba* también podía mentir de vez en cuando y tal descubrimiento había sido una experiencia y nada más.

De prisa en el camino, le encantó esa sensación arenosa. Esa helada mañana de invierno aún resplandecía en los escondrijos de su memoria. ¡Qué nuevas experiencias tuvo esa mañana! Andar por el camino le produjo una extraña sensación de libertad. En su pueblo eran transportados en palanquines y aquí tampoco había la prisa claustrofóbico de los coches tirados por hombres. Al caminar por el camino de gravilla esa mañana experimentó un arranque de felicidad, interminable, que aún vivía dentro de ella. La apacible niebla, el olor empapado de la tierra, la sensación del rocío sobre los pies y el crujir resbaloso de la gravilla bajo sus pasos. Todo era completamente nuevo y lleno de olores excitantes; entonces, con el corazón rebosante de felicidad, llegó al lugar donde su pequeña procesión se detuvo, los culíes dejaron sus cargas y vio a *Baba*. Su elevada presencia surgió hipnóticamente ante ella, envuelto en un chal de Cachemira.

–¡*Baba*, soy yo! –Ella se aferró a él.

–¡Mi hija! –*Baba* se inclinó para besarla–. ¿Dónde dejaste a *Amma* y a tus otros hermanos y hermanas?

–Todos vienen detrás. Sólo corrí para verte rápido. –jadeó feliz, mirando a todas partes. *Baba* se entretuvo hablando con *Bade Bhaiyya* y dio instrucciones al ordenanza con respecto al equipaje.

Ella examinó la casa y se paró delante con atención. Era un nuevo tipo de casa. Grande y con un gran

complejo, estaba rodeada de terrazas por el frente y en
la parte de atrás, y no tenía nada parecido a un patio
alrededor. Todo el complejo estaba rodeado con una
cerca de alambre de púas.

¡Ésta era su casa! Qué diferente de su *haveli*. Su
haveli tenía un patio inmenso en el que había plantados
árboles de *neem* y *peepal*, y también esos encantadores
árboles de guayaba, y aquí... aquí junto al robusto
mango, el *jaman*[6] y la jaca se bambolean en lo alto los
cocoteros y los *beetlenut*. La húmeda fragancia de la tierra impregnaba el aire húmedo como si mirara, en la
temblorosa luz eléctrica, a la casa que ahora era su
morada. Aquello era una *haveli*, y esto... ¡era el bungalow No. T/80! Respiró profundo y su mente se llenó del
olor familiar del *harsinghar*[7].

–*Baba*, *Baba* –corrió hacia él, cuando estaba sumi-
do en una conversación con *Amma* y tenía sus brazos
alrededor de *Chote Bhaiyya*[8].

–*Baba*, mira ¡aquí también hay ese olor adorable,
aquí también! –dijo feliz.

–Sí, hija. Es el olor del *harsinghar*. Aquí lo llaman
también *sheoli*.

---

6 *Jaman:* fruto del árbol de jujube.
7 *Harsingar (también sheoli):* jazmín.
8 *Chote Bhaiyya:* hermano menor.

Sheoli o *harsinghar*, *harsinghar* o *sheoli*, ¿cuál es la diferencia? La historia del *harsinghar* al *sheoli* es larga. Ella le preguntó a su padre muchas veces:

—¿Por qué *sheoli*? ¿Por qué no *harsinghar*?

—Mi niña, porque aquí, en esta parte de tu tierra, *harsinghar* es *sheoli* —la interrumpió *Bade Bhaiyya*.

—Y como tienes que vivir y morir en esta tierra, por lo tanto tendrás que acostumbrarte a llamarla *sheoli* y no *harsinghar*... Ése fue tu pasado y éste es tu presente, y sólo si vives en el presente podrás construir un futuro prometedor para ti. Entonces, Munni, mi consejo es que le des más importancia a tu futuro que al pasado.

—Escucha, *Bade Bhaiyya*, no estoy de acuerdo contigo. Dime, ¿cómo es posible crear un vínculo con el futuro o poseer sueños de un mañana brillante, olvidando el pasado? Cuando alguien no tiene memoria del pasado, ¿cómo puede amar el presente y...?

—Olvídalo. Tu mente está llena de paja. En realidad estás prejuiciada.

—*Bade Bhaiyya*, no hablar bengalí no es un crimen por el que puedas acusarme de prejuicio. Es que no puedo destruir la costumbre de hablar mi propio idioma.

—¿Qué quieres decir? No he comprendido.

—Quiero decir, mi querido *Bade Bhaiyya*, que mientras pueda utilizar mi propio idioma al hablar, ¿por qué debo cometer el pecado de deformar otro buen idioma perfecto al hablarlo incorrectamente...? –ella rió.

–¿Desde cuándo el inglés se ha vuelto tu lengua madre, que demandas venganza? –*Bade Bhaiyya* se puso furioso–. Siempre te luces, aun cuando no sabes nada al respecto...

–Dios impida que el inglés deba ser mi idioma, el único motivo que busco es que personas como tú no me califiquen de ignorante. Mientras lo hable de manera incorrecta, no tendré escrúpulos en arruinarlo. No es una señal de nuestra emancipación, sino una muestra de nuestra servidumbre, y evidentemente uno no adora tales señales. ¿Comprendido, *Bade Bhaiyya*? –lo miró con ironía.

–No aprender el idioma del lugar donde uno vive, es injusto.

–¿Quién se niega a aprenderlo? Sólo no estoy interesada en hablarlo como una ignorante.

–¿Y por qué debo comenzar a hablar urdu correctamente? –intervino Pakhi.

–Porque el urdu es mi idioma –chilló *Bade Bhaiyya*.

–Te esfuerzas en un malentendido. –Pakhi sonrió a *Bade Bhaiyya*.

–Si puedes, niega que el urdu es el idioma del amor –*Bade Bhaiyya* le respondió con otra sonrisa.

–Hasta donde Munni *Bitiya* está interesada, ¿nuestro idioma es incluso peor que el inglés, por lo que acumulará pecados sobre ella si lo habla? –Pakhi había malinterpretado sus palabras.

–Oh no, Pakhi. ¿Quién dijo eso? ¡De ningún modo! Tu idioma es el regalo que la libertad nos concedió. Es tan precioso para nosotros como nuestra lengua madre… –intentó rectificar.

–¿Y yo…?

–Para ti es otra cosa, Pakhi *rani*[9]. Al igual que tú, he intercambiado votos de amor… –rió.

–Eso no está bien, pequeña Munni. No la elogias por su coraje, sino que te vuelves y te burlas de ella.

–Estás allí para elogiarla.

Todo el asunto del elogio se alargó a tal punto que, con mucha discreción, la pronunciación y el idioma cambiaron: de *pakas* a *phirni* y de *phirni* a *firni*. De *sharm ata hai* (género masculino) a *sharm ati hai* (género femenino). Una vez cuando *Bade Bhaiyya* la llevó a Patna para que echara un vistazo a su pasado, él entretuvo a todo el clan y según Pakhi, ella les agradó a todos. A ella le daba un gran placer decir, *En nuestra parte del mundo, En casa de mis suegros, En nuestra Patna* y *Cuando fuimos a Allahabad vimos la confluencia del*

---

9 *Rani:* esposa del gobernante; reina.

Ganga y el Jamona, como el Sheeta Alekha y el Deheleshwari se abrazan uno al otro.

—Sí, igual que tú me abrazas.

Bade Bhaiyya sonrió y Pakhi se sonrojó. Ella encontró la reacción de Pakhi un poco extraña. En esa parte del mundo incluso las novias son muy enérgicas. La fe de *Bade Bhaiyya* en que *poco a poco todo se estabilizaría* resultó ser acertada. En efecto, todo se estabilizó gradualmente. Pakhi no sólo se casó con *Bade Bhaiyya*, sino que su lenguaje, sus costumbres y tradiciones se convirtieron en las de ella.

Bade Bhaiyya estaba tan enamorado de Pakhi que se olvidó de sí mismo, y Pakhi, con la mayor tranquilidad, siguió añadiendo una persona tras otra a los números de la familia.

Amma y *Baba*, que en un inicio tenían poco interés en su persona y toleraron su membresía en la familia como una tarea desagradable, quedaron encantados con su sorprendente fecundidad, y la casa que había sido tan espaciosa se convirtió en ejemplo de la vida carente de espacio. Dos habitaciones en el bungalow No. T/80 estaban bajo el control exclusivo de Pakhi, y sus pequeños príncipes y princesas gobernaban también sobre las tres habitaciones restantes. Una habitación fue designada salón, pero sólo de nombre. Su condición real era tal, que una muñeca de bebé yacía en un lugar y un biberón de leche en otro. Alguien se aferraba al diván y recitaba el alfabeto, porque no había nada más para entretener al joven amo en esa habitación. En otro lugar, Rani y los libros de Baby eran reducidos a pulpa. Cuando *Chote Bhaiyya* visitaba Dhaka en sus vacaciones, sus libretas y cuadernos eran hechos trizas, por sus pecados. Al menos eso le parecía a ella.

¿Quién era ella? Una joven morena y esbelta, solitaria aunque vivía entre todos, una vida adorable y fragancias de todo tipo, valiente a pesar de su engañosa delgadez y con la habilidad de subir montañas si fuese necesario. Pero en la casa *Bade Bhaiyya* no era menos que una montaña y Pakhi, con sus siete pequeños, era como si fuera su cima. Ella nunca fue capaz de lidiar con ellos. Adoraba a *Bade Bhaiyya*, su inteligencia lúcida y vital la habían estimulado a amar la vida y a disfrutar sus placeres, valoraba el lado más iluminado de la vida en lugar del más oscuro y cuando comprendía algo, estaba dispuesto a dar su vida por eso, igual que él, Pakhi comprendió que su salvación yacía en crear un refugio seguro para ambos.

Por lo tanto limpió una pequeña dependencia en la que *Amma* almacenaba trastos, y después de días de trabajo duro se sentó a tejer sus sueños y pensamientos cuando Pakhi entró, y hablando de una cosa y otra, de repente expresó sorpresa.

–¿No te sientes asfixiada en esta dependencia oscura, pequeña Munni?

Igual que *Bade Bhaiyya*, se refería a ella como *pequeña Munni*, aunque en un inicio Pakhi había sido su amiga. Era un hecho, a pesar de que la amistad no podía adoptar la forma que tomó la amistad de Pakhi con *Bade Bhaiyya*. Incluso ahora, cuando recordaba, era muy conciente de la transformación de *Bade Bhaiyya*.

Las mujeres bengalíes son hechiceras. No vayas a Bengala. Desde la niñez ese era el tema de las canciones que ella escuchaba y después de asentarse lo presenció: el matrimonio de *Bade Bhaiyya* con Pakhi fue una demostración exitosa de magia bengalí.

–*Arrey*, Munni *beta*[10], ¿estás perdida en un ensueño? ¿A dónde te has ido? ¿Qué te pregunté? –Pakhi la agarró por el hombro y la sacudió.

Ella miró a Pakhi inquisitivamente, sin responderle.

–*Arrey*, te pregunto cómo no te asfixias con tanta humedad. –Hizo arcadas.

Qué diferencia había entre aquella Pakhi y ésta, pensaba, sin prestarle mucha atención. Le hablaba en tonos distantes. ¡Hacer reverencia, tocar los pies y ahora…! Sí, ésta es la magia que conocen las mujeres bengalíes. ¿Entonces cómo esta magia no iba a dominar?

10 *Beta:* niño, lit. hijo.

Fijó su mirada en Pakhi, que había madurado por convertirse en madre de tantos niños. Los mechones que le llegaban a la cintura ahora colgaban más abajo. Con el sari atado del mismo modo que *Amma* ataba el suyo y la cabeza cubierta con su extremo, era otra persona.

–Anjá, pequeña Munni, ¿por quién has renunciado al mundo y tomado esta habitación cerrada y claustrofóbica? –la sacudió por el hombro otra vez.

–En verdad aprendiste a hablar mucho, ¿no?

–Sí, ¿por qué no? Después de todo mis niños… –hizo arcadas violentamente–. ¡Oh Dios, este calor! Mi cabeza da vueltas.

–Quieres decir…–miró a Pakhi de cerca–. Verdad, Pakhi, no hay fin para tu fecundidad. Ahora estás en el octavo. Pero préstame mucha atención. Esta vez no voy a desocupar la dependencia por ti.

Al fin comprendió lo que *Amma* quiso decir cuando entró a la dependencia ayer y exclamó con alegría:

–Oh, entonces arreglaste esta habitación lateral. Puede servir en algún momento de necesidad.

Ahora la condición de Pakhi mostró claramente la necesidad. *Levanta las barricadas*, pensó, *sino serás expulsada de aquí también*.

En ese mismo instante *Bade Bhaiyya* apareció.

–No hay motivos para que te preocupes, Munni *beta* –dijo–. Los visionarios poblarán nuevas comunidades.

–¿Cómo es eso, *Bade Bhaiyya*...?

–Partimos a Phoolbari. Basta de este lugar, ahora las personas del pueblo serán nuestros amigos. –*Bade Bhaiyya* anunció su decisión con serenidad.

Amma y *Baba* quedaron perturbados con la idea.

–¿Adonde va, señor? ¡Es un lugar para vivir! Tendrá una mala repercusión en los estudios de los niños. Ni siquiera hay una escuela decente allí.

–¿Qué dices, *Baba*? No hay una sino dos escuelas de enseñanza media, una para chicas y otra para chicos.

–Pero hijo, el medio de instrucción está en Bengala, de esa manera perderemos nuestra...

–¿Y qué, *Baba*? Si vamos a vivir aquí, tenemos que mezclarnos con este suelo. Esto fortalecerá nuestras raíces –*Bade Bhaiyya* interrumpió a *Baba*.

–Puedes pensar eso hijo. Mi experiencia es que injertarnos en este suelo no hará una diferencia. Un injerto siempre será visto como lo que es.

–No, *Baba*. Tu actitud está errada. Puedes pensar de esa manera –intervino *Chote Bhaiyya*.

Él visitaba Santahar proveniente de Dhaka. Fue alrededor de 1958 ó 1959 que tuvieron lugar los arrestos, con mucha tranquilidad, y pensó que sería mejor venir a casa con la menor cantidad de agitación. La familia estaría contenta y a la vez evitaría el peligro. Aquí ahora, discutía con *Baba* con toda calma.

—¿Puede alguien controlar el pensamiento, señor? Si eso ha sido posible, yo no te he amoldado, ¿quiénes están decididos a reducir nuestras tradiciones hasta hacerlas polvo, a mi modo de pensar? Nuestras siguientes generaciones ni siquiera sabrán...

—No tienes derecho a decir eso, Baba. No expresamos ningún deseo de venir aquí, fue tu decisión. Fuiste tú quien se rebeló contra nuestras tradiciones, ¿de qué tradiciones hablas ahora? Arrancaste un árbol robusto de raíz e intentaste transplantarlo en este suelo: ¿Por qué estás harto de este mundo?

—Por qué estoy harto es asunto mío. En cuanto a lo de venir aquí, nunca tomé una decisión más sabia en mi vida. Creo que nunca recibiremos salvación en el otro mundo si el futuro de los niños no está asegurado. Hijo, todos ustedes pueden ver que no han sido perdedores en este sentido. La autoconfianza que encuentras en ti mismo y la determinación de hacer comprender tu punto de vista, es el obsequio de la libertad. Ser libre sólo de nombre no es libertad, señor. Mira tu pasado. En la ciudad que dejaste atrás, encontrarás a tus hermanos, indiferentes y, a pesar de sus habilidades, acobardados en sus caparazones... y luego miren a todos ustedes, que realizan esos excelentes progresos de acuerdo a sus talentos individuales.

—Estás equivocado. En esta época de alienación no podemos hablar abiertamente y tú... ¿crees que esto es una verdadera libertad? –*Chote Bhaiyya* habló amargamente–. ¿Cuál es tu opinión sobre este gobierno militar?

–¿Quién te dijo que es audaz o astuto apoyar este régimen? ¿Por qué no te haces cargo de los asuntos del Estado? ¿Quién los ha detenido a todos ustedes? –*Baba* era un sirviente del gobierno y no estaba preparado para escuchar una palabra en su contra.

–¡Qué cosas tan maravillosas dices, *Baba*! Eso sería como arrebatarle una caña de azúcar a un elefante. ¿Todo eso es posible en un sistema donde el libre discurso ha sido silenciado?'

–Es mejor que te mantengas al margen del debate de lo que es posible y de lo que no lo es, quedándote tranquilo. Así es mejor para todos nosotros –dijo *Baba* severamente.

–Incluso si nos quedamos en silencio, ¿no crees que otros alzarán sus voces con relación a estos apremiantes asuntos? Considero que aun cuando sellaran nuestros labios, los propios muros hablarían.

–Te digo que debes aguantarte la lengua. ¿Estás listo para regresar a la prisión? –*Amma* miró a *Chote Bhaiyya* con terror.

–*Amma*, recogen personas a diario y las llevan a prisión. Justo ayer se llevaron al hermano de Pakhi. Ayer fue su turno, hoy puede ser el nuestro. En estos tiempos cualquiera que tenga el coraje de decir la verdad sufrirá el destino de *Mansoor al–Hallaj*[11].

–No hace falta. No quiero un Mamoor o un Mesías. Mira cómo me has deshonrado, miserable. Nunca nadie de mi familia ha estado en prisión. Como el hermano de Pakhi, quién puede decir algo sobre él, parece que siente placer al ser esposado. De donde venimos, sólo los gamberros y vagabundos van a la cárcel –como una suegra típica, Mamá desgarró la llaga supurante.

–Discúlpeme, *Amma ji* –Pakhi abrió la boca frente a *Amma* por primera vez–. Tal vez de donde usted viene hay gamberros y vagabundos. Aquí las cosas son muy diferentes. Sólo nosotros, incluso esposados, nos atrevemos a decir la verdad. Tenga miedo del momento en que la furia de la verdad arrasará todo. –*Amma*, en una aseveración disparatada, había convertido a sus hermanos, que eran trabajadores políticos de buena reputación, en gamberros y vagabundos.

–Pakhi querida, ¿en realidad eres una tormenta? Mira cómo barres contigo todo lo que amamos.

---

11 *Mansoor al–Hallaj:* nació en Persia y viajó extensamente. Visitó La Meca, India y finalmente se estableció en Bagdad. Tuvo muchos seguidores. Predicaba el sufismo, pero pronto hizo muchos enemigos entre los de su mismo credo, que no creían que debía compartir su misticismo y enseñanza con las masas y que no aceptaban su prédica. Fue ejecutado.

Al darse cuenta de lo delicado del momento, intentó recuperar el buen humor de la conversación.

Por el momento, el asunto fue ignorado y en unos pocos días *Bade Bhaiyya* empacó sus pertenencias y se fue a celebrar su nueva vida en el interior. Después de su partida *Amma* comenzó a perder el interés en la casa donde aún resonaban sus voces. Baby y Rani se matricularon. *Baba* pudo enviarla a la residencia, pero enviarlos a los tres estaba más allá de sus posibilidades. Entonces pensó que sería mejor reunirlos a todos y mudarse a Dhaka.

Fue alrededor de 1960 o de 1961 que ella se graduó y pudo entrar a la universidad. Descubrió que *Chote Bhaiyya*, a quien *Baba* aún consideraba un niño, era una persona importante en el ambiente universitario. Su posición ideológica y su forma particular de mirar las cosas habían logrado el cariño de todos. En esos días, nadie se molestaba por saber quién era un residente original y quién no. Las personas sólo se interesaban en el sabor del fruto, nadie se preocupaba de contar los árboles.

Cuando estudiaba en la facultad ella sintió que las raíces del odio se habían debilitado considerablemente y que había perdido la capacidad de proliferar. La alegría de la vida, la búsqueda de la verdad, y la confianza y la seguridad mutua se arraigarían para siempre. Estaba convencida de que a medida que el tiempo pasara, si prevalecía el pensamiento correcto, los valores positivos de la vida se reforzarían y la diferencia entre los residentes y los no residentes desaparecería. El ejemplo de *Chote Bhaiyya*, estaba ante ella. *Chote Bhaiyya* no conocía bien Bengala, el urdu era su lengua materna, pero para compartir la voz de su conciencia, él hablaba medio bengalí, medio inglés y no era discriminado, sino querido por todos. Cuando ella ingresó a la universidad *Chote Bhaiyya* ya había partido, pero la conciencia creada por él, sus palabras, su pasión, aún vivía en sus seguidores. En todos los asuntos, era considerado un amigo de los oprimidos. En las más difíciles condiciones, donde quiera que había un rayo de esperanza, las personas tenían fe absoluta en *Chote Bhaiyya*. Los muros del odio caían, ella pensó con alegría.

Las personas se acercaban con naturalidad uno al otro, y ella, que había tomado conciencia de hablar bengalí frente a Pakhi, ahora lo hablaba con calma, aunque incorrecto y entrecortado. Cuando *Bade Bhaiyya* vino a Dhaka, en la muerte de *Amma*, ella vio que el muy listo y amistoso *Bade Bhaiyya* había desaparecido. Él que había sido famoso en la familia por ir vestido a la última moda, ahora vestía al estilo del carnicero bengalí típico, usaba pantalones anchos, llevaba el pelo suelto y hablaba urdu en tono pausado. Este era el *Bade Bhaiyya*

por el que *Amma* había renunciado a la vida, el único
pesar en su lecho de muerte fue que Bengala se había
tragado a sus dos hijos. Una vez quedó tan fascinado
por la magia bengalí y absorbido por su familia, que
olvidó que era parte de otra familia. El otro estaba tan
interesado en desentrañar los enredos de Bengala que
pasaba en prisión seis meses del año. Por lo tanto,
Amma estaba entre esos afortunados que tenían todos
los lujos del mundo, pero sus hijos se habían unido a los
rebeldes y no estaba en su destino ser bendecida, al
menos con algunas gotas de agua de sus manos cuando
yaciera en su lecho de muerto.

Cuando ella murió, *Bade Bhaiyya*, cuya elegante y
perfecta pronunciación urdu había sido establecida
como modelo por sus profesores, ahora con total desen-
fado y sin bochorno, confundía los géneros femeninos y
masculinos y hablaba a sus hijos en bengalí fluido, porque ¿esa no era la lengua materna de sus hijos? Desde
todos los puntos de vista había borrado su identidad y
buscado fusionarse con esta tierra. ¿Qué es todo esto y
por qué así... por qué Bengala? ¿Por qué no podemos
llegar a la raíz del asunto?, pensaba ella; e involuntariamente hablaba con Pakhi y los niños en Bengalí entrecortado y los niños sonreían, se preguntaban por qué
sus tíos no podían hablar bien. Pakhi estallaba de risa y
decía:

–Olvídalo. ¿Por qué debes hablar bengalí? Te hablaré en urdu.

Quedó asombrada al ver que la pronunciación de Pakhi en urdu era mejor que la de *Bade Bhaiyya*. Cuando manifestó su sorpresa, Pakhi sonrió y dijo:

–¿Por qué no? Este es el idioma del padre de mis hijos.

Al ver el buen humor de Pakhi y la agradable conversación, sintió la necesidad de ir y pasar un tiempo en casa de *Bade Bhaiyya*. Era una extraña coincidencia que cada vez que *Amma* iba a Phoolbari, no podía acompañarla. A veces estaba en exámenes o si no Rani, y a veces no había nadie que cuidara a *Chote Bhaiyya* y a *Baba*. Ahora era el momento perfecto.

Después de la muerte de *Amma*, *Baba* de repente se dio cuenta que Rani y Baby eran adultos. Los puso bajo el cuidado de *Chote Bhaiyya* y se preparó para ir a Phoolbari con *Bade Bhaiyya*. Esta vez no había motivos para que ella se quedara en Dhaka, ya que había aprobado su maestría y esperaba encontrar un trabajo. Quería ir a Phoolbari de cualquier manera. Cada vez que Rani y Baby volvían de allí, traían la fragancia del *motia*[13] y los cuentos del buen humor de Pakhi y la opulencia de *Bade Bhaiyya*; durante semanas regalaban historias de la

13 *Motia*: variedad de jazmín.

existencia cómoda y feliz de *Bade Bhaiyya*. La imagen que reflejaban, desde el pez *hilsa*[14] hecho en la cocina de Pahki y los retoños abiertos de *motia* en su patio, hasta la charla de los niños, la hizo desear ir allí. Las flores eran su debilidad, en especial las *bela*[15], y la obsesión de *Bade Bhaiyya* con la jardinería le interesaba todavía más.

Al escuchar estas historias, ella recordaba los tiempos antes de mudarse a Dhaka, cuando vivían en Patna, y junto con *Bade Bhaiyya* sembró *bela* en su amplio patio. De lo profundo de los recovecos de su memoria, recordó el día en que *Bade Bhaiyya* trajo los retoños de *bela* de la escuela. Con cuánto cuidado prepararon el suelo, quitaron los guijarros de la tierra, e incluso cuando no se sintieron satisfechos, los pasaron por un tamiz para mantenerlos limpios de pequeñas piedras. Y así fue como, al fuerte calor del sol del monzón, empapados de sudor, los retoños plantados recibieron su primer riego. De las plantas germinadas en el suelo, crecieron pequeños brotes y cuando un día salió una pequeña flor del arbusto de pistacho, su corazón latió con fuerza dentro de su pecho. Cuando le dio a *Bade Bhaiyya* las noticias, su rostro se iluminó. Fue un momento de felicidad para nunca ser olvidado. Esa noche se imaginaron que las

14 *Hilsa:* tipo de pescado.
15 *Bela:* variedad de jazmín.

plantas producían grandes cestas llenas de flores y mientras hablaban sus ojos se fijaban una y otra vez en los arbustos del patio. Ella sentía olas de fragancia que se levantaban de la solitaria flor y engullían su pequeño ser, hasta que por último, en ese estado mental, el sueño la reclamó. Al otro día despertó y encontró las tres puertas que llevan al patio cerradas y el ruido de un gran alboroto que venía de allí.

Ella se agarró de *Chote Bhaiyya*.

–¿Qué pasa?

–Allí es donde tendrá lugar la fiesta de la boda, –dijo en un tono plano y siguió adelante, balanceando sus libros.

Como la casa era la más grande del vecindario, con frecuencia les caía encima una fiesta de matrimonio. A ella no le preocupaba, mientras comenzaran y terminaran, pero ay, se llevaban la fragancia de las flores. Los vecinos pobres no sólo realizaban allí las fiestas de bodas, sino que removían la tierra de todo el lugar para cocinar allí la comida y llenar la abertura infernal de las barrigas de los invitados. El patio mismo reflejaba la imagen de un infierno. Todas las plantas se marchitaron y luego murieron. Ella lloró a lágrima viva. *Bade Bhaiyya* también se había entristecido pero como era mayor, y además era hombre, puso mejor cara. Sin embargo, ella armó un escándalo tal, que por último *Amma* perdió la paciencia y le dio algunas bofetadas.

Bade Bhaiyya la consoló.

—No importa, Munni, pequeña. Plantaré todo un jardín de *bela* para ti.

El incidente se olvidó. La casa y ese mundo cambiaron a la vez. ¿Qué decir de todo un jardín de *bela*, cuando nadie tiene el tiempo para plantar una sola postura? En Phoolbari vimos que a pesar de que *Bade Bhaiyya* no había sembrado un jardín separado, todo el patio estaba florecido, y entre la fragancia de las flores y el sonido de las voces de los niños, llevaba una vida muy feliz. Al vivir con *Bade Bhaiyya*, ella perdió la conciencia de que las cosas cambiaban y que las alas unificadoras de la tormenta que Pakhi tan inconscientemente temió en Santahar, estaban sobre ellos.

En sus últimos días en la universidad a ella le pareció que el abismo se había ampliado en lugar de estrecharse. Las olas de Sarjoo barrían los buenos tiempos. El fuego y la pasión en *Chote Bhaiyya*, cuyo carácter y acciones había sido una fuente de esperanza para las personas, se había extinguido. A pesar de sus mejores esfuerzos, las relaciones terminaron. Las personas se dispersaron. La sospecha y la desconfianza creaban grietas en el edificio de la confianza y la seguridad mutua. El antiguo amor era ahora sólo una leyenda, una época en que corazones y mentes eran uno, y ante la faz de esta tierra sólo había una derecha y una izquierda.

Luego, cuando el tiempo pasó, la insensatez del poder produjo cambios en los objetivos comunes y los caminos comenzaron a separarse. Ella comenzó a sentir como si alguien envenenara la atmósfera y el flujo del agua corriente fuera bloqueado y canalizado deliberadamente en otra dirección. Pero el agua es agua y encontrará su propio camino. Vio en sus oleadas que incontables riachuelos se expandían. Su fuerte flujo, que una vez se dirigía por completo hacia la verdad, la luz y la vida, se dividía, decrecía, y se estancaba en un lodo que con el tiempo crearía larvas. Las personas se corrompieron. Se colocaron obstáculos en el camino. La codicia enturbió la visión y el sueño.

Vivir en el mundo de flores fragantes y niños alegres de *Bade Bhaiyya*, hizo que olvidara protegerse de los ojos malignos que destruyen la felicidad. Las flores mueren y su fragancia se disipa en el aire. Sí, fue un error olvidar.

El mal venció al bien. El enemigo atacó con todas sus fuerzas y el hombre perdió su humanidad. El fuego devoró el jardín de *Bade Bhaiyya*. Pakhi, despeinada y agitada como un ave sedienta, se aferró a todos en un intento por salvar su hogar. Cuando ella recobró la conciencia, el jardín había sido reducido a cenizas. Intentó encontrarse en ese montón de cenizas. Miró dentro de los ojos abiertos y sin vida de *Bade Bhaiyya*, ojos que llevaron el orgullo de la vida y la luz de la confianza y de cierto amor hasta el momento del fin. Los ojos que habían borrado su propia identidad en el sueño de un mañana más brillante, ahora estaban abiertos de estupefacción. Ella miró a *Baba*, que había buscado su salvación en un futuro para sus hijos y que había pedido ante la muerte de *Amma*, tener un entierro en esta tierra que había cuidado; lastimosamente, su cuerpo flota en aguas poco profundas que lo acogen como tumba. Ver el cuerpo de su compañero reducido a este infortunio sacó esta plegaria desde lo más profundo de su corazón, y como salió de lo más profundo de su corazón Dios la aceptó. Su cuerpo fue liberado incluso de la prisión de una mortaja. La belleza de Pahki fue reducida a cenizas, sus pequeños y no abiertos brotes fueron consumidos por las llamas. Y ella… ella misma carecía de la fuerza para morir, por eso bebió el veneno de la vida.

Umme Umara vivió en Bangladesh, luego en el este de Pakistán, hasta su guerra de liberación en 1971. Entonces, igual que muchos urdu parlantes, emigró a lo que es el actual Pakistán. De cierta forma menospreciada como escritora, ha publicado varias compilaciones de cuentos y una novela.

Aros de fuego

Khalida Husain

Una a una, las cuatro abrazamos a Salima. Vertimos la cantidad necesaria de lágrimas de simpatía; nos inspiramos en nuestras experiencias y rumores para contarle historias verdaderas e incontables anécdotas de otros sucesos, crisis y catástrofes.

–Te lo advertí, –dice Rafat, en su forma acostumbrada.

–Podías verlo en su rostro, maldición… –dice Zaquia, al examinar su cara en su espejo de bolsillo–. Sí, enviarlo al infierno, no vale la pena arruinar tu buena apariencia llorando por él. A propósito, ¿has utilizado esa crema humectante? Tu piel luce tan seca…

–No hables tonterías, –Rabia hizo un chasquido–. Lo que debemos hacer es pensar en un curso de acción. Sí, un plan…

¡Acción! Y qué piensas hacer ahora que todo terminó, cuando ya ocurrió; ha sucedido desde el principio del tiempo, todavía sucede, continuará sucediendo, probablemente para siempre...

Dios, qué tonto eres.

No me molesta hablar. Observo a la llorosa Salima, a sus torrentes de lágrimas, quedo absorbida en mi envidia por su buena fortuna. En estos tiempos, tal despliegue de aflicción, tan directo, tan simple, tanta agonía, y todo porque ha sido abandonada. ¿Entonces, todavía las mujeres poseen esos tesoros de lágrimas, de emociones?

Un anillo de brillantes, luces azules y amarillas, de lava hirviente y chillona, se revuelve en mi cabeza, como esos aros de fuego que ves en los circos, que las personas o perros brincan ante el aplauso salvaje de los espectadores, mientras seres inútiles, hipócritas y cobardes como yo se preguntan qué sienten.

Un temblor. Un nudo se tensa en mi cuello. Suficiente.

Pienso elogiar a Salima por su tesoro de lágrimas, pero me quedo en silencio. ¿En realidad sufres tanto, y todo porque un hombre te abandonó? ¿También tú saltarás por aros de fuego, y pedirás aplausos, mientras hipócritas como yo se preguntan qué sientes en realidad?

–Escucha, ¿conoces a Farida, no? Ahora sabemos qué le sucedió. Pasaron todos estos años, entonces X apareció y le dijo que sólo con ella podía tener un entendimiento intelectual en este mundo, ella tiene media docena de niños para consolarla y alumbrar su vida. Después de todo, él tiene una esposa que hace aquellos divinos platos de arroz –Zaquia aún trata de consolar a Salima.

–Sí, ¿sabes que Farida hace poco creó una asociación? Humm, ella estuvo pidiéndome que me uniera también.

–¿Asociación? –al fin hablé, reprimiendo un bostezo.

–Sí, para liberarse de la plaga de la inteligencia, de las mujeres conscientes de nuestra sociedad. Piensa que si algunas muchachas muestran síntomas contagiosos de un intelecto super desarrollado, debía casarse cuando apenas alcanzara la pubertad, de manera que pueda tener muchos bebés saludables a la edad perfecta, cumpliendo su destino, tomar su lugar en el esquema de las cosas, vestirse con vestidos bonitos y cantar canciones de alabanzas al profeta en compañía de mujeres por el resto de sus vidas…

Una leve sonrisa apareció en los labios de Salima. Ella sacó un fino pañuelo y oloroso de su elegante bolso y se lo acercó a los ojos.

–¡Maravilloso!

Rafat está encantada de ver a Salima sonreír.

–Mírame, tuve dos hijas, si no las he casado cuando tengan dieciséis puedes cambiar mi nombre, incluso hice una promesa…

–¿Qué? ¿Cuándo te hiciste religiosa? –se interesó Rabia.

–No hay nada malo en hacer una promesa, ¿no? Si tu plegaria es concedida, la cumples muy bien, y si no, ¿qué pierdes?

–Sólo mírense, charlando alegremente porque pueden darse el lujo. Ustedes tienen hogares, esposos, hijos, hay un gran sentido de propósito en sus vidas, ¿pero qué hay de mí? Soy tan atractiva y aún estoy encerrada en una habitación triste y solitaria, rodeada sólo por imágenes. Diría que tengo que matar el tiempo, matar la vida, asesinarla…

–No te vayas Salima siéntate; vives en un mundo de sueños. Sabes que se dice de los tambores distantes… Es muy difícil el paraíso que quieres alcanzar, sabes, quiero decir, la vida de casada. Cuando dos personas viven juntas…

Rabia comenzó a reír:

–Sí, lo que necesitas para esos momentos especiales es desodorantes, dientes resplandecientes, aliento fresco y fragante, ojos expresivos y lo que realmente pasa des-

pués de varias semanas… –sus palabras se disolvieron en
otro ataque de risa.

–Oh, por el amor de Dios, Rabia…

–Bueno después de todo tengo razón: después de
unas semanas, un demonio llamado unión avanza lentamente para estrangularte, borrar tu identidad, y olvidas
esas pastas de dientes mata bacterias, piensas que gastar
el dinero en perfume es un gasto atroz y entonces viene
la gran revelación, el hombre a tu lado suda tan fuerte…

–Oh, cállate, Rabia –Rafat reprimió su risa.

–Pero a pesar de todo eso, no tienes que matar el
tiempo mirando en silencio imágenes sin vida. Y… y…
–Salima se detuvo a mitad de la frase.

Colocamos nuestras tazas de té a medio vaciar, dis-
puestas a dejarlas. Por un momento, se me ocurrió detener a Salima, llevarla conmigo, pero me contuve porque
el mundo está tan lleno de ruidos que no pude escuchar
una palabra, y si hubiese podido, no habría comprendido. Salima, yo reconozco ese lugar donde estás varada, lo
conozco muy bien, eres como una parte de mí que ha
sido liberada de la prisión del presente. Esa soledad de la
que hablas también puede ser un paraíso. Has depuesto
tus armas demasiado pronto. La soledad es protectora,
pacífica, un seno de madre. La soledad está más allá de lo
que nunca termina, es ilimitada, la región en penumbras
del tiempo que se dispersa, y lo abarca todo, y cada uno

de nosotros tiene que enfrentarlo solo; sí, cada uno, en medio del silencio, las imágenes inanimadas o en la sombra de los otros afortunados y vitales. La soledad de ese lugar es despiadada: te dice por primera vez que sólo te perteneces a ti mismo porque estás separado de todos los demás, sólo eres tú porque los demás están separados de ti. Por eso cada hora y cada momento intentas cerrar esas brechas y distancias entre tú y el otro, estás perdida en la música de la armonía y la unión, pero la música y el enlace estático son igualmente inalcanzables. Este conocimiento es el que aparta tu rostro de la felicidad.

Tomé mi bolso de mano y partí. Quizás todos fuimos enviados aquí con una misión de pena, que proseguimos sin fin. Aún sabemos que no hemos pagado el precio de nuestras ganancias o de nuestras pérdidas. Sigue aumentando. Dios nos guarde. Otra vez la llama arde en mi cabeza, circula, gira, se eleva y se extiende. Tengo que saltar a través de ella, en este carnaval sin artistas. Un acto que he representado sola, sin nadie que me observe o me aplauda, nadie que sea testigo. Pero sin esta llama ardiente no tengo existencia, soy una no–presencia, ése es el resumen de la historia: llegué a saber quién soy por la llama circular, ascendente y ardiente; y existo porque en la ladera del volcán mi nombre está inscrito.

Estoy sentado frente al doctor de espeso pelo blanco, voz suave y manos apacibles. Sobre la mesa entre nosotros, hay una miscelánea de placas de rayos X y reportes médicos.

–Aquí todo parece estar bien, señora... No tiene nada malo.

–Sabía que todo estaba perfectamente bien, doctor...

–Bueno, entonces usted es una dama muy educada, –dijo con suavidad.

–Sí señor, soy una señora ignorante educada, así dicen mis médicos (bueno señora, entonces, si usted está viva, ella debió estar muerta desde hace unos cien años), una señora ignorante educada del tipo que esta sociedad produce en serie hoy en día: ese es el diagnóstico hasta ahora.

–Escuche, si no tiene ninguna preocupación real, entonces le vendría bien en lugar de pensar en el estado de la nación, hacer algo de caridad, preocuparse un poco menos por sus hijos, e involucrarse en alguna causa. Pero primero que todo tiene que dejar de pensar en sí misma. Mire a los necesitados de la tierra, siempre podría unirse a un círculo religioso, encontrar un gurú, un guía espiritual...

–Gracias, muchas gracias...

Reuní el bulto de papeles, me levanté y salí. Un gurú, un guía: me hace reír. Soy yo misma.

Entonces pensé en Tehsina. Una vez, cuando nos encontramos hace años, ella mirando como siempre a un punto distante sobre mi hombro, dijo:

–¿Después de todo, cuál es la raíz de tu problema? ¿Pan? ¿Ropas? ¿Un techo sobre tu cabeza?

Esos problemas de salud, pensé, que te hacen humana y te cubren de carne, te atan al suelo y te mantienen con vida, un organismo que respira y vive, que te convierte de una sombra, de una cáscara, en algo de peso, cuyos asuntos cambian el mapa del mundo.

–Entonces, ¿cuál *es* tu problema? –Tehsina fue persistente–. ¿Sólo ser?

–Está más allá de tu comprensión, Tehsina, un asunto —¡por una vez!— que no puedes comprender. No–existencia, negación dentro de negación. Una visión que, entre mis seres queridos, quizás sólo yo puedo ver, que contra mi voluntad, no puedo compartir con ellos, porque aparece en soledad, la soledad que es el destino de todos nosotros, que fue dada a mis padres y a sus padres y a sus progenitores, una y otra vez desde el primer hombre, antes del principio del tiempo. Tenemos que enfrentarlo. Debemos.

Solos.

–Bueno, entonces, –dijo Tehsina, incómoda por mi silencio–, lo que he escuchado es cierto: has desarrollado una sensibilidad retrógrada, te has vuelto supersticiosa, decadente y pesimista. Te sugiero que comiences a pensar en el Tercer Mundo y te vincules a todas las naciones atrasadas, necesitadas y enfermas; así podrás redimirte.

Ella recogió su paquete de libros y partió.

Tercer Mundo: ¿no soy responsable de ese mundo, más allá del Tercer Mundo, que vive dentro de mí? No respondo por una tierra desolada, de angustia y pena, por mi llanto, el *¡estoy aquí!,* está prisionero en mi tórax. Tengo que saltar a la llama ascendente, aunque no tengo testigos.

Y ahora, esta noche, está ante mí. Se eleva de mi cama; yace en espera por mí.

–¿Qué es, qué pasa? –pregunta Arif, tomando mi mano helada–. Ves cosas. Fantaseas. Alucinas.

–No. No es una alucinación, sólo quédate junto a mí. Tengo que saltar.

Me agarré de su mano. Y montañas, como bolas de algodón, vuelan sobre el viento, y la tierra derrama sus tesoros ocultos, y las puertas de los siete cielos se abren, y luego los fieros aros de colores ardientes aparecen, se elevan, se expanden, silban, escupen chispas, y me convierto en una mariposa nocturna y bailo a su alrededor, me balanceo alrededor del volcán en erupción, por lo que he llegado a mi destino, por todo el tiempo, para siempre. No tengo miedo, porque el fuego es mi destino. Mira, bailo con temor y esperanza, con esperanza y temor, y espero el momento en que la llama acepte convertirse en mi salvador.

Khalida Husain nació en Faisalabad en 1938. Una de las escritoras de cuentos más importante en urdu, ha sido comparada con Virginia Woolf y Kafka entre otros, pero está más influenciada por textos clásicos sufíes y sobresale por retomar las formas tradicionales. Autora de varias aclamadas compilaciones de cuentos entre las que se incluyen *Pehchaan* [*Reconocimiento*] y *Masruf Aurat* [*The Busy Woman (La mujer ocupada)*]; en la actualidad trabaja en una novela y en una recopilación de ensayos. Vive y se desempeña como profesora en Islamabad.

Watson
Manor
Eventually

Ronald S. Craig

Jaime, I hope you enjoy

Ronald S. Craig

1

ACKNOWLEDGMENTS

I wish to thank those that continually give support throughout the creation of this novel. Thank you, Laurie Nelson, Charlene Marquez and Rosalyne Bowmile, a friend and fellow author, and my lifelong friends. Their insight, ideas and encouragement have been a true and valued blessing to me.

A special thank you goes to my daughter and editor, Nicole Ebert, for her enormous contribution and countless hours spent working with me on this novel beyond the mechanics of grammar to enlightened plot enhancements.

DEDICATION

The Watson Manor Mystery Series is lovingly dedicated to my six grandchildren, Nathan, Eden, Gracie, Thomas, Avery and Lauren.

Chapter 1

Charlie Watson woke to a loud banging on the door of his semi-truck. "Damn you, C.W., the next time you block this driveway, I'm going to have your ass hauled away."

"Mornin' sweetheart," Charlie laughed. "If I didn't park here every couple of weeks, I'd surely miss your cheery disposition, not to mention the pleasure of having to wait behind those other rigs." Climbing out of the sleeper, he stuck his head out the window. "Where do you want me, Nathan?"

"You're hopeless," Nathan said. "Plant it in bay five. That's where I've got the old lady working today. It will probably take half the day to load you."

"The old lady, eh? So you mean it'll take 40 minutes and not the usual 30?"

"35 maybe. She's old but wicked on a forklift." Nathan looked up at Charlie laughing.

"Nathan, how's our quarterback doing?"

"Thomas threw twelve completed passes last Saturday. He was real disappointed you couldn't be there to see it. Your help has made a real difference. He still talks about his two weeks out west with you, 'Football Camp', he calls it."

"That's great, I enjoyed working with him last summer. He's a natural you know and I hope to see him play soon."

Charlie fired up his truck and backed the 53-foot trailer into bay five. He jumped out of his truck and walked over to where Nathan was waiting with a cup of coffee.

"I can sure use that coffee, thanks Nathan."

"Amy keeps asking when is Uncle C, comin' round again? And here's a surprise, Avery has another friend that wants to meet you."

"Tell Amy to keep watch for a package from El Paso. Sorry, I won't be in town for her ninth birthday next week, but tell her I'll come in a day early, my next trip." Charlie took a sip of his coffee.

Nathan smiled. "That will make Amy happy, and Avery?"

"As for Avery, I love her for the best biscuits in the South. But, I don't want one of her friends, I'm waiting for her to wake up and dump you. She's the only gal for me." They laughed.

"Can I tell them you're coming for dinner next time?"

"Absolutely. That is, of course, if Avery promises to stop trying to set me up. I'll call, if I can't make it."

"They'll both like that, I'll tell 'em." Nathan paused a moment then added, "You know she's right, though?"

"Right about what?"

"What's it been, Charlie, seven or eight years now?"

"This run? Twice a month for eight years."

"No, your divorce. It's time to crawl out of that bunker you've built around yourself."

"Seven. Avery put you up to this?"

"She cares about you... hell, we all do. We've had 18 years together, ups and downs yes, but there's still a spark in her eyes. I can't imagine my life without her."

"I do alright Nathan. This works for me."

"I know she ripped your guts out, but one night stands and just getting laid? Come on Charlie, get back on the horse. It's worth the risk, is all I'm saying."

"So...introduce me to the wicked old lady forklift driver." Charlie looked away and took another sip of coffee.

"Seriously, the guy's tell me about happy-go-lucky C.W. at the Branding Iron and that you rarely leave alone. My kids love you, Charlie and you're great with them. Don't you want your own?"

"Who is this man, and what have you done with my buddy Nathan?"

"OK, in terms you understand, get off the damn bench and back in the game."

"I'm not on the bench and definitely in the game."

"You're in a theater, playing a role and missing the real world. When you got hit hard playing football, did you get back up or hide in the locker room?"

6

"That's different! How'd I piss you off?"

"I'm not pissed off. Damn it, Charlie, I feel like your big brother and it's frustrating watching you waste your life. OK, that's it, I've said my piece. The schedule is tight on this load. It's going to a trade show on Friday in Long Beach. Can you hit our west coast dock by Thursday?"

"No problem. 1800 miles in four days gives me spare time to get married and have a family along the way."

"Did you hear anything I said?

"Yes, Nathan, I did." Charlie drank the rest of his coffee and tossed the cup in a trash can and went back and faced Nathan. "Thanks for giving a damn, I mean that. Sounds like I'm a family project. Give them a kiss and hug for me."

"I will, they love you man. I personally don't give a shit but I have to live with them." Nathan smiled and headed toward the office. He turned back and yelled, "Hey, I almost forgot; Anderson wants to see you."

"Thanks. Just what I needed, another dose of reality." He muttered to himself and gave Nathan an acknowledging wave.

Charlie didn't care much for Steve Anderson, the traffic manager. Anderson was tolerable until he was passed over a second time for a promotion. Charlie went into the front office where he was greeted by the receptionist.

"Hello, C.W., haven't seen you in the office for awhile."

"Hi, Cathy. I'm here for detention. Is the principal in?"

"Yes." She smiled. "Mr. Anderson is expecting you."

"I like the new curly hair look. Orphan Annie is it?"

"Thanks, you sure know how to flatter a gal."

"No really, I do like it. In fact, if I see ol' Daddy Warbucks around..."

"Mr. Watson, come in," Anderson called from his office.

"Hello Steve." Charlie entered the office and sat down. He always made a point to call him Steve, as he knew it annoyed him.

"Mr. Watson, I'll get right to the point. This company continues to run because of sound business decisions and good management." Anderson leaned back in his chair. "The records

7

show that you had two late deliveries last year. I like to look out for the little guy, but I can't afford to carry you."

Charlie felt the anger growing inside of him. "Two out of a couple hundred local and cross country runs? That's hardly carrying me. What's your point, Steve?"

"My point, Mr. Watson, is your contract is up next month and there are several carriers begging for our west coast business. Carriers, I might add, that could dispatch another truck if the one carrying our equipment broke down."

"You lost two days when my rig blew the engine," Charlie protested. "I paid through the nose to rent another while mine was in the shop. I give damn good service and haven't raised my rates in three years."

"In addition to a fleet of better trucks, Allied Trucking has offered some pretty healthy discounts."

"Discounts that will surely go up in smoke as soon as the economy picks up."

"Let me put it another way, Mr. Watson. If you're late again on this contract there won't be another."

Charlie stood up. "Well, I respect your many, many years of experience at that desk, but if you're done, I have a load headed for California...on time."

"I see we understand each other. Good day, Mr. Watson."

"It will be, Steve, in about ten minutes." Charlie forced a smile and left.

Nathan caught him on the way out. "How'd it go with Big A?"

"He knows this contract is critical to me and really enjoys having me over a barrel, chewing my ass from time to time," Charlie said flippantly.

"I'm sorry, C.W., be grateful, I work with that shithead every day. You only get exposure twice a month."

Charlie threw his logbook into the cab, venting his frustration. "Eight years of his crap!"

"I wish there was something I could do. You know I've got your back."

"I know, Nathan, and thanks. Dinner next trip with your family will be great."

"We're your family too. Think about what I said." Charlie watched Nathan as he walked away, mulling over what his good friend had said to him.

It had been easy to hide as C.W.; a handsome 29-year-old with a large frame, just over six feet tall at 220 pounds. The youthful features were hidden behind a beard and mustache. His medium-length, wavy brown hair always looked a month overdue for a trim and was worn the way it dried after a shower. Sky blue eyes softened his seemingly rugged exterior, but it was his boyish grin that gave him away every time. That grin belonged to a twenty-five-year-old. C.W.'s policy was to be happy, share a good time and not look back.

He was still thinking about Nathan's words when he drove up to his favorite diner. Though part of him was stirred by the idea of "crawling out of his bunker," and getting "off the bench," he had no interest in smashing into another wall.

Chapter 2

"Paul, you have to stop calling! There is no 'us'," Jenny said into the phone.

"But I love you, Jenn."

"We have very different ideas of what love is."

"Move back in. I'll be different this time, I promise."

"I've heard that too many times, Paul. Let it go."

"Please, give us another chance. Don't throw us away."

"I don't know what happen to the man I dated for nine months, but you threw us away six months ago."

"I told you, I was sorry and even went to counseling with you."

"You went one time. You have a problem and need to get help. I'm not going to be the receiving end of your temper flashes ever again," Jenny said with conviction.

"One more try? I love you and know you still have feelings for me."

"The only feelings left in me are fear. Don't call me again or follow me around."

"You think that restraining order is going to keep me out of your life?" His entreating tone transformed into. "Think again Babe. You belong to me and I have no intension of letting you go."

"Please, Paul, let it go; let me go."

"Not going to happen. Get your sweet little…"

Jenny slammed the phone down, shaking in the shadow of an all-too-familiar fear that he had cast into her life. She collapsed on the couch and wondered how she could have been so wrong about him from the beginning. She knew the rapid erosion of their relationship was not her fault. She had pushed counseling, not willing to give up on him if there was hope, regardless of how weak that hope may have been. His single counseling session and refusal to continue told her what his final, angry strike to her face confirmed: there was nothing to save.

They'd met about a year earlier. It took little time for Paul to be over the moon about Jenny. At 5'7" with a slender build and shoulder length brown wavy hair, she turned his head from across the room. However, it was when he looked into her warm brown eyes and received her friendly, open smile, that he caught a glimpse of the depth of her beauty. She had the gift of making everyone she met feel important and welcome in her life. Blessed in her childhood, she was surrounded by people that she loved and that loved her. Jenny lived her life wanting, almost needing, to share that love at every opportunity she was given. Paul had been drawn in by that need and, eventually, became overly dependent on it, reaching the heights of jealousy and paranoia at her mere smile at another man.

He always found her new phone numbers, rendering the process of changing it for the fourth time just as useless as the restraining order she filed, had been. She longed to find the love and family she'd known as a child and knew that leaving town was the only chance she had to find it. She reached for the phone and dialed.

"Laurie, have you got a minute?"

"Hi, Jen. That's what are big sisters for?" Laurie could hear the fragility in her voice. "Is it Paul again?"

"Yes. Is the offer of your guest room still open?"

"Like you even need to ask... I've been throwing it at you for about a year now."

"I thought he'd back off, but it's gotten worse. I can't live this way anymore."

"I've been so scared for you, Bob wanted to fly out and have a serious talk with Paul."

"I get it now, and you were right, getting away from it is the answer."

"I'll relax when I see you, here, in one piece. I still can't believe you stayed with him after the first time he hit you. But, you've always been the optimist, little sister; hanging on to the last thread of hope."

"I know Paul is the exception, not the rule for men. Look at

11

your Bob, a winner right out of the gate."

"I can't deny that. You got the looks though. You just need to take your big heart off your sleeve and put it back in your chest. No, I couldn't be more wrong, that's a real quality that defines you, Jen."

"My curse, love first, hurt later?"

"Your blessing and gift. You couldn't change it, and I don't think you should try to."

"Laurie, how did you know Bob was the one?"

"When it's the real thing, you don't need to ask. There is simply no other option but to be together. So how soon can I give you a hug, little sister?"

"I need to let the school know I'm leaving, and go see mom. Within a week, I need to leave here as soon as possible."

"You can stay with us as long as you need to. You may even learn to like Palm Springs. Love you, little sister."

"I love you too. I'll call you when my plans firm up."

*****

Jenny went to school early the next day and gave her letter of resignation to the principal. He could see that she hated giving it to him as much as he hated receiving it. She told him she was sorry but, because of extenuating circumstances, she couldn't give more than a week's notice. Jenny humbly asked him to be discrete about her leaving, secretly not wanting it to get around for fear of it getting back to Paul. She called her mother and told her she was coming for the weekend, packed an overnight bag and drove to Little Rock that Friday afternoon after her last class.

The following week was very difficult for her. She had a few very dear friends in town and saying goodbye was painful, especially since she could not tell them she was leaving. The biggest challenge had been her students. Jenny was very close to them, almost a maternal attachment. Jenny was decisive and never wavered once she resolved to do something but, for the first time, this decision pulled on her heart. As the bell rang Friday afternoon, she felt a strong urge to tell her students she would not be returning, but hesitantly kept quiet as it would have been too difficult and she still needed to keep it as quiet as possible. She tried to feel satisfied with the thank you cards she'd written to each of her students the night before, leaving them on her desk to be given to them on Monday. Pulling her classroom door shut and not looking back, she went to the teacher's lounge to wrap up her exit forms.

"Jenny, I just heard you're leaving us," Stan said, entering the lounge.

"Oh no. How did you find out?"

"It slipped. I was in the front office this morning talking to Principle Meyers, he told me to keep it to myself, and I have."

"I hope so, this has been hard enough. Yeah, Stan, I've loved teaching here... wanted to adopt half of my 8th grade class." She smiled.

"God, I can't imagine West Helena Middle without you. I'm thinking teaching was actually only your part time job, though." Stan pulled a chair beside her. "You've served this school in a lot of other ways too."

"I wore a few hats, but there are some great teachers here to pick up the extra group activities."

"Right, Jenny. Able bodies, yes; but we'll need some heart transplants to fill the real void." He gave her a grin. "So, drop-dead gorgeous and retiring at 25... going for a modeling career?"

"26, actually. Thanks, but no runways in my future. I need a break, get away for a while."

"Does this have anything to do with that lousy boyfriend of yours?"

"You know about him too?" Jenny couldn't mask her surprise.

"I hear things and when I see bruises. Well, a lot of us here care about you and would like to take him on a one way trip behind a barn somewhere."

"I'm sorry. I've tried to keep that mistake away from here."

"Jenny, you deserve so much more, and I hope you find it.

Have to say though, I was looking forward your debut in a swim suit issue," he said smiling. "Have to run, piano lessons for my 6 year old. Seriously though, you'll be really missed, Jenny, I mean that from beyond my male libido." Jenny laughed as he added, "Good luck. Let us hear from you."

"Thanks again Stan, I'll miss you too. Now let's not keep the world from the newest concert pianist." It was draining her as she realized how much she'd miss those special friends.

Jenny returned to completing the notes she was making on her students for the replacement teacher. The principle told her it wasn't required, but she wanted to make the transition easier for her students. She was just finishing up when Susan entered the lounge.

"Hey girlfriend," Susan said, trying to stay up beat. "I know you said no, but this one time, meet us at the Branding Iron..." Then tears started to run down Susan's cheeks. "I need a hug."

Jenny rose from her seat and held her friend. "Stop that or I'll be a mess also."

"I still can't believe you're leaving." Susan struggled to keep her emotions under control.

"And here I thought I was the emotional one."

"You are Jenny, I just got something in my eye." Susan produced a weak smile. "Oh, Jimmy said your car will be ready around 5, for your trip to where ever you are going."

"Oh that's great. I'll go get it when I leave here."

"I understand why you're leaving, but wish I knew where you were going."

"If nobody knows, Paul can't find out. I'll call you. Thanks for keeping this quiet all week."

"You've been great here and it goes without saying, but I know there is someone waiting for you. Now, 7:30 at the Branding Iron, Sunday night. You'd better be there!" Susan said turning to leave. "Promise me."

"I'll be there. Wait a minute, you said meet us?"

"Just a few friends, they think it's just a regular girl's night out. Don't worry; I've kept your secret. It's about time I got you to

14

see the inside of the Branding Iron." Susan gave her a parting glance and left.

Jenny picked up all her paper work and left it with the school secretary. She headed over to the dealership to pick up the used car she had purchased just the night before. She knew she couldn't drive her car to California. It had been a make-up gift for the first bruise he had given her and she wanted to break any ties that were left to this chapter of her life. She had wanted to replace it sooner, but it hadn't been a priority until a week ago.

Chapter 3

"Hey, C.W.," came the familiar greeting from Peg, the waitress as he walked into the diner.

Kate's Diner was an Arkansas landmark in the old downtown area of West Helena. The walls were lined with old photographs of people and events from a time when all was prosperous; happy faces and busy hands. A time when downtown was bustling with activity, its storefronts gleaming and its streets lined with cars; a time that was worlds away from the neighborhood that C.W. saw as he looked out the window. Tug boats lined up to take barges of grain and cotton to market along the Mississippi river. The fixtures inside the diner dated back to the fifties and had been scrubbed so many times that the shiny plating was worn off. The counter was always inviting, lined with round, deep-cushioned stools covered in dark red leather. To C.W., the place was a cross between a museum and a moratorium.

Kate, in her seventies then, had been setting up the lunch buffet line as Charlie had seen her do a hundred times before. She gave him a quick wave.

"Heard you closed the Branding Iron again last night," Peg called from behind the counter, pouring him a cup of coffee. He had become a regular at the local night club every time he was in town to pick up a load. He was known there and the women he met knew he was only passing through and would be gone the next day. The truth was that most of those women never saw sunlight hit his face. Roots and warm tires never mix, so he always made it a point to see dawn from his semi truck sleeper, regardless of where he spent time the night before.

"That I did," he called back. "They played our song and I was looking for you."

"Ralph and I went to see his mama. She's gettin' on in years. He's never been the dancing fool you are," she said laughing. "It's been over two years since we shared that dance floor."

"Well, you know what they say about moss growing," Charlie said.

"That'll be the day, when ya'll are still long enough for moss to grow."

"Speaking of moss, you and Ralph have close to a year's growth, don't you? When do I get to meet this lucky guy?"

"The eleventh of next month. Kate is putting together an anniversary party for us here. Y'all are welcome if you're passing through then." She refilled his cup of coffee. "Eggs will be up in a few. Hey, C.W., you run through Palm Springs don't you?"

"It's my last fuel stop and sanity check before I hit Long Beach. What's up?"

"See that gal over there in the last booth?"

"Yeah." Charlie glanced over at the booth.

"She's been here over an hour, said something about going to Palm Springs, you know, asking me the best route and all."

"Highway 49 out there runs through Brinkley to Interstate 40, then she'll head west. Once she sees Highway 17 in Arizona she should take it south, and then head west on Interstate 10 out of Phoenix. Not a real mystery."

"I know; I just figured if y'all were headed that way..."

"Is she trying to hitch a ride?"

"No. She's got a car. I just thought maybe, she'd feel better following somebody. You know, a friend on the road."

"Don't be looking at me that way. I'm no baby sitter."

"Just think about it, that's all I'm asking," Peg said as she headed back to the kitchen.

He looked back at the woman in the booth again and could see she looked a little depressed. I'm no Dear Abby, he thought. She didn't look the hustler type. She had little to no makeup and was dressed down; wearing what could have been a blue light special at Kmart. Mid-twenties, he guessed, with long brown hair. No, he reasoned, this load has got to be on time. He couldn't take any chances of giving Anderson grounds to discontinue his contract.

Peg set his breakfast down and looked at him pitifully.

"Well, can you help us?"

"Us?" he countered. "Do you even know who she is or anything about her?"

"Not really, seen her around," Peg said in a softer tone. "You're right, C.W., sorry I pushed. She could be a real loon or even worse, plum crazy like you."

"Thanks. Thanks a lot." He turned his attention back to his breakfast and quickly ate, not waiting for a third refill of coffee. He got up, focused on a direct departure and left ten dollars on the table. Charlie dreaded having to walk past the woman's booth to leave, but did so with determination. He couldn't help but glance at her as he passed; she looked up at him and managed a small smile.

"See ya next time, Peg." He quickly passed through the door without waiting for a reply.

He couldn't get that smile off of his mind and it followed him to his rig and out to the end of the parking lot. What bothered him the most was that he rarely walked away from helping someone that needed a hand.

"Damn you Peg." he said, bringing his rig to a stop, nearly hitting a car that was recklessly speeding into the parking lot. He sat ten feet from the highway and felt tremendously guilty. Peg's pleading was beginning to overpower his intention of talking himself out of helping. He thought about Nathan and where he would be if he and his family had not reached out to him. No, I have to move on, he told himself.

He glanced in his mirror and saw the woman from the booth walking out with the man that had just cut him off in the parking lot.

"See," he said aloud, "she found help." With a sigh of relief, he shifted into gear, checked traffic and started to let out the clutch. Charlie felt much better as he glanced into his mirror again.

"Did he just hit her?" Charlie shouted. His instincts told him the debate was over; there was no way he could leave. He pulled alongside them and jumped out of his truck.

She struggled to break free from the tall, heavy set man that had pushed her hard against the car. "Where do you think you're going, bitch?"

"Back off!" Charlie shouted, grabbing him just in time to save her from another strike.

Charlie turned his attention to her. "Are you all..."

The attacker surprised him with a wild punch. Charlie turned and hit him hard in the stomach, folding him over. His second blow to the man's face sent him up on the trunk of a car. Charlie, not wanting to be caught off guard again, watched him slide off the trunk to the ground.

"Who is this clown?" Charlie asked.

"Look out," she yelled.

Charlie jumped to his right just in time to dodge the knife, but stumbled back a few steps to regain his balance. Ready for his second attempt with the knife, Charlie caught his wrist with one hand and hit him hard with the other. The man fell back, hitting his head on the bumper and slumping to the ground. Charlie was tensed, ready and alert as he watched the man lie motionless for a moment before he confirmed the man was still breathing, though no longer a threat.

He turned back to the woman, who was shaking hard and trying to catch her breath. The fear Charlie saw in her eyes told him they had some kind of bad history.

"Is he all right?" she asked. He was a little confused by her concern for him.

"He'll be fine, have one hell of a headache though." Charlie checked again to ensure the guy was still down. "This jerk is a friend of yours?"

"Paul won't leave me alone. He's an abusive bastard. He'll never hit me again."

Charlie watched as her eyes focused on the knife. He couldn't understand what would anger this guy enough to hit her.

"Did he find you with another man?" Charlie not believing the question came out of his mouth. The anger he saw triggered the anger he felt when his wife had left that note for him years ago.

"No. I left him six months ago. I wasn't going to be his punching bag anymore." The combination of rage and fear was still

19

running through her. "He's been haunting me for six months and told me he'd never stop." Her eyes were cold and never broke from the knife. Charlie feared she would be driven to go for the knife and he tensed again, prepared to reach it first.

She sighed deeply and her eyes softened with tears. She looked at Charlie. "No...I never could. I hate that the thought even crossed my mind. He's just a poison I need to get away from." She wiped her eyes.

Charlie didn't have all the answers, but knew this guy was a threat to her. If she really wanted to get away from him, He knew the guy would follow her. He walked back to his rig and returned with an axe. "Is this his car?" His tone un-alarming.

"Yes." She'd slowly raised her head to look at Charlie. "Don't kill him!" she screamed at the sight of the axe.

"Lady, I'm not going to kill him. I just don't want him to suffocate." He brought the axe down in the center of the trunk. He turned to her and explained calmly, "It's like putting a lizard in a jar; you've got to make air holes in the lid." Charlie pulled the keys out of the ignition and opened the trunk. He surveyed the inside to confirming there was no inside trunk release. He picked Paul up and put him inside. The car was too close to the entrance of the diner, so he drove it to the end of the parking lot. Charlie locked the car, tossed the keys into the trunk with Paul and closed it.

He walked back to where she stood. "You won't get your chance to get away, if he wakes up and follows you. That should be far enough away from the door, people won't hear him pounding. I'll tell Peg to wait until, say, sometime after lunch to call the cops to report noises coming from the trunk. That'll give you four hours or so. Are you ok to drive?"

"Yes, I think so. You came along before he got a chance to..." She paused, not able to finish her thought. "Thank you doesn't seem enough."

"Works for me." He reached slowly to push her hair back, exposing the welt she had just endured. "I'll never understand how a man can do that. I'm sorry. If I wouldn't have left maybe..."

"If you hadn't come back..." The thought ran through her and she started to shake again. The fear was back in her eyes as they welled up with tears.

Charlie awkwardly wrapped his arm around her. "He can't get you now." He held her in silence until she stopped shaking. She pulled her head away from his chest slightly, wiped her eyes and looked at him closely for the first time.

"I've felt trapped for so long," she said slowly. "I feel some hope, thanks for that."

He was touched by her sincerity making him even more uncomfortable as he realized she was still in his arms. He let go and backed away a few steps."Well, I've got to hit the road; you're going to be okay?"

"Yes, I am." She glanced at the door of his rig. "C.W. is it?"

"That's me, everyone knows me as C.W. in town." He stood there for a moment, wanting to say something else, but resisted. "Okay then, I'll go talk to Peg. Take care of yourself."

He started toward the diner and got twenty feet away when the guilt came back. He stopped and turned to find her looking at him. "Peg said you're headed for Palm Springs."

"My sister lives there. I can't stay here anymore. This may be my last chance to get away."

"Hey, look, I'm going through Palm Springs on my run. If you want to follow, it wouldn't be a problem."

"I'd really feel a lot better, if you don't mind." Then, with new spirit in her voice, she asked, "Can I have five minutes to clean up?"

"Six and you'll have to catch me out on the road."

"Fair enough. By the way, I'm Jenny Stevens." She smiled for the first time.

"Okay, Jenny, listen; if you need to stop, flash your headlights. What're you driving?"

"That's mine, the tan Ford Mustang over there." She pointed to a *mostly* tan Ford; a classic once, he figured, but it had become a melting pot of at least three different cars, none of which were the same color. It was an early '70's model with $1,299 still in faded paint on the windshield.

"Tell me you're joking. You're really planning to drive that to Palm Springs?"

"My car is sitting in his driveway. It was in both our names... I didn't want to give him any reason to find me. It runs better than it looks," she said with confidence. "I was told it would make it."

"Five minutes, Jenny," he told her, shaking his head.

"Great." She offered a quick smile and dashed into the diner to clean up. He followed her in and talked to Peg, who was very upset about what had taken place in the parking lot and was pleased that Charlie was there to help.

"Thanks, C.W.," Peg said, giving him a hug.

Charlie took a wet towel out to Jenny's car and cleaned the windshield. As he walked around it for a quick inspection, it occurred to him that he planted the axe into the wrong car. What the hell have I gotten myself into? He thought and then looked under the hood to check the engine fluid levels. With a small prayer on his lips, he closed the hood and walked to his rig.

When Jenny left the restroom, she walked over to Peg. "Thank you for your help. He said I could follow him. I realize after this morning, I would've been a nervous wreck on my own."

"He's one of the good ones," Peg said. "I've known him for years."

Charlie pulled around and pointed his rig toward the highway. He was able to see the door to the diner in his mirror and waited for her to come out. When she had, instead of heading for her car, she walked toward him. "What the hell's wrong now," he said to himself.

"Peg said you forgot your cup for the road," she said, handing him the coffee and a brown bag. "The biscuits were my idea."

"I love bis...I mean, thanks, that's nice. You ready?"

"Almost. What does C.W. stand for?" Her smile was relaxed and trusting.

"Constantly waiting," he said shortly. "Look Jenny, this is not a date. I'm going to lead you to Palm Springs as long as, Lord willing, your transportation doesn't die on the road."

22

"Yes sir, C.W., lead the way." She laughed and turned quickly for her car. Charlie, amazed her car had even started, slowly pulled onto the highway and they were off.

Chapter 4

Charlie loved fall in this part of the country. The brilliant colors of the leaves were nature's dramatic reminder of a world in change, when the air was still warm and filled with the sound of leaves rustling under his tires. This season seemed to surprise him, though; somehow being more exhilarating than he remembered.

Charlie checked his mirrors often to confirm Jenny was close behind. He tried not to feel good about her being there, but he did. Among the red and orange leaves in the trees forming a tunnel over the highway were the golden leaves that reminded him of her warm eyes. It bothered him that he knew her eyes were brown, that they had penetrated his defenses and became a part of his private world. The women C.W. knew never made this trip with Charlie. The road gave him the freedom to put C.W. to rest, always welcoming Charlie back.

This time, he was not alone. His peaceful surroundings were quickly interrupted by concern and his head invaded with questions. He wanted to know who she was. He replayed in his mind her friendly and open smile as she handed him the coffee and biscuits. He had noticed then that she was far more attractive than what he'd remembered from earlier in the diner. Her eyes promised more than warmth and trust and he couldn't get a grasp of what it was. The thought of her sent a chill through him. He suspected that she, too, had masks, but felt he hadn't yet seen her wear one.

He glanced again in the side mirror as he passed the Brinkley City Limit sign. Traffic had started to build behind him, but there was no sign of Jenny. He quickly checked the other side mirror; she wasn't there either. It startled him and he pulled off to the side shoulder. He looked as far down the highway as he could see and there was no sign of her. We've only been on the road for about an hour, he figured, and I know I checked for her frequently. I'll give her another minute, then go back to find her.

Thirty seconds passed and he couldn't stand not knowing

where she was. Suddenly, his passenger door opened. He jumped with surprise, knocking the cup of remaining coffee off the dash.

"Why did we stop?" she asked.

Not prepared for the relief he felt, he laughed and shook his head. "I didn't see you in the mirrors and, well... got worried." Uncomfortable with his own concern, he continued, sharply. "Jenny, you have to stay far enough back so I can see you in the mirrors. If you don't stay off my bumper, you might become part of this rig in a panic stop."

"I'm sorry, C.W. I got closer so no one would get between us."

"We'll be out of Brinkley and this traffic shortly." Relief that she was there and okay had come through in his grin. She saw it and smiled.

Jenny looked up at him from the first step with a playful grin. "Worried?"

"Yeah; worried that I'd lose even more time looking for you."

She studied his face and could see he was a little uncomfortable. "If you're done resting then ... I suggest we get moving." Jenny paused and studied him a moment, smiled and shut the door.

Charlie felt confused. The boundaries of his different worlds were losing definition. He had begun to wonder if a new one was evolving when what sounded like a loud cry from a dying goose broke his thoughts. Jenny had honked her horn, signaling she was ready to go.

"Please Lord; tell me that horn is not an indication of the rest of her car."

The next two hundred miles went smoothly. He found he looked back as much as forward. For the last fifty miles she checked in every fifteen minutes with the call of a dying goose as she crossed the center line to give him a full arm wave. Peg was right, he thought; this one is loony. He felt she was taking the joke a little far but played along, returning both the honk and wave. It bothered him at first, like she was making fun of his concern about not seeing her in his mirrors, but then he grew to enjoy the game.

A large highway sign announced Fort Smith as the next exit. It was 12:30 then and time for lunch, so he took the exit. He pulled up to the gas pumps at the station beside the café and watched Jenny speed past him to a parking spot outside the café. She jumped out of her car and, in what appeared to be only three steps, and disappeared inside. Fueled and parked, Charlie went inside to join her. She was seated in a booth and looked worn out.

"Boy, you must have been hungry," Charlie said as he sat down across from her.

"We've got to talk about potty stops. For the last fifty miles I've been trying to get your attention and you just honked and waved back." Charlie burst into laughter until tears came to his eyes.

"What the hell's so funny? Am I in some kind of endurance test?"

"No, Jenny, you don't understand. I thought you were mocking me for being a bit worried earlier when I couldn't see you in my mirrors." He started to laugh again and, reluctantly, she joined in.

"The signal to stop was flashing your headlights, not acting like a flirtatious teenager cruising on Saturday night." His tone softened. "I'm sorry, really. You must have been miserable. But, if it's worth anything, you did pass the test." They began to laugh so loudly that the whole cafe turned to watch them, though it didn't matter to them. "I would have stopped had I known."

"I couldn't believe you could be that cruel. As I danced around in the seat, I came up with quite a few ideas about what C.W. could stand for, none of them flattering."

Throughout lunch they both found it hard to look at each other without laughing. The fear and tension she had displayed earlier that morning were completely gone. She appeared happy, almost giddy. Charlie struggled with how much it pleased him to see her that way. His goal had been to tolerate her as an intruder, a temporary distraction for a few days, but Jenny was unfamiliar to him because she didn't fit in C.W.'s world, which was all he felt he had to offer.

The waitress refilled their coffee cups. "I just can't tell you how nice it is to see such a happy couple," she said smiling.

"Thank you, that was very kind," Jenny replied as the waitress turned to leave, neither one of them feeling a need to correct her.

"Have you always lived in Long Beach?" Jenny asked.

"How do you know I live in Long Beach?" Charlie's tone defensive.

"The door on your truck: C.W. Trucking, Long Beach, California."

"Oh yeah, forgot that. Moved there about eight years ago."

"From?"

"Little Rock."

"Small world; I moved to West Helena from Little Rock myself. I've never been to Southern California, though. I hear it's beautiful. I'd love to live by the ocean."

"I like it, be right back." He abruptly got up from the table and headed to the men's room.

When he returned she said, "Sorry, I didn't mean to pry."

"No… We just have a lot of miles ahead. Are you ready to go?"

"May I get this, please?" she asked, slowly pulling the check towards her.

"I'd feel funny about that. I'm a little old fashioned."

"It seems to me you pointed out this was not a date," she retorted, feeling satisfied that she'd remembered his words. "Think of it as payment for leading me to Palm Springs."

"I was hoping to get dinner out of you," he confessed with a grin, feeling less defensive. "Let's split it and hit the road."

"Alright," she conceded. "This was fun. I'll go fill up the car and meet you outside." Jenny handed him her share of the bill and stopped at the door, turned back to give him a quick smile.

"Jenny, remember: it's flashing lights to stop." She laughed, shaking her head as she left.

Charlie watched her walk over to a phone booth and pick up the receiver. After a few short minutes she hung up and drove over to the gas pumps. As he drank his remaining coffee he realized she was right, that was fun. It surprised him to see her check under the hood. Refreshing, he thought, a woman that didn't feel the need to be helpless around men. He paid the bill and walked out to her car.

"Everything okay?"

"Only half a quart down," she replied, returning the cap to the quart of oil in her hand. "I'll be ready in a sec."

"Was your sister home?"

She had a very puzzled look on her face. "What? Was my sister home?" Then she'd quickly turned her attention to putting the nozzle back into the pump.

"I saw you on the phone and just thought you were calling ahead."

"Oh," she said while digging through her purse for some money to pay the attendant. "No answer. I'll try again later." She'd given him a quick glance and sheepish smile.

Charlie felt he'd invaded her privacy and wanted to change the subject. "Jenny, I have to make a stop on the other side of Oklahoma City, in Clinton. It would also be a good place to spend the night."

"Alright. What's in Clinton?"

"Friend of mine, he makes metal sculptures. I run them out West for him." Charlie paused for a moment. "If you want to go on ahead, I mean, it's pretty straight forward from here."

"Am I slowing you down?" she asked, sounding a little hurt by his question.

"No, not at all. I just wanted you to feel free with the option, if you wanted it."

"If you don't mind, I'd just as soon stick with you." She watched him closely.

"If it's all the same to you, don't use the word 'stick'. One close encounter with a knife a day is enough for me."

Jenny smiled. "Let me rephrase that. Would it be alright if I continue to follow you?"

"Works for me. We should reach Clinton in just under five hours or so, Lord willin' and the bladder don't rise that is. We can stop for gas and a stretch in Oklahoma City though."

Chapter 5

Oklahoma City offered Jenny a break after another three hours behind the wheel. Across the street from the gas station they had pulled into was a large flea market. The food booths were close to the street and the smells of barbeque beef and grilled onions were hard to resist. They parked in a large lot beside the station.

"I could eat something, how about you?" Jenny asked.

"If we didn't that alluring aroma would haunt us down the road," Charlie said. "I haven't been to a flea market in years. Used to enjoy them as a kid." They crossed the street.

"Me too, my mom called them treasure hunts. It stayed with me I guess. My car still pulls to the right at yard sales."

"Big decision here; barbeque beef of grilled cheese?" he asked.

"What, no peanut butter and jelly options? Of course I'll have the beef."

They started to walk through the vendors when Jenny pointed out the barbeque sauce that was running down his arm. He dashed back for more napkins and, handed her a few. "What's the point if you can't wear it too."

Jenny laughed. "Thanks, this is wonderful. Why do they always taste better from a simple stand?"

"It's probably a reason you don't want to know. Something to do with a lack of health department inspections ..." He trailed off, taking a large bite.

"Despite your input, I'm still going to enjoy it. Do we have time to look a little?"

"One row up and back wouldn't hurt, looking for anything special?"

"Always, but I won't know what it is until I see it." When she finished her sandwich, she added, "I wish the food was half this good last night."

"Last night, where did you go?"

"A place called the Branding Iron. It was only supposed to be a few friends but…, have you ever been there?"

"A time or two, yes." He'd almost mentioned that he, too, was there last night but decided against it.

"It was my first time. Felt like a meat market to me."

"Just regular folks letting their hair down, having a good time," he said, in a defensive tone that had caught him by surprise.

"I can have a good time, C.W., but in the 30 foot walk to the ladies room, I got hit on four times from guys all thinking happiness was in their jeans. I have no doubt thinking with the head above their waist is a strange concept to them. I just don't understand anyone finding something worthwhile in a place like that." Her tone became harder.

"Well I guess it's just a place for normal folks and not prima donnas," he said reflexively, feeling like he was under personal attack. He immediately regretted his words.

She stopped and turned to him. "Prima donna? Because I want more from a relationship then a Billy-Bob quickie in the back of a beat-up pickup truck?" She paused, taking a breath to calm down. "I never said I was better than them."

"I didn't mean that. Really I didn't … ." Frustration in those words stopped him. "Maybe we should get on the road." They turned and walked back to the gas station in silence.

He opened her door. "Ready?"

"Yes." She slid quickly into her car and stared straight ahead through the windshield.

Charlie walked back to his truck fighting with all of his thoughts. I'm not a rude or unfriendly guy, he thought; why did I say that to her? He pulled out when traffic was clear and made it two miles down the road before pulling off onto the shoulder. He stepped out of his truck and walked back to her car.

"Jenny, I was out of line and, well, am really sorry for what I said."

"I must have hit a nerve. We were having a good time and I screwed it up. Maybe the feeling, I was on the dessert menu last

31

night carried over." After a moment she looked him in the eyes and her tone softened. "After the way Paul treated me and leaving that place last night... the way they regarded me as a play thing, a conquest adding a notch to their belts. So when you called me a prima donna, it just pushed me over the edge."

"I felt that. I'm sorry that it came out. I don't know where it came from. A nerve, you were right, I guess, but prima donna is not at all how I really see you, Jenny."

"It's fine, really. Let's go see what awaits us in Clinton." She offered him a forgiving smile.

"Works for me." He tapped the roof of her car and returned to his truck.

*****

Clinton was a small town kept alive only by the highway that passed through it. This was always a regular stop for Charlie on this run to refuel, grab a quick bite, and shower at the truck stop before calling it a night in the sleeper cab. It was late when they hit Clinton and, seeing as how this trip was anything but routine, he pulled right off the Interstate into the Motor Lodge parking lot. Jenny pulled in alongside him.

"There aren't many choices here for a place to stay," he said as he opened her car door.

"A bite to eat and hot shower will feel like the Ritz to me." Jenny locked her car door and they walked into the diner. "I don't know how you do it C.W.," she said, sliding into a booth. "Driving all those hours straight, for me, three hours behind the wheel is cross-country driving."

"It becomes a way of life, I guess. Not my original plan, but you play the cards you're dealt."

"And the original plan was?"

"A long story for another time." He felt the need to change the subject. "We can get gas in the morning after breakfast before we run out to Jake's place." He saw her friendly smile fade, despite her attempts to hide it by reaching for the menu. It bothered him, pushing her away to keep the leader-follower relationship in perspective. He knew he was trying to fight it, but he liked Jenny.

She broke the silence. "OK, so what's good here?"

"Your guess is as good as mine. I've never eaten here before." Charlie was relieved that the conversation was moving on around his detour.

"I thought this was a regular stop for you?"

"Yes, the truck stop and Jake's place, but dining at the Ritz, here, is a first for me."

They ordered and ate their dinner with little comment. Though it wasn't the greatest meal, filling an empty stomach won out over satisfying a gourmet palate. Plus, it came with dessert, which was always a silver lining. Jenny was in a conversation with the waitress and discovered she had three little boys, their names and ages, that she was originally from Kansas, and that her husband had an auto parts store in town.

"Didn't mean to ignore you," she said after the waitress had left.

"Didn't feel ignored, was just thinking you should be in sales."

"She was friendly. It sounded like her little one, Stevie, will be a handful."

"I enjoyed watching you and her reaction to your sincere interest. I was going to move over, let her join us so you could get her bank codes."

"Bank codes?"

"A joke, not a great one. It seemed like you were old friends, that she could tell you anything."

"It's fun, I like people, C.W., for me it's like picking up a book without a title. I'm excited to discover if it's a mystery, a cozy family story, a budding romance or even a tragedy." She returned his smile and finished her dinner.

They walked over to the motel office. Charlie waited outside as Jenny checked in for the night. "How many kids does he have?" he asked as she walked out.

"None. Just got engaged. Her name is Penny." Jenny rattled

the room key in her hand. "I'm in room 20. I asked about the room next door and it's available."

"I've got a room already." Charlie pointed back at his truck. "And there's a hot shower waiting for me at the truck stop." He saw a little fear run across her face. "But I'll come back and park just outside your door."

"I feel silly, but Paul really scares me. Having you here lets me forget, relax, look forward." She paused. "That's just crazy. You can use the shower in my room and leave your truck where it is."

"Thanks for the offer, but I'll be fine and only gone about thirty minutes."

"I insist C.W. Save the drive for tomorrow. Please allow me to help you out in some small way."

Back in West Helena C.W. wouldn't have had a moment's hesitation at the offer and a quick playful response would have reflexively found its way out. But this was a different place; a place without stage lights, overused lines or costumes. Her logic made sense, but his defenses and comfort zone were waging war against it. "I guess you're right," he said. But he couldn't hold back and needed to vent the tension he was feeling. "I've always had trouble washing the middle of my back."

"Hold on C.W., or should I say Casanova Want-to-be. The offer was for hot water, soap and a towel only." Jenny couldn't fight the grin, but her hands were firmly planted on her hips to emphasize her words.

"Works for me," he replied and felt the relief of not having to make changes he was not ready to make. What he didn't know with two more days to Palm Springs, was how well he could resist the pull of those new feeling.

Chapter 6

The side trip to Jake's place the next morning didn't take them far from the interstate. Charlie backed his rig up to an old barn and jumped out. Jenny pulled up alongside and joined him.

"C.W., been a' waiting on ya," they heard emerge from inside the barn. Jake, a man in his late fifties, confined to a wheelchair, made his way through the door. "How'd we do on the last one?" He stopped abruptly when he saw Jenny. "Oh, I'm sorry. Didn't know you were bringin' a friend by."

"Jake, this is Jenny. She and that fine looking automobile over there are following me to Palm Springs."

Jenny slapped Charlie's arm playfully then turned to Jake. "Pleased to meet you, Jake. I understand you do metal sculptures."

"Yes ma'am. How long is it now, C.W., pert near three years I fig'er," Jake said prideful. "Me and C.W. are partners. I make 'em and he takes 'em out West to some fancy store by the ocean where they sells 'em."

"They loved the last one, Jake. Told me they could sell as many like it as I could bring them," Charlie said enthusiastically, handing Jake an envelope.

"I've been tryin' them small brass sculptures you're always talkin' 'bout. Fact is, sold me a few to a guy over in Oklahoma City a few days back. The guy has himself a gift store and all. Called just this mornin' and ordered ten more."

"That sounds promising, Jake, good for you," Jenny told him.

Jake opened the envelope and, after counting the money inside, exclaimed, "There be five hundred bucks in here, C.W. Who would a fig'erd, I'd be a doing so good just a doin' somethin' I loves doin'. Did ya get your cut outta' this?"

"Of course. You don't think I'd hand you my share do you?" Charlie laughed. "I'm really glad to hear you've got the smaller brass sculptures going, I knew you'd figure them out. Have you got some to show us?"

"Sure do. I bet them folks out west would like 'em too," Jake suggested, moving into the barn.

"I'll check with them. Do you have a big one for this trip?" Charlie asked, looking around for the typical large sculpture he was used to hauling out West.

"Yep. But first, what do ya think of these?" Jake pointed to the work bench where there were five small metal buildings formed out of brass and copper. Jenny walked over, picking up the building closest to her for a closer examination. They were about eight inches long on the sides and ten inches tall. The roofs were rolled like old-style metal roofs, but had been heated in such a way, it brought out an array of beautiful colors in the metal. The windows were framed on the outside and had crosses in the openings to look like window panes. One of the front windows on the porch side had a flower box in full bloom.

"Jake, these are beautiful," Jenny said. "There is so much detail. Look. There's even mail in this little mail box!"

"Thanks, darlin'. I like 'em better than the big ones too. C.W. here's been telling me to try these since the beginnin'."

"No doubt about it; the others were good but these are traffic stoppers, Jake," Charlie said earnestly. "Take some pictures of these and you'll need a helper before long, Jake. I mean it, these are really fantastic."

Jenny set it back on the bench and turned to Jake. "How did you get started?"

"Bout' four years back I was runnin' a rig 'tween Dallas and Memphis. One night this drunk was a using both lanes, didn't give me much choice. It was him or a row o' trees. Them trees wasn't real forgivin' and they took the feelin' from my waist down. C.W. kept comin' 'round kickin' me in the butt." Jake laughed. "Course I couldn't feel it bein' numb and all. Anyhow, he got me to using my hands again; brought me that torch right there. Said he could sell whatever I saw in my mind and could build with my hands. I'll be damned if he didn't do it."

"I just saw a way to make some money off of you, Jake." Charlie was uncomfortable under a spotlight.

"Bullshit, C.W.. Oh, sorry ma'am," Jake said, turning to Jenny. "C.W., here, kept me from checkin' out with a bottle in both hands, and I ain't a lying."

Charlie, growing even more uncomfortable as Jake continued to talk, attempted to change the subject. "Jenny, come meet Nelly." Turning to Jake. "You still got her under the tarp?"

"Yep. Give your lady a look at mine." Jake was pleased to show her off. Nelly was a 1912 Oldsmobile in perfect condition. "Why don't you and Jenny take her for a spin?"

"Next time I'm passing through, Jake. You and I will cruise Main Street looking for babes. I... rather we, can't stay too long this trip, got a hot load."

"Jake, did you restore this?" Jenny interrupted. "I've never seen one before. It belongs in a museum. Race ya for pink slips." They all laughed.

"Yeah, that's my baby, Jenny." Jake turned his wheelchair to face Charlie. "Hey, C.W., 'fore y'all go, could ya lend me a hand with my work bench?"

"Sure." Charlie recovered the car with the tarp. "What can I do?"

"I fig'er if we pull that ol' saw horse over 'bout eight feet, we could lay them two by sixes side by side to extend my bench. What do ya think?"

"I think we could do better than that. Got a skill saw?" Charlie asked, giving the work bench a once-over in his mind. "What if we make a U-shaped bench in the corner?"

"That'd be great!" Jake's face lit up.

"Can I help?" Jenny offered excitedly.

They all jumped into the project. Charlie cut the boards to length and Jake transported them to Jenny who insisted on being the one to nail them into place. Jake made two trips for lemonade during the construction and two hours later they all stood back with pride.

"I don't know how to thank y'all. Jenny, pick one of them little sculptures to take with ya," Jake offered with a grateful smile.

"That's very kind. I had so much fun doing it, I feel like I owe you."

"Thanks, Jenny," Charlie said. "You were a big help. I'm glad you were here."

"Really, my pleasure. It reminded me of the time my dad and I built a dog house. Gee, I haven't thought about that in years," Jenny said with a grin. "Those were good times..." She trailed off, her grin slowly fading.

"Jenny?" Charlie asked softly. He reached for her and turned her gently to face him, "What's wrong?"

"I found this little stray puppy, Teddy Bear. I was six. My dad pretended to be really mad at first. He said the 'fur ball' couldn't come in the house. It seemed cruel to me, Teddy Bear out in the cold and all. So we built him a little house. All the time we were out there, Teddy Bear kept licking him, like he was saying thank you. Suddenly, my daddy rolled over in the grass with Teddy Bear all over his face and played with him for a long time." The smile returned to her face. "He never had a puppy as a child. It was wonderful to see that puppy bring out the child in him. The best part was, after that time, somehow it was okay for him to be a child sometimes. He became more of a playmate. I had one more year with him before he left for his final tour overseas." She wiped the tears from her cheeks and slid into Charlie's open arms.

"I'm sorry. He sounds like the kind of father I'd hoped to be one day." Charlie realized his words were genuine, without hesitation, and seemed to be surfacing from somewhere deep and forgotten.

"He was the best and I...still miss him." Jenny's arms tightened around Charlie. She slowly relaxed her hug and stepped back a little. Locked on the genuine softness she saw in Charlie's eyes. "Thank you. I'm not usually such an emotional disaster..."

"Hey, we all need a release. Hell, if you can't cry and I'm sure as hell not supposed to, who can?"

"You're a kind man, C.W. Caring Within, right?" She smiled at her wit but felt the honesty of her words. This man has a soft heart, she realized, and, for a moment, she could close her eyes and feel the comfort of her father's arms around her. There was a trust she couldn't explain and warmth she wouldn't chill with over analyzing it, when it felt so welcome and amazing.

"Nah. C.W. stands for Conning Women." He laughed and turned to Jake. "We've gotta hit the road ol' buddy." Charlie looked around and saw a four-foot metal sculpture beside the door. "Is this the piece you want me to take?"

"I calls this one Freedom. Saw me an eagle in my mind and that's what my hands did."

Jenny looked at the sculpture and realized she mistook it for a pile of scrap metal when she saw it earlier. She looked at Charlie, curious to see his reaction. He met the puzzled look on her face and found it hard not to respond to it. He took his eyes off of Jenny and studied the sculpture as if it was a fine piece of art.

"Sure Jake, I can see it. Your best yet I think," he said convincingly. "I really like your new stuff, though. In a different way, of course." Charlie walked a fine line hoping not to offend Jake's past efforts, but saw an opportunity to send Jenny over the edge. "Yeah, I think your new stuff shows better communication between your mind and hands."

Though difficult, Charlie kept a straight face while building up Jake's sculpture. Jenny, on the other hand, was struggling to contain her laughter. Charlie shot her a wink that finally sent her quickly outside.

"Thanks, C.W. I'm purdee pleased with it. I'm thinkin' yur right about them small sculptures. Not many folk 'round here sees the value of them big ones. Not like they do out west where ya sells 'em."

Charlie carried the Freedom sculpture out and loaded it up. "The key, I think, is that the smaller sculptures appeal to more people, are less expensive and are easier to find a place to put them," Charlie said, hoping to encourage his new direction. "These large sculptures are targeted to a more specialized group."

"Are ya thinkin', C.W., I should only be makin' the small ones?"

"It seems like they've opened up some new markets for you. I would. See ya next trip, Jake." Charlie stood beside Jenny.

"Jake, it was a real pleasure meeting you." Jenny bent over to hug Jake and kiss his cheek. "I think your new sculptures will really take off." She walked to her car and began to climb in. "And thank you so much for the one you gave me."

"I'm indebted to ya both for helpin' me. God bless and see ya on the flip side." Jake waved.

Charlie pulled out with Jenny close behind. They stopped three hours later in downtown Amarillo to top off his tanks and give Jenny a break. They walked into the truck stop diner and took the opportunity to clean up. Charlie came out first and found them a booth. When Jenny came out she looked refreshed and happy.

"Jake is really a sweet old guy."

"Yeah, he is," Charlie agreed smiling. "Jenny, you really look happy."

"I feel happy. Thanks, for today and all. I really love the little house sculpture he gave me and where he's taking his art. I know I'm not an expert, but do people really buy those... other things?" she asked cautiously.

"He thinks they do and that's what's important." Charlie handed Jenny a menu. "What are you going to have?"

She set the menu aside and faced him. "Wait a minute, he thinks they do? What do you do with them?"

"Jake needed someone to hold the flashlight while his world was blacking out. He is taking off now and feeling good about himself. You said it yourself, how nice the new stuff was."

"Are *you* buying them?" she asked, incredulously. "How long have you been buying them?"

"Look, Jenny, we all find a way to give back. It has been great for me to see the change in Jake. I feel good about being part of his dream."

"I think he was right. You saved his life as surely as if you had pulled him from a burning building." Jenny paused, still amazed, then focused on Charlie with a keen interest. "What is *your* dream, C.W.?"

The waitress, a welcome distraction as far as Charlie was concerned, came over to take their order. Jenny realized she'd made him uncomfortable and sought to put him at ease. "Have you sold any of them?"

"I tried at first, not sure that I could trust my own sense of what art was."

"It can be a fine line," she admitted. "You must have quite a collection by now."

"No, they usually find a home behind the warehouse in Long Beach."

"The things he is doing now should make you both some money. I've seen similar art going for over four hundred dollars in Little Rock."

"It's time to let him spread his wings and fly solo. I'll stop and check in on him on my runs, but he's ready and won't need as much support."

Their lunches came and they were both so hungry that few words passed between them as they ate. She grabbed the bill when it came and paid it before Charlie had the chance. He was surprised and pleased. He didn't feel that she owed him anything, but it was refreshing to see that it was important to her. He had played the game of empty offers a million times before, always managing to pay the bill himself. When he was with a woman the rules stated that he paid, and that was fine with him. When she returned, he gave her a broad smile. "I knew I could get a meal out of you."

"My pleasure. How much farther are we going today?"

"I'm hoping to hit Albuquerque tonight, have you got it in ya?"

"Lead the way. I can hardly wait to wash off this Texas dust and take a hot shower," she said with determination.

"Yeah, I've been meaning to suggest you should." He laughed playfully. "I'm really sorry, Jenny that this is such a push for you. I wish you…we…had more time to make this run."

"I'm grateful you're holding my hand on this trip, C.W. I wish I'd have checked the AC in the Mustang before this trip, but, all in all, I'm so grateful you're leading the way."

"At least you can be thankful it's not August"

Chapter 7

Hours on the road, a once peaceful transition from his old home in the south to his new life in California was changing and Charlie found pushing Jenny out of his every thought was a battle he couldn't win. He thought how great it would be if she sat beside him, engaged in playful verbal volley of wit, or simply to look over into those wonderful eyes of hers and feel the warmth of her smile. Just to have her close enough to touch her hand. Then he would get angry with himself for letting her inside his world. He knew lust, physical passion and once thought he had the love of his life. He didn't know these new feeling. Only a day and a half, he thought, this is crazy.

*****

An hour out of Albuquerque, Charlie noticed the lights dim on Jenny's car. He began to slow down when they flashed and she pulled off to the side of the road behind him. By the time he was able to back up to where she had stopped; she had already lifted the hood. He grabbed a flashlight and walked back to her car and only needed a quick look under the hood to answer the mystery.

"Lost the alternator belt. You're very lucky, an alternator is a lot more expensive and your water pump has its own belt. Any chance you have a spare in the trunk?"

"No, it's clean. Well, was clean until I stuffed it with everything I could fit into it. Got a good spare tire though." She obviously didn't want him to think she was totally unprepared.

"I'm not a good enough man to make a fan belt out of a tire, sorry." He couldn't resist laughing "We can go into town tonight and bring one back out tomorrow, no problem."

"You mean leave my car here all night?" She clearly saw a problem.

"Yeah, I doubt anyone will go out of their way to steal it."

"It's not the car; it's all of my things inside it," she clarified.

"How 'bout, I bring Freedom the eagle back here to guard it?" He saw this wasn't a humor wash-over issue.

"I'm serious, C.W., I'd be a nervous wreck tonight if I left my whole life out here."

"It's too late tonight to get a new belt, even if I could reach someone on the CB," After a moment in thought, he added, "We could get a belt run out in the morning by another trucker passing through from either direction tomorrow morning."

"Can we have it towed to the next town?"

"I don't know if we could get someone reasonable out tonight. If we could, it would probably run a couple hundred bucks. Doesn't make sense for a ten dollar fan belt," he said, with a frustrated look on his face.

"You could get one brought out tomorrow, by a friend, right?" she asked leading.

"Yeah, no problem." His curiosity was peaking.

"How big is your sleeper?"

"Oh, three bedrooms, two and a half baths with a family room," he said sarcastically. "It's a single full-sized bed."

"If I promise not to take advantage of you, could it work for tonight?" Jenny's voice lighthearted. She was hoping he would see the humor but at the same time realized she felt an attraction to him. Nothing she couldn't control, she reasoned. They were, after all, two mature adults, but wasn't sure if that would help or complicate sharing a bed.

"Well, that's half the problem solved. Do I have to make the same promise?" He was not quick enough to jump back and escape her playful swing at him. "Yes, it could work, but it's going to be cozy."

"Cozy, I thought you were going to offer it to me and you'd sleep in my car, C.W.! Not with me, together in a full size bed. What do you think I am?" When his face registered the shock of her comment, then she smiled and added, "I'm kidding silly, only kidding." Strangely as she laughed, she realized there was no reservation in trusting him.

"So what year is your Mustang?"

"71, 302 Windsor V8," Jenny had proudly come back with.

"And your knowledge about cars comes from where?" Not trying to hide his surprise.

"When you've got it ... You've got it," she replied boldly, then added, "but in my case, I'm just repeating the words that the car salesman thought would close the deal."

Charlie turned and walked back to his rig, laughing. He reached for CB mic to contact help and set up getting the fan belt they needed. Chatting with drivers along this route for eight years had again paid off. He straightened up the sleeper as best he could. Jenny met him at the passenger door. "It's all set," he said helping her up. "RC said he'd be through about seven or so in the morning. Welcome to my palace."

"Do any of you guys, truck drivers I mean, have real names?"

"Nope, doesn't seem to fit somehow. Maybe," he continued after a thought, "it's too personal, hard to explain. If you're not tired I've got cards or a video."

"I think I'll just lie down, I'm really kind of tired. Thanks though." She crawled between the seats into the sleeper.

"Jenny, would you hand me a beer from the ice chest? Have one if you'd like."

The beer came through the curtain and he thanked her. Seated up front, he thought about their day together. It was easy to smile. He liked having her there, liked the feeling of taking care of her. It felt good that she trusted him, a couple days away from being complete strangers. He recalled her wit and working together at Jake's, it had given him a feeling of closeness to her. He saw more than her physical image and was drawn to who she was someone very special, an openness to complete strangers and a desire to touch and be touched by their lives. He took a sip of his beer and wondered what thoughts were in her mind. It must have been really hard, he had imagined, for a little girl to lose her father. He felt her pain when the vision of a young mother, fighting back her own tears, tried to explain daddy wasn't coming home. He'd not fought in a war for his country, but had the highest respect for those in

44

uniform and Jenny's shared sacrifice in her father's death in the line of duty, overwhelming. His throat had tightened making it difficult for him to breathe.

"You didn't answer my question," he heard a soft voice from behind him.

He took a deep breath to clear his thoughts. "What question?"

"What's your dream?" she asked in a tone he had not heard before, in a way that penetrated defenses and promised careful handling.

"What, just because we're sleeping together, you now have to know everything." He laughed and broke his drift into serious thought. He enjoyed her laughter, finished his beer and realized he had never met anyone like her before. His thoughts drifted. She'd been at the Branding Iron Sunday night, if he seen her there, he knew he would have approached, her physical beauty the only lure required, but he would have blocked what was most valuable about her. "Move over. I'm coming back," he warned and started back. She lifted the blanket for him and he slid in behind her.

"Okay, then tell me what C.W. stands for?" she asked, as if in negotiations.

"I'll tell you, but you have to remember your promise."

"What promise?" she asked while thinking about it. Then it came to her. "You mean about taking advantage of you? I promise. What does C.W. stand for?"

"Carnal Wizard." A smooth delivery, but it drew a playful nudge.

"More like Cagey Wit," she countered, and then softly added, "Today was a real adventure. Thank you again."

"Yes, it was. Jenny, your father would have been proud of you, building the work bench and all." His voice became contented and sincere when he added, "I was."

She was silent a few minutes. "Good night Daddy," Jenny whispered and drifted off to sleep.

"Good night, Jenny." When she moved closer, just touching him enough to confirm the security of his presence. he felt the peace also. Having her there seemed so natural. He had fallen asleep, his hand resting upon her shoulder and his heart close to his dream.

*****

Jenny woke first the next morning. She stiffened slightly as her eyes opened in the strange surroundings. She felt Charlie's body behind her and his hand on her arm and it had brought a warm comfortable smile. Her body relaxed and she felt no immediate need to wake him. With him so close, she felt safe and secure and those were sensations she wanted to hold on to for awhile. Her playful nature got the best of her though and she wiggled back eliminating the space between them. An involuntary moan of approval from Charlie rewarded her ploy. She slowly moved away and wiggled back into him again. His moan had lingered that time and his hand moved slowly down her arm and waist. When it had come to rest on her hip, she had figured it was time to wake him, maybe in a minute or two anyway, she reconsidered.

She laid there wondering if he dreamed of them last night. She lifted his hand, slid out from under it and set it down. She sat up, turned and watched him sleep. He had begun to move and woke with a large smile.

"Good morning," she greeted. "I've been up for hours, was afraid you were going to sleep all day."

"Good Morning, Jenny." He stretched holding his smile. He looked at his watch. "Should have been here by now." He got up and went outside. On the step of his truck he found a bag with a note attached that read: "CW, saw do not disturb written all over this scene. The hood was up so I put the belt on, a small thanks for your help last year. Coffee and donuts for "two", a pleasure on me. RC"

"Jenny, breakfast is served." She came out and asked if the belt was there and he handed her the note.

"That's great, you've got some good friends." She took the coffee and a donut. "Nothing like a hot cup of coffee first thing, is

46

there?"

"You've got that right. What do you say we go find a bathroom down the road a piece?"

"I'd trade the coffee for it." Not dancing, but she was excited about that idea.

He walked her back to her car, and held the door as she got in. Her car cranked very slowly, but caught and started. They shared an "Amen."

Charlie was headed toward his rig, then stopped and turned back looking directly at Jenny.

"What?"

With a grin running ear to ear, he said, "One more wiggle and you would've been in real trouble." He turned from her as soon as he saw her face turn bright red. Touché he thought, very pleased.

They found the bathroom, showers and breakfast at a T&A Travel Center 20 minutes down the road. They never mentioned wiggling, at least not in the words they chosen through breakfast, but it was conveyed in the way they looked at each other. Refreshed and fed they were back on the road, the distance between them closing quickly.

Chapter 8

Charlie was pleased when Jenny flashed her lights after being on the road over three hours and approaching the small town of Winslow, Arizona. He realized he really wanted to see her. He found the gas station in town and pulled in beyond the pumps so she could get gas. Charlie walked about half way to where she was and she called out, "I'll be darned, it works."

"What works?"

"The lights, I figured there was no way you could see them in the day light."

"Oh ye of little faith. This will be a good place to stretch our legs."

"I could use that and I'd like to clean up a little first."

She was reaching for the pump nozzle when he got there. "Would you like me to get that while you seek out the rest room?"

"I'm okay, no dancing this time." She laughed and joined her. After she filled the tank, she paid the attendant and parked over by Charlie's rig. They walked across the parking lot to a restaurant for a rest room. Charlie waited outside, scouting out a place to take a walk, and spotted a small creek running behind the restaurant that seemed perfect.

Jenny came out with a cup of coffee in each hand, and offered one to him. "I can't very well use their rest room without buying something."

"I know what you mean, thanks. How's this for a nature walk?" He pointed to the creek.

"It's beautiful here," she said, taking a moment to look around. "This is a great little town."

"Yeah, I guess, but I'd probably go nuts if I lived here, over a week anyway."

"I know what you mean, no traffic, noise or crime to speak of," she said sarcastically. "Everybody knows and trusts everyone else in town. Sounds pretty boring I'd say."

"Sounds a little too much like a fairy tale to me."

"Maybe, but it's nice to imagine it exists somewhere. Welcome to Pleasantville."

They walked toward the creek and, after stepping down a two-foot ledge, Charlie turned back and asked, "Need a hand down?"

She took his hand and attempting her best English accent, "I thank thee, kind sir. Where might your grand white steed be grazing?"

"Just like a woman," he said grinning while taking her hand. "You offer a lady your hand and she wants your horse."

"Aren't you the hardcore romantic, C.W.?"

"My fair lady Jennivere, my noble steed grazes yonder in thine royal pasture." He bowed with a swing of his ar. Once down, she didn't let go of his hand and Charlie liked that. They walked for a few moments in silence exchanging glances. Then he stopped to face her. "Where's home, Jenny?"

"I was born in Redding, California and lived there until my mother remarried. We moved to Little Rock when I was fifteen. I've been teaching in West Helena for the last three years."

"Believe it or not, I was an education major in college too, Industrial Arts. I wanted to teach practical, hands on type of skills."

"How'd you wind up behind the wheel of a semi truck?"

"Fate."

"Oh, that sure clears things up for me. Has anyone ever told you, that you talk too much?"

"All the time," he said trying to hold a straight face.

"No really, what changed your mind about teaching?"

"A 280 pound tackle. I was on a football scholarship and this defensive tackle decided my knee should bend the other way. He was very persuasive and the knee would heal I was told, but I couldn't play ball anymore. When the money stopped coming in, eating became a bigger priority. I wanted to go back to school the following year but..."

"But? What happened?"

"Damn you're full of questions." He grinned.

"I'm just interested in..."

"OK, what the hell. I was married to a woman that was in love with the promising jock. The NFL scouts from the Arkansas Razorbacks had her all pumped up. When the dream was gone so was she. She found love in the second string, I think. It took the wind out of my sails, hit me harder than I thought was possible. A tough couple of years."

"I'm sorry C.W."

"I bounced back... " he paused then corrected his reply, "...am bouncing back. It could have been a lot worse, I guess. We were still in school and didn't have kids yet."

"You want children?"

"I did then. Now it seems like a missed boat, another life."

"Don't take your eyes off the harbor, new boats are docking all the time."

"I'm on the road too much to think about a family anyway. Where is your line up of rug rats?"

"Paul, whom you met at Kate's diner...," she said grinning. "He and I never got married, thank God. We dated for about a year when he asked me to marry him. Our relationship never had the fireworks, but I figured I could do worse with thirty just four years away. Living together wasn't my first choice, but I'm really thankful now that we did. The real Paul came out after two months. First, he was just verbally abusive and then began hitting me. The car I left in his driveway was an apology after that first time. I spent too much time trying to fix it before I knew I needed to just get out." She paused and turned to face him. "I have to tell you though and I hate to admit it, but the sight of him in the trunk felt really good."

Then, as if the rain clouds had suddenly cleared and the sun shone through, she threw her hands in the air and, ran ahead laughing. She turned back toward Charlie. "I'm free, C.W., thank you."

"All in a knight's work, Lady Jennivere. How is it you are so easy to talk to?"

50

"I was wondering the same about you." She skipped back to him and took his hand. "Come on."

"I'm truly pleased you're so happy, but there's no way in hell I'm going to skip with you." He laughed.

"Let me guess, no puppy as a child?"

"Missed that; my own fur ball. Incomplete man I guess."

"I see the man, I was just looking to see if little C.W. could come out and play."

"You want playful. Why didn't you just say so?" He scooped a handful of water from the stream and threw it her way.

"Better," she replied laughing. "I knew he was in there."

"We'd better get back; a lot of miles ahead."

"Okay, if we really have to." Her face in a exaggerated playful frown.

"Duty calls," Charlie sighed. "Not to mention, I saw you looking to fill that cup with water."

"Watch your back, mister. I'll get you."

He felt as though he was talking to an old friend and was contented with the belief she felt the same way. Again, hand-in-hand, they returned to where they had parked. Charlie felt like a bashful school boy. The child was in there and, all of the sudden, wanted very much to come out and play.

"We should reach Phoenix by tonight and get you a room. I'd really like to take you out for a real dinner there; a steak or something. What do you think?"

"C.W., are you asking me out? Like, a...date?" she asked girlishly.

"Hell no," Charlie answered playfully. "Not like a date; a date."

"I'm flattered, but I'll have to check my calendar. You know possible prior engagements…"

"In addition to your calendar, might I suggest a hand-held metal detector? You know, to check your prior engagements for weapons."

"Unfair, no points awarded," she returned with a smile. "I would love to go on a date with you, C.W.." She kissed his cheek.

He resisted the overwhelming desire to kiss her back and took her other hand in his. Charlie wanted to enjoy the sight of her for a moment as emotions rushed through him without interference. He had become the hero, the knight on the grand white steed she spoke of.

"Thank you, Jenny. You've made this a trip I'll not forget." He spoke with a new sensitivity and was reluctant, not wanting to lose what he felt or to let go of her hand, and walked her slowly to the car. He opened the door for her and she started to slide into the seat, stopped and stood back up. She turned to face him. Charlie moved around the open door without breaking their eye contact and took a small step toward her. Jenny smiled, matched his step closer and put her hands on his upper arms as his hands found her waist. Jenny's lips parted slightly as she drew in a breath and she moved her hands slowly over his shoulders. Charlie's hands wrapped around her waist drawing her closer and his lips gently found hers. Her fingers moved deep into his hair as his hands traveled up her back, eliminating the space between them as their tender kiss became warm with passion. He felt his fingers massaging her shoulders and with his last ounce of control relaxed his hold slightly and moved his head beside hers, then held her a few minutes. When he stepped back, lips inches apart, he felt dizzy and off balance and reached for the door frame for balance.

"Remember," he said, catching his breath, "to stop..."

"I don't think I want to stop. In fact, you may find me honking and waving like a flirtatious teenager, C.W."

"Charlie, Charlie Watson." He kissed her again before he could walk away. She slid into her seat and he closed her car door.

"Charlie Watson. That was my next guess. I like that you shared that though."

He walked back to his rig and opened the door, then looked back to find her in a dazed stare. "Ready?" he shouted, getting her attention.

"Yes," she called back quietly fading. "More than you realize, Charlie Watson." When they pulled out she smiled. Carnal Wizard wasn't bad either, she thought.

Chapter 9

The miles passed and the sun set. The road signs along the way counting down the distance until he could again be close to Jenny. Charlie's focus, twenty five miles outside of Phoenix, was the anticipation of their first date. His mind envisioned an enlarging crack in a dam and with no fight left inside him to secure it; he found instead the vision of water rushing through the crack not as threatening, but brought with it excitement. The flow of excitement that filled him brought back feelings from a long time ago, a senior in high school and Eden. She was more than his first love, and had given him a portrait of a family he wanted to one day hang in his own home.

Charlie grew up in a home lacking any sign of warmth. His parents shared a common address, responsibility for him and existed in hopeless roles. When Charlie's parents gave up loving each other and accepted martyr parental roles of sacrifice for him, they hadn't realized the far greater damage of a loveless home. Instead of a place where love is displayed and all are touched and filled by its magic, Charlie had lived in an emotional vacuum. He never heard angry words or viewed a loving touch between his parents; he could never escape the chill of their emptiness. When Charlie was older he felt a growing need to feel connected, desired and loved, Eden showed him the way to his heart.

They had shared a Health Studies class and were assigned as partners for a project in which they were a married couple looking to adopt a child. It was a term research assignment requiring them to give an oral presentation as if they had actually gone through the process. The class was given the remainder of that class period the first day to get with their assigned mate. Charlie disgusted with the assignment, went over to Eden's desk.

"This is stupid," he said.

"It could be fun," Eden replied. "One of my mom's friends works for the county."

"So...?"

"She can help us with the process."

"Why?"

"Because she's a friend of my mothers and I think adoptions are handled by the county."

"No, why would anyone go to the trouble..."

"If you can't have your own children, you know, to have a family. What if your parents couldn't have children? Don't you think they would try adoption?"

"My folks...yeah right." Charlie looked away for a moment then repeated, "this is stupid."

"You're going to make this difficult, aren't you?"

"No. I just don't get it."

"Can we meet after school in the library?"

"I have football practice until five. How late is it open?"

"I'll grab some books and we can meet at my house after dinner, how's that?"

"Your folks won't mind?"

"Of course not, silly." Eden said with a puzzled look on her face. "Why would they mind?"

"Okay, about seven. At your house."

His tone had thrown her a curve. "We can alternate if you want, Charlie. I just offered my house as a start."

"No, I mean your house is great. See you tonight."

"What's bothering you Charlie? This assignment is not that big a deal."

The bell rang and Charlie quickly got up and walked toward the door. He stopped, wanting to say something, but felt awkward and, without turning back, left. He thought about Eden the rest of the day. Everyone liked her, she was always ready to give a smile, and everyone felt good around her. Eden was always involved in student government and some campaign to save something from extinction. Charlie never understood the importance of some ugly bird, but he somehow appreciated the fact that she did.

The walk to Eden's house was a short six blocks. He'd hoped

it would have taken longer as he tried to build a positive attitude about the assignment. He was greeted at the door by her mother and instantly knew where Eden got her warm friendly smile.

"Come in Charlie. I'm Sue, Eden will be right down." She called into another room, "Steve, come meet Charlie."

Eden's father was followed into the room by a small boy, about four years old. When they reached Charlie and exchanged a handshake she continued, "Charlie, this is Eden's father, Steve and that little guy is Brian, her little brother."

"Hello Charlie, welcome," Steve greeted him.

"Hello Mr. Downey, Brian," Charlie said a little overwhelmed with the attention.

"Call me Steve," he quickly replied, leading him into the den. "Brian, please go tell your sister she has company". As Brian hurried up the stairs they all sat down and discussed the project he and Eden were given. Her mother had dropped by the county office where her friend worked and picked up some information for them. When Eden came down, she jumped into the conversation. Charlie felt himself getting into the enthusiasm surrounding him. He watched Eden express a point of view to friends, not parents. There wasn't an authority present. It was a thirty minute exchange of ideas and thoughts and Charlie felt a little disappointed when her parents left the room.

Charlie stood up and walked around the living room. Pictures were everywhere. Not just of Eden and her little brother; most of them lacked only the one holding the camera. The walls held vacations, birthday parties, and the whole family building a sandcastle on a beach somewhere.

"That was taken last summer, I love the beach. My dad has this thing for building sandcastles. Do you like the beach?"

"Yeah, I like to body surf. It's been a few years though, my grandparents live in Florida."

"Where did you go last summer?"

"Nowhere, we stayed home."

"I get to see my dad's parents about once a month but my mom's parents live in California. We visit them every couple of years. They love to spoil us and I don't mind at all." She laughed and picked up a pamphlet. "Did you see the stuff my mom picked up?"

"Yeah, I guess we should get started." Charlie joined her at the table. Two hours and a bag of cookies later her mother announced it was nine o'clock and that they had thirty minutes. He was having fun and found himself talking to interested ears.

Eden walked him out to the porch after he'd said good night to her parents. Her father made a joke about his new son-in-law. They both felt good about the progress they'd made.

"See it isn't going to be so bad," she said.

"I like it here." The words slipped out before Charlie could catch them.

"I'm glad we're getting a chance to do this project together."

"Me too," he admitted walking down the steps. "See ya tomorrow"

"Charlie," she called out.

"What?"

"We like you here too. Goodnight."

The following weeks gave Charlie a sense of family. He quickly put away his suspicion of a show by her parents and found real warmth from them. They joked about him being their adopted son and he loved feeling a part of it. Eden made one trip to Charlie's house and understood how blessed she was.

They had gotten an "A" on their report; Charlie understood the gift of family and learned about love. They were inseparable their senior year and wrote to each other following her father's transfer out of state. Their letters had kept them close to each other's activities and the dream they shared of being together again after graduation, but writing became too hard and time eroded their plans. Charlie would never forget what they shared, as first loves always hold a special place, but, even more important, was the glow of hope he still held onto of family.

*****

Charlie felt the same explosion of those awakened emotions he had years ago sharing his first kiss on Eden's porch that led to exploring all aspects of loving. The idea of picking Jenny up for an evening together was very appealing. Okay, he thought, how do I do it right? For Charlie, dating was a process of steps toward a relationship, but "relationship" was not a word that rang of familiarity with him either. Instead, it was a concept that had always left him hurt and frustrated. He realized he wanted more than the surface connection that being C.W. allowed. He felt ready to let her in and to stop trying to hide from what he really wanted. He also realized it wasn't an option to push her away because she had already gotten through his defenses and refueled that glow of hope.

He couldn't help the nervous excitement when he pulled into the parking lot of a Holiday Inn, just outside of town, that offered a parking lot big enough for his semi truck. He was almost giddy with excitement when he jumped out of his truck and walked toward the office, where he waited outside for her.

Jenny drove up waving with the dying goose squawking. When she stopped beside him she said, "Hey big fella, I got me a powerful thing for truckers. You happen to know where I could find me one of them?" Her southern slang was better than her English accent he noted. Not to be out done, he assumed his John Wayne stance with his hands planted on his hips.

"Well, listen up missy. If you're thinkin' you can handle a real man then open those pretty little eyes of yours. You just happen to be looking at one."

"Well, thank ya' mister," she volleyed back, smiling broadly, enjoying the banter when her tone softened, her smile faded slightly and she added, "You are very, very special, Charlie."

He wanted to say something funny, to continue the playful volley but he was touched by the warmth of her words. As he opened the door for her she saw his face suddenly became tense.

"Is something wrong, something I said?"

"No Jenny. Nothing at all." His words to her were just above a whisper. After a moment he continued, "Quite the opposite, actually. I'm sorry, I just..." He smiled and reached out to hug her. She walked naturally into his arms, without hesitation. He held her in silence trying to gather his thoughts. Charlie hadn't been ready for the overwhelming sensations happening inside of him as he released control, stepped out of that bunker, got off the bench. The emotional rush was a stranger overpowering him, a stranger he welcomed and wouldn't turn away from, even if he could. He stepped back slightly, his hands clutching her shoulders and said, "We had better get checked in. I've got a date with the most wonderful lady."

The lights from an approaching car had exposed the tears welling in her eyes as she stood there, staring at him. She stepped up, never breaking eye contact and kissed him softly.

"The Lord is smiling on us, Charlie," she whispered. "I believe that, with all my heart."

They walked into the office in silence and checked in. Charlie carried her bag to one of the rooms and set it at the foot of her bed. "I'll be back to pick you up in an hour. Is that enough time for you?"

"I'll be ready."

Charlie set her room key on the dresser, kissed her quickly then pulled the door closed before he couldn't leave her room.

*****

Jenny sat there for a moment and stared blankly at the door. She picked up the phone slowly, deep in thought and dialed.

"Hi it's me," she said. "We're in Phoenix. I'm not sure I can go through with this..." She listened with disappointment written all over her face then broke in, "Of course I trust you...I know you know him better than I do, but I'm..." She again listened to the instruction. "Okay...yes I know...I'll try to stay with the plan but he is a wonderful man." She hung up the phone and headed for the bathroom.

*****

Charlie put his bag in his room and returned to the motel office. He approached the desk and asked the girl behind the counter, "Do you know where I might pick up some flowers?"

The clerk thought for a long time. "Not this late at night. Sorry sir." Charlie turned to leave, and with cupid's spark in her voice said, "Wait just a moment." She disappeared into the back room and returned with a large arrangement in a vase. "These were brought in earlier for the lounge tomorrow. Please take them for your lady."

Charlie thanked her and tried to give her some money, but she refused it. "They're going to a good cause; love." The clerk was right and Charlie knew it.

He went through his bag after his shower and was disappointed that he didn't have better clothes with him. The things he had were always fine before but not good enough for a date, he thought. Dressed, he picked up the phone to call a cab. He realized, with a glance at his watch, that only thirty minutes had passed. He asked the dispatcher to have a cab there in thirty minutes and hung up.

He sat on the end of the bed and heard the shower in her room turn off. He laid back, closed his eyes and envisioned her walking out of the shower. He greeted her with the softest towel his hands had ever touched and began patting her beautiful skin dry. When his mind drifted to his hands flowing down her back, he rose quickly and turned on the television. It provided only a little distraction.

When the hour had passed, he grabbed the flowers and knocked on her door. When it opened, the sight of Jenny standing in the doorway was a shock. He could only stare mesmerized without even the ability to say hello. He studied her, not wanting to risk missing the smallest detail. Her hair seemed softer, the hint of crimson highlights within the flowing curls almost sparkled. Below her warm brown eyes that already held him prisoner, were small, flattering freckles, perfectly placed on her cheeks with only a few crossing the middle of her nose. Her lips were sensual and inviting, naturally curved up and smiling. She was wearing a white knit dress, revealing a shapely body that belonged on the cover of the finest fashion magazine. He wondered how he'd missed these details; like he was stepping into the light and seeing her for the first time.

"The flowers are beautiful, Charlie, thank you," she said with excitement. "Where in the world did you find them so late?"

"Jenny, you are striking." He finally caught his breath though still in a daze.

"Thank you. I wanted this to be special." Jenny was a little overwhelmed by Charlie's reaction. "I think it's what I see, reflected back to you."

"Then I'm gorgeous! I wish I'd had better clothes with me."

"You look wonderful to me, come in." He took a deep breath and handed her the flowers. She set them on the night stand next to her bed.

"I stole them from a bunch of drunks but they won't know it 'til tomorrow." He laughed and added, "A gift from cupid for the right reason." She looked at him a little confused. "It's not important."

They waited outside and he couldn't take his eyes off of her. He knew from that moment, there was no turning back. He was sliding down hill too fast to grab a life line.

The cab arrived close to 9:30. "To the best steak house in town," Charlie directed.

Chapter 10

Walking into the restaurant was like crossing back in time into the old west. Every detail from the wooden floors and oil lamps to the barmaid dresses and gambler outfits worn by the staff had made the illusion complete. The walls were lined with rough sawn lumber, as if taken from the sides of an old barn. Every picture on the walls had a horse in it, some were pulling covered wagons, some rushing the mail between towns, some with mounted cowboys chasing Indians and some with cowboys being chased by Indians. All of the tables and chairs, though probably not over three years old, were made to look old, authentic and well used.

"This may not be your kind of place," Charlie said, pointing to a sign hung just inside the door.

Jenny read the sign aloud, "Check your weapon at the door." She turned to Charlie and confessed, "You do have a good point. I'll never learn, I leave a guy with a knife in a trunk and look at the bum I'm dating now."

"That was good." He laughed. "Okay, I concede."

The hostess sat them at a table by a window. The place was only about a third full and had given them the feeling of being alone.

"This place is delightful," Jenny said, looking around like a small child at Disneyland. "Charlie, look over there." She pointed toward one of the barmaids in a swing over the bar. The song she sang was an old ballad about some gal that fell in love with an outlaw and about her pain as he was shot down in the street.

"Imagine that," Charlie said sarcastically. "A song about lost love in a place like this."

"Thus returns the hardcore romantic," she said, sharing his joke. "Not much of a country music fan I'd guess?"

"Actually, I like it when it doesn't whine. I like happy endings, though, so I usually play it backwards," he said, baiting her.

"I've heard it. The cowboy gets his dog, truck and girl back."

"I said happy endings; he gets a new truck," he told her laughing.

"So what happened to the dog and his girl?"

"Don't know. You're the one who brought them up."

"Maybe she grabs the dog, climbs in the truck and drives to Long beach."

He looked at her and as his smile grew. "That could work, a new version I haven't heard yet."

Charlie watched the waitress approach and asked Jenny, "Can I buy you a drink?"

"When in Rome. I'll have a beer."

"Two Millers, please." He turned his attention back to her. "Have you always wanted to teach?"

"I started college majoring in architecture. Got too much resistance and switched in my fourth year."

"I'm impressed. Resistance from where?"

"I kept trying to get my foot in the door at architectural firms, part time and during summer breaks. I was good too. But nobody took me seriously. Women didn't design buildings in Little Rock. They answered phones and sat on laps taking shorthand."

"I have ten acres in Northern California, in a place called Marina. My grandfather bought it in the 40's, never did anything with it. When he died three years ago it was willed to me. I've seen some pictures but haven't made the drive up to see it. After watching you swing a hammer at Jake's, I'd hire you in a minute to design my little resort, the first of a major chain of course." Charlie understood the letting go of a dream and reached out for her hand.

"Thank you. I didn't intend to vent that frustration on you. I'm sorry." She returned his smile and squeezed his hand. "I really like you Charlie and believe you would give me the job."

"You have the talent and I have the land. All we need now is the genie with the capital."

"Grandpa Henry," she said excitedly, as if having just solved a puzzle she'd wrestled with all day.

"Our genie with the capital?"

"No. You remind me of him."

The waitress returned with their beers and sent them fleetingly through the menus they hadn't opened yet. Charlie ordered what sounded like a side of beef and Jenny went for the filet.

"So tell me about your grandpa."

"He wasn't really my grandfather. He lived down the road from us when we lived in Redding. After my father was killed he kind of filled the gap. I just called him Grandpa Henry because he was pretty old and it felt like what I imagined a grandfather would be like, all white haired, loving, patient and wise."

"Santa Claus," he summed up with a smile.

"Not far off," she quickly returned. "Anyway, he was always out in his workshop building something. I was pretty much a tomboy and quickly became his shadow. He taught me how to work with my hands and when I began showing some promise or at least knew what most of his tools were used for, he showed me how to work with my imagination, see possibilities." Jenny's excitement soared as she continued, "I have to tell you about the mirror. I was going on 13 and we had built bird houses, rabbit pens, boxes to hold my rocks, just everything. One day I walked into his shop and he sets a rough sawn board on the work bench. It was about a foot wide and maybe 10 feet long. He looks at the board, then at me, and asks me what I see. A board, I told him."

"You really were a smart kid. It would have taken me at least three guesses to get it right."

"No, wait," she said excitedly. "So he says, yes, it's a board now, but what do you see that it could be. He took me from seeing a simple fence slat to visualizing it as the rudder of a freedom ship carrying thousands of children out of a war-torn land. I saw it guiding the ship through rough seas, waves crashing against the sides and the hope in the eyes of the children on board. Charlie, it was the most incredible day. That simple board had the potential of affecting so many lives or simply providing a mere moments' heat by being consumed in a fireplace."

"That's what I call a teacher," Charlie found himself getting pulled in by the imagery.

"It was a wonderful time for me. When I saw him the next day, I had thought of thirty other things the board could become and he listened to every one of them. When I'd finished, he told me he saw a mirror frame. Over the next week I watched and helped him, shape, sand, and finally assemble the most beautiful mirror I've ever seen. He hand-rubbed the finish until it was as reflective as the glass itself. Somehow when I looked at it, finished, it became so clear that out of all the things I saw, it was always a mirror just waiting for the right hands. He hung it on the wall, and put me in front of it and asked me what I saw..."

"An architect?" Charlie asked.

"I didn't see it then. We moved shortly after that time and years later, in my senior year of high school a large package arrived from his law firm. Taped to the mirror was an envelope with the words "I see an architect", hand-written on the outside. Inside was a check from his estate for $25,000."

Charlie took a deep breath to push down the lump in his throat. Their dinners arrived and they ate them in silence. He managed to order a couple more beers and it wasn't until dessert that he could say, "Don't you dare tell me you made that up."

"No, I didn't. I meant it, though, when I told you that you reminded me of him." She reached for his hand.

"Jenny, you were supposed to leave your knife at the door," he said, confessing her penetration. "I can see why your back-up plan was to teach. You must be a wonderful teacher, the way you are with people. You really care." Then captured by her eyes, he added, "and are so easy to care for."

"Thank you, Charlie." She held back what she wanted to say, fearing she was further down this road than he was.

Charlie needing to reign in the intensity he felt, transitioned the conversation. "Have I told you about the opportunities, the construction boom in California?"

"The best years of my life were there. Somehow, California is looking brighter all the time."

Charlie realized it wasn't houses they were building here. The music that played in the background offered hope and he led her to the dance floor. They laughed as she stumbled through the ten-step he tried to teach her but within the hour they were ready to enter a competition. It was the perfectly executed two-step waltz that ignited the magic between them in the glory of love's birth. They danced until the band's last song, hailed a cab and went back to the hotel.

When they arrived back at the hotel, standing outside Jenny's door, she turned to face him. "Charlie, there is something I've got to tell you. I..."

Charlie didn't let her finish. His hands gently cradled her head and brought their lips together. They lingered in a long passionate embrace. Each time she tried to turn and walk through the door, their hearts pulled them back together. Nothing in the world held more value than what they had in that moment. To let it go for even an instant seemed impossible. Charlie returned to his room slowly humming the melody of their last dance. He thanked the Lord for Jenny, hours into the early morning before he slept.

*****

Jenny couldn't sleep. The door had closed between them hours ago and she remained torn. The emotional connection to him was pulling her to the door. She wanted to know his touch and share hers with him. The awareness that they were perfect for each other was an exploding truth she felt throughout herself, the certainty of that was enhanced by an overwhelming desire to love him so completely. She never imagined feeling so much in so little time. Her heart ached as she recalled the instruction over the phone. How could she listen to that, she debated, when everything inside of her screamed "Run to him." It was too important not to yield to and she finally dosed off confused and torn.

Jenny only slept a few hours and after she'd showered and dressed went to the desk to write the note. She folded the note and her watch told her it was only 5:15 in the morning. She grabbed her bag, note in hand and opened the door. After she slid the note under Charlie's door she threw her bag in the car and walked over to the diner.

Jenny took a booth with a view across the parking lot to watch Charlie's door. The little sleep she had gotten hadn't brought any answers to the conflict she was struggling with. She'd just thanked the waitress for her second refill of coffee when her heart stopped. Paul's car passed her Mustang slowly then parked in front of the office. She jumped to her feet in panic as she watched Paul go into the office. Jenny's only thought was Paul would surely have more than a knife with him this time and he had a score to settle with Charlie. What if he had his gun? She worried. Paul was there for her and she knew he'd follow her. There was no way to run across the parking lot to Charlie's room without Paul seeing her, and if Paul had a gun, she would be risking Charlie's life. There was only one way to keep him away from Charlie. She threw money on the table and ran to her car. She drove slowly past Paul's car and when she saw him turn his head in the office toward the parking lot, she hit the gas moving fast towards Palm Springs.

Chapter 11

Charlie woke the following morning and reached across the bed expecting to find her. She had filled his dreams with such vivid realism; it took him a moment to remember she was next door. Lying on his back, his right hand came to rest on his chest over his heart.

"There you are," he said and smiled broadly from the wonderful fulfillment Jenny had brought into his life. Everything was different, so wonderfully different. He wanted to lay there and retrace the whole evening, reliving every moment, but his desire to see her pushed him out of bed. He showered and dressed as quickly as he could. He decided to take her breakfast and was delighted with the idea.

"Wow, Charlie, you've found your dream." Soul mate had been defined for him the only way it really could be, not with words, but rather the focused all-consuming awareness that she was an inseparable part of him.

He got excited when he saw the note that was slid under his door. He picked it up:

"Dear Charlie,
I've never known a man who could touch me so deeply in the little time we've shared. My hand was on the door knob three separate times last night, wanting so desperately to come to you. I have something to tell you. It's important and I can't hold it inside another moment. I tried to tell you last night but your kiss pulled the words silently from my lips.
I'll be in the diner, whatever happens after we talk, I want you to know last night was so wonderful and precious to me, I'll hold it in my heart forever.
Your Jenny

Charlie quickly threw his clothes in his bag and walked to his truck to put the bag inside then walked to the diner. His broad smile faded as he entered the diner and didn't see her. It hit him suddenly that he didn't see her car beside the truck either.

"Excuse me miss," Charlie said to the waitress. "Have you seen a woman, mid twenties with long brown hair this morning?"

"Yes, she was here almost an hour. It seemed like something scared her. She ran out of here about 30 minutes ago."

"Do you think it was something she thought, or saw that scared her?"

"She was looking out the window when she jumped up. When I went to the window, a moment later, she was leaving the parking lot in a hurry. I was walking back to the counter and heard another car scream past the diner. I'm not sure, but it looked like it was going after her."

"Thank you." Panic filled him and he ran to the door. Had Paul find them? He thought as he jumped into his truck. What was it she tried to tell me? Was she dying? Had she thought, as his ex-wife had, that he was a dead end? He couldn't think straight about anything except that he had to find her and if it was Paul, protect her.

Charlie searched for details as his mind scanned the scenes of their time together. He pushed his rig harder than he ever had before. His only hope was to close the distance between them on the road to Palm Springs. He feared once she was in Palm Springs, his ability to find her would be gone, without knowing her sister's married name. Damn, he thought, why didn't we talk about her, a clue in locating her in Palm Springs? He had to find her, or was it them, if Paul was chasing her on the road. He wished he had filled his tanks last night, but it had been a low priority then. Once fueled, he was back searching everywhere, gas stations, ahead on the highway and along the side of the road. It had to be Paul; he reasoned but, was it something else. The frustration of the lost time fueling and being further behind her was compounded by not knowing definitively why she was gone. Unanswered questions pushed him fifteen mph over the posted speed limit.

Each town had found him frantically searching cafes and gas

stations. Surely, he reasoned, he would close the gap before Palm Springs. To keep his momentum up he often shared the left lane with on-coming cars to pass slower traffic. Horns blared at him all the way. The overwhelming need to find Jenny, to save her from Paul came from every part of him. He feared that after being consumed by the hope of life's greatest treasure that it would not be his to savor again.

Reaching the California boarder without a sign of her crushed him. He would not surrender and continued toward Palm Springs. The speed limit was 55 mph for trucks and he held 70. He wanted more than his own life to hear the sound of that dying goose around him. It never came. Charlie felt the emotional flood of hopelessness. His whole body shook with the fear that she was gone. He didn't believe in fate, but that things happen for a reason. He felt himself going crazy trying to find that reason.

"If its Paul Lord, please keep her safe. If it's something else, why?" he shouted, "every time I drop my guard, I have to be reminded why I wear it. This time Lord is too much for me." He tried to pull out of this the lesson, or understand the punishment.

Charlie was passing Indio and became overwhelmed with the sight ahead. Weaving through traffic ahead he saw what looked like Paul's car with the large gash in the trunk. Charlie knew his time was running out on this load. The sight of Anderson grinning smugly as he tore up Charlie's contract flashed through his mind. Rage exploded within Charlie and shattered the vision as he pushed harder on the gas to chase Paul's car. He hoped that Paul might know where Jenny's sister lived and could lead him to her.

It took five miles of his rig screaming in protest to close the gap between them. When Charlie approached the back of Paul's car, he saw Jenny's car just ahead. Paul was holding a gun out the window and he saw Jenny's rear window was already shattered from a previous shot.

"Give me a little more," Charlie cried out in desperation trying to close the final distance. He watched helplessly as they both pulled further ahead. "Dear God don't take her from me. Help me Lord. He watched as Jenny swerved off an exit ramp about a mile ahead with Paul right behind her. He felt the terror going through her mind as she crossed the highway on the overpass. Her car jolted sideways onto the ramp heading back toward Arizona. Charlie knew he could never catch them.

They approached him on the other side of the highway. The traffic headed east was light and he saw only one chance to help Jenny.

"I love you Jenny." he yelled as he locked his brakes to slow down and pulled the wheel hard left, guiding his rig over the flat dirt section dividing the highway. He heard the tires of a few cars screeching to a stop as he crossed the lanes of on-coming traffic. Paul had gotten off one shot at Charlie seconds before Charlie's rig caught the back of Paul's car and sent it rolling over an embankment. The front tire of his rig blew on impact and he fought for control to avoid a collision with other cars. When his truck stopped, he was thankful he saw Jenny's car escaping. He leapt to the ground and looked back for Paul's car. He saw flames and dark black smoke coming from the car. Grabbing the fire extinguisher from his truck, he ran back to the car to put the fire out. Paul had been thrown clear, still alive when Charlie checked, and it took everything he had to resisted his desire to change that fact.

*****

Jenny noticed the traffic behind her stopped and the air filled with a cloud of dust hiding any detail. She assumed that Paul lost control and caused an accident. She slowed but couldn't stop. Even though she was shaking frantically, wondering if Paul was alive, but knew she had to keep moving. She took the next off ramp to Indio and headed down back roads to her sister's home.

*****

Charlie's trailer was blocking one of the three lanes of traffic headed east. Several people approached Charlie as he sat beside

70

Paul. One man pointed to Paul and asked Charlie, "Is that the bastard with the gun?"

"Yeah," Charlie said looking at his watch. "He didn't get us. She got away, but my shipping contract is dead."

"Dead shipping contract, what do you mean?"

"Nothing," Charlie replied. "Would you keep a foot on him while I move my truck and check the damage?"

"You got it buddy," he said as he and his son took guard duty. "We called 911 for you. You passed us on the other side chasing him, after what you did, we wanted to help."

"Thanks," Charlie said, walking to his truck. He eased his rig to the shoulder of the highway and pulled the jack down to change his tire when the first Highway Patrol car pulled up. Charlie handed the patrolman his license.

"I saw the guy over there shooting at some woman ahead of him on the highway," Charlie told him. "The woman got away but the guy shooting at her is banged up pretty bad. The two guys watching him are witness to the whole thing."

The patrolman noticed the bullet hole in Charlie's wind shield, relaxed the grip on his gun. "We received several calls on both the high speed chase and the gun being fired."

The patrolman called for an ambulance and a tow truck when a second patrol car pulled in close to Paul's car.

Charlie positioned the jack and started pumping as he looked back to see the witness pointing in all directions and talking rapidly to the other patrolman. Paul was dazed but was sitting up beside the patrolman who was keeping a close watch on him.

The patrolman that spoke to Charlie walked towards Paul's car searching the ground and found the gun. The ambulance pulled alongside with two more Highway Patrol cars. One of them followed the ambulance that was transporting Paul. Charlie was positioning the fresh tire on his truck when the original patrolman returned.

"So who is this woman, Mr. Watson?"

"Don't know. She just seemed to need a little assistance."

"A twelve-ton tackle is what you call a little assistance? The

71

way Bob..."he paused to check his report, "...Bob Johnson tells it, it was nothing short of pure heroism or complete lunacy."

"Lunacy fits," Charlie said.

"Paul Sanders is the other driver. I don't suppose you know him either?"

"No," Charlie answered tightening the last lug nut.

"How do you know you took out the right car? This woman could have been an escaping felon but, like you said, you didn't know her. That's what you're trying to tell me? You went through all this on an impulsive hunch for some stranger, right?"

"If I'd had more time to think about it, I'd be miles from here minding my own business. Something about a woman getting shot at triggers a nerve in me, I guess."

"Let's try this; can you give me a description of the car she was driving?"

"Small tan two-door; an older car."

"California plates?"

"Didn't get that close to her."

The patrolman shook his head and handed Charlie's license back. "We have your contact information. Is your rig safe to drive or do you need a tow?"

"A little bruised but solid as a rock. I'm going to have trouble getting her turned around on this shoulder though, as I'm headed the wrong way."

"Give me fifteen minutes to stop the traffic and you can have all three lanes to cross back over. Try real hard to fight off any more heroic impulses today Mr. Watson."

"Thank you. Believe me I will."

When Charlie saw the trooper a mile ahead, lights flashing and crossing all lanes to slow traffic he pulled his rig out crossing the three lanes and the median. He merged into traffic headed again toward Long Beach. He crossed all three lanes onto the shoulder at the Bob Hope exit towards Palm Springs, waiting and hoping to see Jenny's car return. It was approaching 3:00pm and he realized he had lost, three hours of precious time and surely next year's contract. He knew Jenny was safe, but needed to see it in her face. At 3:30 he started his truck and headed to Long Beach never stopping from looking back for the answer to his prayer or listening for the call of the dying goose.

Charlie stopped his rig just outside the gate of the west coast warehouse. It was 7:30 on Thursday night and the loading dock had closed hours ago. All was lost. He couldn't find the strength to drive another inch so he just sat there, staring at the bay doors closed tightly between him and next year's contract. "I got Paul though," he said with a spark.

"C.W., you in there?" He heard from the lot below.

"Hey Sid. There is life here after all."

"Nathan called this afternoon, said he didn't care if overtime was needed but I couldn't leave until you were unloaded."

"Bless you Sid. I would kiss you if…" Charlie wanted to joke with Sid like he normally did, but couldn't do it.

"Try it and you'll unload by hand. Bay 10, where the log says I unloaded you at 4:30 this afternoon," Sid told him laughing.

"I owe you big time Sid. Do you happen to like metal sculptures?"

"I've seen the stuff you call sculptures. The trash bin is where it always is, or should I say, you know where the art gallery is."

"No Sid, actually I think I'll keep this one, reminds me of someone pretty special."

Chapter 12

The next day he placed ads with his phone number in three of Palm Springs local newspapers asking Jenny to contact him. His frustration grew as he realized his desire to isolate himself by not having either a business or personal phone listing in the phonebook blocked any way for her to contact him, if she wanted to do that. He still didn't know if there was more than Paul, her letter had an element of goodbye that he couldn't shake.

Charlie completed his local runs as usual and returned home to a silent phone. He knew his life would never be the same again. She took everything inside of him with her and the emptiness was intolerable. He couldn't just wait for the phone to ring, Saturday morning he dropped his 53 foot trailer and drove to Palm Springs. He didn't hold much hope but maybe he would find her car or she would see his truck, doing nothing was not an option. He drove through neighborhoods in Palm Springs for six hours without any luck and then returned home. Love was no longer an illusion. He knew he had found it in her and the passing time only increased this truth in him.

When he entered his house the message light on his answering machine was blinking. He ran over and saw three messages. He hit the playback button.

"Time nine fifteen, Saturday…Charlie, this is Avery. Give me a call."

"Time twelve thirty five, Saturday…Charlie, Avery again, call me right away."

"Time three twelve, Saturday…I really need to talk to you, it's important Charlie….end of messages." He hit the speed dial button for Nathan and Avery.

"Charlie?" Avery asked.

"Yeah, it me. What's going on, are Nathan and the kids ok?"

"We're all fine. How are you?"

"Three messages Avery, I was scared for your family. What do you mean, how am I?"

"I saw a news flash, C.W. trucking saved a women being chased in Palm Springs."

"Oh that, a long story. I met someone Avery, she holds my heart and I don't know how to reach her. I'm going crazy here."

"Do you love her, Charlie?"

"Yes, I really do. I've never felt more lost...Why would you ask me that?"

"Jenny is fine, Charlie. She loves you too."

"What? How do you know about Jenny?"

"Please hear me out, I love both of you very much..."

"Love both of us, what the hell is going on Avery?"

"Charlie please, hear me out. I'm sorry this all got so crazy. Don't blame her, it was my stupid plan. When she told me she was leaving town, to stay with her sister in Palm Springs, my mind went into overdrive. The timing seemed perfect. I told Jenny that Nathan knew a truck driver, C.W. a pretty good guy that drove through Palm Springs and he would be at the diner Monday morning. I suggested maybe he would keep an eye on her going west. Yes, I called Peg to plant the seed in your head as well."

"I don't believe this, why didn't you just ask me?"

"I wanted to, but looking back when I wanted you to meet someone, your existing walls got higher. I know you, Charlie. I also knew if given a chance you and Jenny would connect. The only chance was on the road when you weren't hiding behind C.W. I didn't listen when she called me from Phoenix. I was so sure it was too soon for you..."

"She called you? You told her to leave that night?"

"No, Charlie. I told her to stay out of your bed, because...you needed more time to let her into your heart first. She left to keep Paul from possible hurting you."

"What the hell does that mean, stay out of my bed, in my heart?"

"Damn it Charlie, look at the last eight years. You've been

running away from a real connection so long with your flings. I care too much for both of you to let you throw her into a bag of conquests." Avery told him. "I wanted you to be in love first and knew that didn't have a chance in your C.W. mode here in town."

"I was. I am."

"I know that now, I'm so very sorry."

"Did you arrange Paul coming to Kate's Diner?"

"Of course not, but it seems that was a blessing. She told me you were leaving the diner."

"I felt bad about that, pressure from Anderson. Is she alright?"

"She's waiting to hear from you. Charlie, she didn't know until this morning how well we know you, so if there is any anger on your part, direct it at me."

"I don't believe this..." He paused a moment to get his emotions under control. "As for your stupid plan, it worked. Jenny is as much a part of me as... my God, Avery, I love her so much. How could I be angry, confused maybe, but not angry. You answered my prayer to finding her."

"Her sister's name is Laurie. The number there is 916 555-1332. We love you. Jenny needs to hear those words. Good bye, Charlie. I am so happy for you two."

Charlie didn't waste another moment and called right away.

"Hello," an unfamiliar voice answered.

"Hello, this is Charlie Watson. Is Jenny there?"

"Yes, I'm her sister Laurie. Hold on, she's right here."

"Charlie, I saw on the news, it was you that hit Paul. I couldn't believe it. I wanted to call you but didn't know how to reach you... You could have been killed."

"I didn't have a choice. I love you, Jenny. Getting you out of danger was the only option."

"That's good mister, cuz I'm crazy in love with you too. I called Avery this morning, hoping for a way to contact you through Nathan. It seems we were the plan of matchmakers. A very sneaky and wonderful matchmaker, I love dearly."

"I'll never live down how right Avery was about us. Is that what you have been trying to tell me?"

"Yes, but I didn't know the whole story at the time, that you were more than just a friend of Nathans. How far is Long Beach, I can't wait another minute to be in your arms."

"I can be in Palm Springs in ninety minute."

"I want to come to you, be in your home."

"OK." He gave the directions to his home in Long Beach.

It was getting close to two hours after the call and Charlie found himself pacing his living room. He stopped dead in his tracks and listened. The faint unmistakable sound was getting louder as it turned the corner of his street. He walked out to his driveway and shook with emotion as the final call from the dying goose had filled his ears. She parked and flashed her lights before leaping out of the car.

"Does the flashing light thing still work?"

"Always." Charlie took her in his arms and they held each other tightly, then taking her hand led her into his home.

Slowly, playfully, they discovered the warmth of each other's skin as his shirt and her blouse found their way to the floor. His eyes followed the lead of his hands floating down her side. He had known the depth of her beauty from within but for the first time beheld the splendor of its compliment. She found the answer she needed in his smile, a smile delightfully confirming the love exploding inside of him.

"Make love with me, Charlie," she said while slipping out of her skirt to reveal a sheer and delicate body slip. She took his hand and led him toward the bedroom.

"Jenny I need you as much as my next breath. My body has never ached with greater anticipation..." The excitement in his voice broke suddenly. His mind flashed in a second on a dozen faces, women of nights gone by, excited faces without names. He hated their invasion on him and the woman he loved.

"No Jenny...not like this." He took both her hands in his and looked deeply into her eyes. "God knows I love you." Then he kissed her with a new tenderness. A lover's kiss, as would be given to reaffirm heart-felt love in the intimate afterglow of love's physical expression.

"Charlie, what's wrong?"

"Wrong? Jenny, nothing has ever felt so completely right in my life. Damn, this is so different. There is something new, fresh and so alive within me. It's you...us. It's a gift so precious and fragile. I'm lost in its wonder and fear eager, impatient hands will shatter it; make it less, make it common. I'm in a place I've never been before, somewhere above this passion pulling me to you."

"You scared me Charlie. I felt you slipping away."

"Never Jenny, not slipping away. I've lived for the moment most of my life with little regard for the rules. I can't remove the nights of shallow skin-deep desire before you touched me so thoroughly. I want so much more for us. When our bodies unite, I want our souls to embrace. I want heaven and earth pulling for us. Am I going crazy? Does any of this make sense to you?"

"Yes it does. When I walked through that door, I didn't think I could love you more," she said wiping tears from her eyes, "but I do and I know you're right. We have been given something very special."

"It's not just a band of gold or piece of paper that makes the difference. Lord knows I..." Charlie laid back on the bed in silence looking up at her. His arms reached out in invitation.

She laid down beside him, placing her head on his chest as his arms closed around her. "Our love feels like forever," she said softly. "I feel your words inside and believe a smile from above will keep our hearts warm. I need your arms around me, hold me close tonight."

"I couldn't bear to let you go." He pulled her close to him, somehow knowing they weren't alone. Turning from a gentle kiss he looked above them and whispered, "Thank you."

"Promise me Jenny; never leave something unsaid in a note. Promise you'll talk to me."

"I promise. As much as I wanted you that night in Phoenix, I wouldn't risk never making love with Charlie for a night of passion with C.W."

They held each other for hours in silent, contented understanding. Charlie had never felt closer to anyone. Holding Jenny then as she drifted into sleep, he gently stroked her back to confirm he was not in a dream. His whole life had seemed to bring him to this moment. His heart was held out of touch until her hands reached deep within and carried it out of exile. He hadn't mourned the passing of C.W. but celebrated the rebirth of himself.

"Jenny," he spoke softly to her, "if you're not busy tomorrow..."

Jenny smiled to herself, pretending to be asleep, and didn't move when he spoke to her. She knew the actual words would be hard for him and wasn't ready to let him off the hook.

"I finally find you, get up the nerve to ask and you fall asleep on me."

"Yes," she whispered back to him.

"Yes? Yes what?"

"Yes, I'm busy tomorrow." She didn't move from lying contentedly on his chest.

"Oh," he said, feeling a little defeated. He laid there for a moment puzzled by her response. "Doing what?"

"Nothing special really. Maybe see a movie, do some shopping or getting married, not sure."

"Oh I see, anybody I know?"

"Well, actually, yes." She raised her head to face him. "We both just met him. Charlie Watson, the complete version." She kissed him softly and rolled back into his arms.

"I couldn't be more certain of us, Jenny. How are you able to…after Paul I mean…to trust again?"

"I knew Paul was the exception. My whole life before him showed me that by being surrounded by loving, caring people. I've never lost sight or the hope for what we've found." She laid her head on his chest and fell asleep.

A ray of morning sun found its way through the blinds and hit Charlie directly in the eyes. Rolling over in defense, he found himself alone in bed. "Jenny?"

"Right here sweetheart," she called from the bathroom. "If I'd have stayed in bed...well let me just say, I was thinking too much about the Carnal Wizard."

Charlie laughed. "I'd love for you to meet him. Come here."

Jenny came out and gave him a long passionate kiss and said, "I'm saving myself...for my husband. Anything you want to ask me?"

"Asked and answered as I recall."

"You asked me if I was busy today."

"You know what I asked you," Charlie answered in protest.

"I want to hear the words, Charlie. What do you want?"

"I want to wake up beside you every day for the rest of my life."

"And?"

"And...I really want you to meet the Carnal Wizard."

"Charlie, come on," she asked softly.

He got out of bed, sat her in a chair and knelt down in front of her.

"Jenny, I want to believe in forever the way I believe in you. I want to marry you in a little church. I want our children smothered in our love and I want my last breath to confess that love. Jenny," Charlie said pausing only to push down the emotional lump blocking his words. "Jenny my love, will you marry me and share that dream?"

Jenny nodded a yes and slid to the floor into his arms crying so hard she couldn't answer. "I love you...so much Charlie...yes our dream." She was unable to say more.

Chapter 13

Charlie kissed Jenny goodbye after dinner Sunday night and watched as she passed through security at the Ontario Airport in California headed back to Arkansas. It had been a full day. Charlie drove her back to her sister's house in Palm Springs to pack a bag. He insisted on placing an engagement ring on her finger so they had spent the afternoon shopping for one and found wedding bands also before her flight.

They wanted to get married in Nathan and Avery's church with their friends and family present. She initially wanted to ride back with Charlie in his rig, but this gave her the time to plan the wedding, get a wedding dress and pack the rest of her things. She just hated the idea of leaving him for a week.

It was a small wedding, 40 guests and Jenny's sister, Laurie had flown into Little Rock and drove to West Helena with their mother and stepfather, who gave her away. Little Amy was thrilled to be their flower girl and Nathan stood in as Charlie's best man. Nathan, Avery and the kids had preformed a miracle for them with flowers and a photographer. Peg and Kate had provided a small buffet and even a wedding cake in the church reception hall.

They spent their wedding night at The Edwardian, an old southern mansion that had been converted into a bed and breakfast. The management had a chilled bottle of Champagne waiting for them, though it was hours before they noticed it. When they did, Charlie reached to open it.

"Let's save it." Jenny said in an enthusiastic burst. She sat up in bed and continued, "Charlie wait, let's build a place just like this one on your land in California. We can call it The Watson Inn...No...Watson Manor."

"I had my heart set on Charlie's Bar and Bed," he smiled, delighted at her energy. "I love it, honey. Watson Manor it is."

"I'm serious, sweetheart. We can do it. Will you take me there for our honeymoon?"

"Is that really how you want to spend our honeymoon?"

"What could be better than having the Carnal Wizard for a week at Watson Manor?"

"I guess we could pull a trailer there for a week. Okay, if that's what you want, Mrs. Watson."

"Yes, Mr. Watson, it is. Right now, though, remind me why I married you."

"I can't believe this is real. You are the most wonderful experience of my life, Jenny." He ran his hand slowly down the contour of her side.

Jenny gently slid her leg over him and buried her head into his chest.

"How is it possible, Charlie? Three weeks ago my life was up-side-down, and now...beyond what I would have let myself imagine is beside me, glowing inside of me. How can I feel so sure about us? Why do I know the Lord has his hand on us?"

Charlie's hand found the small of her back and drew her even closer to him. He was drawn so completely into the fulfilling bond they were given. He'd never known these extremes, that height of passion or a greater sense of peace. His hands moved delicately across her body as if he were reading a love story in Braille within the texture of her skin.

"Because," he answered her softly, "we couldn't reach this height without his hand lifting us." Her body moved across him, fanning the contented glow into a flame as his body reacted to her desire and passion for him.

"Jenny, I..."

She cut him off with an impatient, hungry kiss. His mind flashed a vision of their bodies actually becoming one, melting together like two candles caught in a separate, larger flame surrounding them, their individual colors flowing together into a brilliantly new and vibrant color as their bodies reached desperately for depth within each other. It felt as though their souls

82

embraced. Every nerve end felt exposed and sensitive. Simultaneously they surrendered to an almost frightening vulnerability that was new to both of them as they let go of who they were and united in one spirit. The intensity had drained them completely. They lay quietly, locked in each other's arms reluctant to let sleep rob them of the lingering sensations from the journey they had shared.

*****

The following morning they missed the morning crowd at Kate's Diner as they walked in at 11:30. Peg greeted them still holding a sheepish grin for her involvement in the set up.

"Your wedding was just perfect," Peg said giving them both a hug.

"Thank you, Peg for your little push," Charlie said. They took a booth in the back and ate a small quick breakfast and then drove to Jenny's apartment. When they arrived Jenny turned to face him.

"Come and see what I've bought, a surprise for you." She jumped out of the truck and stopped, caught her breath and stared at him for a moment.

"I'm coming already. Let me get my bag."

"No, that's not it. I just want to look at you, because I love you so much."

"I love you too, sweetheart."

"Now hurry. Come see what I got." She turned and made an excited dash to her apartment.

Charlie was bright enough to know he should follow her now and dig out his bag later. When he walked through the door she handed him an ornament stating "Our First Christmas 1995".

"We can put one of our wedding pictures in it, our first kiss as husband and wife here in the heart."

"It's wonderful Jenny. You're wonderful."

"Avery has been here all week helping. They're coming over tomorrow to help us load."

"I'm really going to miss them."

"Yeah, I know, me too. They can be our first guests at Watson Manor. Are you hungry honey, it was a light breakfast?"

"No, we can get dinner later."

"Good. Let's go make a baby."

"I don't even know if you can cook. Can you?"

"Does it matter?" She reached for his hand to pull him into the bedroom.

"Not in the least," he confessed.

Once in the bedroom she pulled him over in front of the mirror and stood beside him. "Look, this is the mirror I told you about. Tell me, Charlie, what do you see?"

He took a deep breath, noticed her reflection grinning with anticipation and said, "There seems to be a smudge in the upper left hand corner..."

"Charlie!" she hollered.

"A bed behind us calling?"

"Come on Charlie, what do you see?"

"Jenny, I see the first portrait of our family; the beginning of our shared dream."

"That's exactly what I see and lots of love ahead of us." She wrapped her arms around him.

"I do love us, Jenny. I can live with the smudge on the mirror but, that bed is getting really loud."

"Deafening I think." She turned and pulled the bed covers back.

*****

Charlie was up early the next morning. Jenny wanted to give her car to Nathan's son, Thomas so he had the shattered rear window replaced and built some heavy wooden ramps to transport it back with him in the trailer of his semi truck. He unloaded the car and parked it in her driveway just as Nathan, Avery and the kids arrived. They were completely packed up by noon. Charlie tossed the keys for Jenny's car to Thomas. "You're going to be driving soon, think you can use it?"

"Wow, thanks Uncle Charlie, Aunt Jenny. I can really fix it up," Thomas said excitedly.

"It was Jenny's idea. Personally I wouldn't give it to anyone I cared about."

Jenny gave Charlie one of her playful slaps and said, "We want you to have it Thomas, for all your family has done for us."

"Thanks, Aunt Jenny. You guys won't recognize it the next time you see it."

"Sell it and buy a bus pass Thomas," Charlie said laughing.

"No way," Thomas shouted, smiling.

The final hugs produced a gallon of tears. When Charlie felt a little composure returning, little Amy ran up to hug him.

"You're coming back, aren't you Uncle Charlie"

"Yes, sweetheart. Jenny and I will be back in a few weeks."

Charlie and Jenny walked slowly to the truck and got in. He pulled away from the curb then suddenly stopped.

"What is it?" Jenny asked.

Charlie grabbed a small tool pouch and said, "Be just a minute." He ran back to Jenny's old car and raised the hood. He gave Thomas twenty dollars.

"You'll need to buy a new horn. This one has got to go with us," Charlie said, slipping the horn into the tool pouch and returned to the truck.

"What was that all about?" Jenny asked confused.

"The goose goes with us."

"You never cease to amaze me." She leaned over and kissed him.

"Works for me."

The trip to Long Beach was a detailed planning session. They stayed the first night in Clinton again and had to drop in on Jake the next morning to share the news. They were relieved that Jake didn't have a large sculpture to take west and that his new work bench was lined with the new projects.

Back on the road they fed each other's excitement for hours describing the smallest of details about Watson Manor and became engrossed in naming all of the children they would have. Charlie broke the conversation when he pulled off on the side of the road.

"I think this is the spot."

"Our very first night sleeping together, now that's the romantic I married."

"We can go on ahead to a motel if you want."

"Not a chance. I want to retrace the whole trip."

"Me too, but let's skip the adventures in Palm Springs this time," he said.

"I was petrified. I called out for you, knowing he was going to kill me. All I could think of was that you'd never know that I love you."

"It's behind us now. I'll give you a whole lifetime to remind me you love me though."

"I love you...I love you. I..."

"Showing me would work here," he interjected playfully.

Jenny jumped into the sleeper, pulled him back and energetically began to show him how much she loved him. She couldn't shake Palm Springs though. "You could have been killed..."

"You love me, you love me," he said, pulling her back.

"Okay, I was trying to show you something, wasn't I?" She did and the magic continued all the way to the West Coast.

Chapter 14

The once distant thought of a resort became a why not "Watson Manor". Charlie knew he would have to sell everything to break ground and secure a large loan to open the doors. It was a busy week for them. Charlie, in addition to his local runs also worked on his house in Long Beach getting it ready for sale. Jenny jumped in with paint brushes and rollers in hand and brought new life to the inside walls.

Charlie talked with a local realtor and reserved a trailer for their honeymoon north to Marina, Ca. all between trips to the dump. He hadn't noticed before how overgrown his yard had gotten and managed to break the ties with a lot of other "precious" junk. He sold his restored 1963 Corvette, it hurt a little but his bank account needed the help.

Charlie arrived home after a local run the night before they were leaving for their honeymoon. Jenny had them already packed and as each day passed she had gotten more excited about their trip to Charlie's land, the future site of Watson Manor. She met him in the driveway as he pulled his rig alongside the house.

"Look," she said, handing him an envelope of photos. "Our wedding was so beautiful. I'm so glad you talked me out of a City Hall marriage. They came out great didn't they?"

"You deserved more than a civil wedding and I knew you wanted something special. I don't recall it took much persuasion." He opened the envelope to look at the photos. "These really are good."

"Charlie, one more surprise." She handed him a box.

He opened it and pulled out a wooden plaque. It was 12 inches tall and 18 inches wide, dark walnut with a gold scroll mounted to it. Inscribed in large old English letters was 'Watson Manor'. Below that 'Proprietors Charles and Jennifer Watson' was inscribed in smaller letters. The third line, 'Established' with room for a date. The final line read, 'May all that enter feel the love that dwells here.'

"I'm speechless, and can't believe you found time to do this."

"They refused to put 'Charlie's bed and bar' on it, sorry."

"That's bar and bed. Charlie's bar and bed, like giving the patrons step by step instructions. Drink up then go sleep it off." He corrected her, laughing.

"I hope that's not still the kind of place you want?"

"I sure don't want a bunch of drunks around all of the little Watsons you promised me." He looked over in the front yard and saw the real estate sales sign. "That sign certainly signifies our launch."

"Oh, Jeff came by today as well. He is so excited they have so few homes with the kind of RV access you have here. Of course, he is a little over the top anyway, but said get ready for a quick sale."

The following morning they got an early start before the sun rose. They were in Charlie's 2500 GMC crew cab pickup this time, making the 330-mile trip north a lot more comfortable. Jenny busied herself happily in the passenger seat going through everything she had found on the internet related to the city of Marina, and kept the "in range" country radio stations playing which, they learned in this area, wasn't always an easy job.

They pickup up the travel trailer after a quick lunch in Salinas. Charlie pulled onto his land and they were immediately pleased with the possibilities as well as with the amount of trees on the property. They stood in front of the truck looking the land over.

"So, tell me, Mrs. Watson; where would you like me to put the honeymoon suite?"

"For now, Mr. Watson, how about between those two large eucalyptus trees?" Jenny pointed, then added, "Subject to change, of course."

"As long as there are wheels on our home I can be flexible." He got back into the truck to move the trailer.

Jenny walked over to the new location, looked in all

directions and visualized the future Watson Manor. When she reached Charlie unhooking the trailer she said, "This is a beautiful place. I'm so excited about building our home here."

"It is a great place, isn't it? I have to say, I'm very pleased. I wonder what Grandpa Watson had in mind when he bought this place?"

"Listen," Jenny said. "Do you hear the waves hitting the beach?"

"Let's take a look." They reached for each other's hand and walked toward the sound. There was a sand dune separating them from the ocean about 100 yards from where they had parked the trailer. When they reached the crest on the dune the ocean was visible and they both had to stop and catch their breath. After a few minutes Charlie was finally able to get his words out. "Wow, thank you Grandpa Watson."

"This is truly unbelievable. The third floor of Watson Manor will have this view. I guess that question is answered; we build up, not a ranch style."

"Works for me. I always envisioned an old fashioned Victorian structure with all of the detailed wood trim."

"I can see it too. I want to live on the fourth floor. Coffee and this view every morning is what I call paradise."

"Yeah, and guests on the lower three floors wouldn't hurt in supporting paradise either."

They continued the walk to the ocean, another 100 yards, removed their shoes and walked along the shore.

"I guess a warm Caribbean current flowing through here would have been too much to ask for," Charlie said with a smile.

She stopped and turned to kiss him. "I think it's up to us to warm things up."

"Now that sounds like paradise to me."

They walked along the shore and gathered a few small pieces of driftwood and headed back to the trailer. It was a real feat to carry her through the narrow door over the threshold of the trailer, but new love conquers all. When the trailer had been warmed up and the spread pulled back over the bed, they moved their clothes into the trailer from the truck.

"Shall we go into town to look around, grab some dinner and pick up some food to stock the trailer?" he asked.

"You mean, stock the honeymoon suite."

"I stand corrected and am guessing that won't be a rare occurrence in our future."

"See Charlie, I knew we would be perfect together."

The following morning they walked the property lines that had been marked when Charlie inherited the property. They discussed the layout for the main building and the mobile home they would live in during construction. The honeymoon quickly turned into a working vacation getting the temporary water, power and small septic tank set up for the mobile home. Charlie and Jenny were in their glory and the efforts only fed the dream and built excitement.

While having breakfast in town on their last day, they found an ad in the local paper for a 15-year-old 10' x 60' mobile home. It jumped out at them, because it was easily half the price of what they had been looking at.

"What do they say? If it sounds too good to be true then it probably isn't," Charlie said.

He called the owner, John Wilson, anyway, and set up a meeting with him an hour later. The directions were a little difficult to follow as the mobile home was in a remote location in the foothills about 10 miles from town. The dirt roads weren't marked so the directions were given in distance with left or right turns. They finally reached the location and met the owner standing beside the mobile home.

"Hello, John. I'm Charlie Watson and this is my wife Jenny."

"Hello, pleased to meet you both. This is my property and the mobile home was leased out for six months. I live in Sacramento, a five hour drive from here. The lease ran out last month and there was no extension requested. I couldn't get in contact with the renter and when I came out I found quite a mess."

"Let's have a look," Charlie replied, walking toward the door.

"It doesn't look too bad from the outside," Jenny offered encouragingly.

When they stepped into the mobile home the smell of rotting food and flies was overwhelming. The place hadn't been destroyed, torn up or vandalized; it just looked like the occupant left in a hurry. Most of the furniture was there and the inside doors stood open. They stepped out to get some fresh air

"Is the furniture yours?" Charlie asked.

"Yes, it was rented furnished. I'm only in town a few days so I need to get it sold quickly, which is why the price is so low. I'm selling it as-is. You've already seen it's in need of a thorough cleaning."

Jenny turned towards Charlie with a faint smile. "I suggest a quick, and I emphasize the word quick, run through."

They prepared themselves as if they were entering a war zone and made a dash through the open door. Once they overcame the smell and the flies that stayed in the kitchen, they were actually pleased with the shape of the walls and cabinets. The carpet would need replacing and the furniture would all go, but this wasn't going to be their dream home, after all, just a stepping stone closer to it. They both dashed back through the front door and took deep breaths on their exit.

Charlie looked at Jenny and saw a smile which he understood to mean "We can do it" and turned to John.

"Do you know someone that can move it?"

"I purchased it new in Salinas fifteen years ago. I'm sure they have movers on staff or a contract with movers. How far are you moving it?"

"It's only about 10 miles to our property in Marina," Charlie stated.

"I'll tell you what. If we can close the deal today, I'll include having it moved as part of the sales price."

"You've got a deal, John," Charlie told him and shook his

hand. "We'll follow you back into town to close the deal at the Marina Diner instead of in the mobile home, if that's ok with you?"

John returned a laugh and nod indicating agreement and off they headed back into town. When they had finished the transaction over coffee, John handed them the signed paperwork, his business card and a set of keys for the mobile home. He then searched on his cell phone for the mobile home sales lot and called to set up the move.

"They pulled up my file and say it can be moved the end of this week. Will that work for you?" John asked, still on the phone.

"We'll be gone after today, but my architect and I will stake out where we want it located on the property," Charlie said, sending a smile Jenny's way. John relayed the information and handed his phone to Charlie to provide the other necessary information.

They left the Diner and headed down the street to the hardware store to pick up some metal stakes, large trash bags and three bug bombs. Next stop was to the utility companies to update them on the mobile home being delivered and scheduled the hook up for the following week once the mobile home was in place. With that done they headed back to the mobile home. It was quickly decided this trip was only to get the spoiled food out and set off the bug bombs, evicting the current residents. The major clean up would come later when they returned to Marina.

Back on the new property, Charlie hooked up the travel trailer and pulled it out from under the trees. They had decided that spot would be a good place for the mobile home and used the metal stakes to lay out the desired location. When they had finished, Charlie turned toward Jenny.

"I know, I said as long as it has wheels I'm flexible and, technically the mobile home does, but we get one shot at this."

Jenny stood back, walked around the location they had staked out, and appeared to be deep in thought. Charlie studied her as she surveyed their choice. Finally, she looked at Charlie with a serious expression. "OK, I think we move all the stakes one foot to the right."

Charlie laughed in relief, "The bus is leaving. Are you coming or moving the stakes?"

She joined in the laughter saying, "So your definition of flexible is…"

"Within a foot-and-a-half." Charlie helped her into the truck.

Driving through Marina on their way to return the travel trailer, Charlie spotted the sign he was looking for and pulled over to the curb. "One more stop."

Jenny looked between Charlie and the strip mall. "Great, finally some CD's so I am not constantly searching for radio stations that speak English."

"Ok, two more stops. This one is a final letting go of C.W. and his need for a private space. I lost you once and I don't want to ever experience that feeling again."

He got out of the truck, walked around and opened her door. Jenny looked again at the mall, spotted the Pet Supply sign and stated firmly, "I hope you are not thinking of getting me a leash at the pet store."

Charlie smiled and grabbed her hand as they walked into a cell phone store.

Chapter 15

Things shifted into high gear for Charlie and Jenny when they arrived home in Long Beach. Their realtor had called with a full-price offer on his house contingent on a 30-day escrow. Charlie's head was spinning as he accepted the offer their realtor had brought the offer right over for him to sign.

The following week was the run back to Arkansas which they made together in Charlie's semi truck. He was seriously rethinking his recent purchase of the cell phones as Jenny found it amusing to call him on the new phones whenever they stopped and were out of eye contact.

The original plan had been to return to Marina in three weeks but, as the escrow was so short, they waited until the sale was final and then made the move. They sold most of the furnishings and only had a quarter of Charlie's 53-foot trailer filled with what remained. Jenny followed him in the pickup on the trip to Marina. It was late when they arrived but were pleased to see that the mobile home was in place. They ate on the road and didn't waste any time settling into the sleeper of Charlie's truck for the night.

The next morning Charlie walked around the mobile home confirming that the utilities had been connected and the septic tank installed and connected. He unlocked the door and opened every window inside to air it out before they would start the clean up. The box of large garbage bags was at the door where he had left them. He figured they could pick up some large plastic trash cans and cleaning supplies in town after breakfast.

Jenny met him at the door, peeked in and said, "Not great yet but we can get rid of the musty smell."

"I was just pleased that the tenants are gone. Well, maybe not gone yet, but no longer flying around. Let's go eat and tackle this after breakfast." Charlie walked to the trailer on his semi truck and grabbed a floor fan and positioned it inside the mobile home to pull the air through the windows and out the front screen door.

"That should help a lot," Jenny said, thankfully.

They had an unhurried breakfast partly to delay the cleaning task ahead of them, but to also make a list of initial supplies they would need to accomplish the cleanup. The hardware store clerk thanked them for all their purchases and even helped them carry the supplies out to the pickup.

"Well, mini Watson Manor awaits, Jenny."

"It's just a small distraction from our second honeymoon."

Back at the mobile home, Jenny, being the practical one, decided the bathroom was to be her first call to duty, while Charlie started in the master bedroom by moving the old furniture out. When the room was cleared he brought in the lined trash can and began to dump whatever he found in the room's built-in drawers into it. He was almost finished when Jenny called out.

"Charlie, what's this?"

Realizing where she'd called from, he hollered back, "The bathroom, darling."

"Thanks, Einstein." She laughed. "I found something in the bathroom."

Charlie moved the trash can out of his way and walked down the hall to where she was cleaning. When he looked inside the bathroom he found her pointing at a large eye bolt in the floor.

"What's that for?"

He moved in for a closer look and replied, "Maybe the guy was disabled and needed a lifting sling to use the tub."

She paused, thinking. "Then it would be on the ceiling, wouldn't it?"

"These ceilings aren't as strong as they are in a house; possibly an anchor point to hold the lift down. It shouldn't be too hard to remove."

"There was no ramp outside, maybe for his wife?"

Walking back down the hall another thought crossed his mind and he called back to her. "I've got it. He had a large dog and needed to secure it for bath time."

"I guess..."

He carried the first full trash bag down the hall and tossed it through the front door. Charlie finished the bedroom by cleaning the windows and crossing the carpeted floor with the vacuum cleaner. He grabbed the bag Jenny had set in the hall from the bathroom, and was headed to take it outside.

Jenny had moved to the kitchen at that point and, when Charlie passed by she was still puzzled. "I don't see any sign of a dog. No dog food, dish, treats or even a single dog hair anywhere on the carpet."

"Maybe we toss it out when we pulled the food out last time?"

"Maybe I guess, but we concentrated on dumping the refrigerator and kitchen trash cans." She opened one of the cabinets. "I looked through all of these. See here, lots of dry goods, cans of things, but no dog food."

"Well, if you can't find pet food then I'm going with disabled," Charlie said as he tossed the garbage bag outside. He turned and walked towards the small bedroom. He stood in the doorway of the small room and envisioned this room as Jenny's construction office. He'd gone as far as to visualize her working on her computer and finalizing another phase of Watson Manor. Blue prints spread out on a six-foot table and taped to the walls beside her. He smiled at their now-shared dream being in motion.

First out the door of the small bedroom was a twin-sized mattress. When he returned and picked up the box spring he froze in place.

He leaned the box spring against the wall to take a closer look at another eye bolt mounted in the floor. It was positioned just under the outline of the bed, the vinyl floor around it showing a slight fan-shaped pattern of wear. He went to the kitchen, took Jenny's hand and said softly to her, "Come see what I found in the small bedroom."

Jenny walked into the room and saw the eye bolt in the floor matching the one she found in the bathroom. "This isn't right,

Charlie. That's a restraining bolt…and not for a dog."

She walked over to the corner of the room and picked up some clothing, a small blouse and a small pair of jeans. Jenny looked at the inside tag and turned to Charlie.

"These belong to a young girl, maybe 12 or 13 years old. I found a box of sanitary napkins under the sink in the bathroom, so I knew there was definitely a female living here."

"Let's call John Wilson and see what he knows about his old tenant before we let our imaginations run crazy." He pulled John's business card out of his wallet and dialed the number. After the third ring, he was greeted by a young female voice.

"Wilson Industries how may I help you?"

"Hello. Is John Wilson in?"

"Yes sir, may I tell him who's calling?"

"This is Charlie Watson. I purchased his mobile home about a month ago."

"Just one moment Sir."

After a few minutes John come on the line. "Hello Charlie, I hope they put the mobile home in the right spot."

"Yes, John, everything was set up and all of the utilities connected when we got here yesterday. Thanks for handling the move."

"My pleasure, I'm so glad you saw the ad I posted."

"Jenny and I are cleaning the place up and finding some strange things. What can you tell us about your old tenant?"

"Strange things?"

"Well, maybe yes, and maybe no; we don't know anything about him or his family."

"Hold on, Charlie, let me pull his application out of the file." A few minutes had passed and John was back on the phone. "As far as his application reads, Robert Porter was single, no family mentioned when he signed the lease in April. He wasn't required to tell me if someone moved in after that time."

Charlie made a note of the name and date. "John, have you had other tenants here?"

"No. Robert was the first. We used it as a getaway place. My son and his family used it mostly, but they are out on the east coast now so I decided to try leasing it for a while."

"I know you said it was furnished; did you have eye bolts installed in the bathroom floor for any reason?"

"Eye bolts? Mounted in the floor? No, we didn't install anything like that."

"There was one in the small bedroom also, and we found evidence of a young woman living here. Can you tell me anything about this Robert Porter; his age, where he's from, or might have gone?"

"I understand why you're concerned. A young woman, you say. I never met Robert, but he was in his fifties. It's not so farfetched these days, a young woman living with an older man. It might be nothing. I used Marina Reality as the property managers, to show the property, screen tenants and collect the rent. I have her card somewhere… Oh, here it is, Stacy Richards was my agent. She has the original application on file and received the rent from Robert. She might be able to calm your worries. I'll call her and tell her you might drop by."

"Not a young woman…a young girl. Jenny figures she's about thirteen."

"Maybe his girlfriend had a daughter?"

"Thanks, John, we hope you're right. Can you give Stacy a call right away as Jenny and I just want to get rid of this bad feeling we have?"

"Consider it done. I'm sure there is a reasonable explanation. Hey, you two enjoy your new home in Marina." John hung up the phone.

Charlie saw the questions that were written all over Jenny's face.

"No family that he knows of, but there is someone in town we can talk to." Charlie filled her in on the rest of his conversation as she looked through the closet, chest of drawers and a small night stand hoping to find something, anything, to shed light on what they found.

"Would you mind if we went now to talk to the agent? I don't know, maybe there is nothing to this but my gut says don't give up yet. What do you think Charlie?"

"Well we don't have any answers yet. It's time for a break here anyway. Let's go into town."

Chapter 16

Jenny called directory assistance for the address of Marina Reality during the drive into town. It was a big enough office to warrant a receptionist that greeted them as they walked through the front door.

"Hello, may I help you?"

"Hello," Charlie returned. "We'd like to speak to Stacy Richards. Is she here?"

"She is but talking to a client at the moment. Can someone else help you?"

"We need to talk with Stacy, thanks," Jenny said.

"I'll let her know you're waiting, if you want to have a seat. Can I get you something, coffee or water?"

"No, we're fine thanks," Jenny replied.

Charlie read the name plaque on the desk then asked, "Mary, does the name Robert Porter ring a bell with you?"

"Hmmmm, let me think. No not really," she replied.

"In his fifties," Charlie continued, "he was renting a mobile home through your office."

"Wait a minute, Porter... is he medium height with short hair? You know, like in the military. I'm pretty sure he's the one that lived in the mobile home that we managed."

"Well we've never met him," Charlie answered. "We bought the mobile home he was living in and he left some personal things in it. We thought he may want them."

"Oh, you're not friends of his. I think the guy was kind of off. He never returned a hello, but maybe he was just always in a hurry when he came in to pay his rent."

"Did you ever see him with someone, like a young teenage girl?" Jenny asked.

"No, he was always alone when he came in. He would pull his van up close to the front door and I don't recall seeing anyone

100

in the passenger seat.

"It sounds like you do remember him," Charlie said.

"I guess I should explain," she continued. "My boyfriend in high school had the same pale green VW van, so it always caught my eye. At first I thought it was him, but then I saw the Nevada license plate and knew it wasn't."

Mary's phone buzzed and she picked it up. She turned to them and indicated that Stacy was on her way up.

They saw an attractive woman in her early thirties walk into the room.

"Hello, I'm Stacy Richards. Are you, by any chance, the Watsons?"

Taken by surprise, it took them a moment to answer.

"Well, yes, we are. You must've gotten a call from John Wilson," Charlie said.

"Just hung up the phone. Why don't you come back to my office?" She pointed back towards her office and they followed her back. Charlie and Jenny took the available seats facing her desk. Stacy walked around her desk and faced them.

"So John mentioned you have some questions about Robert Porter?"

"Yes," Charlie began. "As you know, we bought John's mobile home a month ago. We just got back into town and started cleaning it out, and well, we found some eye bolts in the floor, and evidence that a young woman was living there also. The eye bolts looked like they were used as restraints. Mary, your gal up front doesn't recall ever seeing a young woman with him. Do you know if he had a daughter?"

"Oh, that would concern me as well." She turned her attention to the computer to bring up a file. "I only met him once when I took him out to see the rental in April and then we came back here to sign the lease agreement. I've seen him in the Safeway store a few times, but he was always alone. There is no mention of family in his file."

"Mary said he had short hair and was less than six feet tall. Is that him?" Jenny asked.

"Yes, that sounds like Robert, but I don't know how I can help you."

"Do you have children, Stacy?" Charlie asked.

"I have three." She smiled and turned a photo on her desk towards them. Her expression softened. "So you're thinking you want to find him to see if there is cause for concern on not?"

"We just can't let the feelings go that something is terribly wrong here, Stacy," Jenny said. "If there is anything you can tell us that can help us get answers…it's not for us, it's for the young girl that once wore the small pair of jeans and blouse I held in my hands this morning."

Stacy appeared to be thinking about the situation. "When the lease ran out the end of last month, I drove out to the property and found it vacated. As the lease was paid two months up front with proof of financial ability, we waived the security deposit. Robert was in the office on September 1st to pay the last two months on the lease."

"Do you have any idea where he went? Did he have a job here?" Jenny inquired.

"Nothing indicating where he went, and again, with the bank statement he showed me, there was no need for a credit check or employment verification. Sorry there is little I can help with."

"Is there anything in his file to indicate where he came from?" Charlie asked.

"Look, I never got a warm fuzzy feeling about Robert. If there is any chance you two are right about this, I couldn't live with myself if there is a young girl out there looking for help." Stacy paused a few moments. "You didn't get this from me. I could lose my license if you told anyone." The printer came to life behind her desk.

"Thank you," they both answered.

"We won't betray your trust," Charlie added.

Stacy handed them the printed pages of the lease agreement and a copy of Robert Porter's driver's license. She then handed

102

them her business card. "If you have any questions just call me. And please, let me know what you find out, OK?"

"We'll do that, and are still hoping for a different explanation," Jenny offered, shaking her hand.

Jenny looked over the copied pages back in the truck and studied the driver's license photo.

"He has short hair, blond and graying. In the shower drain I pulled long brown hair from the drain screen. It must be from the young girl. Oh God, Charlie. What can we do to find her?"

"What state is the driver's license from?" Charlie asked.

"Oregon, the address is in Bend."

Charlie opened his door. "I'll be right back."

He walked back into the real estate office and asked Mary, "You told us the license plates on Robert's van were from Nevada; are you sure?"

"Yes. Like I said, I always did a double-take when I saw the van."

"Thanks Mary. It was a VW van, right?"

"A late 80's VW Vanagon, pale green with blacked-out windows in the back, just like my old boyfriends."

When he slid back in the truck seat he told Jenny about reconfirming the van license plates were from Nevada and added the new information.

"We know there was a brunette living there and that there was some young girls clothing. We need to dig through the bags and see what else we can find and take this to the police," Charlie said.

"I agree, they have to find her."

Charlie started the truck and, instead of driving back towards their property, he headed out of town towards John Wilson's property where the mobile home had been.

"Where are you going?"

"We need to see if there is anything left there before we go home." He parked the truck and scouted the area for any information they could find. The trash cans held only the bags they had removed from the kitchen on their last visit here. Charlie started walking in circles around where the mobile home had been studying the ground for tampered soil.

Jenny grabbed his arm with tears forming in her eyes.

"You're looking for a grave, aren't you?"

"We can only hope and pray she is still alive and with him, Jenny."

They searched for an hour, making larger circles until they were about 50 yards out from the starting point. They were relieved at not finding a shallow grave, but they quickly realized the only answer received was that she wasn't buried there.

They drove back home in silence. Charlie brought in a table and chairs from the semi trailer and placed them in the small bedroom to screen through the trash that was left in the mobile home. Jenny started a list of what they knew so far and started going through the trash bags. She had just pulled the plastic liner out of the bathroom trash can and hadn't noticed before that in that liner bag was a large amount of brown hair, about eight inches in length, and a box of blond hair dye. Jenny put both in a separate plastic bag. "Look at this, Charlie."

He was putting their refrigerator in place in the kitchen when he heard her call out. He quickly went to see what she had found. "What is it?"

"Looks like he was trying to disguise her appearance to short hair, dyed blond." She showed him the bag.

"That's encouraging in two ways. It means he took her with him and that the abduction was recent enough that he was worried she could be recognized." He sat beside her and looked at the two lists; one was headed "Robert" and the other headed "Hope".

"Hope?" he asked.

"I had to give her a name. It's getting personal."

"We'll put together what we can and take it to the police. But for now we need lunch and the move-in grocery shopping still needs to be done. Let's pick this up after a trip into town."

"Let's grab a bite at that internet cafe on Reservation Street, we don't have cable here yet and I can look up Robert's name online and see what comes back." She grabbed the folder and they drove into town.

Jenny found the house in Bend, Oregon, that was shown on Robert's driver's license. It was sold just over a year prior in August of 1994. It had the listing agent as Nancy Waters of Bend Real Estate. Jenny printed the listing and put it in her file. She looked through the photos of the property listing. She saw a photo with the VW van in the driveway with Oregon license plates on it. There was something in the rear window of the van, a sticker of some kind, but she couldn't make it out. She tried to zoom in but it became fuzzy.

Charlie looked over at the screen. "Zoom out a little." When she had done that he said, "NRA member. I found a copy of the American Rifleman in the master bedroom. We can look at it, when we get home."

"Great, now we know he's armed."

"I was thinking more about the address label as there was no postal service out where he was living. Was there a mortgage amount shown on the property listing?"

"It just says "none". What does that mean?"

"With no mortgage it could mean he was there for a while or it was passed down from his parents. Either way, he has the money to move around without need for a job. What did it sell for?"

"$139,500."

"I'd have purchased a new van with that kind of profit. Does anything come up under, Robert Porter?"

"I'll check." Jenny clicked away on the keyboard and scanned the returns. "Let me add Bend, Oregon and check that," she suggested, while searching again. "Only the property address, he sold...Wait, here's an article in *The Bulletin*, a local Bend newspaper. Apparently he 'took an early retirement' from Bend Unified School District in June of 1994. The article implies it was not necessarily a voluntary choice. He taught at Bend Junior High for over 15 years. It doesn't say why he retired."

105

"I wonder if he's getting a pension check for 15 years of teaching?" Charlie asked. "If so, that would be one place I'd file a forwarding address."

"But, with a network of ATMs these days, his checks could be automatically deposited in any bank, anywhere, and he'd always have access."

"You're right. I use one all the time myself. Damn dead ends. The police can track the ATM usage down. Print the article and let's go stock our house with food…using my ATM card."

Once the cabinets and refrigerator were stocked, Charlie continued replacing the old furniture with the furniture they'd brought with them. He checked everything that went out very closely and took anything of interest to Jenny.

Jenny went back to the small bedroom and called Nancy Waters, the real estate agent that was on Robert's property listing. She was not only able to confirm that Robert was single, but Jenny was able to pry out of the agent some of the rumors about his retirement. Nancy indicated that there were multiple complaints from parents for inappropriate contact of their daughters in his 8th grade classes. Nancy went on to say that the way she heard it, Robert, was faced with either resigning or being under a full investigation. Jenny noted all this, and thanked Nancy for her help.

She resumed sorting through what Robert left behind. At the end of the last bag, Jenny had a page and a half of notes on Robert Porter, but very little on Hope. Charlie returned to the little bedroom, sat down beside her and kissed her gently. "Ok, what have we got?"

"Very little on Hope. I figure she's between the ages of 12 and 15. She had long brown hair and is probably a short-haired blond now," Jenny responded, frustrated.

"She probably wasn't abducted in Oregon in 1994 as that was a year ago. Maybe either Nevada or California more recently," Charlie commented.

Jenny pulled her sheet on Robert over in front of Charlie. "Much more on Robert, but everything is past. I haven't found

anything to indicate where he is now…where he has her now."
Jenny's eyes welled up with tears of defeat.

"Jenny, we've done what we can. We'll take it to the police in
the morning and let them run with it. We came here to build a
dream remember?" Charlie took her in his arms. "Dinner is ready
in that other world."

"So you can cook?" she asked with a budding smile.

"I can microwave; chicken or beef dinner?"

They stood and walked into the dining area as Charlie closed
the door to the small bedroom behind him.

Jenny was amazed with all the setting up Charlie had done
while she was digging and sorting to find Hope in the small
bedroom. "This is wonderful." She ran through the mobile home to
check out the master bedroom and bathroom. She returned to the
kitchen. "Sorry, I wasn't much help with all of this."

"Well you don't get off that easily, after dinner your job is to
help me mess up our bed."

Chapter 17

The next morning they went to the Marina Police Department to pass off the search for Hope. It was a small Police Station, but only a few years old. The entrance was all glass with a set of glass doors that allowed the sun light to brighten the area. The walls were painted a light blue-gray and seemed to have a calming effect in an environment that could have moments of high stress. The filing cabinets were an off white and all matched lining the walls, interrupted only by a couple windows along one wall, a few office doors on the side wall and small kitchen counter in the back. Three of the desks in the center were occupied two by young patrolman in uniform busy with paperwork and beside the kitchen counter and set apart from the others desks appeared to be a plain clothed detective. Everything was in its place and orderly, conveying a sense of pride in their jobs and station.

Charlie and Jenny approached the receptionist/dispatcher's desk in the front of the station.

"Hello, what can I help you with?"

"We're the Watsons and would like to speak to a detective," Charlie told her.

"What's the complaint; noise, theft, an accident?"

"We believe a young girl is being held against her will," Jenny offered.

"That would be the Chief," she told them as she pushed a button on the console in front of her. "Chief, I have some people here to see you... Watson... Ok, I'll tell them." She turned back to Charlie and Jenny and asked them to have a seat, explaining the Chief would see them shortly. A few minutes later the receptionist turned to face them.

"Go on back. It's the office with Chief Rodney Walker on the door."

As they passed the occupied desks they exchanged smiles

with the officers seated there. When Charlie knocked on the door he was greeted with a, "Come in." Opening the door revealed a forty something, very professional looking small town Police Chief decked out in a highly-starched uniform. "I'm Police Chief Rodney Walker." He shook their hands. "Please have a seat and tell me what's on your mind."

Once seated, Charlie started to tell the story of what they had found. The Chief listened intently as they both took turns relaying the information and he jotted down notes on a pad in front of him.

"You say his name is Robert Porter?"

"Yes it is," Jenny answered.

The Chief turned to his computer and entered the name. After viewing his screen he turned to them. "No wants or warrants for a Robert Porter; no listing on the National Sexual Offender Directory either. Do you have a name for the young woman or know where she's from?"

"No we don't," Charlie replied

The Chief sat back in his chair. "I've seen some pretty bazaar parental disciplinary methods. Like a couple that locked their seven-year-old child in a closet as punishment for leaving his room without permission."

"But he didn't have any children," Jenny countered.

"What you've told me is a man rumored, but not convicted, of inappropriate activity had a trash can with brown hair belonging to someone other than himself and some girls clothing in his old residence, that is now your residence. We don't know if the hair and clothing belonged to the same person or if either of them were physically ever inside the mobile home. I'm sorry, Mr. and Mrs. Watson, I don't have enough here to invade this man's privacy."

"But what about the restraining bolts in the floor?" Jenny protested.

"The mobile home is, what, 15 years old? We don't know when or by whom the eye bolts were installed or even for what purpose. Like I said, I wish I could help you and it's clear to me you two are really concerned about what you've found, but unless there is something I can run with, there's nothing I can do." He rose from his chair, clearly indicating the discussion was over.

Jenny and Charlie rose from their seats. Charlie turned to the Chief and asked, "What should we do from here? Do we call the State Police, FBI? What do you suggest we do?"

The Chief handed him one of his cards. "Honestly, I wish there was more I could do. I suggest you go build your bed and breakfast."

They left the police station without a word between them, and after sitting in the truck a while, Jenny turned to Charlie. "We don't have anything to move forward with, do we? It's a dead end without the help of the police. Damn it! I don't want to go through that again."

"He must have had a PO box in town, maybe with a forwarding address. Let's call Stacy and see if she noted one for utility bills, if nothing else."

Jenny was on her phone and after a brief discussion with Stacy, told Charlie, "Utilities were included in the lease and no phone service at the site or cell phone number on record with her. She did seem sorry she couldn't help."

"There was nothing else you found going through the trash?"

"No, not a thing of help."

Charlie thought about that a moment and concluded it was a dead end. He reached across the seat and pulled Jenny into his arms and just held her for a few moments. "I'm sorry Jenny. I think all we have left is to follow the Chief's advice and do what we came here to do."

"You're right," she conceded. "Let's go home and set up the construction office. We have drawings to review and building permits to file, mister."

"Works for me." He started the truck and drove home, knowing it would be a while before the full excitement returned with a focus on their dream. Thoughts of what might have happened in that room, thoughts of Hope held in that room, would linger. The key to getting back on track, Charlie thought, was getting to work on Watson Manor and not talking about Robert Porter, Hope or the past in their temporary home.

Jenny put everything she'd reviewed in a box and handed it to Charlie. She left the room as he removed the eye bolt from the floor and they spent the next few hours moving furniture in and setting up the office. Jenny fired up her computer and the architectural software that she'd purchased in her college days appeared on the screen. "Off and running here."

Charlie loaded his pickup with the old furniture and all the trash they had cleaned out and drove to the county dump. When the truck was empty he noticed the copy of "American Rifleman" flapping in the breeze. He went over, picked it up and noticed it had an address label with a PO box number in Marina. With a spark of hope he got back in his truck and called the Marina post office to inquire about a forwarding address. He was told that there was none given when the box was closed out.

As he drove back towards home another thought crossed his mind and he pulled off the road onto the shoulder. He opened the magazine to the page showing the subscriptions department phone number and dialed the number.

"American Rifleman, Subscription Department. May I help you?"

"Yes, I hope so. This is Robert Porter and I've recently moved. Just wanted to make sure you had my new mailing address."

"I can check that for you, Mr. Porter. What is your member number, sir?"

Charlie grabbed the magazine and flipped it over to show the address label. "The number is OR-365281."

"I'm pulling up your records. Here it is. Apparently you called in the 3rd of this month and changed it. The December issue just went out so you will receive it shortly at the new address."

"While I have you on the phone, I'd like to verify the new address on file." Charlie was ready to write the information down.

"Certainly sir. I have PO Box 1537, East Foothills, California

95127. Is that correct?"

"Yes, thanks. You know how it is, with so many things to think about when you move. Anyway, thank you again for your help."

"My pleasure, Sir, enjoy that next issue."

"I always do. Good bye."

Charlie pulled his California map out of the glove box and located the city of East Foothills, a small community north east of San Jose, about a 90-minute drive from Marina. He laid the map on the passenger seat. "Thank you, Lord."

Charlie turned around and headed back to the dump. He explained to the attendant that one of the bags he threw out was a mistake and was allowed to enter without paying another fee. He rummaged through the bags until he found the file they had collected on Robert and confirmed the license photo was still there. On the drive home he was hit with mixed feelings. If, and he repeated to himself, if, there was a Hope being held against her will, then they should keep going to find her. On the other hand, he and Jenny were trying to move on from the only thing they really had, suspicions. Was he ready after seeing the frustration and hurt in Jenny's eyes to offer, potentially, false hope and set her up for more disappointment? Charlie arrived home and walked through the front door, leaving the file in his truck. "Is there an architect in residence?"

"Only the best, but I don't think you can afford me."

He walked into the office and saw drawings all over the place. Jenny was working on some detail view on her computer. He realized she was doing something she loved to do and it was, in fact, the distraction she needed now.

"Hey, I knew when I saw you walk down the aisle in that small church that I was going to pay dearly for the rest of my life."

"You got it. You're in for a life sentence, mister."

"Jenny, when did you do all this work?" He was surprised as he looked closer at the drawings.

"When you made local runs in your truck. For me it wasn't

General Hospital on the TV; it was Builder Jen on this screen. Come sit down and look these plans over."

They reviewed the drawings for hours, made some adjustments and finally took a break for dinner. Charlie fired up the barbeque for some steaks while Jenny nuked some potatoes and tossed a salad. It was a little chilly at night there in November, but they bundled up with the determination to eat outside under the stars. Dinner conversation hadn't drifted from details about "Watson Manor" and he could see and hear the excitement coming back for Jenny. He was amazed at the synergy they had as they bounced ideas off one another. It was like throwing a little gas on the fire, the picture of what they were building in their minds intensified. It was such a wonderful experience and Charlie felt that holding back his new information on Robert had allowed the healing to begin.

The magic stayed with them into the bedroom that night, sharing their passion for each other and the dream they shared.

Lying in his arms, Jenny said softly, "This is so much more than I ever dreamed love could be."

"We're again on the same page. I love you so uniquely."

"This has been our best afternoon, but I just can't stop thinking about Hope," she confessed.

"I know what you mean." Charlie struggling with what he was holding back from her. He also knew it didn't matter if it was better to keep the information from her or not, it was a secret and he didn't want to set the first brick in a wall between them.

"I found a lead, Jenny. We can follow up on in the morning."

"A lead...what did you find?" She pulled out of his embrace and sat up beside him.

"I'll spell it out for you in the morning. Right now I need some more of just you and me time." Charlie pulled her back down and kissed her. She conceded to his request.

Chapter 18

Charlie and Jenny drove to the city of East Foothills the following day, a Saturday morning and he handed her the reclaimed file on Robert, explaining what he had done to get the new location. "It's only a PO box number in a little town that we have. We can't just sit in the truck and watch the post office all day."

"But it's a location. There has to be something we can do. Maybe start with some real estate offices in the area?"

"I thought of that too, but like Stacy said, they can't just give out that information to strangers."

"Well you've already crossed into impersonating others. Maybe Robert is my brother and I am trying to locate him."

"And your father is in the hospital...or just passed away. No. I think the hospital is better. It has a greater sense of urgency."

"I agree. We need to appeal to their emotions to bend the rules," Jenny responded.

"With almost 25 years between you two, maybe you're his niece?"

"Not a close enough relation. OK, I'm looking for dad because Grandpa Porter is in the hospital."

"So you grew up in Oregon, went off to college and met and married a really wonderful man. Then we heard from home about Grandpa Porter."

"Yes, he really is wonderful," she said with a smile. "My new husband that is, I didn't mean Grandpa Porter. I guess mom and dad have been divorced for some time. Mom doesn't know how to reach him."

They pulled into the parking lot of the East Foothills Post Office. He realized they had both been looking around for a pale green VW van since they entered town.

"It's not going to be that easy," Charlie said.

"The Lord works in mysterious ways. Too optimistic?"

114

"Let's test that hope and drive around some of these back roads; scope the place out," Charlie suggested.

They drove back deeper into the foot hills, the spacing between houses increased and the visibility of the house from the road decreased because they were set further back. It only took an hour to realize it was a fruitless venture and they drove back into the small town. Over lunch they looked at the local ad papers always available by the door of cafes and located two real estate offices. One long ad had a string of rentals properties in the area offered by VIP Property Management.

They stopped at Baker Reality first as it was the closest to them. It was an older historical class home converted into a real estate office. In short order they discovered Baker didn't handle rental properties except for properties that were listed for sale with them. On their way out of the office Charlie grabbed a local area map off the reception desk.

"I don't think Robert would want realtors walking through his rental," Jenny said.

"So where to now?"

"VIP is next about a mile ahead."

VIP Property Management was in a strip mall and looked to have the largest unit in the center of the mall with five store fronts on either side. The entrance to VIP had an overhanging roof that extended toward the parking lot forming a covered patio. It might have been a restaurant at one time offering outdoor seating. The style was dated maybe fifteen or twenty years old, but had seen a face lift and paint recently.

They entered and asked the receptionist if an agent was available. They were asked to take a seat for a moment.

"Hello, I'm Sandy Smith. May I help you?" They were greeted as Sandy walked into the lobby.

"Yes, I hope so," Jenny answered. "We're trying to locate my dad, Robert Porter."

"Why don't you follow me?" She led them back to her desk. "Please have a seat."

They sat down and Jenny continued her story, "I know dad just moved to the area, East Foothills, and I need to tell him about my grandpa, his father."

"What was your father's name?" Sandy asked.

"Robert Porter," Charlie offered with a smile.

Sandy keyed the name into her computer. "We have a client, Robert Porter, but I would think you being his daughter..." she paused a minute and looked at Jenny. "Don't you have his phone number?"

"Dad is pretty much a loner, I'd say you could call him, but knowing dad, he probably didn't give you a phone number either."

Sandy looked back and studied the screen, "You're right, this is strange there is no phone listed."

"The last time I saw dad was four years ago at home in Bend Oregon. I lost touch after he moved and Charlie, my husband here, and I just moved to Marina. Mom called us and said Grandpa Porter is in the hospital. She asked if we could find dad."

"I see here, he was from Oregon, but there is no mention of family. If he doesn't want to be found, there's not much I can do. We have to honor our client's privacy you know. Wait, there's even a note indicating he is not to be disturbed. A writer, I think he said. I can leave him a note when he comes in to pay his rent if you want?"

"When is the rent due?" Charlie asked. "There's a sense of urgency with his father's health. Can't you please give us his current address so we can talk to him?"

"He paid two months in advance so not until January 1st. No, I'm sorry, but I can't help you." Sandy said again as her tone became impatient.

Charlie didn't want to send up any flags that could reach Robert before they did so he turned to Jenny. "Come on honey, she has rules to follow. Let's get a hold of Uncle Dave and see if he knows how to get in touch with your dad." He stood up and turned to Sandy. "We do understand and thank you for seeing us. We have other relatives we'll try for help."

They left VIP Property Management and Charlie opened the door for Jenny. "We need to find a county library," he said.

"I don't think he applied for a library card."

"I'm thinking this VIP is big enough that they would advertise in the Sunday paper; a San Jose paper, not just these throw away papers. The library should have past issues we can see of rentals offered."

"Gotcha. We know he moved in around the first of November, so we're looking for properties offered by VIP in October, but not also listed for November," Jenny said, retrieving her phone. She called out the library's address to Charlie who was already opening the map from Baker Reality. He located the street on the map and they drove there.

The Cambrian Branch Library was a large, new building in San Jose. Once inside they headed directly to the information desk. They were told the larger newspapers, like the *San Francisco Chronicle* were already directly online, but the *San Jose Mercury News*, although accessible on the computer archives in the back, was not on the internet yet. Charlie asked about printing and was told the current November Sunday issues were in the periodical section and copies were five cents each and that October issues, on the computer, were sent to a printer beside the computer.

"I'll search the November issues of the *San Jose Mercury News*," Charlie said. "You print the ads from the October Sunday issues on the computer. Wait, We don't know yet if VIP advertized in the *San Jose Mercury News*."

They both walked to the periodical section. Charlie picked up the top Sunday issue and located the real estate section. He paged through and only found homes for sale. Jenny searched the classifieds and found the house rental section. She scanned down the page and found some addresses listed with VIP Property Management. "Bingo," she called out and handed the section to Charlie.

"I'll go make some copies of these while you print October's from the computer. Maybe we need just the last two Sundays?" he

117

asked.

"Or three, if I can get them. We don't know when he first talked to VIP?" Jenny headed towards the computers.

When Charlie had his copies, he met Jenny at the computers. "How is it going?"

"That should do it. The last page is printing now."

"Let's find a coffee shop and compare listings," he said.

"Good idea, a Coco's or Denny's with booths."

Charlie grabbed some pens from his glove box when they arrived at the coffee shop. They started crossing off all the listings that did not have VIP in the ad, making the task more manageable. Jenny started calling out the remaining street names from her October sheets and Charlie ran through his November lists. If he found the street name in November he would call back with the street number and if they matched then Jenny crossed it off her list. It took a good hour and a pot of coffee for them to get the list down to 10 addresses. Charlie circled each one on his map and they set out for a drive by, starting with the most remote locations.

"It's still a long shot, we don't even know if he is on the list so don't get your hopes too high," Charlie said while leaving the library parking lot.

"I know." Jenny had become more anxious. "We have to find her. We lost a month waiting for your house to sell. Who knows how long she was held before he left Marina."

"A little faith honey; we're doing everything we can."

"I know, I'm sorry. It just feels like we're running out of time. I hear this tick-tick in my head… Ok, I'm done going psycho. Let's go." She picked up the map and continued, "Looking at the map, let's go to 2318 Kenny Lane first. Left turn on McKee road, the next light I think,"

Jenny called out all the turns. After 20 minutes, a road side mailbox announced their arrival. Charlie slowed to a crawl as they looked down the long driveway. The sound of a lawn mower caught their attention first. It was being pushed by a woman in her late 30's or early 40's. A three-year-old Ford Explorer was in the driveway and they determined this was not the place.

"Ok, one down. Back the way we came. We're looking for Clavering Road," Jenny instructed. The house on Clavering Road was as remote as the first house, but there was no activity there and the garage door was closed.

"This would fit his needs for privacy," Charlie said. "You are a little old to knock on the door selling Girl Scout Cookies."

"Let's run through the list and try this place again later." They drove past the remaining eight addresses on the list and found three possibilities; Clavering Road, Sierra Creek and the last house they were pulling up to on Poppy Lane. Charlie pulled off the road and shut off the engine.

"We need to find a reason to knock on some doors. This place looks like nobody's home," Charlie said.

"It would be nice if there was a window on the side of that garage."

He stepped out of the truck. "Let me take a look."

When he got closer to the garage, he relaxed a little finding three newspapers sitting on the porch. The side window in the two-car garage revealed one open slot and a classic 1957 Chevy Belair parked on the far side. The garage was filled with tool boxes which didn't fit their profile of Robert, so he returned to the truck to share what he found. Jenny crossed it off the list and they drove back towards the Sierra Creek address.

When they turned the corner onto Sierra Creek Jenny gasped, "Charlie, look."

Ahead they saw a pale green VW van backing out of a driveway. They saw the Nevada license plates as it headed away from them and down the hill.

Charlie stopped the truck, jumped out and grabbed his phone. "You follow him and I'll look around the house. Call if he heads back this way."

Jenny slid over the console quickly and took off after the van. She pulled her phone out of her purse to be ready to call Charlie. Knowing to stay back and not give herself away following Robert, when what she really wanted to do was run him off the road. She found herself wishing she was in a run-of-the-mill, gray Honda, and not in their huge truck. Robert was headed into town, so it was a logical route for anyone leaving the neighborhood. She let a couple cars get between them along the way. The van turned right into the post office parking lot and Jenny turned left onto a side street. After a U-turn up the street a ways she was facing the post office. She didn't see Robert get out of the van to go inside and was too far away to see inside the van's windows, which were blacked-out on all the sides. A few minutes later she saw him leave the post office and returned to the van. This was the first time she saw more than his license photo. His hair was short and still military-style, but a lot grayer than the photo. She grabbed her phone ready to hit the screen where Charlie's face appeared in the event that Robert was headed back to the house. The van backed out of the parking spot and away from the direction to his house. Jenny followed him to the Safeway shopping center and paralleled him three aisles over and parked. She didn't know if she should follow Robert on foot or stay in the truck. She picked up her phone to call Charlie.

Chapter 19

Charlie watched as Jenny drove away in pursuit of the van. The houses there were spread out and the area was full of trees. He didn't think he would be seen as he approached the small house, which had an attached garage on one side of the house. The latch on the door was open so he tried to lift the garage door. It had an electric opener holding it down. He walked to the side of the garage and was disappointed to find no window or side door.

He saw that all the windows on the back side of the house had blinds that were closed and it was quiet inside. He approached a rear door and, as expected, it was also locked. He continued to walked around the house toward the front and found a small window on the far side. It wasn't covered, so he looked in. He was looking into the center of the kitchen above the sink. On the opposite wall he saw the range and refrigerator. His peripheral view was limited to a small dining table on one side and, he guessed, the living room looking the other way.

The front windows of the house had heavy drapes drawn, closed. Charlie turned toward the back of the house again to knock on the windows when he heard the garage door start to open. He ducked down behind a large bush and watched as a white Dodge van pulled into the garage. He went quickly around the back of the house when the garage door started closing. He heard two male voices, but couldn't make out what was being said. The voices grew fainter as they entered the house from the garage. He went to the smaller of the two windows on the back of the house and listened.

"Wake up, sleepy head. Tonight is your big night," Charlie heard faintly through the window.

Another voice, higher in pitch said, laughing, "That's right, our little model is going to become a woman tonight."

Charlie felt his anger rise and debated the best way to get

inside. He was considering breaking into the back door when his phone rang. It rang three times before he was able to stand and pull it out of his pocket and press the answer key. Charlie heard the distinctive sound of a shotgun's pump action loading a shell on the back porch. "Drop it!" the man commanded.

"Hang on, Robert," Charlie said, lowering the phone from his ear. "I'm on the phone with Robert. He invited me over for the party."

"Bullshit," the man answered. "This is a private party and I don't know who the hell you are."

Charlie walked slowly towards the man, handing him the phone. "Then you tell him that."

The man watched the phone drop from Charlie's hand just inches from his own. Distracted, he dropped his guard long enough for Charlie to grab the extended barrel of the shotgun. Charlie, being a good 50 pounds heavier, pulled the man towards him with his left hand, and delivered a round house punch with his right, sending him backwards and stumbling over the raised porch. The man started to regain his balance and raised his head. Charlie gripped the shotgun barrel with both hands, swung it over his right shoulder and delivered a perfect 300-yard golf swing to the side of his head. The man rolled off of the porch into a motionless heap on the ground. A quick glance was all Charlie had time to give him as he knew there was someone else in the house. Charlie turned the shotgun in his hands ready to fire when he entered the house through the open rear door.

The pistol pointed at Charlie from across the living room disappeared along with the arm that was holding it, when Charlie pulled the trigger on the shotgun. He heard a scream from the bedroom and walked towards it. Charlie entered the bedroom with the shotgun still in his hands. On the bed, curled up in the corner he saw the dark brown eyes of a terrified young girl. She appeared small with the short blond hair Jenny has figured. The adrenaline was pumping so fast he was sure he looked like a crazed madman to the young girl. He set the rifle down beside the door.

"It's OK. I'm here to help get you home." He saw that the bed sheet wrapped around her was all that covered her. He opened the closet door and pulled out a robe. When he handed it to her he saw the cable and harness around her waist. She was shaking violently and wouldn't reach out for the robe.

"My name is Charlie and you're going to be ok now. Turn around and I'll remove that harness from your waist." The fear in her eyes faded only slightly, but she turned to expose the back of the harness. A lock held both the harness together and to the cable that had a second lock securing it to the floor. Robert has the key, he thought.

"Do you know where the key is?" He only received a negative nod. He put the robe over her shoulders. "I'll be right back. You aren't in danger anymore."

He went back outside and retrieved his phone. "Jenny?"

"Oh my god Charlie, what's going on? I heard the gun shot!"

"It's under control here. Where's Robert?"

"Headed back to the house, maybe only a mile away," she answered anxiously.

"Break off following him. I don't want to spook him and will take care of him when he gets here. Get to or call the police and bring them."

"Is Hope there? Is she OK?"

"Yes, she is. I need to get back in there." He glanced at the man still knocked out and quickly returned to the small bedroom in the house.

"What's your name?"

"Cindy," came her faint reply.

"Cindy, the police are on their way, but you have to be quiet until I can grab Robert and get the key, do you understand?" The fear rose again in her eyes at the mention of his name.

"Yes," Cindy answered softly, still huddled it the corner.

Charlie went to the garage, looking for anything to cut her loose. He had just picked up a roll of duct tape when the motor on the garage door opener started. He moved quickly back into the

123

house and waited. The sound of the garage door closing began as the side door from the garage opened.

Robert walked through the door and called out, "Hey Stan, Lance; you boys ready for the grand ope..." Robert stopped abruptly as Charlie pressed the shot gun against Robert's chest.

"Please give me a reason to send you to hell."

Robert dropped the bags he was holding, "What the Fu..."

"Party's been cancelled, asshole. Give me the key to release Cindy. Another word out of your mouth and you'll become wall décor, like your pathetic friend."

Charlie retrieved the keys and pushed Robert against the door, closing it. "Face the door, hands behind your back." Charlie taped Robert's wrists together and wrapping tape around his waist and pushed him down on the floor in the small bedroom. Charlie unlocked the harness from around Cindy's waist. "Cindy, get something to wear and wait in the living room. Oh...,"

He was cut off when he felt Robert's leg strike his ankle in an attempt to trip him. With Robert lying on his side, Charlie pivoted off his left foot and caught Robert in the stomach with a hard kick that forced all the air out of Robert's lungs. Cindy disappeared into the closet. Charlie taped Robert's legs together, wrapped the harness around his neck and locked it to the cable. He then turned towards the closet.

"Cindy it's ok now, you can come out."

He slowly slid the closet door open. She stood frozen in the back corner, holding the clothes she had gotten to wear. He took his phone out of his pocket and handed it to her.

"Here's my phone, Cindy. Take it with you into the other room. I'm sure there's someone waiting to hear from you."

She moved slowly out of the closet, reached for the phone and said, in a whisper, "Thank you."

When she saw Robert on the floor, she dashed out of the bedroom.

"How do you like that collar now?"

Robert started to shout, "You bas..." but quickly went silent

124

when he heard Charlie pump another shell into the shotgun.

Charlie passed through the living room to unlocked the front door. He paused a moment, hearing the words of joy fighting through sobs and tears from Cindy on his phone. He was sure it was occurring on the other end of the phone as well. He dragged the gunman that had bled out and died by the front door into the room with Robert, then closed the door.

He turned towards Cindy and asked, "Cindy, are you OK?" He received a very positive nod then smiled. He pulled the map from his pocket and handed it to her. "This is the address here." He heard her relay it over the phone and then he headed towards the back door.

Outside he found the first gunman still unconscious, but verified he had a pulse then wrapped his hands with the duct tape. He sat on the back porch and listened to the sound of sirens approaching. He smiled, when he heard tires squeal to a stop in the driveway, followed quickly by a desperate call. "Charlie!"

Moments later, he heard the front door swing open with a bang and Jenny's words. "Thank God, you precious thing."

Cindy sensing Jenny was on the right side, smiled and pointed toward the back door, still talking on the phone.

"Hope is OK. She's really OK, Charlie," Jenny shouted, flying through the back door.

"Cindy, her name is, Cindy." He rose to hold Jenny and found she was shaking. A combination of relief, excitement and just being an emotional woman, he figured.

"Cindy," she replied, pulling away from a kiss.

"Yeah, Cindy. Guess we blew it, found the wrong girl."

Jenny couldn't respond, when all the tension inside of her released in an uncontrolled laugh.

Shortly after the sirens had died in the driveway, a deputy came through the back door and asked if anyone was hurt. Charlie pointed to the man lying on the ground. "He has a pulse and is breathing, but that's all I know." Charlie handed the shotgun to the officer. After he'd taken the gun and put the man on the ground in hand cuffs, he turned toward Jenny.

"We need to talk to you about speeding when we get this sorted out," he said, smiling.

Charlie and Jenny laughed as they went back inside and sat in chairs across from Cindy. She was a different girl then, seeming to understand that it was over and she was headed home.

Jenny stood and approached her slowly with her arms reached out. "Hello Cindy, I'm Jenny." Cindy turned toward Jenny and moved easily into her arms.

"My family's coming here to get me," she said, through flowing tears. Jenny held her for a few minutes and felt her calm a little. She couldn't bear to think about what Cindy had been through and would hold her as long as she needed. Cindy reached around Jenny, and handed the phone back to Charlie.

"Cindy, your beautiful hair will grow back," Jenny said, and Cindy responded with an honest smile.

One of the officers came out of the bedroom and looked at Charlie. "Have you got the key?"

Charlie rose from his seat, handed the key over and replied, "Unlock the cable, but let him wear the harness for a while."

"Good idea," the officer said.

Ten minutes after Charlie and Jenny had finished their statements, they were approached by an attractive well dressed woman their age with short dark blond hair. Charlie figured she was a journalist or reporter but seemed to be in charge there. "Hello Mr. and Mrs. Watson, I'm detective Nicole Eberhart with the San Jose Police Department. I received a run down from Sergeant Ramirez who took your statement and wanted to personally thank you two for what you've done here." She handed Charlie her card.

"I'm Charlie and this is my wife, Jenny. We're just thankful we were here in time for Cindy."

"We've had Lance Morgan, the one leaving in the body bag, on our radar for some time, but could never get enough to put him away for good. That's one more major ped off the streets.

"Will Cindy be OK?" Jenny asked.

"She seems to be a pretty strong little girl. We don't know the extent of the abuse she's endured yet, but there are very good counselors ready to help her put her life back together. She told us she called her parents on your phone and they are en route here now. From what I understand at this point, there was no internal abuse of Cindy which helps a great deal in recovery from this type of trauma."

"Thank God for that," Jenny said.

"And again, thank you two. We'll be in touch if there is anything else we need. We have your contact information so if you want to leave," she said with gratitude as she stood.

"If it's not a problem, we'd like to wait until Cindy's parents arrive," Charlie asked.

"Not at all. You've earned the sight of this happy ending." She turned and walked to one of the arresting officers.

They had just sat beside Cindy again when they heard a cry from outside the front door. Cindy jumped up and ran into her parents' embrace as they rushed through the front door. A picture they would have forever because Jenny recalled her cell phone had a camera. Cindy's parents turned to face them, not letting go of Cindy with damp faces bearing relief.

"How can we ever thank you?" her father said.

"You just did. We can see the love there," Jenny replied.

As they were leaving the house, Charlie dug a card out of his wallet and handed it to Detective Eberhart. "Do me a favor, Detective, and tell this guy what happened here?"

"It'll be my pleasure Mr. Watson." The detective looked at the business card for Marina Police Chief Rodney Walker.

Charlie and Jenny walked past a news van as they were unloading crew and cameras. An eager reporter pushed a microphone towards them. "What's going on here?"

"Thank God. A change in plans," Jenny said without breaking stride toward their truck.

The next day Charlie and Jenny read the story in the newspaper that Cindy was only 13 years old. She had been abducted on her way home from school six weeks earlier. Lance Morgan, the inside gunman that died at the house, was a registered sex offender with a long history of child pornography. Stan Redmann, the outside gunman, and Robert Porter were without prior convictions. The computers and photography equipment that were taken from the house, the story continued, were being reviewed by the FBI with further arrests expected.

The story spread quickly through Marina and when they stopped in a few days later to thank Stacy for her help and to tell her what happened, she had already heard.

The mayor of Marina came out to their property twice in the week that followed, trying to talk them into receiving the key to the City at a ceremony she wanted to host in their honor. They thanked her for the thought, but with Cindy safely home, they just wanted to get back to Watson Manor.

Chapter 20

The last of the cement trucks had left and the foundation crew was busy smoothing the ground floor foundation surface of Watson Manor. It was a month prior that Cindy had first come into their lives and all three letters she had written to them were on the refrigerator door, just below the photo Jenny had taken when her family first arrived to take her home. Cindy lived in a small community north of San Jose, only two hours away from Marina. In her last letter she was hoping to come out and visit her new Uncle Charlie and Aunt Jenny after the New Year. She was doing well in counseling and Charlie and Jenny thanked the Lord daily for the difference a day could make.

Jenny was watching the crew work and had to really hold back from joining Charlie guiding one of the machines over the surface of the concrete. She knew he wouldn't drive every nail into the future structure, but felt assurance in knowing he would be there during and after contracted help was there each day.

"Hello, this is Jenny Watson," she said, retrieving her mobile phone.

"Hello detective. My name is Margret Wentworth and I really need your help finding…"

"I'm sorry, Margret," Jenny said, cutting her off. "I'm not a detective."

"Oh, I read in the *San Jose Mercury News*, that you and your husband tracked down and found a young girl that had been abducted. They didn't give her name."

"That's true, but my husband and I are not detectives. We're building a bed and breakfast in Marina, California."

"I was so hoping you could help me. I've run out of options," she said sadly, sounding defeated.

"Margret, who are you looking for?"

"My daughter, Gracie. I have the worst feeling she is in

trouble and needs some money."

"You don't have any idea where she is?"

"No I don't. Gracie left home in July, shortly after she graduated from high school. She turned 18 in April. I've not heard from her. Can you please help me find her?"

"There are agencies with resources I don't have that specialize in finding people. Besides, Gracie is an adult now. What about her father?"

"Her father, my husband James, is in hospice care and not expected to live much longer. Gracie doesn't know that and I really need to find her."

"I'm really sorry to hear that, Margret, but like I said, we are not detectives and I don't know how I can help you."

"I've tried those agencies; I was hoping to find someone that cared about people not just billable hours."

"Margret, I truly hope you find her, goodbye." Jenny disconnecting the call. She slowly slipped her phone back into her pocket and found it difficult to let go of the desperation she heard in Margret's voice. She walked over to where Charlie was working on the foundation and when he saw the look on her face he shut off the machine and walked over to her.

"What's that serious look about? Did we forget to put something under this concrete foundation?"

"No, it's looking wonderful, Charlie. I just got the strangest call."

"Another reporter asking about Cindy?"

"It was a lady looking for her daughter. I don't know how she got my number but mentioned the newspaper article about Cindy, and wanted our help to find her daughter." Jenny's face still held the concern from the call.

"Hopefully you told her this is not Watson Investigations."

"Of course I did, but she sounded so desperately in need..."

"Jenny, I don't like the sound of that." Charlie pulled her into his arms.

"I know, I know. I'm an easy mark. We've been so blessed,

Charlie. Maybe this is our way of giving back."

"I do love that about you, your open arms to the world. I'm amazed that we don't have a dozen stray cats and dogs around that you're feeding. Listen, we have a week before Christmas, and the work here is almost done. I guess we have a few days. Where is this woman?"

"I'll call her back," Jenny responded; a little too quickly, he thought.

Margret Wentworth was very pleased when Jenny called her back and set up to meet her at her home in San Jose the following morning.

When they entered Margret's upscale neighborhood, Charlie commented, "This is an expensive area. I'm surprised she couldn't find some professional help with finding her daughter."

"It doesn't look like it was a lack of money. She did say she tried but didn't feel like they really cared or something like that."

"Well we can see what she has to say and make a decision then."

They were greeted at the door by a very attractive, tall woman in her mid-thirties. "Hello, you must be the Watsons?"

"Yes," Charlie answered, "we're here to see Margret Wentworth."

"That's me, won't you come in?" Margret stepped back as they walked through the door.

The entry and living room had marble floors; the large tiles matched and were set tightly together to appear the floor was cut from a single piece. A large crystal chandelier hung over their heads from a ceiling 12 feet above them. It was a large, open room with large throw rugs defining separate areas within the room. She led them to an area that could have been featured in *Better Homes and Gardens*. A huge fire place stood seven feet tall and equally as wide, faced in dark mahogany wood with book shelves on both sides, which held classic leather-bound literature. Comfortable overstuffed leather chairs, each having a swing over the back floor lamp, were set on both sides of the fire place, facing a matching 15 foot couch defining the back boundary of this space that faced the fireplace. They sat on the couch across from Margret and Jenny turned to face her. "Excuse me for saying so, Margret," Jenny began, "but you look way too young to have an 18-year-old daughter?"

"I married Gracie's father when she was 17."

"We're really sorry to hear about your husband, James," Charlie offered.

"Thank you. Can I get you something to drink?"

"Coffee, if you have some, would be great." Charlie replied. Then, turning to Jenny asked, "Honey, do you want some?"

"Please; just black for us, thank you." When Margret left the room headed for the kitchen, they both looked around the large room. Jenny turned to him. "This is really some place, maybe the lobby at Watson Manor?"

"Yeah, and the dining room, bar and front desk too." Charlie replied following her eyes around the massive room.

Margret returned and set the coffee on the table in front of them. When she was seated Jenny took the lead. "I'm still not sure how much help we can be in finding Gracie. Have you spoken to her friends?"

"I've tried several times. I think they still see me as the outsider." Margret's smile faded and she handed a folder to Jenny. "We need to find her. Maybe you will have more luck talking to them."

Jenny took the folder and opened it. There was a 5x7 photo on top that appeared to be Gracie's high school senior photo. Behind that she found a few more photos. She pulled one out with Gracie standing next to a man in his fifties and showed it to Margret. "She is a beautiful girl. Is this her father beside her?"

"Yes, that's James. There is a list of her friends in there with phone numbers you can try."

"Why did she leave home?" Charlie asked.

"She wanted to spread her wings, I guess. James was beside himself when she left and didn't have a clue either."

"You feel certain she left willingly, not taken?" Charlie asked.

"Almost all of her clothes were gone along with her car. She also left a note."

"Do you still have the note?" Charlie asked.

"It was sent to James at his office, I never saw it. He just told me she said she loved us and needed to make her own way."

"Was there a forbidden boyfriend?" Jenny asked.

"Not that I'm aware of. She spent most of her time with her friends at their homes, maybe they know of someone."

"It sounds like you two weren't very close?" Charlie asked.

"I love her, Mr. Watson, and tried to be her friend. She always saw me as an intruder after I married her father."

"Where's her mother?" Jenny asked.

"Connie died when Gracie was 16."

"That must have been rough on her. Can we speak to Mr. Wentworth?" Charlie asked.

"He slips in and out of consciousness at this point, I'm sorry to say. I will sit and talk with him for hours and I don't even know if he is aware I'm there."

"What can you tell us about Gracie? Was she wild, a good or poor student…smart?" Jenny asked.

"She was a very good student; kind of reserved I'd say, though. I expected her to go to college. Her leaving took us all by surprise and that's why I want to make sure she is ok."

"Can we look at her bedroom? Get a feel for her and what she liked?" Jenny asked.

Margret got very quiet and her eyes got moist. "It was so painful to see James sitting in her room. I had it redone as a guest room two months ago. Excuse me a minute." She stood quickly and left the room. A few moments later she returned with a box she put on the table then sat down again. "Here are the things she had in her room. As I said, she took most of her clothes and things."

"You mentioned she might need money. Did she have any when she left?" Jenny asked.

133

"Almost four thousand in her savings account. She closed that account when she left."

"Did she drink, use drugs?" Charlie asked.

"I never saw any indication. She was reserved, as I said, not the party girl type."

"If we can get any indication from her friends where she might be we'll let you know. Otherwise we'll bring this box and file back," Charlie told her.

Margret handed him a check for five hundred dollars and said, "That's for today, and three hundred a day if you find some leads. There's $5,000 in it for you, when you find her."

Charlie stood, took the check from her and said, "If we don't get anything from her friends I'll bring this back too." Jenny stood and looked around the room slowly before she headed for the door.

Margret walked them out. "Anything you need, call. I hope you can find her."

"We'll try," Jenny said, shaking Margret's hand at the door. Headed back to his truck after the front door had closed, Jenny looked at Charlie. "Did you see one photo of Gracie in that room?"

"No." He put the box in the back seat of his crew cab pickup. "I didn't feel any love or warmth in that room either."

They drove through a fast food restaurant and took their lunch to a picnic table in a park close by. Jenny wanted to go through the box before calling anyone on the list they had been given, to get a better feel of Gracie. Jenny took a bite of her cheese burger and pulled two high school yearbooks out of the box. "These are her sophomore and junior yearbooks, is her senior book in there, Charlie?"

"No more yearbooks in the box, she must have wanted that one and took it with her." Charlie looked back in the box again and pulled out an envelope stuffed with paycheck stubs. He removed one. "Looks like she worked at a Sizzler restaurant while in school."

"Sounds like we have a place for dinner then." Jenny closed the yearbooks. "She looks like a good kid to me. She was in the debate club, honor roll and class Vice President in her junior year."

"Are any of the people who signed those books on the list Margret gave us?"

"There's a thought. I got more than just your good looks when I married you." Jenny smiled and pulled the list out of the folder.

"We just don't have the time to put *that* extensive list together," he told her.

Jenny looked at him and smiled. She tore a corner off of the list they'd been given and handing it to him. "Oh yea, see if you can fill this up with my new benefit package as Mrs. Watson." They both laughed. "Clearly Stef is her best friend and there's a Stefanie King on the list. There's a Mandy that may have also worked with her. I'm getting that from a comment in the year book, 'cleanup at the salad bar, all in a day's work'."

"The only things left in the box are some college brochures for a few state universities in California; Santa Barbara, Irvine and Fullerton... and a pendent that says 'Go 49ers on it'."

"The San Francisco 49ers?" Jenny asked.

"Could be, but the football team at Long Beach State is also the 49ers. I did live there for a while, you may recall."

"Let's call Stefanie King and see if she has any information for us."

"I wouldn't mention Margret's name yet. I don't think her name opens doors at this point." Jenny reached for her phone and dialed the number for Stefanie King.

"Hello?" a woman answered.

"Hello, Mrs. King, is Stephanie home?"

"No, she's away at school. Who is this?"

"My name is Jenny Watson and I'm trying to locate Gracie Wentworth. I was given your daughter's name as a possible way to locate her."

"I know Gracie, but haven't seen her for some time now. What's this about? And who gave you my number?"

"It's about her father, James, and I got your number from her mother."

"Gracie's mother died two years ago! Connie was a very dear friend of mine. Why don't you leave Gracie alone, hasn't she been through enough!" Then the phone went dead.

Jenny turned to Charlie. "You've got a point. Gracie's step mothers name doesn't grease any wheels."

"Oh, I heard the warm reception from over here. I think we saved you a black eye by not knocking on her door. Give me Mandy Nelson's phone number and let's try a different approach."

"Hi," a young woman answered.

"Hello, is this Mandy Nelson?"

"Yes."

"I have your name on a reference list. Do you know Gracie Wentworth?"

"Yes, we're friends, and worked together."

"At Sizzler, I know. I have a check in my hand for five hundred dollars with Ms. Wentworth's name on it. Do you have an address for Gracie so I can send this check to her?"

"Gracie doesn't work there anymore."

"Yes we know that. Going through the records we found she earned this money, but it slipped through the cracks and I am trying to get it to her. We know she isn't living with her parents at this time."

"I don't know where she is. I haven't seen her for almost six months. I know her and Stef, Stefanie King, always talked about going to college together."

"Mandy, do you recall the college they talked about?"

"All I remember is that they always talked about warm Southern California beaches."

"Thank you, Mandy, for your help. Oh one more thing; do you know if Gracie had a boyfriend we might call?" Charlie asked her.

"Tom Rey, in her junior year, but they didn't date as seniors. She was really focused on getting good grades, you know always too busy studying to go out and have fun."

"Thank you, Mandy." Charlie disconnecting the call. "Jenny, I think it's important we find Gracie to tell her about her father, but there are cards here we haven't seen yet."

"I know what you mean. I feel the same way. Did we learn anything from Mandy?"

"She doesn't have anything specific, only that Gracie and Stefanie talked about college and warm Southern California beaches. What's the last name on the list?"

"Steve Crown, I'll call this time." When she dialed her phone, Charlie pulled the yearbook over and searched for Steve. He was in her junior class but hadn't written in her yearbook.

He turned to Jenny as she was disconnecting her phone and she said, "Steve is at West Point. His mother knows Gracie, from the debate club meetings, but Steve had a girl friend his senior year. She was really surprised when I mentioned James Wentworth was in hospice care. She said he looked really healthy at the graduation ceremony in June."

"Did you mention Margret?"

"She doesn't know her, only that she and Gracie had a strained relationship."

"I don't know how much we can determine by that," Charlie said. "Losing her mother and another woman moves in so soon afterwards, maybe it's a common point of friction."

"There's no doubt Margret wants to find her and make sure she's OK."

Charlie picked up his phone and dialed. After he heard her greeting, he said, "Hello Margret, this is Charlie. We've not gotten anything positive at this point but Jenny and I are going to talk to the manager at Sizzler tonight. What kind of car does Gracie have?"

"A new white Audi convertible we gave her on her 18th birthday."

Charlie took a minute to absorb that. He knew the Wentworth's weren't exactly collecting unemployment checks but he was still surprised. "You mentioned you were trying to give

Gracie some money to help her out?"

"Yes, she has a trust fund. At 18-1/2 years-old, which she is now, she can sign a release and a check will be sent directly to her."

"Did Gracie know about this fund? How much are we talking about?"

"No she doesn't. I'm sure the four thousand she had won't take her very far. The fund is one hundred and fifty thousand dollars, Charlie. That's why it's so important that we find her."

"And to learn about her father's medical condition, right?" Charlie asked.

After a moments silence. "Yes, of course. We don't know how long he will hang on. Also, she can have the money wired to a bank right away if you find her. It might be better if I was the one to tell her about her father. She should not hear that news from a stranger."

"OK, I got it. I'll call you in a couple of days, if we have any luck." Jenny saw confusion all over his face and gave him a minute to sort it out.

"So what was that all about?"

"We have a few hours before dinner, let's find our computers at the Cambrian Library again and see who James Wentworth is this time."

"I hope they won't want to charge us rent, if we keep this up."

He told her about the conversation with Margret on the way to the library. Jenny understood his confusion and they located the computers in the back. Jenny sat down and searched James Wentworth. The screen quickly filled with articles about him in the *San Jose Mercury News*. Seated side-by-side, they read through a dozen stories and learned James Wentworth was the CEO and founder of Wentworth Software Inc, a company worth 25 million dollars. He had been rushed to the hospital on September 12th and there was no diagnosis for his rapid decline in health. As his condition continued to decline, he was moved to hospice care.

Another more recent article indicated the nose dive in his

condition was arrested slightly and had stabilized to some degree, but there was little offered to indicate a turn around.

"My God, Charlie. We've got to find Gracie fast."

"I think our table is ready at Sizzler." Charlie took her hand to walk back to the truck.

It was 4:30 p.m. when they arrived at the Sizzler listed on Gracie's pay stubs. They asked to see the manager and waited while the hostess went to find him.

"Hello, I'm John Sutter. You asked to see me?"

"Thank you. Do you have a minute to talk about Gracie Wentworth?" Charlie asked him.

"Oh, I hope nothing's wrong. She was a model employee and waitress here."

"Can we sit for a minute?" Jenny asked.

John led them to a booth in the back. "We're just getting ready for the dinner crowd, so I have some time. What's this about?"

"Gracie has been out of touch with her family. We're trying to locate her to tell her about her father's condition," Jenny told him.

"I've read about him in the paper. What tragic news. Gracie told us she was leaving and gave notice for the end of June."

"Do you have any idea where she went, John?" Jenny asked him.

"You mean her family doesn't know where she is?" John was surprised. "I rarely meet or have the pleasure of hiring a young person that shows more sense of responsibility then Gracie did. It sounds like we're talking about a different person."

"Her step-mother asked us to find her. All we can gather is that there were some problems and Gracie surprised everyone, packed up and took off. She left before her father took ill and we are trying to find her to tell her about him."

"She worked here over two years and I didn't know there were problems at home. She did ask me for a letter of recommendation, which I gladly gave her. When she left here I just assumed she was headed to college, out of the area."

"We're going to stay for dinner. Can you ask your employees if they might know something? Or, if you think of something else, please come tell us?" Charlie asked.

"Absolutely. Like I told you, Gracie was special, and well liked around here." John slid out of the booth and approached a group of employees that were stocking the salad bar.

They were eating their steaks when three girls walked over to their table. The one elected as the spokesperson asked them, "Are you the ones looking for Gracie?"

"Yes, can you help us find her?" Jenny asked.

"We knew she couldn't wait to graduate and get out of the house, but she didn't tell us where she was going."

"She was smart," One of the other girls said. "You'll find her in college somewhere."

"Do any of you know, Stefanie King?" Jenny asked.

"Just that she was a close friend of Gracie's."

"Do you have any idea where Stefanie went to college?" Charlie asked them.

"I heard somewhere back East, I think." One girl offered as the group glanced at one another.

"Thank you girls. Is there anything else you can tell us about Gracie, to help us find her?" Jenny asked.

"I don't think she wants to be found," the group spokesman said as they walked away.

"They probably know more than they're telling us. I think the 'back East' was to throw us off, Charlie."

"Unless it was Mandy, trying to do the same thing. My gut tells me if we find Stefanie we will be close to Gracie."

They finished their dinners deep in thought about the next step. On their way out, they saw the manager and walked over to him. "John, did you think of anything else that would help us?" Jenny asked.

"No. I'm very sorry. I hope her father gets better and that Gracie is OK."

"Thanks," Charlie said as they left the restaurant.

"Do you think we can learn anything from the hospice where James is?" Jenny asked.

"Not really. If we could talk to him, maybe, but none of the staff there have ever met Gracie. Let's go home and get an early start tomorrow for Southern California."

On the drive home, after Jenny had called information for the number, she called the administration office of California State University, Long Beach only to discover they were on Christmas break until January when the new term began. She relayed that information to Charlie.

"We sure don't have much to go on here, Jenny. If I didn't think Gracie really needed our help, I'd go back to decorating our Christmas tree and watching the concrete foundation dry."

"Oh, and I thought I was the soft touch in this partnership."

"Partnership?" Charlie asked playfully. "We're newlyweds, focused on exploring each other?"

"That's the best part, but we are partners in Watson Manor *and* Watson Investigations."

"There is no Watson Investigations. There is Watson Manor and chasing my side-tracked wife's big heart."

"It seems to me, mister, its following the Watson's big heart."

"So, you're not buying the hard core lumberjack image I'm working so hard at?"

"You needed more drama classes in college to pull that off. I couldn't love that guy inside more than I do, though." Jenny leaned over the center console and kissed his cheek.

Chapter 21

Charlie and Jenny packed for a few days and left Marina early Saturday morning for Southern California, armed with little else, but the hope of an answered prayer to finding Gracie Wentworth. They decided 'warm Southern California beaches' was not Santa Barbara, so they headed further south to Long Beach State University as their first stop.

The campus was pretty much deserted, given that it was both the Christmas holiday and the weekend. There were a few girls around the campus dorms, but Charlie and Jenny had no luck with either the picture of Gracie or the blown up yearbook picture of Stefanie King. The dorm supervisor told them she had not seen either of the girls and didn't think they lived in her dorm.

Figuring both girls were attractive, they walked over to a group of guys on the basketball court and asked if they had seen them. The reaction they received was that if they had seen them, they surely would have remembered them. They spent the next couple of hours talking to everyone they saw on campus, but without any luck.

Finding a phone booth, they compiled a list of the Sizzlers in the area and drove to each of them within a ten mile radius of campus, another dead end. None of the managers or staff on hand had any information on the girls. They sat down for a late lunch.

"This is frustrating. We don't know if they are living on or off campus or even which campus," Charlie said.

"I know, but we just got started and it's important," Jenny replied.

An idea crossed Charlie's mind. "Do you have Stefanie's home phone number?"

"Yes." She dug the list out of her purse. "But Mrs. King was of little help before."

"Maybe I can get the school out of her another way." He took the list from her and punched in the number.

"Hello?" A male voice answered, giving Charlie hope.

"Hello, Mr. King. My name is Charles Watson, Dean of Admissions at Cal State University in Long Beach. I have an application and approval for Stefanie King in front of me but we have not received a confirmation or a request for a delayed entrance date for her."

"What school did you say you're from?"

"Cal State University in Long Beach, Mr. King"

"Well that's the problem, she's not at your school."

"So I can close this application. Can you tell me where she's enrolled?"

"Yes, our Stefanie is at San Diego State University."

"Thank you, Mr. King. That's a great campus and I'll note it in our records. Goodbye."

Jenny saw the huge grin on his face and excitedly asked, "OK, don't hold back, where is she?"

"Ever been to San Diego, partner?" He held his grin.

They finished their late lunch and made the three hour drive south to San Diego. It was 7:30 p.m. when they arrived and found a two-level motel on Harbor Blvd that overlooked the bay. The bay boardwalk, a block away, had drawn them. They strolled, holding hands, looking at the boats in the water and the metal art sculptures along the boardwalk.

"Looks like you could've sold Jake's work here," Jenny said pointing at a large metal sculpture.

"He sold every one he made."

"Yeah, right, to you."

"Let's go to Seaport Village for dinner and pick up our search in the morning." She nodded agreement and they walked the length of the boardwalk to the USS Midway Aircraft Carrier Museum then doubled back to their motel. In an effort to conserve water, they showered together. After 35 minutes of water conservation they grabbed both their breaths and their towels to dry off.

Seaport Village was a wonderful distraction from their search for Gracie, though they still caught each other being a little more observant of the people around them. Gift shops and restaurants were scattered around, painted bright colors and had individual architectural styles, not a wall of store fronts. The open areas between the buildings had entertainers and small sales carts. It was very crowded with families, couples and groups of teenagers walking around. They strolled through several shops and had dinner at the San Diego Pier Café, overlooking the bay.

After dinner, they walked along the bay and were fascinated by the rock structures, large and small rocks balanced and stacked on each other into four and five-foot-tall towers. They saw them all along the harbor side. Charlie pulled Jenny around to the park side of the bay and said, "Let's build one for us."

"I'm in." Jenny didn't need further coaxing. "Is this a partnership or competition?"

"This is a newlywed monument. We work together. The competition will be next year, when we're an old married couple."

They quickly learned it was a delicate process and, after an hour of restacking rocks, they left, pleased with their personal three-foot monument. To reward themselves, they left the ice cream shop, each with a double scoop cone. They did, however, walk directly to the truck in the parking lot without confirming that their rock monument was still standing, and drove back to the motel.

Sunday morning was cool but clear, and they walked to a cafe close by for breakfast.

"Promise me you'll bring me back here in the summer," Jenny requested, pulling the zipper up on her jacket.

"Works for me. There's a lot to see here, not to mention scoping out a place for Watson Manor number two."

"The concrete on Watson Manor number one is still wet. Not getting ahead of yourself are you?"

"With you in my life, Jenny, it's great looking forward."

"I see you brought the romantic with you."

"Always close now. So we start with the State University

campus?"

"Lord willing, we'll find her quickly," Jenny said.

"He was there for Cindy. I hope His help for Gracie is not too much to ask."

When they arrived on campus, they headed toward the dorms. "I wish I would've thought to ask Mr. King if Stefanie was living on or off campus," Charlie said. "Only for the records, of course?"

"Just be glad you didn't get Mrs. King when you called."

They passed through the student quad area and noticed traffic moving in and out of a cafeteria and walked over towards it. They were rewarded in the first group they approached.

"Hello, guys, I'm Jenny and I hope you can help me? Have you seen Stefanie around campus?" She handed one of the guys Stefanie's photo.

"I'm Doug. That's Stefanie, alright. She was in my freshman comp class last quarter."

"Do you think she lives on campus?"

"My comp class was, like, my end of the day, 3:30 to 5:00. We talked a little, but I'd have to say she walked to the parking lot after class, not the dorms."

"Did you ever get a look at her car?"

"Yeah, one awesome set of wheels. A bright red Camaro. I'm talking fire engine red, man."

She turned to Charlie and in receiving a nod to keep the flow going, she handed Gracie's photo to Doug. "Doug, have you seen this girl, Gracie Wentworth?"

"She's a real babe, but don't know that one." His response drew the other three guys over to take a closer look at the two photos.

"Maybe," one of the other guys said, "at the Break Time. Hey Steve didn't we see them there last month?"

"The first one for sure," Steve offered. "I guess the gal she was hanging with could be this one." He pointed at the photo of Gracie.

"The Break Time, where's that?" Jenny asked.

"A hang out in The Gas Lamp District," Steve told her.

"Thank you all for the help." Jenny moved toward another group of people. They stayed in the quad area during the breakfast cycle asking for help from everyone they saw. When the crowd died down, they walked around campus in search of others. They returned to the cafeteria during the lunch hour which brought a new set of faces. Charlie wrote down the contact information that was posted on the student bulletin board offering off-campus housing.

"Not bad, Detective Watson," Charlie said, walking towards the truck. He looked at his notes. "We have 11 confirmations from Stefanie's classmates, five of them are sure she lives off campus; three possibilities that they've seen Gracie, but always off campus. Then there's, the three popular hang outs."

"Don't forget, we also have, like, a totally awesome fire engine red Camaro, man." Jenny didn't attempt to hide her enthusiasm for the day's success.

"Before we find lunch, babe, let's cruise through the housing area for that very same set of wheels."

They reached the truck and when Charlie opened the door for her, he thought he saw someone watching them from a few rows over. He walked around behind the truck casually, not wanting to alert whoever it was, but got another glance. When he backed out of the parking spot, he noticed the man was gone. They drove slowly through the housing area and looked for either car, the white Audi or red Camaro. A black, late model Ford Taurus, lingered beyond the exit of the parking area.

"What do you want for lunch?" Charlie asked her.

"Let's find some fast Mexican. Del Taco is my first choice. We can check out some of the off campus housing after that."

"Works for me." They drove around for five miles looking for the restaurant. Charlie was convinced the Taurus was following them. They were good; professional, he figured. "Things just got a little weird Jenny." He pulled into the Del Taco parking lot. "Don't look now, but we're being followed by a black Ford Taurus. Instead of the drive through, let's go inside and see what they do."

"Really?" she responded with surprise. "It's not too many spy movies when you were a child?"

"I'm serious Jenny. Not a joke this time." She realized he was serious and became very quiet as they parked and entered the restaurant. "Do a casual look outside the windows on your way to the bathroom."

When she returned, Charlie was already in a booth that allowed him to watch the Taurus across the street. She sat down across from him. "I see it, the black car across the street? This is getting a little creepy Charlie."

Charlie opened his burrito. "Act normally and eat while we try to figure this out. The guy I saw in the parking lot was our age, casually dressed in a jacket and blue jeans. I didn't get the feeling he was campus security."

"Did you happen to see his license plates? Maybe a plain clothes cop?"

"Regular plates, not exempt and he isn't moving out there."

"All the kids we spoke to today were just that, kids. You said he's our age?"

"Closer to me than you I think. I don't recall seeing him before the parking lot, but then again, I wasn't looking for a tail."

"Besides the kids we talked to, that I don't think are capable of this, who else would follow us?" she asked.

"God, I wish I knew the answer to that. I'm not comfortable leading whomever that is out there to either one of the girls." Charlie and Jenny finished their lunch, left the restaurant and pulled out into traffic. "They are definitely following us."

"Well this is the second time, I wished I was driving a common gray Honda," Jenny told him.

"What does that mean? Oh yeah, when you were following Robert in this truck. Wait a minute, you're brilliant Jenny. Let's kill two birds with one stone. Send this guy the message we're going out of town and get that gray Honda."

147

"Ok, I'm with you on the brilliant part, but need a little help on the rest."

"Let's lead them on a plane ride," he said with a smile.

They drove back to the motel and packed their bags. Charlie went to the front desk to give the impression, if anyone was watching that they were checking out. What he had actually done was pay for one more night in a different room on the opposite end of the motel.

They drove to the airport and he explained his plan to Jenny. When they were at the airport unloading area, Charlie caught an opening in traffic and abruptly crossed two lanes to the United Airlines curb. Jenny jumped out and went quickly inside. Charlie confirmed the tail didn't make it over to the curb and that no one had jumped out of the car. He drove to the short term parking lot, parked the truck, grabbed their bags then headed for the elevator. Once inside he pressed the level three button for ticketing. When the doors opened, without moving, he selected level two figuring that the guys following them took the stairs and they would pass each other.

On the level two concourse he crossed quickly and heard a boarding call from an over head speaker. Convincing back-ground noise, he thought. He found a three-foot wide opening between wall lockers to duck into and punched the number into his phone then waited for the next announcement. When it came, he hit 'talk' and waited for an answer. When the call connected he spoke quickly.

"Hello Margret. Charlie here. In a hurry, but will call you later. We have a strong lead pointing to Arizona State University. Last call, gotta' go." He disconnected the call half-way through another flight announcement.

He checked to ensure he was clear of observers and caught the down escalator toward baggage claim and rental cars. A short ride on the Avis bus took him to the rental yard where a honk from the exit gate caught his attention. He walked over, threw the bags in the back seat and slid into the passenger seat. He turned toward

Jenny, with the most disappointed look he could muster. "I thought we were going for a gray Honda?"

"Gray Honda or white Nissan, explain the friggin' difference?" She attempted to keep a straight face, but they burst into laughter and, after exchanging high-fives, were on the road headed back towards San Diego.

Chapter 22

Most low rent student apartments had open car ports instead of garages, which sped up Charlie and Jenny's search for the two very distinctive cars. They also discovered there were a lot of low rent student apartments around the university. It was after six and getting darker so they drove to The Break Time in hopes of catching a lead. They realized there was no hope of fitting in as it was a college pub in the front end and had a back room with a band playing. They scanned the bar and tables which seemed to be an older crowd without any luck.

"I think the band in the back room might draw the younger crowd," Charlie suggested.

"Worth a shot." They headed toward the back where the band was playing.

"This place is packed," Charlie said. "But it *is* Christmas break after all and there's no class tomorrow."

"I've been thinking about Christmas break and why Stefanie is not at home. The only thing that makes sense is that Gracie is here also."

"There's the possibility that Stefanie found a boyfriend." They walked through the room trying not to draw too much attention. Jenny gasped when Charlie suddenly grabbed her arm. "We have to go, now!" He led her quickly out of the club.

"What's going on, Charlie?" she demanded as they crossed the street.

"I saw the guys we talked to on campus. I'm concerned that seeing us again they might spread the word around and spook the girls. We need to be ready with more than the story Margret gave us."

"We're here to tell her about her father and the trust fund," she said.

"I think we're here to help Gracie sort through this mess. I

150

have more questions than answers. I think with her father close to dying this trust fund Margret is presenting is a little shady."

"You're probably right. I didn't trust her when she told us she remodeled Gracie's room. That's not something a loving parent does."

"I didn't trust her when she hired us to find Gracie, period. I guess she figured we wouldn't ask the wrong questions or have the contacts that professional agencies have to question her motives."

They walked to the car through the parking lot looking for either Gracie's or Stephanie's car. When they arrived at their rental car they and got in.

"I was wondering, why didn't Gracie know about the trust fund?" Jenny asked him.

"Maybe, it didn't exist until James was sick. Possibly an attempt to have Gracie release her interest in her father's company and assets."

"You think it looks like its releasing funds for college, but it's a buy out?"

"We need to get some answers, let's find out who Margret is," he said.

"In the morning we can do some research. Tonight we should continue to search for the girl's cars while we're clear of whomever was following us."

"Makes sense. You're not just another pretty face, Jenny." He kissed her.

Charlie started the car and drove back to the apartment complexes close to the college. They searched a couple of hours and it was about 8:00 p.m. when Jenny crossed another complex off her list.

"Let's take a look at the Sizzler parking lots, they close around 9:00, I think. It bothers me that no one has seen Gracie on campus," Jenny said.

"If she left home in a hurry back in July, maybe it was too late to get an application into the school for the fall quarter."

"If Stefanie was already set up here, then this is where Gracie would want to go to school," Jenny said.

"I get that, but if they always talked about going to college together, why wouldn't she have sent in her application during her senior year?"

"Maybe she did, but to a different college. We've heard more than once that she didn't want to be found by Margret"

"That could be it. I'd sure like to talk to Gracie."

They found a white Audi in the third Sizzler parking lot they drove through. It was parked way in the back, where the employees are supposed to park they figured.

"What do we do? I really want to go in and see if it's her," Jenny said excitedly.

"It's almost 9:00, I think we should wait and see who comes out. I don't want to spook her. We'll know soon enough if it's her."

"I know. It's just driving me crazy, and no comment from you that it would be a short drive."

"I'd never say that," Charlie said, acting insulted. "I'd have said *that* trip was over." He laughed as Jenny gave him one of her playful slaps to his arm.

The lights dimmed inside at 9:15 and one wave of employees left the restaurant and went to their cars. It wasn't until 9:45 that Jenny spotted her. "There she is."

"Let's hope she drives home," he said as Gracie got into the Audi.

"It'd be great if we had one of those tracking devices we could put on her car," Jenny said excitedly as they followed Gracie out of the parking lot.

"Need I remind you, detective, we're not in this business?"

"I just got a little confused by being on a stake out, trailing our quarry and doing that hide-and-seek thing at the airport," she said, smiling.

They followed Gracie into an older neighborhood of small houses with single car garages that were probably built in the fifties. Charlie stayed back as far as he could without losing her. When he turned the corner he almost missed the Audi turn left into a driveway halfway down the block. He shut off his lights, pulled to the curb and waited until Gracie had gone into the house.

"Now we know where she is and need to find out why," Jenny said softly. They waited fifteen minutes before risking a drive past the front of the house. Charlie was about to start the car when Jenny grabbed his arm. "Wait, let's take a walk past the house from this side of the street. Less suspicious than a slow drive-by and, if we're seen, we can always walk around the block."

"Good idea. We'll get a better look that way." Charlie got out of the car and Jenny met him on the sidewalk. Hand-in-hand they strolled casually down the block. There was a large hedge between the houses that blocked their view until they were across the street from the house. The lights were on in the house, but drapes were pulled across the front window. Charlie paused briefly to see if there was another car in the driveway, but there wasn't.

"25673 Candlewood," he said, as they walked past the house. Doubling back after walking past a few more houses down the block, didn't yield any new information. When they reached the car, Charlie returned Jenny's broad grin of success.

They drove back to the motel and parked on the back-side, away from Harbor Blvd, pleased that they hadn't seen the Ford Taurus that followed them before. Quickly they entered their new room and Jenny headed directly to the bathroom. Charlie sat at the small table and was going through his notes when he heard the shower. He wanted to join her, but started writing down the questions they would seek answers to in the morning. It seemed that every question he came up with triggered two more. When he heard the shower shut off, he sat back to review his list. Jenny came out with a bath towel wrapped around her body and another around her head. "Your turn," she announced.

"Did you leave me a towel?"

"I think there are two hand towels left. Oh, and a couple wash cloths, I'm sure of."

"Thanks; you're all heart. Jenny, look over my list as I search for some soap." He got up and took his turn in the shower. When he was done and opened the door he saw Jenny at the table working on the list of questions.

Jenny looked up and gasped when she saw him. "Oh my God." She jumped out of her seat and went over for a closer look at him. She slowly let her hand explored his face that lacked the beard and mustache he went in with. To Charlie's relief, an approving smile crossed her face. She let the towel drop to the floor and said with urgency, "Hurry, before my husband comes back!"

She pulled him to the bed with excited anticipation. Later, when their breathing returned to a slow and steady rate, she rolled out of his arms and turned on the bedside lamp. She studied his face for a long time. His expression alternated between a smile and look of concern until she smiled broadly. "I like it. I like it a lot, Charlie. I think you're taking this undercover investigation thing a little too far maybe, but..."

She was cut off when he grabbed her and pulled her into a distracting passionate kiss. "Speaking of undercover work..." he said, as their heart rates rapidly shot through the roof again.

Chapter 23

Charlie and Jenny skipped breakfast Monday morning and were seated in front of a computer at the Campus Internet Cafe moments after it opened. They hadn't found anything more recent on James Wentworth but scrolled back through articles looking for anything on Margret. Jenny found an announcement about their wedding in June of 1994. Her name had been Harris before. The article mentioned she was from Boise, Idaho and moved to San Jose in March of 1993 when she accepted a position at Wentworth Software.

Jenny searched for Margret Harris in Idaho and little was available. She scrolled down through the items and on the second page found something that caught her eye. It was an obituary dated October 18th, 1992, for a Franklin Harris, survived by his wife Janise M. Harris. She opened the article.

"Look at this, Charlie."

Charlie was beside her on a different computer. He was searching for information and noting anything he could find on the hospice where James was or his illness. He leaned over to Jenny. "What've you got?"

"If this is her, Harris wasn't her maiden name," she answered reading the article. "It says Franklin Harris and his son Gregory Harris, age 15, were buried side-by-side in Our Lady Cemetery following a climbing accident. You take Franklin Harris and I'll go after Janise M." She turned back to her computer.

It didn't take long to learn that Franklin Harris was the owner of four McDonald's restaurant franchises in Boise.

"Here it is, Jenny," he announced, reading to her about the accident. "They were both experienced mountain climbers and were discovered by a park ranger at the base of Devil's Face in Northern Idaho on October 12th. It indicates that their equipment failed, causing them to fall 150 feet."

"Wow, that's horrible." Jenny turned back to her screen and after a few moments turned to Charlie and asked," You want to take a guess what the M, in Janise M, stands for?"

"Ok, it may sound wild and out there, but Margret?" Charlie locked eyes with Jenny.

"Right. Did you find anything more on James' illness or where the hospice is?"

"It's a place called Mountain View in San Jose. Everything I've read indicates that the medical staff involved is very puzzled. We need to call them, maybe learn something. I want to talk to the park ranger, at Devil's Face in Idaho too and see if anything looked suspicious when they found Franklin and Gregory Harris."

"I'll call Mountain View and you call the ranger," Jenny suggested. She called information on her phone and was quickly connected.

"Mountain View, how may I direct your call?"

"Hello. I'm calling on behalf of Gracie Wentworth. Her father, James Wentworth, is in your facility and I was hoping to speak to his doctor," Jenny said.

"I'll connect you to the third floor nurse's station." Following a short delay her call was forwarded.

"Hello Miss Wentworth, I'm Betty the head nurse. We've not had the pleasure of meeting you here."

Jenny figured she would go along with the misunderstanding. "Please call me Gracie. I'm away at school and trying to get home soon. How's my father doing?"

"Gracie, I'm sorry. We can't release that information over the phone without verification."

Jenny pulled her notes from her purse, searching for anything specific she could give the nurse. "Please Betty, my stepmother and I don't get along. I just heard about my father's condition. I'm his only child; surely I'm listed as relation. We live at 13824 Pine Crest, in San Jose. Please, I'm so frightened for my father."

"Ok, dear, I didn't want to upset you, the rules. I'm pleased to say, he has stopped declining, but we still don't know what happened to trigger this. He's still in a comatose state, I'm sorry to say."

"May I speak to his doctor?"

"Certainly. Doctor Hunt is on duty today. I'll page her for you."

"Oh. Betty…does my step mom Margret come in to see him?"

"Yes; rest assured, he is cared for. She comes in every other day, like clockwork," Betty told her.

"I'm sorry to bother you, but does she read to him or just talk to him?"

"Actually, she was here earlier today. She doesn't usually stay very long each time. Can I page Doctor Hunt for you?"

"Yes, please, and thank you Betty, I hope to meet you soon."

"My pleasure, dear. I'm real sorry about your father. Keep him in your prayers," Betty said as she transferred Jenny's call.

"Doctor Rosalyne Hunt."

"Hello Doctor, I'm calling about my father, James Wentworth. I'm away at school in San Diego and will be home soon. What is your best guess here?"

"Miss Wentworth, we've never seen anything like this. It's some kind of a blood disorder. We've had a specialist in and he is studying this case and monitoring the blood work daily. It's cyclic. Last night his white blood cell count was up, vitals getting stronger and, boom, I just looked at his monitors 10 minutes ago and he is back down again."

"Call me, Gracie. Is it a virus? Was he bitten by something? Did he eat something contaminated?"

"Rosalyne, please. Gracie, it's like the reaction to venom from a snake bite, but there are no marks on him and he should have recovered by this point. We're doing everything we can for him."

"Thank you, Rosalyne, I know you are. I'll see you soon," Jenny said disconnecting the call. She looked over at Charlie, who was still talking to the park ranger in Idaho. She turned back to her computer and typed "Connie Wentworth, San Jose, California" into the search engine. She opened an article dated May 18, 1993:

"Constance Wentworth died in a single car accident on May 17th. The police report indicated she fell asleep at the wheel while returning home late from a conference in San Francisco. Witnesses say they slowed down behind her, when they noticed her car crossing lanes as the road curved to the left. The car came to rest against a concrete retaining wall and caught fire on impact from the ruptured fuel tank."

She printed the report and handed it to Charlie to read. He was off the phone and took the printed sheet.

When he finished reading it he looked at her with concern. "Can you even imagine what that car looked like? It'd have been impossible to get any evidence of foul play from that wreckage." He set the sheet down and continued, "It took a while to get a hold of the ranger that found the father and son, but he knew Franklin Harris and his son; said they climbed Devil's Face several times a year."

The ranger told Charlie that there were very few climbers around in October, so when they were found early in the morning, he assumed they had been there all night. After surveying their gear, the ranger found it to be in great shape, with new anchors that had been set properly. The rope was in good condition, except for one, two-foot section that had apparently been dragged back and forth across a sharp edge in the wall, until it snapped.

"I asked the ranger, if the rope appeared to be cut, Charlie continued, "but he said that would only be possible if another person was up there with them. Now get this, Jenny; when I asked him how a person got back down, once at the top, he said most climbers rappel down. But, in the prime season, the park has a shuttle van at the top of the climb. That means there's vehicle access to the top of Devils Face."

"You think they were put in their climbing gear by someone who frayed the rope to make it look like an accident?" Jenny asked. After a moment's thought she added, "That doesn't fit; the ranger told you they had anchors in the wall, so they had to have climbed up."

"You're right. Maybe, they finished their climb at, say, dusk and were met and overpowered on top by someone who frayed the rope and forced them over the edge."

"I'm beginning to think Margret is capable of anything, a real black widow. Could she be dosing James with something to keep him comatose until she gets Gracie to sign the release? Rosalyne, his doctor told me his condition was cyclical, up and down. Margret, visits him every other day, but doesn't stay long."

"Margret thinks we're in Arizona. Either, she is followed by a very tragic black cloud, or as we suspect, is a monster. We need to have her send this trust release form to us there. We'll tell her that we found Gracie at Arizona State University. Then, get it sent to us here. We still don't have anything to support what we think she's up to," he said.

"If you think, Gracie is in danger now, we need to get her."

"I think, Margret is not going to do anything until, we get this release either signed or rejected by Gracie. You think, Margret is poisoning James right?"

"Yes, she was there today and will back on Wednesday."

"Without seeing, James Wentworth's will, I don't know how important this release is, but Gracie at 18, has got to be a major beneficiary, which puts her in danger. And, if you're right about her poisoning James, he's already in danger," Charlie concluded.

Charlie went back to his computer and found a University Kinko's in Phoenix and wrote the information down. Then he searched for a branch in San Diego, and noted that information as well. He called the Phoenix Kinko's and explained that a fax would be sent to that location and they would needed it forwarded it to the San Diego office. He was told it wouldn't be a problem.

"Ok, we can have the release sent to Phoenix and forwarded to us here. Using my cell phone, Margret won't know we aren't in Phoenix and we'll have the document in hand. It might buy us a few days and enough to have the police waiting in the hospice to check Margret's purse on Wednesday."

"Charlie, with Gracie out of the way, James is as good as dead."

"I know, but it would be a lot safer for Margret to think she can buy, Gracie off, than to risk another family accident." He called the Phoenix Kinko's back and set up the transfer from Margret to the San Diego office. "Let's call Margret and see what she sends for Gracie to sign. Then we'll know what's going on."

"Then we need to convince Gracie she can trust us," she said.

"I have a thought on that. Let me get Margret content that her plan is moving along smoothly." He picked up his phone to call Margret's number.

"Hello?"

"Hello, Margret. This is Charlie, with good news. We're in Phoenix and have located Gracie. If you're ready to fax the trust fund release, we'll show it to her and let you tell her about her father's condition."

"That is good news; where is she?"

"In the dorms at Arizona State University. We are just off campus at the University Kinko's. Their fax number is 602 555-1212."

"Thank you, I'll send it right now. When will you talk to her?"

"Today, if we can, tomorrow at the latest. We'll let you talk to her when we do."

"I'll be so much happier when Gracie has her trust in hand," Margret said, attempting sincerity.

"Ok, we'll look for the document and be in touch. Goodbye." He disconnected the call and turned to Jenny. "Let's get over to the local Kinko's."

It took them ten minutes to drive to the Kinko's office and it surprised them that they still had to wait 15 minutes for the fax to come through. He checked the time stamp from Margret's end and she had waited 20 minutes to send it.

The document was five pages long and, as they had expected,

160

it promised the one hundred and fifty thousand dollars to Gracie immediately upon signing, with an annual allowance of fifty thousand dollars a year, paid monthly, for signing over to Margret the Power of Attorney of Gracie's interest in Wentworth Software's current and future assets.

"So, for a hundred and fifty thousand, Margret finishes James off and has control of 25 million. We need to find that kind of return on investment," he said.

"Let's go find Gracie and get her out of this mess."

"One more call I need to make while we have access to a fax machine." Charlie pulled a card out of his wallet and showed it to her. "I'm hoping we can get some help at this point." He called the number on the card.

"Detective Eberhart."

"I'm so glad you're in. This is Charlie Watson; I don't know if you remember me, but..."

"Hello Charlie, of course I remember you. In fact, I wanted to call you this week and update you on Cindy's case. The computers we found in Robert Porter's house were gold. Five more arrests and 10 new leads. You and Jenny did a very good thing."

"We've been in touch with Cindy and her family; we're honorary aunt and uncle now. Cindy is doing remarkably well."

"I've heard that also. So what's up?"

"Have you got a minute?"

"Why does it sound like you've put your P.I. hats back on?"

"I knew you were a great detective. Is the fax number on your card the best one to send you something?"

"Yes, I'll watch for whatever you're sending. What's the story here?"

Charlie gave the card to Jenny and asked her to get the document faxed to the detective, then returned to the phone. "It's on its way. Jenny got a call from a, Margret Wentworth, wanting us to find her step daughter, Gracie, and present her with the document we just faxed to you. We did some checking into Margret and didn't like what we found. To make a long story short,

161

for now, I need two favors from you."

"I have the Power of Attorney in my hand. What do you need?" she asked.

"One, we've located Gracie but have not made contact yet, I was hoping we could have her call you, like a reference for us."

"I'm in your fan club, no problem. What else?"

"Ok, two, here's our hunch. Gracie's father, James Wentworth, is in Mountain View Hospice. Jenny and I believe, Margret Wentworth, is trying to get control of Wentworth Software by having Gracie sign this document. Now, hear me out. We think, she has been poisoning James just enough to keep him in a coma, until either, Gracie signs this or is taken out of the way."

"That's a mighty big hunch. What in the world, are you basing that on?"

"First, according to the nurse, Margret goes to the hospice every other day and doesn't stay long. However, Margret told us she sits there for hours talking to James. She'll be going there again on Wednesday, as she just went there today. We think she'll have a dose of whatever she is using with her. Secondly, Gracie's mother, Constance Wentworth, died in a single car accident in May of 93, and Margret married James Wentworth a year later. We believe that Margret was formally Janise M. Harris from Boise, Idaho, whose husband Franklin and son died in a climbing accident. He had a few bucks also."

"I remember the accident of Constance Wentworth. As I recall, she fell asleep at the wheel which, was confirmed by witnesses. It would be a stretch to pin that on Margret. I'll check out the Harris case and let you know what we find."

"If you don't think there is enough evidence to warrant searching Margret on Wednesday, is there some way you can get Mountain View to isolate him from all visitors to see if not having her there makes a difference in his recovery? We were told by his doctor, Rosalyne Hunt, his condition was cyclical."

"So you've already talked to his doctor?" Eberhart asked. After a moment, she added, "Good idea. It'll answer the question, without showing our hand. Have Gracie, call me and I'll get right on this. Keep me informed with what's going on."

"It just occurred to me. When we speak to Gracie, she'll probably want to see her father, so we need to allow that."

"I understand, I'll be in touch. Where are you now?"

"We're in San Diego, but Margret thinks we're in Phoenix."

Detective Eberhart got up from her desk and drove to Mountain View Hospice. She met with the director of the hospice, Dr. Steve Canada, who called Dr. Rosalyne Hunt into the meeting. Detective Eberhart only told them that they needed to have James Wentworth completely isolated from all visitors, including Margret, for the next three days. The only exception was his daughter, Gracie. Maybe move James to a different wing, or something, if that was possible. Detective Eberhart promised to explain later and told them she appreciated their keeping this quiet. After Detective Eberhart had left, both doctors faced each other.

"Rosalyne, the police think Mrs. Wentworth has something to do with his illness," Dr. Canada said.

"It makes sense and would explain why his condition is cyclical. I'm going to check the visitor log against his hematology reports immediately," Dr. Hunt said, running out of the room.

Chapter 24

They were parked in the rental car they had picked up at the Phoenix Airport, across the street from the University Kinko's and watched the store for Charlie and Jenny to exit with the documents. John picked up his phone and dialed.

"We arrived at the University Kinko's, ten minutes after your call. It's been an hour now. They never showed, Mrs. Wentworth."

"Give it another 30 minutes, John. Maybe they went to find Gracie," Margret told them.

"Will do, are you sure this is the right place?" John asked.

"2935 University Way, Phoenix, is what I have," she replied. "Are you sure they didn't spot you in San Diego?"

"You hired the best. Have we ever let you down before?" John replied.

"Call me back in 20 minutes and stay out of sight," Margret instructed. After pacing for 15 minutes she was concerned and called John back. "This doesn't feel right. Go inside and see if the fax came in, say you're, Charlie Watson, and are there to pick it up. Call me back right away." she ordered.

Ten minutes later John called Margret back with the update. "Mrs. Wentworth, we were told the fax was forwarded to San Diego, as I, Charlie, had requested. The original was already put in the mail," John reported.

"Damn, they're smarter than we gave them credit for." she screamed. "Get back to San Diego fast. They're in the way now. I want them taken out. Nobody will be looking for them, so make them disappear."

"That wasn't in the original plan. I'm thinking, an additional ten grand here, apiece," John answered.

"Take them out by tonight and you'll get 25," she said slamming her phone down. She dialed another number, and when the call connected. "We have a problem."

Chapter 25

"I think as long as we're in town we should stay in this car, but before we go meet Gracie, I want to move the truck," Charlie said.

"I agree." Jenny stayed on the driver's side of their rented Nissan and drove out to the airport short term parking lot where Charlie got out at the exit.

"Be right back. Follow me to long term parking."

"I'll follow you anywhere mister."

Margret was capable of just about anything, he remembered Jenny's earlier comment about tracking devices and when he approached the truck, took the time to see if there was one attached underneath it. He almost missed it, as they had placed it high up beside the spare tire. Crawling under on his back under the rear of the truck, he found and removed the small box held to the frame with a magnetic base. He turned to the car parked beside him and attached it to the frame of that car. "Sorry buddy, you may have company soon," he said, brushed himself off and got into his truck. He paid the parking fee and Jenny pulled right in behind him to the long term parking lot, a mile away.

She followed him into the parking lot this time and after he'd found a spot was pleased with her decision. "Thanks, that was thoughtful." He slid into the passenger side.

"That's the kinda' gal you married." She looked closely at his jacket. "Did you have a fight with a parking attendant over the rate?"

"Margret left a gift under the truck. She wanted to keep us close, what a dear she is."

Jenny drove to the house they'd found the night before and parked two houses down on the opposite side of the street. Both cars, the red Camaro and white Audi, were in the driveway. It was almost 4 pm, the street was quiet and the front drapes on the house the girls lived in were open.

"Looks like we got a break here, both girls are home," Charlie said as they walked towards the front door. Charlie stopped and took one more scan of the neighborhood, looking for the black Ford Taurus.

They knocked on the door, heard the dead bolt release and it was opened exposing the security chain that was still attached. Stefanie peeked through the opening.

"Hello Stefanie. My name is Jenny and this is my husband, Charlie. May we come in? We need to talk to you and Gracie." Stefanie looked them over very closely from behind the screen door.

"What's this about? How do you know us?" Stefanie asked, guarded.

"I know you don't know who we are, but this is very important," Jenny told her. She pulled Detective Eberhart's card out of her purse and continued, "We'll wait out here. Please call Detective Nicole Eberhart with the San Jose Police department right away." Stefanie took the card through the gap between the door frame and the screen door, then quickly pushed the door shut and locked it. Charlie and Jenny sat on the steps. Five minutes later they heard the door unlock and both girls were standing inside.

"Please come in," Gracie said, handing the card back to Jenny. The girls sat close together on the couch and Charlie and Jenny took the open chairs facing them.

"Gracie, Charlie and I were contacted by Margret to locate you and..." Jenny began.

"That witch! First she can't wait to get me out of the house and then she wants to find me," Gracie said.

"We know about her, Gracie. We're here to help you. We need to walk you through this and our only concern is your safety," Jenny replied.

"My safety?" Gracie asked. "It's not enough for the bitch that I am out of the house?"

"Gracie, please hear us out. We couldn't agree with you more

166

about Margret. She wanted us to get you to sign this," Charlie said, handing her the document. "It's basically her way of taking control of your father's company and assets."

"She may have my dad wrapped around her finger, but he'd never let that happen!" Gracie started reading the document. When she was half way through it, she looked up slowly, with tears forming in her eyes. "This reads like a will. Where's my father?" Gracie reached over to hold Stefanie's hand.

"Gracie, your father is alive, but he's in a hospital," Jenny answered. "We think Margret is involved. She doesn't know we have Detective Eberhart in place at the hospital watching over him."

"I've got to get up there," Gracie shouted.

"We want to take you to see him," Charlie told her.

"I can drive, I can leave right now," Gracie replied just short of hysterics.

"Please let us help," Jenny said. "We were being followed today in town. We gave them the slip and they think we're in Arizona, that we found you there, but they'll come back, and we don't think you girls are safe here now."

Gracie turned toward Stefanie. "Will you come with me Stef?"

"Of course Gracie, yes."

"Why don't you two pack for a few days and we'll take you to San Jose, to see your father," Charlie offered.

"I can still drive and just follow you," Gracie said.

"They know the cars you girls are driving. We think whoever was following us is working for Margret. It'll be safer if you leave your cars here. When this is over, we can either drive or fly you back before Christmas break is over," Charlie told them.

"I remember Detective Eberhart from my mother's accident. She said we can trust you, so I guess we will."

"Go pack, and we'll leave town right away. We are going to get our things and we'll be back in an hour," Jenny said. "Here is my mobile phone number." They exchanged numbers with the

167

girls and stood to leave.

"Ok," Gracie said, running towards her bedroom.

Charlie drove to the motel first to get their bags and then to the airport to return the rental car and pick up his truck. While driving back to get the girls, Charlie shared his thought. "Should we have kept the rental? They've seen this truck."

"Maybe, but we're not going to be driving around town in it. Lord willing, they're still in Phoenix."

"I wish we knew that for sure and could stop looking over our shoulders."

"Yeah, I know. As self-appointed guardians we have the girl's safety to worry about now." They stopped to fill up the tank with gas and Charlie decided to touch bases with Detective Eberhart.

"Detective Eberhart... oh, hello Charlie."

"Anything new on your end?" Charlie asked.

"We're covered at Mountain View. I pulled the files on Constance Wentworth and will study them again. There's no evidence of foul play, as I said, but I'll look closer."

"Good. Thanks for getting us in the door with Gracie. We're headed back there now to bring the girls to San Jose. I told you about us being followed. I found a tracking device on the truck."

"That concerns me. They are readily available, but it indicates that you're dealing with some pros down there."

"We'll be on the road shortly. It's almost five already, so we'll spend the night half-way back, I guess."

"Keep your eyes open, and me posted. I'll see you tomorrow afternoon. Oh if you find another tail, call me with a plate number."

"The call broke up a bit, you must be in your car. What was that last part?"

"Call me if you get their license plate number," she repeated.

"Will do, thanks for the help." Charlie ended the call. He took the fuel nozzle out of the truck and joined Jenny inside the truck. They drove back to the house to pick up the girls.

"This doesn't look good," Jenny said, as they pulled up to the house. "Stefanie's car is gone."

He went to the front door and knocked. The drapes were drawn closed and there was no answer at the door. He turned to find Jenny standing right behind him. "I was afraid this might happen," he said. They quickly got back into the truck and Jenny called the number Stefanie had given her while Charlie drove quickly toward the Interstate.

"What were you thinking?" Jenny screamed into the phone.

"I'm sorry. Gracie went nuts and was intending to drive herself. All I could do was insisting that I drive."

"I understand. We just got on the freeway, where are you?"

"Passing San Clemente, about 30 minutes ahead of you?"

"Keep your eyes open, Stefanie, and don't stop until we've caught up with you. If anything looks funny, call me back."

"Ok, Jenny, I wanted to wait but…"

"How's Gracie now? Do not let her call Margret."

"She wanted to, but I convinced her it was a bad idea."

"Ok, I won't ask you to stop and wait for us. We should catch up in a few hours if you stay under the speed limit."

"Tell them to stay on interstate 5," Charlie told her, and she relayed that before disconnecting.

*****

The black Ford Taurus was racing through San Diego, headed toward Interstate 5. Dan was driving and he turned to John beside him. "You'd better call Wentworth, give her an update."

"Shit, like I want to talk to her," John said, picking up his phone. When he'd heard her greeting he spoke, "I think you underestimated these two, Mrs. Wentworth. When we got back to our car in San Diego, we found one of the transmitters across town. He must have found it and put it on another car."

"They were recommended for this. Wait, you said, *one* of the transmitters?" Margret asked.

169

"Like I told you, you hired the best; we always plant two."

"Have you found them?"

"Not yet, but we'll intercept them shortly. The other transmitter is moving, looks to be leaving town."

"Hopefully it's not on another decoy. This is getting out of hand. We don't know if they've found Gracie yet, but we have to assume they have and figured something out by their actions. Don't do anything except follow them until they are out of town."

"It's getting dark, so we'll be harder to spot. We just got on the Interstate and he is only 10 miles ahead of us. We'll confirm the transmitter is actually on *his* truck, then back off and follow."

Chapter 26

Charlie and Jenny had reached Santa Ana when she saw the red Camaro and pointed it out to Charlie. He pulled alongside of them and Jenny verified it was Stefanie driving. Stefanie honked the horn and Charlie dropped back behind her. Jenny was reaching for her phone to call them when it rang. "Hello?"

"I'm sorry, Jenny. I went crazy and needed to see my dad," Gracie said.

"I understand Gracie. I would have probably done the same thing. We're not upset with you. We just want to get you there safely, to see your father. How are you two holding up? Need gas or to make a stop?"

Gracie checked with Stefanie and reported back, "We're ok for now. Is my dad going to be ok?"

"We hope so, he is in good hands. Do you still have Detective Eberhart's phone number?"

"It's on Stef's phone log, from when she called her, why?"

"You can call if you need her. I'm just sorry we're not getting to know you girls better, a little girl chat over the back seat of the truck," Jenny said.

"That would've been nice. We feel better knowing you're behind us."

"Charlie wants to stop for dinner in Santa Clarita, the other side of L.A. We can decide there if you want to spend the night or go further tonight. It's about an hour further ahead. Will that work for you two?"

"Stef says she's good. I haven't driven her bonkers yet." Gracie managed a small laugh.

"Charlie figured you were going to start at San Diego State next month?"

"Yes I...hold on," Gracie turned to Stefanie to hear what she was saying. "Stef said, she got her car after she left for San Diego, so Margret doesn't know what she drives."

"Charlie will be very pleased to hear that."

It was past the worst part of rush hour traffic and they sailed through LA at just over 50 mph. Charlie was pleased that Jenny was still talking to Gracie as they left L.A. behind them and traffic thinned considerably.

To be on the cautious side, Charlie wanted to make sure there wasn't any unwelcome company behind them and told Jenny to have the girls drive ahead to Santa Clarita. They would meet them at the diner in the T&A truck stop. Before disconnecting their phone call, Jenny told Gracie that she and Charlie may stop but that they are to continue on.

"You see anything, suspicious?" Jenny asked.

"Not yet. If there's someone back there, I don't want them to see the girls in Stefanie's car, which we now know is off their radar." He slowed slightly and was relieved that the girls continued at 65 mph and pulled further ahead. "There's a car a half a mile back maintaining our speed. I want you to watch it now that there are no trucks between us and we're in a straight section of road," Charlie asked.

"I got them." Jenny turned in her seat to look out the rear window.

"Are they getting closer, now that I've slowed down?"

"Hard to say at night, but I don't think so."

"I'm going to pull over to the shoulder and stop. Watch them closely." He pulled over and quickly came to a stop leaving his lights on with the emergency lights flashing.

"The lights are gone Charlie."

"I saw it also. I was still rolling to a stop when they turned their lights off. Damn, it's them. I don't know if they are closer now and can see us. I'll get out and look at the tires, like we hit something. We can only hope that they think the girls are with us." Charlie got out of the truck and took his time walking around it. When he got back in the truck he said, "Call the girls, tell them to stay in the diner until you get there. There's a slim chance they

172

spotted us in San Diego or maybe there is another tracking device on the truck."

"So how do we get rid of them now?"

"With this tracking device, they won't need to get real close for fear of being spotted. We'll pull into a different gas station and you quickly slip out. Wait, until I'm gone and go meet the girls. After getting gas, I'll get back on the interstate and lead them away from you and the girls," he told her. "Watch them as I get moving."

He waited until the road was dark a mile back, turned his signal on and moved into the lane. He drove a good half mile before he saw the head lights come back on behind them.

"And what is plan B, where we stay together?" Jenny questioned.

"I'm more worried about your safety, Jenny. The girls will feel better if you're with them."

"That's not the deal, partner," Jenny said, firmly.

"Please, Jenny. I couldn't bear the sight of something happening to you. Let me protect you and the girls."

"You don't get it; if something happens to you I don't want to be left behind grieving. So, plan B it is. What can I do to help?"

"OK," Charlie conceded. "Call the girls then, and tell them to check in at the Motel 6 across from the T&A truck stop, after they eat. If they don't hear from us by morning, tell them to call Detective Eberhart and drive to San Jose. Make sure they know they're safe here and to wait until morning to leave." Jenny got on the phone and told the girls the plan. Reluctantly, they promised to follow the plan this time.

"Look under the back seat, there are some tools we may need to use as weapons. I have a gun in the semi truck, but a lot of good that does us now."

Jenny climbed over the front seat to look for anything she could find that they could use. Charlie watched very closely as he passed the Santa Clarita off ramp, continuing north on interstate 5 to ensure the tail stayed with them.

Margret had just hung up the phone with the new plan and called John. "So what's going on, John? It's been three hours," she asked.

"Two hours ago we confirmed that the transmitter is on his truck."

"No sign of Gracie's Audi?" Margret asked.

"Just the truck, but she has to be with them."

"Good, that'll work. Do you have a throw away, drop gun?"

"Always."

"Where are you now?"

"On Interstate 5, just north of L.A."

"There's a change in plans. They have to stop for gas or to spend the night somewhere. If they stop at a motel, don't let them check in. Taking a hostage to a motel won't seem believable. When they do stop, have your associate, Dan take them at gun point to one of the remote off ramps."

"Hostage?" John asked.

"Here's the way it will play out. I never met the Watsons, but received a ransom demand from them for my darling Gracie. We'll use your P.I. Agency cover. I hired you two to find her. The demand, of course, said no cops or she's dead. You found them on the road and when you tried to stop them they took the remote off ramp to get away. They stopped and had Gracie at gun point, threatened to kill her. Dan shot Jenny and you got off a shot at Charlie but before he's dead, Charlie tragically shot Gracie in the head."

"You come up with that all by yourself?" John asked.

"Listen, smart ass, we're covered. Just make it happen."

"We can do that, but you have us telling the cops this sad, sad story. That's going to cost you more."

"Make it thirty thousand, but it's critical you leave a clean scene. Get the box of Gracie's stuff I gave them, anything she packed, the faxed document, and of course, your transmitter. Your drop gun has to be used on Gracie and make sure it was fired from Charlie's dead hand for gun powder residue."

"Heh, we're not stupid. I was thinking fifty grand, being that we're the staring actors in your little drama."

"It's yours! Just call me when it's done." Margret told him, hanging up the phone.

Chapter 27

Jenny climbed back into the front seat with the lug wrench, a large crescent wrench, two large screw drivers and an emergency flare. "Where's the bazooka when you need it?" Jenny said.

"I wish you were in Santa Clarita with the girls."

"And let you have all the adventure?"

"Jenny, I don't know how dangerous this can get," Charlie said seriously.

"I have two choices; break down or deal with this the only way I know how."

"I'm going to pull off in Gorman, for gas. Maybe we should call Detective Eberhart and fill her in?"

"I can do that." She put one of the screw drivers and the flare in her purse and removed her phone.

"Detective Eberhart."

"Hello, this is Jenny Watson."

"Didn't recognize the number. So what's going on there?"

"Gracie and Stefanie are in Santa Clarita in Stefanie's car. Charlie and I are being followed again and are pulling off Interstate 5 in Gorman for gas."

"Gorman, that's pretty remote. I don't like that. Put Charlie on, Jenny." Jenny handed the phone to Charlie and listened to him describe his truck and give her his license plate number. He told her the girls were in a new, bright red Camaro. He handed the phone back to Jenny.

"Listen Jenny, I can alert the Highway Patrol, but their following you is not illegal or a reason to have them pulled over. We did get some information back from the lab on Constance Wentworth. Her body was badly burned in the car fire. The tissue sample they did get was only run for alcohol and drug presence. We now have a high level of carbon monoxide in her deep tissue that was induced before the fire started on impact. The car was not even a year old so it probably wasn't a faulty exhaust system. More likely, it was tampered with. It's a flag, but we can't put it in Margret's hands yet," Eberhart explained sadly.

"Anything on Janise M. Harris?"

"I requested the accident report and I'm still looking at her. Hey, on your tail, if you get a license plate number, I'll run it for wants and warrants. At least we'll know who they are and can look for a link to Margret. Don't do anything heroic here. Gracie and Stefanie are safe."

"We're building a bed and breakfast, we're not street fighters," Jenny replied.

"Remember that." Eberhart disconnecting the call.

Charlie took the Gorman exit off of Interstate 5 and told Jenny to quickly go into the gas station's convenience store, the moment he stopped. There were no other cars around, probably because it was so remote and gas was fifty cents more a gallon there. He stopped at the pump and Jenny disappeared inside before Charlie saw the black Ford Taurus, pull in for gas across the road. He got out and started fueling the truck keeping an eye on the car. He saw someone putting gas in the car, but couldn't see if he was alone. Charlie casually raised the hood of his truck, to send a signal that everything was normal.

"Ok, smart guy," a man said, pressing a gun into Charlie's ribs. "Where are Gracie and your wife?"

"San Jose by now. They took a flight out after I pulled you into this goose chase."

"Give me your phone, asshole. There's no service where you're going anyway," he laughed smugly. Charlie handed him the phone and watched the man drop it to the ground and smash it with the heel of his shoe. "One more time, tough guy, where are Gracie and your wife?"

The other man drove the Ford Taurus across the road and parked it in front of the store. He got out and walked towards the truck. "You got this, Dan?" the driver asked.

"Go check inside the store and look for Gracie and his wife."

He turned back to Charlie. "Last chance, where are they?"

*****

Jenny watched from inside the store. She saw the black Ford pull in front of the store and the driver got out and walked towards Charlie. She quietly left the store and squatted down at the Ford's driver door, out of sight. Striking the road flare, she threw it inside the car then dashed back inside the store. The Ford had started to burn and when both men turned in surprise to see it, Charlie smashed his elbow into the side of the gunman's face. The gun dropped to the ground.

"Looking for Jenny? That would be her now."

Charlie hit him again, with all of his 220 pounds behind a right hook dropping him instantly. Charlie bent down to retrieve the gun when he felt the barrel of a gun pressed to his head.

"Slowly, or it ends here," the driver said. "Now get those bitches out here."

Charlie rose very slowly with the gunman's full attention on him and they walked towards the store. Flames were already visible inside the Ford. When he pushed Charlie through the store's door the gunman saw the store clerk on the phone and didn't hesitate to shoot him in the head. He pushed Charlie over to Jenny who stood completely rigid with shock.

"You're pissing me off, where's Gracie?" he shouted. He put the gun against Jenny's head and continued, "Talk to me or watch her pretty head disappear."

"Ok. She's not here. We'll take you to her," Charlie said.

"Get in the truck," he told Charlie. "This gun is on her head, so nothing stupid."

When they passed by the burning car, the gunman ripped the purse from Jenny and tossed it inside. Charlie pulled the fuel nozzle out of the truck and turned to put it back in the pump.

"Drop it," the gunman said. "In the truck now."

He took Jenny over to check on his partner. There was no

pulse, a large amount of blood was pooling around his head where it had struck the raised curb around the gas pumps. "You're going to pay dearly for killing him! Pull away from the pumps."

Charlie started the truck and pulled forward twenty feet. The gunman went over to the fuel nozzle and sprayed gas all over the pumps with a trail out towards Charlie's truck. He left the nozzle flowing then opened the truck's rear door and pushed Jenny inside. He dropped a burning lighter on the trail of gas as he jumped into the truck beside Jenny. "Drive!" he shouted.

By the time they'd reached the road, the island was completely engulfed in flames. A massive explosion quickly followed, sending a huge fire ball into the sky as they got to the southbound ramp and onto the Interstate. Jenny was sitting behind Charlie in the back seat with the gunman beside her, gun ready. She was physically shaking with hatred. "You're an animal. That clerk was no threat to you," she said.

"It's a real shame that you and Jack Bauer, here, won't be around to read the story about me and my associate catching up with you two kidnappers to save poor little Gracie. In an attempt to get away you shot the clerk, beat my associate to death, and then set fire to that gas station."

Charlie had slowly pulled the tire iron across the front seat where Jenny had left it.

"It was a real tragedy," the gunman continued, "that I didn't shoot you before you put a bullet through Gracie's pretty head. Slim ball that you are, using Gracie for cover when I caught up with you. Or maybe, I'll say that your little wife, here, had me and Gracie in the back seat at gun point. When I was taking the gun away from her she shot Gracie. Yeah, that could work. Either way I'm the hero that got you two despicable characters."

The gunman's phone rang. "Yeah." After listening a moment, he said, "Just me now…Got it. Where again?" Then he slid his phone into his pocket.

Charlie took the Santa Clarita exit, drove about a mile to the Motor Lodge and pulled into the parking lot.

"Nice try, tough guy," the gunman said. "Now let's go to the Motel 6, where Stefanie said they were."

"She's in on this too?" Jenny shouted.

"A hard sell, that one. Didn't want money, but when it was explained how her mother could have an accident just like Gracie's mother, she came around."

Charlie turned the truck around and headed to the parking lot's exit. As he approached the street he tightened his grip on the tire iron and slammed on the brakes. When the gunman's head lashed forward, Charlie's hand swung back, the tire iron meeting the gunman's head with a bone-breaking crack. Charlie put the truck in park then leaped over the seat to finish the job, if needed, though it wasn't. The indentation left by the tire iron across the man's forehead told Charlie he was no longer a threat.

Charlie reached the rear door handle and shoved the man out the door. He turned to Jenny. "Are you ok?"

"What happened?" she asked, still dazed from being thrown forward into the back of the front seat.

"I just didn't like this guy anymore."

"I was so terrified. We've got to get to the girls, Charlie."

Charlie saw the gun sitting on the rear seat and left it there, not wanting to have to explain his finger prints on it. He pulled a couple of tie down straps out from under the rear seat and wrapped one around the gunman's arms and waist, the other around his ankles, and then threw him in the back of the truck. He found Jenny was already in the front seat when he got back in the driver's side. "I'll drop you off, at the motel, make sure everything is ok. Then I'm taking this bastard to the police. Use the girl's phone to call Eberhart."

"I pray they're alright."

He pulled into the Motel 6 parking lot and didn't see the red Camaro out front. "Smart girls they parked out back," he said, driving behind the motel. When that didn't produce any better results he parked in front of the office and they both went inside.

The desk clerk informed them that the girls had checked in,

but he thought he saw the red Camaro leave about 20 minutes ago.

"We need to see the room," Jenny demanded.

"The girls are in danger," Charlie explained. "We need to see if they're hurt inside."

The clerk called the room and there was no answer. "I can only knock on the door sir; I can't go inside until after check out tomorrow."

"You have two choices, you open that door or I'll kick it down," Charlie said.

"I'm calling the police," he said.

"Please do. That was going to be our second request. But right now we need to decide who opens that door."

"Please. We need to make sure they're not hurt inside," Jenny said.

The clerk grabbed a pass key and led them to room 23. The room was on the back side of the motel and on the far end from the office. He knocked, announced who he was and got no answer. When he opened the door, Jenny pushed past him and looked everywhere. "They're gone Charlie. They took their bags and everything." She rushed out of the bathroom.

Charlie turned to the clerk and said, "Thank you. Now please call the police."

They pulled the door closed. The clerk went back toward the office. They found a bench outside of the room and collapsed on it.

"We need to tell Detective Eberhart." Charlie said.

"Yes, in a minute, please. I just heard someone pull in. We'll have a lot to tell the police when they find us here."

"I was thinking, maybe we won't replace your phone," Charlie said.

"Oh this is my fault, because Margret called my phone?"

They heard a car drive off and Charlie said, "I guess that wasn't them. We can catch our breath a moment."

They sat there about ten more minutes and then walked back to the office to talk to the police. When they only saw Charlie's truck out front they went directly into the office.

"Did you call the police?" Jenny asked.

"Yeah, they're on their way."

"Do you have a phone we can use?" Charlie asked. The clerk pointed to the back corner where a public phone hung on the wall. They walked back and called the San Jose Police Department and asked for Detective Eberhart. When connected, his call went to voicemail.

"The girls have to be headed your way. They are less than an hour north of Santa Clarita in the red Camaro. We were told Stefanie's mother was threatened. Our phones were destroyed, but you can call the girls. I think after we talk to the police, Jenny and I will spend the night here and drive up in the morning." Charlie hung up the phone.

The police officer was walking through the door as Charlie and Jenny walked back up to the front desk.

"Is there a problem here?" the officer asked.

"It's a long story, but the guy in the back of my truck shot the clerk and set fire to the Shell Station in Gorman. He may need medical attention," Charlie said.

"I'm Officer Winston, and you are?"

"I'm Charlie Watson, and this is my wife, Jenny."

Winston noted the information. "The Gorman fire...let's have a look in your truck."

He held the door for Charlie then followed him to the truck.

Charlie noticed the tail gate was down and ran to look over the side of the truck bed. "Damn, where the hell is he?" Charlie found one of the tie down straps in the truck bed and the other on the ground behind the truck. "There's no way he got himself out of these," Charlie told Winston, holding up one of the straps. He quickly ran to the rear door and opened it. Seeing the gun on the floor he turned and said, "See, here is his gun."

"Step away from the truck, Mr. Watson," Winston said sternly, then retrieved his radio to call for assistance.

"But you have it all wrong..."

"We'll sort this out at the station." He opened the rear door of the police car and continued, "For now, I want you to wait in the back of my car."

"What's going on?" Jenny said running out from the office.

"Ma'am, until we get this sorted out, please wait in my car." Jenny didn't budge looking to Charlie for answers.

"He's gone, Jenny, but not without someone's help."

"Margret?" Jenny asked.

"Please wait in the car; it's just standard procedure," Winston said.

"Just call Detective Nicole Eberhart at the San Jose Police Department. She'll explain this," Charlie said.

"There's a detective in route. He'll take your statement. Now, I insist you wait in my car."

Jenny slid into the rear seat and Charlie followed her. Within five minutes, another patrol car and an unmarked car pulled into the parking lot. They watched the detective search the truck and place the gun, tire iron and straps into evidence bags.

"They think we did this," Jenny said.

"When they run the prints on the gun it'll clear this up. Thank God, I never touched it."

"I did," Jenny said.

"When did you touch the gun?"

"It was on the rear seat. When you were putting him in the back of the truck, I threw it on the floor."

Winston got into the driver's seat and without a word drove them to the police station. They were met at the station by two officers that directed them through a metal detector then took them for finger prints.

"Are we under arrest?" Jenny asked.

"No ma'am. There was a gun recently fired and a tire iron with blood on it. So we need to eliminate your prints from those found on the weapons."

"But..." she started.

"You can give your statement later," the officer interrupted.

"Will you please just call Detective... " Charlie began to say.

"Sir, hold your comments for the formal statement."

Jenny and Charlie were separated and taken to different rooms for their statements. An hour passed before the door opened and a detective sat down across from Charlie.

"I'm Detective Morales. We found two sets of prints on the tire iron; yours and your wife's, along with blood and hair."

"I hit the man in the head with it. He had my wife at gun point in the back seat."

"That would be the man, who magically disappeared?" Morales asked.

"Yes, the man who shot the clerk at the gas station in Gorman before taking us hostage and setting the station on fire. Will you please call Detective Eberhart at the San Jose Police Department?"

"Funny thing about the gun, we have your wife's prints on it. I'm sure we'll get a ballistics match soon from the coroner.

"You've also got the gunman's prints on that gun. Jenny only pushed it off the seat after I hit him."

"And these two girls," Morales said, ignoring Charlie's comment and checking his notes, "Stefanie King and Gracie Wentworth; where are they?"

"They're heading towards San Jose and are probably in danger."

"We have their license plate number from the Motel 6 check in and have an APB out, as they are possible material witnesses."

"Did the clerk at the motel see anyone around my truck?"

"I'll ask the questions, Mr. Watson. Why don't you start at the beginning and take me through this fable?"

Charlie wanted to hit the arrogant ass but took a minute to calm down before starting with their initial contact with Margret Wentworth. He had gotten to the point where he had realized they were still being followed just south of Santa Clarita.

"Hold that thought, I'll be right back." Morales stood up and left the room. After 20 minutes the detective returned. "Mr. Watson, please continue with your statement."

184

Charlie sensed a major change in the detective's demeanor and continued with his statement. When he was done he asked, "You spoke with Detective Eberhart, didn't you?"

"Yes, sir, I did. I'm sorry for the misunderstanding here. The prints on the gun belong to John Ellis of, Ellis and Associates Private Investigators in San Jose. A warrant is out for his arrest. We've not been able to identify the other man at the Shell station as of yet, but we believe it's his partner, Dan Wilcox."

"Is there any word on Gracie and Stefanie?" Charlie asked.

"Yes, the Highway Patrol is escorting them to San Jose. You're free to go, Mr. Watson. We'll take you and Mrs. Watson to your truck."

Jenny was waiting for him, and ran into his arms as soon as she saw him walk through the interrogation room door. They held each other in silence for awhile.

"I can take you to your truck now, if you're ready," Officer Winston said.

"Please. Did the Motel 6 clerk see anyone around my truck?"

"He indicated seeing a woman running around from the passenger side to the driver's side of a late model, white, full size Ford. Then she took off in a hurry," Morales answered from behind him.

Chapter 28

Officer Winston's police car pulled next to Charlie's truck and the officer said, "Mr. and Mrs. Watson we're sorry for the confusion here." He jumped out and opened the rear doors of his car.

"We understand," Jenny said, as they got out and walked to the truck. "I just want to be home, Charlie and not see that young store clerk get shot every time I close my eyes."

"We don't have to stay here tonight. I'll take you home, Jenny."

"I know it's late and you're as beat as I am, if you want to stay the night here..."

"No that's ok. I do want to eat first, a drive through is fine, but I used to drive for a living you might recall."

"Seems like years ago right now."

Jenny was fast asleep after 30 minutes on the road home to Marina. Charlie had suggested she stretch out in the back seat but Jenny traded being closer to him over comfort and reminded him it hadn't been that much fun the last time she was back there. It was after four in the morning when Charlie parked the truck next to the mobile home in Marina. Everything was just as they had left it. They passed quickly through the bathroom and fell into bed.

Jenny was up at 9:30, had gotten dressed, and left him a note saying she had driven into town. When she returned he was still asleep so she got the coffee going and called Detective Eberhart on the replacement phones she had just purchased. She heard the shower at 11:30 and waited to update him on what she had learned.

He walked out in a pair of jeans, grabbed a cup of coffee and sat across from her. "I had the strangest dream last night," he said.

"I wish it had been a dream." She handed him his new phone. "Same number. I didn't go into detail with them on how we both lost our phones. I also called Detective Eberhart this morning."

"Are the girls ok?"

"Yes, the Highway Patrol escorted them to Stefanie's home where they have police protection."

"What about, Margret and her friend?"

"John Ellis was picked up in route to the San Jose Airport last night, Detective Eberhart told me. He is taking a deal and burying Margret, that's all I know."

"And our star, the wicked step mother?"

"Actually, when I called Detective Eberhart, she was at Margret's house with a search warrant. No sign of her, but the arrest warrant is in place. Her computer is gone, but they found a vial of something in the refrigerator, that had fallen behind a shelf. They rushed it to Mountain View for review."

"Do we know why, the girls ran from the Motel 6?" he asked, sipping his coffee.

"Stefanie told Gracie about the threat Margret made against her mother, and that Margret knew where they were. Gracie tried calling us and got our voice mail. She was smart enough to call Detective Eberhart and she told them to get on Interstate 5 headed north right away."

"What a blessing they had Stefanie's car," Charlie said.

"He works in mysterious ways. I would like to go see the girls after lunch."

"Do you know how to handle a pistol?"

"No gun. Don't get me a gun," she said firmly.

"Jenny, I'm not asking you to carry a gun in your purse. I have a pistol in the semi truck that I want closer at hand until they find Margret."

"I'll never take a life."

"I'm not saying we hunt her down. I'm saying if she comes at you with a gun intending to kill you, its self-defense, Jenny."

"Self-defense is a legal term. Life and death is in God's hands, not mine."

"Are you telling me, that if a gun had been in your hand, you wouldn't have shot that bastard in the store?"

"I've never felt more rage and hatred in my life for someone than when he shot that young clerk. If I had a gun in my hand, I might point it at him and tell him to drop his, but I'd never, never pull the trigger and kill someone."

"OK, I think, I need to stay close to you for a while. I'm not letting anything take you from me."

"I hope that's not the only reason you want to be close to me?"

"You've become my world, Jenny. When I think of how close a man holding a gun on you almost took it all away..." Charlie couldn't finish his thought. Jenny moved around the table and slid into his embrace. She knew the real meaning in his words as they were her words also. She hoped his arms would pull the fear and horror of yesterday from her as she broke down and cried.

"I was so afraid," she managed between tearful releases. She felt his arms pull her closer and began to relax in the shield they gave promise to. She channeled all of those emotions into a passionate kiss.

*****

Charlie and Jenny were please to see the police presence outside of Stefanie's home when they arrived. Charlie knocked on the door and was greeted by Mrs. King.

"Hello you must be the Watsons?"

"Hello Mrs. King. I'm Jenny and this is my husband Charlie."

"Call me Karen. Please come in. I'm indebted to you two for my daughter and Gracie. Can you forgive my rudeness on the phone when you called?"

"Of course, we're just so happy they're safe now," Jenny replied.

When they walked through the entry, Gracie ran to them saying, "I'm so glad to see you. We heard from Detective Eberhart this morning about what happened down there."

"That's good," Charlie said, "because we don't want to relive it by telling the story." Then he smiled to tell them he was at least partly kidding.

Jenny turned and saw Stefanie standing in the hallway. Jenny stepped away from Gracie, put her arms out and said, "Over here young lady."

Relief filled Stefanie's face and she quickly moved across the room and accepted the hug. "I'm so sorry..." Stefanie started to say.

"None of that," Jenny cut her off. "We've all been under a lot of pressure, caused by one person, and that isn't you. We know you tried to call us."

"Gracie, is there any news on your father?" Charlie asked.

"Please sit down," Karen said. "Charlie, Jenny can I get you something to eat or drink?"

"We had lunch on the way up, thanks Karen," Charlie said, while sitting down on the couch next to Jenny.

"I spoke to Dr. Hunt, Rosalyne, just before you arrived," Gracie started, adding a smile. "She reminded me that we had spoken earlier."

Jenny laughed. "Sorry about that. They thought, I was you and I didn't correct them."

"Anyway, she said they were concerned after Detective Eberhart's first visit and they replaced my father's IV bag immediately. The lab found the same stuff in it that Margret had in her refrigerator. They've sent it out to find out what it is and see if there is something to fight it. But, Rosalyne said my father is already getting stronger."

"Let's pray for an antidote," Jenny said. "Have you seen him yet?"

"We're going there tonight. Detective Eberhart is picking us up."

"I guess with the monster still on the loose, she doesn't want to take any risks," Charlie said.

"I hope they find her soon. I don't want to go back to, San Diego while she's still out there," Stefanie said.

"Well, I'm sure your mom is glad you're home for Christmas. Then there's a week after that before school starts," Jenny offered.

"You've got that right, Jenny. Stefanie wouldn't tell us why she wasn't coming home for Christmas. We didn't even know they were together."

"I've always been afraid of Margret; didn't want her to know where I was," Gracie said apologetically.

"We don't find that too hard to understand," Charlie said, "and we just met her."

"Gracie, please keep us informed on how your father is doing. You can always call us if you need anything," Jenny said.

"I will, and thank you so much."

"We're going to see Detective Eberhart and then Charlie and I will get caught up on our Christmas shopping."

"I'm sure they'll locate her soon. Then you all…I mean we all…can relax and get on with our lives," Charlie said.

They all walked to the door and exchanged hugs and goodbyes. Getting into the truck, Jenny said, "Now there is love in that house. I saw pictures everywhere."

"Fourteen, but I really didn't notice."

"I still don't like the gun under your seat," Jenny said, changing the subject.

"That's for me. You're better suited with what's under your seat." Charlie watched the puzzled look on her face, she searched under her seat and pulled out an emergency flare. "I know you can handle one of those."

"Very funny, mister," she said, putting it back under her seat.

They were led back to Detective Eberhart's office by the desk sergeant at the San Jose Police Department. Detective Eberhart rose from her desk when they walked into her office. "Jenny," she said, offering a hug that Jenny accepted. She turned to Charlie and shook his hand. "Charlie I'm so relieved to see you both."

"Detective, we…" Jenny started to say.

"First off, I'm Nicole to you both."

"Ok, Nicole, we want to thank you for listening to our

concerns and taking action."

"I've learned that when Charlie has a hunch, pay attention." She paused a moment then added, "and put in for overtime."

"You saved some lives here, Nicole," Charlie said.

"We, Charlie, we saved some lives."

"Are there anymore associates from Ellis Investigations we need to watch out for, or just Margret?" Charlie asked.

"It was a two man shop. We're holding one, and you retired the other. Margret, as CFO of Wentworth Software, has been embezzling money from the company for over a year. The FBI is trying to trace the banks she used."

"So, no ideas where she is?" Jenny asked.

"Not yet. Her passport is flagged and all airport security check points have her picture."

"How about Janise M. Harris? She might still have that passport," Charlie said.

"And there was Margret Stanford before that. One very busy woman," Nicole said.

"You said Ellis is taking a deal and is helping?" Jenny asked.

"They started working for her in Boise. They were involved with the murder of Mr. Harris and his son, Gregory."

"Constance Wentworth as well?" Charlie asked.

"Yes. They installed a small aluminum tube from the auto exhaust through the floor board. The car slowly filled with carbon monoxide putting her to sleep on her drive home. They didn't know what she would hit, so they rigged the car to catch fire on impact which melted the aluminum tube."

"Tell me honestly, do you think she is a threat to us," Jenny asked.

"She has money. Between the Harris Estate and what she embezzled from Wentworth, I'm thinking four or five million. She's probably out of the country and we'll never see her again. The warrant reads, 'armed and dangerous'. I encourage you two, for your own safety, to go home and let us take it from here. We have no intension of slowing down our search."

"Thanks, we have no problem letting you run with it," Charlie said.

Jenny, in an attempt to hide her concern said with a weak smile, "Oh, Charlie and I were planning to go to, Hawaii anyway, for a little while, maybe six or seven months."

"I know you're kidding, Jenny, but you may want to get out of town for a while," Nicole said.

"We'll keep our eyes open Nicole. Just keep us posted on any developments on your end," Charlie said.

"Goes without saying. I'm available on my cell phone 24-7 so don't hesitate to call."

"You said Ellis got a deal; what was that monster given?" Jenny asked.

"The ability to keep breathing behind bars for the rest of three life times with no chance of parole."

Nicole walked them out to their truck and said, "Again, you two, I don't know how to thank you for following a hunch and exposing Margret and Ellis investigations. Let me know if you decide to get out of town for a while. And please have a Merry Christmas."

Jenny gave her a hug and said, "Merry Christmas to you, Nicole. We'll keep in touch."

"Our thanks will be the simple phrase 'We got her' in a phone call, in the not-too-distant future. Thanks Nicole," Charlie said attempting a smile.

Chapter 29

On the drive home, Charlie noticed that Jenny was clearly deep in thought. After 30 minutes of silence, when her smile grew to killer and her eyes lit up, Charlie couldn't contain himself any longer. "Ok Jenny, what's going on in that beautiful head of yours?"

"I know what I want for Christmas." She turned to face him.

"Me too; you wearing that exact smile and nothing else under our Christmas tree."

"I was joking back there at the Police Station, but the more I think about you and me in Hawaii for a week..."

"I have to admit, seeing you in a bikini instead of that heavy coat certainly works for me."

"Things are crazy here, and this is not about Margret, that's not it. I'm also not saying our honeymoon in a 22-foot travel trailer while discovering this property wasn't great either. I just think a week in Hawaii would be wonderful for us."

Her contagious smile over-powered him. "That's not the worst idea you've ever had."

"No really, let's give each other Hawaii for Christmas," she said, very excitedly. "The girls are safe. They will catch Margret. There is nothing we can do here, but watch the foundation set up, and it will do that while we explore a place I have never been before."

"Ok, I'm in. I love seeing you this excited." He looked down at the speedometer and realized their growing excitement affected the truck as well and backed off from 85 miles an hour.

When they arrived home, Jenny had her computer fired up searching airlines and hotels, before the front door even closed and had trouble sitting still.

"Charlie, look at this."

Already standing behind her he said, "Right here sweetheart."

She jumped with surprised but didn't lose stride. "The Rainbow Hilton in Oahu finished a new tower two weeks ahead of time and they have the rooms at half price to fill them up."

"Are there any flights available?" he asked, already feeling the warm water pass over his feet.

She quickly switched screens and showed him the available flights. "Not as lucky here. There are seats available, but not a bargain."

"Go for it Jenny."

"Here's one that leaves, two days after Christmas. Gosh, that's only, four days from now. What do you think?"

"I was hoping you'd have found something that had us there yesterday. Do it."

Jenny hit confirm and shouted, "Yes. It's just you and me, mister."

She entered their names and when the screen asked for credit card information, she turned to him. "I kind of lost my cards in Gorman."

He handed her his Visa. When the flight confirmation and hotel reservations were all confirmed, she jumped out of her seat. "This is so great, I love you so much."

"Pretty good idea I had," he replied, laughing.

"Yeah, right. I didn't know you were such a pushover for a bikini."

"It's not the bikini, it's you in the bikini," he said, pulling her close for a kiss. "Let me rephrase that, I think it's you slipping out of a bikini."

"I like the sound of that." She flashed a flirtatious smile. "So what do I need to get for you to wear? I've got to go into town anyway, to get a new drivers license and ATM card."

"I've got shorts, a tee shirt and sandals; I'm ready to go."

"Always so helpful, I'll look around for you," she said, heading for the door.

"We only have four days. You'd better go to the DMV and

get your license first. With any luck I'll pick you up there on my way to the airport," Charlie said laughing.

"It's only one o'clock now, I'll be back before six. I'm so excited."

"Hold that thought when you're still in the DMV line at five," he said, as the door closed behind her.

Charlie went into the construction office and studied the framing drawings and after a few hours walked around the foundation of Watson Manor envisioning the first floor framing that was soon to come. The lobby, he thought, might be more dramatic if they went twelve feet high on the first floor, rather than ten. I'll have to talk to Jenny about that when she gets home, he thought. He'd lost track of time, looked at his watch and pulled his phone out of his pocket.

"Hello honey. I found a few things we can use," Jenny answered.

"I just noticed it was 6:30. I should've gone with you."

"What are you afraid of? That I bought you a bunch of Hawaiian shirts?" she asked, laughing.

"No, I didn't want you by yourself. I wasn't thinking when you left. I got caught up in our getting away."

"I'm fine. I like my new license picture better and I got the new ATM card, which I'm testing. It works great."

"I'll just feel a lot better when you get home. We can finish the shopping tomorrow together."

"OK. I'll be home in 30 minutes. Want me to grab dinner?"

"I'll warm up the microwave. Make it in 25 and there's a massage in it for you."

He walked back to the mobile home, kicking himself for letting her out of his sight. How would he ever forgive himself, he thought, if anything happened to her? He tried to distract himself from watching the clock by putting a meal together for them. Twenty minutes later, he heard the truck pull in and park outside. He went out to greet her just as she was getting out of the truck.

She saw the worried look on his face relax into a half smile.

"Everything is good. Help me with the bags."

"I don't want you solo for a while, ok?" Charlie said, grabbing a few bags.

"OK." She looked at him and put her hands on his cheeks to deliver a kiss. "I'm sorry, you were worried about me."

He had to snap out of it, he reasoned. She was right there and safe so he took a shot at easing the tension. "Just worried that those expensive air line tickets are non refundable," he said, smiling weakly.

She saw in his eyes that the smile wasn't genuine. "I wasn't thinking either, and Charlie, I love you too."

Inside the mobile home she set her bags down and said, "Before I show you what I got for us, I was home in 20 minutes, five minutes early. So I deserve a little warm oil with that massage." Jenny gave him her grandest smile.

He physically felt the tension drain away and returned her smile. "I have a quart of heavy duty 10-30 motor oil I use in the truck, or were you thinking 90 wt. gear oil?"

She laughed, walked over to one of her shopping bags and pulled out a small bottle. "As good as that sounds, I was thinking this might work." She handed him the bottle. "Dinner can wait," she said. "I'll be in the massage parlor."

"Dinner will be served at 9:30, madam," he replied. Maybe 10 or 11, he thought.

Charlie placed the bottle in a small pot of water on the stove to warm it up. Jenny walked back to their bedroom, returning shortly and having left her clothing behind. She walked slowly past him and spread a new beach towel she had just purchased beside the Christmas tree. She laid down on her stomach facing him. "How's the oil coming?"

"Almost ready. You were smart to lie on your stomach, would have only gotten half a massage the other way."

"Beauty and brains, you got the whole package."

He walked over to her with the oil and her grin turned into a loving smile. "Thank you, Charlie, for making me feel more

196

beautiful than I ever have before."

"I'm the lucky one; I get my Christmas wish two days early."

He didn't need to ask if she felt relaxed. Her deep, "Mmmmmmm," told him he was doing it right. That night, dinner waited until 10:30.

Chapter 30

There was a light rain fall when they awoke the following morning. Jenny jumped out of bed, threw on a robe and headed to the kitchen to make breakfast. "Three more days and then look out Hawaii, here we come," she called down the hall.

"I won't mind leaving this rain behind; I'm glad we put in the temporary gravel driveway," he said, headed for the shower.

Jenny showered and dressed after breakfast then went into the living room. "You saw one of the new beach towels last night, but come see what else I got."

"I'm already thinking that towel is my favorite." He sat next to her to go through the shopping bags. "I want to go to a sporting goods store and get some snorkeling gear for us, masks and fins."

"Can't we just rent that stuff there?"

"I just want something a little better for us. A leaky mask and fins that don't fit right can ruin our visits with the fishes."

"You're right, let's make it perfect; we wouldn't want the fishes to see us in tacky rental stuff," she said, smiling.

They hurried to the truck to avoid getting wet from the rain. As they drove out, Charlie noticed the police department had an unmarked surveillance car watching their home. "That reminds me," Charlie said. "We need to tell Nicole we decided to go to Hawaii after all."

"I think Nicole will be pleased she doesn't need to worry about us for a week. I'm going to call Gracie and see how her father is doing." She pulled her phone out of her purse and dialed.

"Hello?" Gracie answered.

"Hello Gracie, its Jenny. Is there any news on your father?"

"Doctor Hunt says the new meds are working and that my dad could wake up soon." Gracie's voice was full of excitement.

"That's wonderful. We'll continue to pray for him."

"It would be a totally great Christmas gift," Gracie told her.

"Yes it would be. Are the police still outside?"

"All the time."

"Good, I feel better knowing that. I'll call you soon, Gracie. In a few days Charlie and I are going to Hawaii for a week, but you can always call us if you need to talk."

"Wow that sounds fun. I'll call if dad wakes up."

"Not if, *when* your father wakes up. Talk to you soon, sweetheart," Jenny said, disconnecting the call.

"It's looking good for James and they still have the police outside as well," she told him.

"Glad to hear it. Why don't you call Nicole and let her know we will be out of town for a week and won't need the watch dog."

Jenny called the detective and left a message on her voice mail.

They decided a trip to San Jose would offer better choices for the snorkeling gear and found the gear on sale at a Big 5 Sporting Goods store. Jenny had never snorkeled before so Charlie insisted she try on several masks until she found a perfect fit. An hour later they walked back to truck, excited to try the new equipment in a few days. Jenny looked across the street at a large shopping mall.

"I love this time of year, all the decorations and Christmas music," she said. "Let's walk through the mall."

They drove across the street and found a parking spot way in the back lot. "We should have just walked over from where we were. I'm becoming a big fan of Christmas, but the mall on Christmas Eve?" he asked.

"We're not buying anything, just soaking up the spirit." He took her hand and they crossed the parking lot. Once inside the mall they stepped away from the doors to take in the magic. A small Santa's village was set up in front of them. A white picket fence draped in garland surrounded the village. A path, boarded with mounds of shoveled snow led the way to Santa's sleigh. Elves were in full costume with red hats helping the children up into the sleigh to talk to Santa. Along the path were detail-painted shop fronts, Santa's toy shop, Mrs. Claus's bakery and a stable with reindeer heads that moved slowly, side to side as if watching the action. 'Santa Claus is coming to Town' was playing from speakers in the village and the colored lights hanging on the village store fronts were keeping rhythm with the music. Excited children lined the path, waiting for their turn to tell Santa their Christmas wishes. Tired parents, surrounded with last minute shopping bags, sat on benches nearby, some offering encouragement to the younger children that weren't sure if Santa was a good person to meet. A small boy, maybe three years old, had run to his mother's arms, startled by a reindeer that turned its head toward him along the path.

"That'll be us one day," Jenny said with anticipated joy.

"Works for me."

"If we made him last night, he'll be a slippery one with all that oil." They strolled deeper into the mall. They had pizza in the food court and spent most of the day walking slowly and enjoying each store window that displayed a different image of Christmas. They laughed out loud when a travel agency had Santa on a surf board in Hawaii.

"You're right," he said.

"About?" she asked.

"Remember when you told me to keep my eyes on the harbor? That new ships were always coming in?"

"Yes I do, and when I said it, even then, I wanted it to be me," she said.

"I was only looking for a 28-foot day cruiser. Then you came along, like this huge Carnival cruise ship that consumes both the harbor and my view beyond it."

"That was then. You can stop looking for new ships in the harbor now," she said smiling.

"If I stood on the deck of that 28-foot boat, all I would see is the huge ship. Now that I'm on the deck of that cruise ship, with you, Jenny, I can see the whole world."

"What we have is overwhelming. Every time I feel it can't get better, it does, and that scares me a little too. Falling off the curb is one thing, falling from the top deck of our cruise ship would not be so easy to bounce back from."

"Then let's hold on, to the hand rails together."

"It has to be the hand rails on the edge of the deck. So we can watch our little dinghies float around us, Charlie."

He laughed. "Jenny, don't be calling our kids dinghies. There's Charlie Junior and look over there its little Charlene."

"Sounds like you have it all worked out. You make any room in your harbor for me?"

"Oh yeah, you have the biggest role. You're the boat launch," he said laughing. "I'm confused, though; are we partners or mates now?"

"That's easy, we are so many things."

Jenny's phone rang. "Hello?"

"Hello Jenny, this is Nicole, you called earlier?"

"Yes Nicole, we wanted to know if you had any new information on Margret?"

"We found her car late yesterday afternoon, behind an abandoned warehouse in town. A search turned up nothing and we've had eyes on the car but no sign of her."

"Can you tell how long it's been there?"

"No telling. She's been putting money away for some time, and none of the bank accounts or credit cards we know about, have shown any activity."

"So we don't know if she is close or a long way off?"

"No I'm afraid we don't."

"Charlie and I decided to treat ourselves to Hawaii for Christmas after all."

"When do you leave?"

"In three days. We'll be gone for one glorious week. We wanted you to know that you don't need to have our house watched."

"I was so upset when the Marina Police called last night indicating they were short handed and had to pull off their surveillance. I'll have someone from my department out there tonight, though," she said, reassuringly.

"We saw them there this morning when we left."

"What? That's not one of ours, Jenny. Where are you now?" Nicole asked.

"We're in the San Jose Mall, getting ready to leave soon."

"I'll have the Marina Police check out your home right now. Don't go home until I call you back with an all clear from them," she said.

"OK, we won't be home for an hour and a half anyway. If we don't hear from you, we'll wait at the diner in Marina for your call," Jenny said. She put the phone back in her purse and filled Charlie in on the situation. They both felt the joy of Christmas slipping away when they left the mall and headed towards home.

They were half way home when dusk fell and Charlie turned the truck lights on. A blue and white full-sized sedan pulled up fast behind them and turned on the flashing roof bar lights. Charlie pulled to the shoulder.

"I wasn't speeding," he said. "Maybe it's a special delivery update."

"News of Margret's capture would be icing on the cake."

When he brought the truck to a complete stop, he shut off the engine and lowered his window. The sedan pulled in tight behind him and he saw the officer get out of the car and walk towards him. Charlie turned to greet the officer and found a gun in his face.

"You're going to unlock the back door and follow instructions," the man said. Charlie hit the unlock button and, within a half of a second felt the gun move from the side of his head to the back of it.

"Lady, hand back your purse; then I want to see both your hands on the dash board." Jenny quickly complied. "Either one of you tries anything, and you'll watch the other die, first. About two miles ahead, is the turn off for Deer Creek, on the left. Now slow and easy, get us there."

Charlie started the truck and pulled out onto the highway. The sedan stayed close behind them, but had turned off the flashing roof lights. Charlie turned left on the narrow road toward Deer Creek. A half a mile in, the man told him to turn right on an upcoming dirt road. Charlie made the turn and saw a clearing ahead. The truck fishtailed slightly in the mud created by that morning's rain.

"When we stop ahead, lady, you're going to walk around the front of the truck, while, I have this gun pressed into his head, understand?"

"Yes," she said.

"Pull into the grass up there and stop." When they reached the grass area, Charlie stopped the truck.

"OK, lady, slowly around the front," the man said. Jenny got out and was just rounding the driver's side when the man said, "Stop, right there."

He opened the rear door, got out and said to Charlie, "OK, now you; slowly get out and put your hands behind your back."

Charlie felt the plastic tie restrains go on around his wrists. When he felt them being synched tighter he yelled, "Run Jenny!"

Charlie pushed back hard, sandwiching the gunman between himself and the truck. He felt the gun roll sideways between his back and the other man's chest. Then he felt a burning sensation in his shoulder when the gun fired.

"Run Jenny!" Charlie yelled again as the gunman dropped away behind him. The bullet, cutting a path between them had traveled through the gunman's head, which had been over Charlie's left shoulder, when the gun went off. He was pleased when he saw that Jenny had disappeared into the woods. He turned back and saw that the sedan had slid off the road 150 feet back. At that point he could see that it wasn't a police car, but a security service car. The driver was only 30 feet away with a gun pointed at him.

"That stupid dimwit was supposed to wait for me. At least he got your hands cuffed. Now move over there," she said, pointing 15 feet away from the truck.

When Charlie moved to the spot she had indicated he asked, "Having trouble finding good help, Margret?"

She picked up the other man's gun and replied, "Like they say, Charlie, if you want it done right then do it yourself."

"Thought you were always safely behind the scenes."

"Well, you changed that when you screwed everything up for me. I wouldn't miss this, though, even if dimwit was standing here. Move over there, just inside the trees, and sit on the ground."

He did as she asked. When he was on the ground, she sat on a fallen tree about 20 feet away, her gun ready to fire. "Jenny," she yelled. "Come on back now, or I'll shoot him before I go after Gracie."

"She's long gone. Did I tell you she went All State in track?"

"No, she's not far, funny guy. She wouldn't leave you with help so far away," Margret said confidently. They heard a thud deeper in the woods followed by a brief scream, then total silence. Margret waited a few moments then called out, "Jenny you have one minute until I start taking shots at this hunk of yours."

Charlie's heart raced at the thought of Jenny being badly hurt in the woods. Margret was too far away for him to rush her; he would be shot the moment he started to stand up. What help would he be for Jenny, he thought. He had to get them looking for her.

"Maybe nature took the fun out of it for you. Or, when you kill me, you'll always be looking over your shoulder for her."

"I'll be gone tomorrow. The police will give up their intense search within a few months," she said, but she knew Jenny wouldn't. She needed to keep him alive to draw Jenny out if she was hidden and not hurt. Either way, she wasn't leaving the woods without both of them dead.

She pulled a long flash light from the belt of the security uniform she was wearing. "Get up, I'm 15 feet behind you and will shoot at the slightest wrong move."

He got up and walked into the woods in the direction the sound had come from. He moved slowly, keeping his head faced forward, but looking from side to side for a way to run. The trees were large and spaced far enough apart to make the walk easier. Most of the underbrush was gone due the large umbrella the trees had created. Charlie stumbled a few times and feared the bullet that would take him down. They walked half way in and stopped. Margret called out to Jenny again, but the surrounding silence was not broken.

Chapter 31

Jenny turned to run into the woods and after two strides turned back in horror when she heard the gun shot. She saw the man behind Charlie fall to the ground and another figure run towards him from the other car. When Charlie told her to run the second time she dashed into the woods, just deep enough to be out of sight but still be able to watch Charlie. The rain had stopped mid afternoon but there were still intermittent clouds blocking what light the moon could give. She looked around frantically for anything she could use as a club, but everything large enough was over 12 feet long. There were no rocks small enough to hold in her hand. She was searching along a curved path that allowed her to keep sight of Charlie. Jenny then realized it was Margret in a security uniform that had him at gun point. She moved deeper into the woods as she saw Charlie walk into the woods and sit down. She couldn't think straight, overwhelmed with fear of potentially watching Charlie being taken from her by Margret firing the gun. When she heard Margret call out to her, it helped her focus a little. She knew there wasn't much time left for them and no one was looking for them yet.

The only thing I can do, she thought, is draw them deeper into the woods and then double-back to the truck and call for help.

She went as fast as she could deeper into the woods. She found a fallen section of a tree, about two feet in diameter and five feet long, resting at the top of a small slope. She pushed as hard as she could to try to get it rolling without any luck. Feeling that time was running out, she grabbed a small stick and dug out the debris on the downhill side of the tree section. She pushed it again from the backside and felt it move a little. She had it rocking and with a final push it rolled down the hill striking another tree with a loud thud. She screamed at top of her lungs for two seconds and then fell silent.

She circled back around to where Charlie was, just off to the right of her, and the truck straight ahead.

Come on. Come and get me Margret, she thought. She heard Margret call out to her again and she panicked. This was it, she thought, she's going to kill him. She stood up from a crouched position, prepared to leap towards them. Jenny would not allow her world to be taken from her while she watched, frozen by fear. She heard them talking and stopped, but couldn't make out the words. Charlie stood up then and moved deeper into the woods. She thanked the Lord for his help and moved quickly towards the truck.

They were out of sight now and she ran to the back seat to search for her purse. It wasn't there. She looked on the dash for Charlie's phone and realized it must still be in his front pocket where he usually kept it. She saw the keys in the ignition but knew there was no hope to save, Charlie if she went for help. She remembered Charlie's gun under the seat and reached for it. She put the truck keys in her pocket and with the gun in hand she turned back towards the woods, ran to the tree line and slowed down to keep her steps quiet in the woods again. She was driven by fear, the anticipated sound of gun fire ahead that would kill her also. Then she heard another car pull in and it park beside the truck.

Chapter 32

"Stop, Charlie, this has gone on long enough. Dropping you here will give me 75% of my expected satisfaction. I don't think your little widow will be able to follow me around the world anyway," Margret said.

"Was it always about the money Margret?" Charlie asked.

"Until now, yes. Now I really wanted to see your face as I take everything away from you the way you took everything from me. But I don't get that either, the satisfaction of having you watch the life drain out her."

She raised the gun towards Charlie's head, when they heard a call from behind them.

"Margret, are you out there?"

"Yes, I've got Charlie. Jenny is ahead of us hurt," Margret shouted back.

"Wait there, I'm just behind you. Don't do anything else stupid."

Charlie couldn't believe his ears and, when Detective Eberhart came into view, he said, "I didn't see this coming, you had us fooled."

Detective Eberhart ignored him and turned to Margret. "Where's Jenny?"

"We were going to find her. She fell out there, I think, hurt or dead," Margret said.

"I must say I was impressed with you, Margret, when you married James less than a year after Constance's accident when you showed up on my radar. Staging her accident and the climbing tragedy were brilliant. I've enjoyed my additional income by allowing you to walk around free. I was looking for a remote island to buy when you got James and Gracie out of the way, and now you've blown that. Couldn't follow a simple plan and you've made a real mess of this."

"Black mailing me wasn't enough, you greedy bitch, you wanted to take it all. You screwed this up, telling me to use these two as patsies… and then your kidnapping plan backfired," Margret said.

"I told you they would jump and they did. It would have worked, if you didn't have those clowns following them, and getting caught. When, Santa Clarita PD heard the story and had the Highway Patrol find the girls, it was too late. You're just a major liability now."

Nicole pulled out her gun and shot Margret in the head.

"You're a real piece of work," Charlie spit out.

"The original plan was to give Gracie a few bucks. Your getting too nosy put her in danger. James had to go he was a workaholic and not much of a father anyway."

"Oh, you're quite the humanitarian," Charlie said.

"I like kids and hate pedophiles just like you do."

"How'd you find us?"

"The same way I found John Ellis in the back of your truck, the tracking device they put on your truck. By the way, he's not singing now, he did a year ago when he told me about Constance Wentworth's accident which allowed me a small fortune from Margret, but not anymore," she said. "Margret was right about one thing; you two were a bad choice."

"So, you shot Ellis too?"

"No choice, he knew too much. Two more bullets and this mess, is cleaned up," she said as she raised her gun to shoot Charlie.

Charlie saw Jenny approach from behind Nicole, and dropped to the ground just as Detective Eberhart pulled the trigger.

Jenny fired a round into the sky just over Nicole's head.

"Drop it!" Jenny shouted.

Charlie knew it was over. He couldn't take Nicole down from where he was on the ground and he knew Jenny couldn't shoot her.

"Seems, I have nothing to lose," Nicole said dropping her aim towards Charlie on the ground.

"Seems I have everything to lose," Jenny shouted, sweeping her gun down and firing. The bullet hit Nicole's upper arm, a split second before Nicole fired her gun.

Nicole fell to the ground in pain, her gun was knocked out of reach. Jenny looked at Charlie. "Are you hit?"

"No, but it was close," he said. "She might have another gun."

Jenny stepped on Nicole's left hand as it was sliding a gun out of an ankle holster. Nicole cried out in pain from the weight of Jenny's foot. Charlie was up quickly and kicked the gun away. With his own hands tied behind his back he was of little help.

"Jenny, find the flash light and check in Margret's belt for something to cut this." He turned showing her the restraint.

She found a small clipper and another set of tie cuffs. When she had cut him free, she handed him the cuffs. He brought Nicole's hands together and bound them.

"We have to slow her bleeding," Charlie said. He lifted Nicole and carried her toward the truck. Jenny saw her purse around Margret's neck and retrieved it.

When they reached the truck, Charlie pulled some duct tape out of the glove box and wrapped Nicole's arm where she was shot.

"She's passing out, Charlie."

"Either shock or loss of blood, Call 911; tell them we have Detective Eberhart, and that she is wounded. Tell them she murdered Margret Wentworth, and we're headed towards Marina. You drive. I'll hold her in the back seat."

Charlie got settled in the back seat with Nicole. Jenny was on the phone talking while she navigated the muddy road towards the highway. When the truck stopped sliding and the tires grabbed a hard road surface. She accelerated hard.

"What the hell is going on Charlie? Nicole was our friend!"

"I would've bet my life on her too," he said.

"You did... We did! I'm still in shock, when I saw who it was..."

"I thought we were both dead back there when you shot over

Nicole's head. In my mind I saw her shoot me then quickly turn and shoot you, because neither one of us could stop her; me on the ground and you unable to shoot her. I don't know what we take with us, but the sight of you being shot would be intolerable for me. You saved my life in that moment."

"I realized how selfish I really am in that moment. My prayer was a life for us Charlie… "

"How is that at all selfish, Jenny?" Charlie said, cutting her off.

"The gun in my hands seemed to move on its own. After the warning shot over her head, all I saw was her bringing her gun down, to kill you on the ground. My gun was pulling my hands down. I pulled the trigger as it passed the middle of her head Charlie," Jenny said. "I didn't wait to pull the trigger as the gun dropped to her arm to simply wound her. I was ready to kill someone to keep you for me. I have to accept that I'm capable of what I hate so passionately about Nicole and Margret…"

"Not at all the same. We're trying to save her life here, a chance we have only because you had the gun and not me. I don't know if it was divine intervention, your sub-conscious mind, or you're just being a lousy shot. What I do know is, if you had hesitated a moment longer we wouldn't be having this conversation."

"I know that. How could she be such a monster too?"

Jenny saw the flashing emergency lights when they approached her ahead. She pulled to the side shoulder and flashed the headlights. One police car blocked the road behind them. The ambulance made a big U-turn and pulled up beside their truck, the other police car was blocking the road in front of them. Jenny had the rear door open as the EMT helped Charlie move Nicole out of the back seat onto the wheeled stretcher. They took her vitals and started an IV drip.

"Only injury in her right arm?" one of the EMTS asked.

"Yes," Charlie said.

"Her vitals are stable; I think she'll make it."

211

"Turn around, sir," the other EMT said, looking at Charlie's back. "Were you injured?"

"I think my new lucky jacket took most of it," Charlie replied. Jenny went over to see for herself.

"Did you get shot Charlie?" she asked, very concerned.

"I'm fine."

"That will need some attention to avoid infection," the EMT said.

"I hear salt water is good for scrapes," Charlie said, smiling to relax Jenny's concern.

The EMTs gave Charlie a puzzled look and loaded Nicole into the ambulance.

A police officer approached them. "Mr. Watson, we're aware of the situation here with Mrs. Wentworth and have been watching your home for signs of her," the officer said, "but why did we just load a San Jose Detective into the ambulance?"

"That detective was behind this whole mess with Margret and shot her in the woods," Charlie stated.

The officer called to his partner and said, "Cuffs on the detective, and go with her, looks like we have a dirty cop." His partner climbed into the back of the ambulance. One of the police cars followed it as it took off towards Marina with sirens blaring.

"We've already dispatch a detective he is in route. Can you take us back to the scene?" the officer asked.

"Sure. There's also another man where we were first taken hostage," Charlie told him.

"Is he at large?"

"No, you'll need the coroners van for him also."

The officer removed his radio and called it in to the station. They drove back to the scene and while they all waited for the crime scene detective, the officer took a full statement from Charlie and Jenny. The detective arrived and spent 30 minutes studying the scene. When the two bodies were removed, he approached Charlie and Jenny.

"I'm Detective Edwards, there's still a lot I don't understand

212

here, Mr. Watson. Will you two please follow us back to the station?"

"Sure, but we're as confused as you are," Charlie said, sliding into the driver's seat of his truck after helping Jenny in on the other side. When he drove back towards Marina, he noticed the other police car was following very closely behind them.

"Maybe, things were not real clear with the detective," he said. "Do you want to give Gracie the good news that she has nothing to fear from Margret anymore?"

"That's exactly, what I want to do. Focus on the good that comes out of this horrible situation," Jenny said grabbing her phone. Charlie listened as Jenny relayed the news to Gracie. When she put the phone back in her purse, He was pleased to see a broad smile of satisfaction on her face.

"James is awake, Charlie. Isn't that wonderful?"

"They must have found out what the poison was?"

"From some rare, African lizard; that's why they couldn't see it in his blood tests."

"How do you get something like that, I wonder? Something else Nicole found along the way and figured she could use one day. Do they expect a full recovery?"

"On his feet in a day or two, back to normal inside of a week. Gracie's so thrilled about rebuilding a relationship with him."

"That's good news," Charlie said.

"I'm in a fog, here. How did Margret, get Stefanie's phone number to threaten her?" Jenny asked.

"Probably when Stefanie called Nicole to vouch for us when we first showed up on their doorstep in San Diego."

"Then she gave it to Margret, to call her, make the threat and find out where they were," Jenny said.

"You did good back there, partner. I think you're a natural at this detective stuff."

"We're a damn good team, mister. I can't really explain it, didn't even know it was there before, but helping Cindy, and now Gracie, has made me more. Not that something was missing, but maybe it's just the awareness of something new in me. Does that make any sense?"

"Answering a call for help, from a voice we didn't recognize, has made us more. I know exactly how you feel, partner," Charlie said, "and as you said before, about us being many things, let's just focus on being mates for a week in Hawaii."

"To quote a very wise man," Jenny said, laughing, "Works for me."

They spent four hours in the Marina Police Station, going over their account of the last few days. They arrived home shortly after midnight reassured that Nicole was under heavy guard at the hospital.

"One more day, and then its sand and sun for us," Charlie said, holding her in bed.

"Don't wake me until it's time to go. I've never been so tired in my life." Jenny fell into slumber.

Chapter 33

They woke up early on the day of their trip to Hawaii. The flight had been delayed until 3:30, so they drove to San Jose and had a nice lunch before heading to the airport.

"Now you have to promise that you'll come home with me," Charlie said, pulling their luggage to the airport check in counter.

"I told you, I'd follow you anywhere. Leaving Hawaii at the end of a week will surely test the strength of that promise though."

They walked up to the counter and handed the agent their tickets. A man approached them from the side.

"Charles Watson, Jennifer Watson. I'm Detective Derrel Miller, San Jose Police Department. Please come with us."

"What's this about?" Charlie asked as they moved away from the counter.

"We have some questions related to Margret Wentworth and the shooting of Detective Eberhart, Sir."

"Are we under arrest?" Jenny asked, starting to panic.

"No. Please come with us so we can sort this out."

"Oh my God, Charlie!" Jenny gasped.

"It'll be ok, honey. We'll catch a later flight. They just have some loose ends," Charlie tried to remain as calm as he could. He knew making a scene in the airport by venting his annoyance at their timing would only make things worse. They walked behind Detective Miller to the curb outside of the airport, followed closely by two uniformed officers. They rode in the back of the police car to the police station in silence. When they arrived and went inside, they were met by another detective.

"Mrs. Watson, I'm Detective Nelson, will you follow me please?" he asked.

"Charlie. What's going on? Why are they splitting us up?" Jenny asked.

"It's just routine, Mrs. Watson. Please…this way," Detective

Nelson said.

"Jenny, just tell them what happened, we'll be fine." He was lacking the confidence of his own words.

"Mr. Watson," Detective Miller said. "We're down this way." He led Charlie to an interview room down the hall. What little hope he had of this being a minor inconvenience was shattered when he saw, Detective Eberhart leaving her office.

"What the hell is Eberhart doing at her desk? I saw her murder Margret," Charlie exclaimed as they entered the room.

"Have a seat, Mr. Watson. She's not on active duty now," Miller said, taking a seat across from Charlie.

"Not on active duty? She should be locked up for murder. Behind bars."

"We'll sort this out. Just answer my questions now. We have evidence that you and your wife were employed by Margret Wentworth."

"She called us to find her daughter. We didn't know her before that, and were certainly not involved with the shit she was into," Charlie replied.

"We have a record of a check written by Margret Wentworth for five hundred dollar made payable to you. Is that correct?"

"I never cashed the damn thing."

"That's not the issue. You accepted it and that establishes the connection."

"Connection to what? We just wanted to help Gracie after we discovered what Margret was up to."

"And what was she up to, Mr. Watson?"

"Trying to kill her husband and cut Gracie out."

"Cut Gracie out with the document you were hired to present to Miss Wentworth…"

"Look, she called us to find Gracie. We didn't know what she was up to until things seemed a little off, like when we realized we were being followed in San Diego."

"That takes us to another issue. Your credit card was still open on the gas pump in Gorman at the Shell station that went up in flames and where two bodies were also found."

"I've been through this with the Santa Clarita Police, talk to them."

"I have. The only reason they let you go was because Detective Eberhart vouched for you. She is claiming you had her fooled from the beginning. She didn't realize your involvement in the conspiracy to commit murder and fraud."

"This is bullshit. We called Eberhart and told her we thought Margret was poisoning her husband."

"And Detective Eberhart's quick action is why, Mr. Wentworth is alive. Maybe you and Margret had a falling out, she promised you more money and didn't pay?"

"Listen to me, detective. They knew each other. I saw Eberhart talking to Margret, disappointed that Margret had screwed things up. Eberhart confessed that she was blackmailing her. Then I saw Eberhart shoot Margret in the head. Margret's gun was at her side and not a threat."

"Followed by, your wife shooting Detective Eberhart. As I understand it, Eberhart was defending herself during the arrest of Margret Wentworth for attempted murder. We seem to have two different versions of what happened here, Mr. Watson."

"Yeah, we do. The truth and this bullshit cover up that Eberhart is pulling. The truth is, if Jenny had not shot her, we would both be dead in those woods. Arrest me; or my wife! We are done here!"

"Don't leave town, Mr. Watson. Mrs. Watson is under arrest for the attempted murder of Detective Eberhart and, under further investigation for the murder of Dennis Royal, the gas station attendant."

Charlie jumped to his feet overcome with rage, "You bastard!"

Detective Miller stood, hand on his gun, "Stand down or I'll arrest you also."

Charlie could barely contain himself. He sat down, slamming his fists on the table. It was several minutes before he could get

217

control of his anger. Once he had, the detective sat down again.

"Can I see her?" Charlie asked.

"You need to calm down. After she is processed, you can see her."

"Processed?"

"Finger printed and taken to holding. You'll stay here, I'll check."

Charlie wanted to run into Detective Eberhart's office and choke her. He had to get to Jenny. He knew she must be going crazy.

Miller returned to the room, "If you can control your temper, I'll take you back to see her for a few minutes."

"I can, I need to see her."

He followed Miller to the holding cells, where he was signed in. When she saw Charlie come through the outer door, Jenny yelled out, "Charlie. They arrested me for shooting Nicole."

"I know. Eberhart is trying to save her ass, this is all so crazy."

"I'm scared, really scared. What can we do?"

"We're going to get an attorney and get you out of here as soon as we can. Don't talk to these bastards; we can't trust any of them."

"I'm glad they didn't arrest you too," she said, through tears.

"They want to. I don't know how much time I'll have to help you before they do."

"I love you." she told him.

"I love you, Jenny. I'll be back as soon as I can with an attorney."

Detective Miller came into the area, "Mr. Watson, times up."

Charlie kissed her through the bars and slowly released her hand.

"I'll be back as soon as I can," he said. "Hold on, sweetheart, we'll get through this."

Detective Miller walked him to the front door of the station and, as Charlie passed through the door, Miller said, "I'll, get to the bottom of this."

"Not through those blinders you're wearing," Charlie said. "Ask yourself, detective; how did your Detective Eberhart find us in that remote location?" Then he turned and left.

The moment Charlie was in the parking lot he pulled his phone out of his pocket and searched for a criminal attorney. He called four of them before he reached Susan Abbott, who told him she would meet him there shortly. He waited in the parking lot until she arrived.

"Mr. Watson?" Susan Abbott asked.

"Yes, Ms. Abbott. We really need your help."

"Susan, please. I need to see your wife right away. But first let me tell you what's going to happen. We can't get her out until her arraignment hearing when bail is set. Do you have the resources to secure a bail bond?"

"Yes, whatever it takes."

"Good," she said. "Find a bail bondsman and have them prepared to post a bond at her hearing. I will push for one as soon as possible. Here is my card. How can I reach you?"

Charlie gave her his mobile phone number. "Anything, anytime, call me."

"We'll get together later today at my office. I'll call you with a time."

"Thank you, Susan."

"Ok, I need to get in there and get the ball rolling." She turned and walked into the police station.

Charlie called for a cab, to take him back to the airport to pick up their luggage and his truck.

Chapter 34

Charlie walked into Susan Abbott's small office shortly after he received her call. It was a single open area with three desks and a bathroom in the back. Susan's desk was in the back with book shelves behind her and certificates mounted on the wall beside her desk. The other two desks were not occupied. Susan looked up when he walked in. "Mr. Watson, come in," she greeted him.

"Charlie works. What do we know?"

"Please sit down, Charlie. She is being charged with shooting Detective Eberhart. They are not pursuing the conspiracy charges but are looking at your connection to Margret Wentworth."

"I'm sure, Detective Eberhart, doesn't want too many eyes looking into that," he said. "When is her bail hearing?"

"Tomorrow at 10 a.m. in the Superior Court. Here's the address," she said, passing him the information. "Did you find a bail bondsman?"

"Yes, Jones Bail Bonds. I'll call him as soon as we're done."

"The problem we have is that you're the only witness to Jennifer's actions that night when she shot Detective Eberhart. There is no dispute that Detective Eberhart's gun was used to kill Margret Wentworth, but the claim is that Margret was armed and was holding you at gun point."

"Then why would Jenny shoot Eberhart, after she had eliminated the threat of Margret?"

"Good question, they're saying you were working for Margret that maybe Jennifer panicked and thought you two were going to be arrested, they're saying."

"Jenny saved my life. Eberhart was moments from shooting me."

"I know that from talking to Jenny."

"And we called the Marina Police, as soon as we could," he said.

"I know that also. I've already contacted them requesting the police report."

"Can I see Jenny, tonight?"

"Not tonight, I'm sorry. We were very lucky to get on the court docket as soon as we did."

"Susan, are you my best choice to defend my wife? I don't mean to be insulting, but Jenny is my whole life and..."

"Charlie, no offense taken. I was with the Public Defender's office for five years and started my own practice a year ago. I left them, very frustrated, because my hands were tied there. Too many limits, on what I could do to defend my clients."

"Do you believe her...us?" he asked.

"It doesn't matter; my job is to be her best defense. But, after talking with her a few hours today, yes, I do."

"That's important to us. What else can I do?"

"Have your bondsman there tomorrow at 10. I'll be putting together what I have and will see you then," she said. "We can't get the case dismissed, she did shoot Detective Eberhart, but we need to convince the judge that there is a case for it being justified so we can get her out on bail."

"Ok...About before... I'm just going nuts here." He stood up to leave.

"I understand. I'll give Jennifer my best effort. See you tomorrow, Charlie."

Charlie drove directly to the bail bondsman's office to ensure he would appear in court tomorrow. He couldn't go home without her and still having their luggage from the airport, found the closest motel to the Superior Court. After checking in, he called Gracie.

"Hello?"

"Gracie, this is Charlie Watson."

"Charlie, how are you? Calling from Hawaii?" she asked excitedly.

"No, Gracie. I need your help. Jenny has been arrested for shooting Detective Eberhart."

"Oh no, I thought they arrested Detective Eberhart?"

"So did we. She must have come up with a version that they bought."

"But she told you she was involved… you saw her shoot Margret."

"It's her word against ours. How's your father? Can I talk to him?"

"He's home now, I'll get him," she said, taking the phone to her father.

"Charlie, I think I owe you my life," James Wentworth said.

"Thank God. It's a miracle you're home already. We are so pleased you're getting better, Mr. Wentworth. My wife Jenny has been arrested for shooting Detective Eberhart. We know she was blackmailing Margret," Charlie paused. "I'm sorry…that must have been a shock. I'm not being very considerate."

"Charlie, call me James. We discovered that Margret was extorting funds from the company, but blackmail?"

"I guess you wouldn't know. And I'm not really sure how to tell you this…"

"Charlie, after the last few months, I'm ready for some honesty; just give it to me straight."

"Detective Eberhart discovered that Margret was involved in your first wife's car accident and was blackmailing her," Charlie told him.

"Constance? How is that possible? She fell asleep at the wheel? Are you sure?" James asked, confused.

"Eberhart laid it out, before she shot Margret, and was going to kill us, to cover it up."

"I realized, Margret, was up to something, when she pushed Gracie out of our home. I wasn't paying attention, until then. I had no idea she might be involved in Constance's accident. When she redecorated Gracie's room we fought bitterly. I wanted her out. That's when she started the poison…so don't think for a minute, there is any love lost here. But Jenny has been arrested? How can I help?"

222

"Is there any way we can link Margret to Detective Eberhart, maybe the blackmail payments, phone conversations, anything at all."

"I'll get on it right away, it's the least I could do. Do you need money, an attorney, or if there is anything else, don't hesitate to call me."

"Thanks, we have an attorney, Susan Abbott. She seems good. Just please let me know if you find anything?"

"Ok. We've been going through the financial records at the office, I'll get the audit team focused on that connection. The phone records as well. When is the arraignment hearing?"

"Tomorrow at ten. Thank you, James," Charlie said, disconnecting the line.

He sat back in a chair and at the thought of Jenny being locked up in the holding cell, he shook with anger and frustration. "Eberhart, you've made a big mistake in charging Jenny instead of me, because I won't miss your head when I fire the gun." A wave of helplessness consumed him and he sank deeper into the chair.

Charlie was in the court building at 9:00 the next morning. He watched for Susan or the bail bondsman to enter the lobby area. At 9:30 he turned in surprise to a familiar voice.

"Charlie. I'm so sorry this has happened," Gracie said, reaching out to hug him.

He held her a moment and noticed the man from the photo Margret had given them.

"James, pleased to finally meet you. It's great that you came, it'll mean a lot to Jenny." Charlie reached around Gracie to shake his hand.

Gracie stepped back and said, "Stef is on her way down too. I'm starting college in the spring now, to spend time with dad."

"That sounds promising. We'll be in here, Court Room 6," Charlie told them.

"I was hoping to meet you both, under different circumstances of course," James said.

"Did you find anything, James?"

"Not yet, but we're not done looking and I'll have the phone records this afternoon."

"Thank you, James. I don't know what else to do?"

The court room doors opened and they walked in to take their seats. Charlie kept an eye on the door and moments later waved to Susan Abbott. She hurried over and sat beside him.

"This is a short session, there'll be 6 arraignments today, but we don't know the order they'll be brought in," she told him. "I have the Marina Police report. Has the bondsman arrived yet?"

Charlie turned again to check the door. "There he is now." He waved to catch his attention. The bondsman came over and Charlie discovered that Jones and Susan had worked together before.

The court was brought to order and they waited for Jenny's case to be called, it was the forth case.

"The State verses Jennifer Watson," the bailiff called out.

Susan jumped up and took her place at the defense table. Charlie watched as the bailiff brought Jenny through a side door and had to grip his seat to keep from running to her. She smiled when she saw him and Gracie sitting there as she sat beside Susan.

The judge called out, "Is the State ready?"

"We are, your honor," the prosecutor said.

"And for the defense?"

"Susan Abbott for the defense, your honor."

"Proceed."

The prosecutor spoke first. "Your honor, the State charges Jennifer Watson with assault with a deadly weapon, the shooting of Detective Nicole Eberhart in an attempt to flee interrogation and possible arrest. The gun used is in evidence and is registered to the husband of the accused, Charles Watson"

"Your honor," Susan said standing. "May I approach the bench? I have the Marina Police Departments report."

"Approach," the judge said. Susan took him a copy of the report and returned to her place at the table.

"Your Honor," she continued, "my client and her husband

224

were forced to this location at gun point by Margret Wentworth and her accomplice, Mr. Steve Franks. Mr. Watson's hands were bound and with the intent of allowing his wife, my client, a chance to escape, he pushed Mr. Franks with his body into his truck. The gun Mr. Franks was holding discharged. The bullet traveled between Mr. Franks and Mr. Watson, leaving documented evidence on, Mr. Watson before passing through his own head, killing him.

"Objection, your Honor," the prosecutor said, standing. "We don't see how this relates to our case?"

"I can tell you three reasons that it does, your honor," Susan stated.

"In that case," the judge began, "objection overruled."

"Thank you," Susan continued. "First, my client and her husband were *forced* to the location by Margret Wentworth, not voluntarily meeting with her. Second, Mr. Watson's actions allowed my client, Jennifer Watson, to escape and third, Mr. Watson's wrists were bound."

"I'm still listening, but we need to move this along. This is not a trial," the judge stated.

"Yes, your Honor, Margret Wentworth forced Mr. Watson into the woods. My client was able to return to the truck and secure the gun in question. Margret had my client's husband at gun point intending to kill him when Detective Eberhart arrived on the scene. There was a discussion between Margret and Detective Eberhart, they knew each other. Margret lowered her gun, but did not drop it."

"I object, this is all hearsay, your Honor. There was no one there to corroborate that statement," the prosecutor said.

"The Marina Police report indicates the gun used by Detective Eberhart was not her service weapon, but an untraceable drop gun. It had been fired three times. Once, when she shot, Margret Wentworth at close range, a second and third time intending to kill my client's husband who was unarmed with his wrists bound. My client, Jennifer Watson shot Detective Eberhart after watching her kill Margret Wentworth as she was turning her gun on Charles Watson."

"Objection, your Honor. Detective Eberhart has had a spotless service record for over ten years as a detective and has been with the San Jose Police department for over a year."

"Overruled. Continue, Ms. Abbott."

"Your Honor, if it was the intent of my client to kill Detective Eberhart, clearly she could have and left the scene. Instead, she called the Marina Police Department with the intension of saving Detective Eberhart's life."

"With a police officer being shot, this will be held over for trial," the judge stated. "However, there is substantial evidence to support reasonable doubt and bail will be considered."

"Your Honor, we request that the accused be released without bail, pending trial," Susan requested.

"Request denied. Bail is set at $100,000."

"Bail will be posted, thank you, your Honor."

Charlie jumped up expecting Jenny to be freed but saw her being taken back through the side door.

"Susan turned to him and said, "The bail will be posted and Jenny will be released from the police station within a few hours. This is a good sign, the prosecutor didn't fight it. You can take her home, soon."

"Thank you, Susan."

Susan pulled the check out of her brief case and handed it to Charlie. "I guess I won't need your retainer after all. I'll call you in a few days. Go take Jenny home."

"We still need you?"

"Mr. Wentworth came by my office yesterday and insisted on covering Jenny's defense costs."

Charlie turned to face James. "I can't let you do that James."

"If it hadn't been for you two, I wouldn't have had the opportunity. Thank you, Charlie," James said, hugging his daughter as they left the court room.

Charlie turned to the bail bondsman. "What do you need to

get her out?"

"Nothing," he said, holding a business card from Wentworth Software. "You have some great friends, Mr. Watson."

Chapter 35

Charlie checked in with the front desk at the San Jose Police Department and told the officer he would be waiting outside for Jenny's release. She walked through the doors two hours later and rushed into his waiting arms.

"Charlie. I can't believe this is happening."

"Let's get out of here and get you home."

"I need that, I couldn't sleep in there," she said, getting into the truck.

Charlie closed her door and slid into the driver's side. When he drove through town he pulled into an auto repair shop.

"Why are we here?" she asked.

"That second tracking device, I don't want any of them following us."

"Them? They're all dead."

"Detective Eberhart used it also, she's not in jail," he said. He reached for his phone and called Susan Abbott asking her to meet them there. When she arrived, they put the truck on the lift and searched for the device. Charlie took some photos and the device was removed and placed in a plastic bag. Susan obtained a signed witness statement from the shop owner and took the device with her.

"I didn't know, if all this thoroughness was necessary," Charlie told Susan. "But I didn't want it on the truck for Eberhart to find us again. We may need to prove it was there later."

"I'm glad you thought to call me. You said Eberhart used it?" Susan asked.

"She didn't put it there. But when she realized it was there she used it to find us in Santa Clarita and then again that night in the woods."

"Jennifer, I'm sorry we couldn't get you released yesterday."

"Just Jenny, please. I may not be in Hawaii, but this beats the hell out of where I was."

"We'll get there," Charlie said.

"I talked with Mr. Wentworth after court," Susan informed them. "He'll be sending over anything he finds."

"We need someone in the police department, where the answers are, but who can you trust in a case like this; protecting their own," Charlie said.

"Who did you talk to?" Susan asked, looking at Jenny.

"Detective Nelson arrested me. I didn't get the feeling he was after the truth."

"Don't know him. Charlie?" Susan asked.

"Miller," he said. "He was the one that brought us in from the airport."

"Derrel Miller? I've worked with him. Always seemed a straight shooter, I'll give him a call."

"I need to get this lady home. Call us with anything," he said.

"I will." Susan walked away.

On the drive home Charlie said, "Looks like we have another case, detective."

"Too close to home for me. Will Eberhart come after us?"

"We're her only loose end. Her story to save herself forced their hand to file charges," Charlie said.

"She's on paid suspension, but I can't believe she'd chance going after us."

"Still, we need to keep alert," he said, checking his rear view mirror.

"I wonder if we have any allies in the Marina Police Department?" she asked.

"Chief Walker seemed to believe our side that night. Hope he still does."

"We know, Eberhart took the guy out of your truck in Santa Clarita, shot him and dumped him. Is anyone looking for his body?" she asked.

"Ellis, I think his name was. It would certainly help if they found him with one of her bullets in him."

"It wouldn't look good if we found him. I wonder if the Santa Clarita Police would take a look?"

"We spend way too much time in police stations," Charlie said.

"You don't need to tell *me* that."

"When we get home, I'll call them. You need some sleep."

"You're right, I do. I'm so wound up though; think you can help me relax a little?"

"At your service," he said, pulling up to their mobile home.

When Jenny had finally fallen asleep, he pulled the bedroom door closed and went into the front room. He called Susan to get her advice on contacting the Santa Clarita Police.

"Let me follow up on that. It's a long shot, but would help us," she said.

"Any word on the money trail from Wentworth?"

"They found payments to Summit Advertising, a company James Wentworth said don't use. They're having the D.A. get the bank records now. Maybe, some good news soon."

"Phone records?"

"So you're not a detective, right?"

"Let's just say that wasn't the plan."

"One phone number they couldn't account for. They called the number and it rang four times with no voice message option. Maybe a disposable phone."

"Maybe she still has it? She's too smart for that I guess. Unless she had it the night the Marina Police took her in."

"They should have an inventory of her personal effects, it's worth a shot."

"Any tie between them will help," Charlie said. "We'll talk to Marina P.D."

"How's Jenny holding up?"

"She's sleeping now."

"That's good, I'll be in touch." Susan disconnected the call.

When Charlie went in to check on Jenny at 6:30 that night, she didn't want dinner so he let her sleep.

Jenny was up early the next morning and Charlie woke to the smell of breakfast cooking.

"Good morning," he said, greeting her in the kitchen.

"Didn't have any pineapple or coconut this morning, so this will have to do."

"We'll get there, Jenny. It smells wonderful." They ate breakfast, shared a shower and got dressed. He told her what he had learned from Susan last night and they decided to pay Chief Walker a visit.

When they walked into the station, Walker spotted them. "Come on back," he said, heading into his office. They sat down. "I knew I'd see you two after talking to Susan Abbott. I was very surprised they charged you Jenny."

"I was shocked when I saw Detective Eberhart wasn't behind bars," Charlie said.

"She was picked up by the San Jose P.D. the following day and left here a murder suspect as far as I was concerned," Walker said.

"So you didn't buy her story and release her?" Jenny asked.

"No, I didn't. Like I said, the evidence we found backed up your story."

"Speaking of evidence, when she was brought in, did she have a disposable cell phone on her?" Charlie asked.

Chief Walker hit the intercom on his phone, "Jacque, have Edwards come to my office." A minute later there was a knock at his door and it opened.

"Yes Chief, what do you need?"

"Bring me the file on Detective Eberhart anything on her personal property, thanks."

Chief Walker turned back to them when the door closed. "I didn't say anything, when you were here the last time, things were a little hectic," he said, while pulling open his lap drawer. He pulled out a newspaper and laid it on his desk in front of them. "I look at that every time I think there is nothing more I can do."

231

"That's the story about Cindy," Jenny said, surprised.

"That was a turning point in my attitude," Walker said. "Thank God, you didn't give up as quickly as I did. You found her, alive."

"We knew your hands were tied," Charlie offered, handing the paper back to him.

The door opened again after a brief knock and the file was given to Walker. He opened it and reviewed the information. "One cell phone on her and I think the one you're looking for was found in her car," he said handing a sheet to them. "Here's a photo of it."

"Not any chance you still have it?" Jenny asked.

"No, sorry. It was all sent with Detective Eberhart, when they picked her up."

"Chief, did she leave in cuffs? Charlie asked.

"No, we gave everything back to her, except her gun and badge. Those were given to one of the officers that picked her up."

"That phone could tie her to Margret and she'd want to get rid of it. Did she have a chance to dump it here, maybe in the bathroom?"

Walker got on the intercom again, "Jacque, I need you to look in the ladies room, in the trash, toilet tanks…we're looking for a cell phone. Have Edwards check the bushes outside."

"I'm amazed, Chief," Jenny said. "Thank you."

"We might get lucky," Walker said. "I called the Santa Clarita PD and asked them to look for John Ellis when I thought we were going to handle this investigation. Not a word yet."

Jacque knocked on the door and poked her head in, "Nothing in the ladies room, Chief. The trash was almost full so it hasn't been emptied for a while, sorry."

"Thanks Jacque."

Edwards poked his head in. "Went through the bushes outside, all the trash cans in the office and the bags on top of the dumpster; nothing, Chief," Edwards reported.

"We gave it a shot, thanks," Jenny said. "You didn't happen to get the phone number, did you?"

Chief Walker went through the papers in the file, stopped suddenly and looked up. "That was silly," he said. "Need a job, detective?"

He reached over and punched in the number on his phone. They all jumped out of their seats when they heard a faint ringing coming from the squad room. When they went into the room, Detective Edwards was moving the small refrigerator out from under the counter. He used one evidence bag to pick it up and put it into another one.

"Good idea, Chief," Edwards said, holding up the bagged cell phone.

"Yes, Chief," Jenny quickly said. "You found the easy way."

Walker gave her a smile and winked.

"Edwards, I need a full report; how we found it, the call log, text messages…the whole nine yards."

"Right on it, Chief. We were lucky," Edwards said, showing them the "Low Battery" warning flashing on the cell phone screen. "I think my charger will work."

"Thank you Lord and Chief Walker. I'll give the number to our attorney and see if it matches what they have," Jenny said, smiling.

The Chief wrote the number down and gave it to Jenny. She reached into her purse and handed him a business card from Susan Abbott.

"Please call her with anything you have and any word from the Santa Clarita Police."

"I have her number. I'll send the report to her as soon as Edwards is done. We'll have it here if you need it for trial," Walker said.

"We can't thank you enough, Chief," Charlie said, shaking his hand.

"You have my vote in the next election," Jenny said.

"Thanks, but that's the County Sheriff."

They walked to Charlie's truck and Jenny said, "I never got the number the D.A. originally found. I'm half afraid to call Susan and find out the number doesn't match."

"We know it was Eberhart's phone and that she wanted to get rid of it. If it isn't a connection to Margret it may lead us to something else she wanted to hide."

Jenny got in the truck and called Susan and gave her the phone number.

"It didn't match, Susan told me. They had Margret's cell phone and it had been in her home. The number didn't match the call log on that phone either," she said. "We don't have a link, damn it."

Charlie was backing the truck out and stopped suddenly. "Maybe the link is still in here," he said, as he pulled back in turning off the truck. Jenny joined him as he walked back into the station. Walker was looking over Edwards' shoulder as he pulled information off of the phone.

"Chief, do you have Margret Wentworth's personal items here?" Charlie asked.

"Yes, we do. I take it the number didn't match. Let's take a look," he said, unlocking a cabinet in the back of the room. He pulled a box down and they all looked inside. A cell phone matching Detective Eberhart's was inside. Walker slipped on some gloves and removed it from the box. He hit the power button and the screen lit up.

"We'll search the log on this phone also, but let's see if you two are really blessed."

He hit the redial button. They all held their breath. Nothing happened. Walker turned to Edwards and said, "Is that phone on to receive calls?"

"Not to ring, Chief, but I just got a missed call notice," he said.

"Turn it on to receive calls. I want to hear it ring."

"Yes Chief, go ahead." Walker hit the redial button and the office cheered when it rang in Edwards' hands.

"Want me to answer it, Chief?" Edwards asked, laughing.

Jenny turned and hugged Walker before crossing the room to

hug Edwards also.

"We have our connection, thank you all." Jenny said.

"If I get another hug, I'll give you the really good news," Edwards said. She hugged him again to a laughing audience. "The call log gives you the history of that connection and we can find out locations and when calls were made." She kissed him on the cheek.

"This is really good news," she said.

"We'll forward everything we pull off of these phones to your attorney. If she feels we have enough, I'll call the DA myself," Walker said.

"Hopefully the money trail will be found," Charlie said. "Jenny let's let these fine people get back to what they were doing. Thank you all so much."

As they walked towards the door, Edwards said, "I'm just sorry, I didn't find something else to dazzle you, Jenny." The room erupted with laughter again.

"Charlie, Jenny, this is good," Walker said. "But there's one loose end, so this might not be enough by itself. This phone was taken from a pocket on Margret's security uniform but Eberhart's phone was in her car. We'll dust it for prints, and that should make the tie stronger."

Edwards dropped the phone on his desk and said, "We better do that, before I go any further."

"Call us with the results?" Jenny asked.

"I think it's safe to say that if Eberhart's prints are on that phone, Detective Edwards will drive out to our place to tell us," Charlie said with a hopeful smile.

On the way home Jenny was very quiet. Everything, seemed to be at their finger tips, but still slightly held out of reach.

"What we have is good, Jenny, don't give up hope. They'll find Ellis. We'll link the money to Eberhart," he said.

"I hope so. These women knew how to cover their tracks. Ellis could be in a thousand places from the coyotes and birds."

"We've quite a team fighting for us. Wentworth wants to tie

Eberhart to the blackmailing and scheming to kill him, and that group we just left...no doubt we have their support."

"I know, let's go home and think about something else."

"The Christmas tree is still up and I know where the beach towels and lotion are," he said.

"That was fun...maybe tomorrow."

Chapter 36

The following morning Jenny found Charlie in the construction office writing a list of what they knew, or at least what Detective Eberhart had told them that night to follow up on.

"Good morning. Sorry, I wasn't any fun last night," she said.

"Don't be ridiculous honey. This whole thing is a horrible nightmare. A lot of money changed hands. How could Eberhart hide that?"

"Hidden bank account, cash in a storage unit…it's endless," she replied. "If she was paid in cash the trail would be impossible to find."

"I looked up Summit Advertising on-line this morning. No web-site or white pages listing locally."

"We need to check with James, see if he got the bank records on them," Jenny said, sitting beside him. She dialed her phone and heard James greeting.

"Hello, James, this is Jenny. Did you get the bank records from Summit?"

"We did. The company is in Sacramento. The owners listed are David and Janise Stanford, a brother and sister team with a local address there. The company was opened in January of 93."

"Janise Stanford? Why does that ring a bell?" Jenny asked.

"Janise was the name Margret used before she moved to San Jose, but her last name was Harris."

"That's it. Janise Harris, from Boise was Janise Stanford. That's Margret."

"Looks like we have a tie to Margret, but I never knew or heard of David," James said. "The D.A. is trying to track them down. I need to call them back with that information."

"I'm guessing that about a year ago regular withdrawals started from that account?" Jenny asked.

"Not withdrawals, purchases. $10,000 monthly from San Jose

Gold & Silver," he told her.

"Are these purchases regular?"

"The 28th of each month, it's set up as an automatic payment."

"That's tomorrow. Eberhart might think one more payment is coming in?"

"The account is frozen, but you're right, she may not know that."

"Is there any money in the account you can recover?"

"Actually, a little less than half of what she extorted from my company is still in the account."

"I hope you can get that back, thanks James. We'll look into that, see if we can connect Detective Eberhart to those transactions," she said, hanging up the phone.

"Charlie, the payment to Eberhart was apparently going through a San Jose Gold & Silver company on the 28th of every month."

"I can't see her hauling gold bars around. Maybe they take a little off the top and give her cash. Or maybe she has something on them also; they must deal in a lot of cash," he said.

"If they know who she is and, she has something on them, they won't talk to us."

"I don't get it. Eberhart is smart, why wouldn't she just demand a cash payment directly?"

"Maybe in the beginning Margret didn't know who the detective was that was blackmailing her, or Eberhart thought Margret would have a bullet show up instead of cash at a handoff?" she suggested.

"Somewhere things changed. They knew each other in the woods. Eberhart's plan to kill James might have changed their relationship? Our getting involved might have united them in a common problem… us," he said.

Charlie reached for the phone, hit speaker and called Chief Walker.

"Good morning, Chief. Can you help us locate someone?"

"Good morning, Charlie, Jenny. Got a name?"

"David Stanford lives in Sacramento."

"Not anymore," Walker replied. "He's residing in our morgue. He's the man that was with Margret out in the woods. He had ID, a license and a few credit cards in his wallet under the name Steve Franks. His prints came back as David Stanford this morning. We're taking a closer look at everything."

"Another dead end," Charlie said.

"Literally. We do have Detective Eberhart's prints on the phone so it's a stronger link and certainly a piece of evidence. I only wish she had the phone on her. We contacted the service provider and hope to get some cell tower location information in a few days. If she had the phone with her, we can place her in Santa Clarita."

"That'd be great. Any word on the search for Ellis down there?"

"Not good news. They gave it two days but the area is too large and the only thing we had to go on was what Detective Eberhart told you. She could have dumped him anywhere along Interstate 5."

"Thanks for trying, Chief. We figured it was a long shot."

"I sent the phone logs from both phones to Susan Abbott this morning. Yes, before you ask, we have copies for you too."

"Mind reader also? See you in about an hour. Thanks again," Charlie said.

"Yes, Chief, I can't thank you enough for helping us," Jenny said.

"See you in an hour," Walker said, hanging up the phone.

Jenny turned to her computer and searched for San Jose Gold and Silver. She printed the web page and contact information page. None of the employee names jumped out at her, but they had phone numbers that she could check against Detective Eberhart's disposable phone log.

"We have Margret connected to San Jose Gold, we need to pull the string to Eberhart. So do we watch the place? Jenny asked.

"Itching for a stakeout, detective?"

"No, Charlie. I don't know what else to do!"

"I'm sorry, poor joke," he said, reaching to hold her.

They were greeted warmly when they entered the Marina Police Station. Detective Edwards handed them the copies of the phone logs. "The Chief is expecting you, go right in," he said.

"Thank you, Detective," Jenny replied as they headed to the Chief's office.

"I really want to nail this Eberhart," Walker said as they sat down in his office. "San Jose P.D. is calling it a justified shooting of Margret. Detective Eberhart is on recovery leave, she doesn't know that we found her disposable phone. We did take the battery out so, if she checks, she'll be satisfied in thinking the battery died while it was still behind our refrigerator."

Jenny handed him the copy of the San Jose Gold and Silver's website. "We have the money trail from Margret to this place and with automatic payment on the 28th of each month. She might be expecting one last payment there," Jenny said.

Walker scanned the phone log of Detective Eberhart's phone and found two calls made on the 29th of the previous month. He compared them to the phone numbers on the printout Jenny had just handed him.

"No tie there," he said. Then he thought a moment and pulled his own cell phone off his belt. "It's a private number," he said as he made the call.

"San Jose Gold and Silver," the woman said.

"Hello, do you have a direct line for your financial officer?" he asked.

"Yes sir, 555-6732. Mr. Burns is away from his desk right now, may I take a message?" Walker noted that this number was already on the printout, which didn't help. He decided to take one more shot.

"It's a sensitive matter, kind of urgent. Does he have a cell phone number?"

"Yes sir, but I'm not allowed to give it out."

"I think Burns gave it to me, let me check my notes," Walker said, looking at the phone log. He picked the number tied to the shortest phone call about 30 seconds duration. "Here it is. Is it the 555-3487 number?"

"Well, yes, that's it," she said. "And your name sir?"

"I'll call Mr. Burns later, thank you," he said hanging up the phone.

"Another link in this chain," he said, turning to them. Looking at the printout he continued, "Mr. Anthony Burns CFO of San Jose Gold and Silver has a cell phone number on Eberhart's phone log." He stood up and opened his door, "Edwards, see what you can find on an Anthony Burns, in San Jose."

"Right away, Chief."

"So Mr. Burns as CFO receives the check, takes it to the bank and walks out with cash. It never goes through San Jose Gold and Silver's account." Jenny said.

"And Eberhart calls him to see if her money is ready," Charlie added. "She'll call one more time, on the 29th to see if the check came in. When she hears it didn't we've lost her."

"Not if we can get someone from the San Jose P.D. or D.A.'s office to go talk to Mr. Burns… convince him to cooperate in exchange for jail time for his involvement in this," Walker said. "That'd be enough to put Detective Eberhart away."

"Susan said she thought Detective Derrel Miller was good, maybe he could do it," she suggested. "We can run it by Susan and get her thoughts."

Detective Edwards knocked on the door; opened it and handed the printout on Anthony Burns to Walker.

"Looks pretty clean; no arrests or priors. There is an interesting note; he was brought in for questioning a year ago, no charges filed. But get this; he was interviewed by a Detective Nicole Eberhart."

Walker smiled broadly, turned on his speaker phone and called Susan Abbott. He brought her up to speed on all they had found out and asked her about Detective Derrel Miller.

"It's hard to say. I've always felt like he was a good cop, but he may be sleeping with her for all we know," Susan said.

"Can you call him? See if you can get a feel for him? If you don't think we can trust him, I'll call the D.A. or go talk to Mr. Burns myself," Walker said. "I don't want to miss this link and its very time critical."

"Fax me what you have. If I get a good feeling, I'll present it to him so we can move quickly."

"It's on the way, Susan. Let us know right away."

"Thanks, I'll call Detective Miller right now," she said and hung up the phone.

*****

Susan went to her card file, pulled Detective Miller's card out and wondered how to approach him. She had been comfortable working with him before, but it has never been related to someone inside the San Jose PD. She dialed the number.

"Detective Miller."

"Derrel, this is Susan Abbott, have you got a minute?"

"Hello, Susan. You're the defense for Mrs. Watson," he said.

"There are some loose ends here, I wonder if we could talk about them?"

"That would put me in a very awkward position. I was on the shooting investigation team in this case," he said.

"A difficult task, I'm sure. Especially when things are not so clear cut?"

"Yes it is. When you didn't see it firsthand..." he said.

"Derrel, I've always regarded you as a straight shooter. I want you to see something that might interest you. My office is a half a mile from the Superior Court Building. I know Detective Eberhart is out on leave, would you go to her assigned car and turn on the tracker?"

"Ok. I don't know what that will show me..."

"There's a transmitter in my office that I personally saw being

242

removed from the Watson's truck. If that tracker brings you to me, we have a lot to talk about."

"And if I change the frequency set on the tracker, you lost a lead."

"You're right. Was I wrong to trust you?"

"I'll call you back," he said, hanging up the phone.

About 15 minutes later Detective Miller entered her office. She looked up at him and said, "So I didn't need to give you an address?"

"My neck is stuck way out here Susan."

"I know, Derrel, really I do. But when you see what I have, and the urgency there is to follow it up, you'll understand.

She went through the cell phone logs and the money trail that led to Anthony Burns, including the documentation when he was brought in for questioning by Detective Eberhart.

"I'll go talk to Burns. If I find something, I'll set this up. I'm hoping it doesn't lead us to Detective Eberhart. But if it does, I'll arrest her on the spot," he said.

"Thank you Derrel. That's all I could ask."

Detective Miller left Susan's office and drove directly to San Jose Gold and Silver. He was directed back to Anthony Burns' office and found him seated at his desk.

He pulled the door closed and sat down. "Mr. Burns, I'm Detective Miller with San Jose P.D. I have a few questions for you."

"What can I help you with?"

"It's about a check cashing service you're providing for Summit Advertising."

"Do I need my attorney present?"

"That's up to you. If you cooperate with me, I don't see any reason to arrest you as an accessory in this matter."

"Look, I was approached about a year ago. Some guy offered me $500 to cash the check and slip the remainder of the $10,000 in a car window."

"A man approached you? Do you have a name?"

"No. Initially it was a man, but it's been a woman that calls to set up delivery of the cash."

"Have you made contact with her?"

"I put the cash in an empty car. The check comes in; I cash it and slipped the money through a car window. That's it."

"And this didn't have an illegal feel to you, Mr. Burns?"

"It was just too good to pass up. What do you need me to do?" he asked, nervously.

"There are no more checks coming in. It's more important for me to see where the money is going than to bust your ass as an accessory to this crime. So, Mr. Burns, when you get the call from this woman you're going to convince her all is well and go through the transfer one more time," Miller told him, pulling two of his cards out and handing them to him. "One of those cards goes in the envelope you will stuff with paper this time. The other is for you to call me when she contacts you. Do you understand?"

"Yes, and you won't arrest me?"

"That again depends on you. If this goes smoothly I don't have any further interest here. If you are involved with others doing this kind of thing, I would suggest you consider the risk of jail time.

"Ok. I'll call you when I hear from her."

"Then this will be our last meeting," Detective Miller told him as he stood and left his office. When he returned to his car, he called Susan at her office.

"I don't have anything linking Detective Eberhart, but I'll be there to watch the transfer."

"Thanks again, Derrel," Susan said.

"We'll know tomorrow, if it all goes as it has before and Burns gets the call," he told her.

"Will you call me and let me know it's in motion?"

"Yes, but don't plan on being here. It could blow the whole thing."

"I won't, as much as I'd love to be," she conceded, hanging up the phone. She knew her client would be excited to hear the

244

update so she called Jenny with the news. She invited them to her office the next day so they'd be close when the results came in.

Chapter 37

Detective Miller received the call from Burns at 10:15 am that he had just been contacted by the woman. The conversation, he was assured, went as normal. The car was going to be a five year old, blue Nissan. The transfer was to be at 12:30, which Burns indicated was typical and though the cars often changed he had seen this one before.

Miller had parked behind the mall at 11:00 that morning to avoid being spotted. He was dressed casually and observed the area from the office window above a pharmacy in the mall. Captain Joe Richards, his superior was beside him as this might involve of on his detectives.

The blue Nissan pulled into the parking lot just after 12:00 and a young woman left the car and entered the mall. He noted the license plate number and returned to his car using the rear exit of the pharmacy. The car was registered to a Patty Martin, age 20, with a local address where she apparently lived with her parents. Detective Miller then called Susan.

"The transfer car is here, belongs to a Patty Martin; does that mean anything to you?" he asked.

"Not to me, let me check with the Watsons," she said, turning to Charlie and Jenny and repeated the name. When they shook their heads no, she said, "No Derrel, sorry."

"Looks like a go between, I'll follow her. Talk to you later," he said, disconnecting.

Standing at the corner of the building at 12:30, he watched Burns slide the envelope through the window, turn and walk back towards his office. At 1:00 he watched a car drive by slowly on the street, but he couldn't see the driver or the license plate. It was a new black Lexus. He had run the DMV on Eberhart's personal car, but it came back as a 3 year old Toyota. Detectives were assigned the standard white Crown Victoria and that was all he had seen her driving. The Lexus moved on and was out of sight. Fifteen minutes later he saw it pull up on the opposite side of the street, and it made a left turn into the parking lot. The car moved slowly through the rows as if looking for a parking spot but, as many were available, the driver was looking for something or someone out of place. As the car turned and circled the blue Nissan, he saw the license plate and entered it into his dash computer. His heart sank as he read the screen:

Eberhart, Nicole; Detective, San Jose Police Department. 2348 Saint Rosa Court, San Jose, CA.

"Damn it Nicole, I wanted them to be wrong," he said to himself. Then he picked up his secure radio, "Captain, I have a visual and it's Eberhart in the black Lexus?"

"Yes, Miller, we also have visual confirmation, driver is Eberhart. Hold for possession of the envelope," he said. "I'll stay here above the pharmacy until then."

"Roger that. This is some real shit," Miller said.

"Didn't see this coming. No flags went up the year she's been with us," Richards said.

The Lexus moved away from the Nissan, turned into the parking lot exit row and waited for traffic to clear.

"Stay with the Nissan, Miller. We know where Eberhart lives."

"Roger, Captain. Think she made us?"

"We never said she wasn't smart. We need her hands on the envelope."

Detective Eberhart made a left turn on the road and was gone. Ten minutes later Patty Martin walked out to her car, got in and drove to the exit. Miller was four cars back and followed her through a left turn onto the road. Captain Richards had gone to his car as soon as he saw Patty leave the mall and was two cars behind Miller. The Nissan went about a mile then turned right into a restaurant parking lot. Miller pulled to the curb just before the drive way to stay out of sight.

Richards drove past the driveway.

247

"Both cars spotted. Driver doors together. It's the transfer," Richards said. He turned around a block away, out of sight and waited. The Nissan was exiting the parking lot and Miller saw the Lexus right behind it. When the Nissan moved into traffic, Miller blocked the drive way with his car and jumped out with his gun in hand.

"Out of the car, now!" Miller commanded, his gun pointed at Eberhart through the window.

Captain Richards pulled in behind the Lexus with his lights flashing. He walked over to the driver's side door and opened it.

"I can explain, Captain, I was working a sting operation..." she started to say.

"Save it, Eberhart!" Richards said. "Out of the car, you're riding with us. Miller, get the envelope."

"I've got it, Captain. We're done here," Miller said.

"No, Miller. Eberhart is done here," Richards said, turning to cuff Detective Eberhart and read her the Miranda Rights.

*****

Jenny was back in court two days later and the D.A. dropped all charges against her. The case against Detective Eberhart was building and Detective Miller asked them to drop by the police station after court. "It's difficult when it's one of your own. I'm sorry we put you through this Mrs. Watson," Miller said.

"I just need to know it's over, that she can't get to us again," Jenny replied.

"The evidence is beyond your statement now. She is going down, even if you don't testify at her trial. We found $250,000 in her home safe and a fake passport. She was getting ready for the final payment when Wentworth Software was sold off following the death of James Wentworth."

"$250,000? That's more than she got from Margret," Charlie said.

"We're looking at all her case files, both here and at her old precinct. It looks like there were others she was blackmailing before Margret. We hope you two will still testify at her trial."

"Of course, but can we finally stop looking over our shoulders?" Jenny asked.

"She's being held for murder one, without bail, plus all the other charges we are adding. Yes, Mrs. Watson, it's over."

"That's good news, we can get back to building Watson Manor," Charlie said.

"I've been at this over 25 years," Miller said, sitting back in his chair. "I've spent a lot of time reviewing your statement from Marina P.D. and have to say, I'm very impressed with what you two uncovered with limited resources. You've got a natural gift, an instinct for this kind of work."

"Thanks. We're looking forward to studying hotel management, not forensic science," she said. "Far less chance of being shot at."

"I understand, just thought I'd mention it," Miller said.

Chapter 38

The snorkeling gear was drying on a towel beside Charlie and Jenny and the sun was a few hours away from sinking into the ocean on their fourth day in Hawaii. They sat and watched seagulls and pelicans dive into the ocean to dine on small fish. The first three days had been in high gear, yielding to the call of Pearl Harbor and the USS Arizona, Diamond Head by helicopter, sail boarding at Kailua Beach and a leisurely drive around the island.

It was time to be consumed by the simple pleasures; warm white sand beneath their feet and a perfect 80 degrees drying their swim suits after having experienced the thrill of swimming beside sea turtles, catching sight of a sting ray and watching a thousand colorful reef fish paint the ocean floor. The Paradise Cove Luau was their last scheduled event for the following day, but this day his watch rested on the night stand back at the hotel.

Charlie reached over and scooped a hand full of sand and, when it sifted through his fingers, said, "This is a white Christmas I could get used to."

"I can't get enough of this view. It's absolutely perfect," Jenny said as she watched another sail boat cross slowly in front of them.

He stood and reached for her hand. "Let's walk to those palm trees beside the beach bar. I'm sure we can find something with your name on it…something fruity." He put their gear and towels in the small duffle bag.

"Something fruity?" she asked grinning.

"Sweet and natural," he corrected.

"I know you like this bikini, but walk beside me this time," she insisted, smiling.

"There is that, but can I help it if you walk faster than me."

"I think you have a one-track mind, mister," she said playfully.

"Not true. When I see a juicy steak on a billboard, I get hungry too, but even if it were true, which I am not saying it is, would that a problem?"

"Didn't say that. I just think it's amazing how we think alike."

"The definition of paradise in paradise," he said, pulling her into an embrace.

"Two Mai Tais," Charlie ordered when they reached the bar.

"See what I mean. You knew just what I wanted."

"Well, I can't take all the credit. You've helped. It's the only thing you've ordered for four days."

"See your point. I need to be more unpredictable."

"What, and throw us outta' sync? No way," he said, grabbing the drinks and taking them to a small table.

Jenny smiled and looked around at the excited couples and happy families seated in the area. She locked on to a family of four, mom and dad in their late forties with a son, maybe 15, and daughter around 12. She felt saddened as they could have been total strangers forced to sit at the same table. Each seemed to be in separate worlds, as there was no conversation or eye contact between them as they ate.

Charlie had been distracted, rushing to catch a miss-guided Frisbee inbound to the area. He tossed it back to the beach to a young boy who shouted, "Sorry...thanks."

"No problem," he said, laughing. "You've got the arm, just work on control."

He sat back down and his smile faded when he followed Jenny's stare. "I won't let that happen to us," he said, taking her hand.

"Promise me," she asked, turning back towards him. "It's easy now. I can't stand the thought of being away from you for a moment. Or that anyone in the world could make me happier than I feel with you."

"That was my childhood over there," he said sadly. "It takes more than hoping to keep love alive and I'm committed to whatever it takes, Jenny."

"So am I Charlie."

"It's like we're standing on opposite sides, " he said, "at the top of a mountain, facing each other and loving the view. The sun is shining and we're surrounded by its warmth. Each day of our lives we need to choose that focus on each other, the commitment to us. Life will bring rain, and the sides of our mountain will get slippery. We need to hold on and fight the downward pull until the ground dries, returning our footing. It won't always be an equal struggle; I may not feel the wind on your side pulling you away and will need you to reach for me, to pull you back. If we lose that focus, if we choose to look in other directions, the slide down will be so gradual we won't even realize we are sliding. Then we'll turn back to face each other and only see the side of the mountain that has blocked our view of each other."

"I'll reach for you, Charlie. My greatest fear is to become that family. Lord, help me in my choice of priorities; us. I needed to hear your strong commitment to us."

"I am committed to us, Jenny." He finished his drink. "Let's get cleaned up and look for that juicy steak."

They walked back to their room. "I loved your words, and know they came from your heart," Jenny said.

"From a greeting card, I think."

"Yeah, right. Let's get back to the joy of mountain climbing," she said, smiling from on top of the world.

"Works for me," Charlie told her.

I thank you and sincerely hope you have enjoyed *Watson Manor Eventually,* the first book in the Watson Manor Mystery series. There are now four novels in this series, including, *Watson Manor Unfolding, Watson Manor Investigations* and *Watson manor My Journey Home.*

If you enjoyed this story I would appreciate a review or any comments feel free to contact me at www.roncraigbooks.com

Ronald S. Craig

Here is an excerpt from book #2 in the series;
Watson Manor Unfolding.

Chapter 1

Nelson Crown was in his home office in Marina, California when the call came in on December, 28th.

"Crown," he answered.

"It's Lew. We have a problem, sir. Karen showed up in Salinas and she lost the camera."

"Lost the camera? You know what Karen's blunder could cost me? Millions, and that's the least of your worries. Now find that camera before it ends up in the hands of the Marina PD."

Lew held the phone away from his ear as Crown's shouts amplified with rage. "Sir, it gets worse." Lew heard the intake of breath on the line, and waited. "Karen walked in front of the camera during the shoot. We were going to cut it out in Salinas before putting it online... Sir, she's identifiable."

"How could you be such idiots? Get your ass moving and find that camera, now," Crown replied, his voice dark and threatening. "That video has to be the last place Karen's face is seen. Do you understand me Lew?" It wasn't a question but a demand.

"Yes, sir," Lew responded beaten down. "I'll take care of it." He heard the phone slam down in his ear, and the call disconnected.

Five Months Later

It was a chilly May in 1996 as Charlie and Jenny Watson stood on the fourth floor of Watson Manor, their B&B dream in Marina, California that was under construction. Charlie sent the construction crew home early to surprise Jenny with a six month wedding anniversary dinner in their soon-to-be top floor residence. They stood at the railing of a small balcony, sipping their wine as a gentle ocean breeze and a view of the sun setting into the Pacific Ocean rewarded their accomplishment. A spectacular view, which vastly contrasted with the stacks of drywall and building materials that, filled the space behind them. The plywood floor was covered with plaster and sawdust. The electrical wiring peeked out of openings throughout the room's walls and ceilings like curious snakes seeking prey.

"Dinner was wonderful, Charlie. I'm so excited about making this our home," she said, reaching across to hold his free hand.

"Oh, now there's a shock. How did I miss that?" he said playfully.

"Our grand opening is less than two months away! It's still so hard to believe," she said grinning.

"I've had the crew focused on our floor. Hopefully, we can move out of the trailer in a few weeks. Of course, only if you want to."

"I'm ready to make sacrifices." She looked back into the living room that was taking shape. "Once the bathroom and master bedroom are done, I'm ready."

"So how complete does the bathroom need to be?" he asked.

"I was thinking a flushing fixture over the hole in the floor would be a good start."

"When did you get so fussy?"

"And all this time I thought you appreciated that we were plumbed differently making target practice with a four inch hole in the floor a little difficult." Her smile was subtle and suggestive.

"See your point, works for me." He pulled a second bottle of wine from the ice chest and opened it.

"Why don't you bring that with us," she said, taking his hand. She grabbed one of the candles and led him to the master bedroom. He was surprised to see an air mattress with a double sleeping bag on top of it. She walked over to it and set both the candle and her wine glass beside the bed.

"Looks like we both had surprises in the works," he said, setting his glass and the wine bottle down then pulled her into an embrace.

She stepped away following a passionate kiss and her hands slid from

254

around his neck to hold his face. "There are few things I enjoy as much as sharing your bed Mr. Watson, however, tomorrow night's surprise is one of those few things."

He laughed knowing she was enjoying the seed planted and that his getting a hint was as likely as waking to a finished top floor. "You realize of course, what I love most about us is we don't have secrets, right?"

She unbuttoned her blouse and said, "Then, I guess all we have is what's in second place..." She pulled him down beside her on the bed and added, "I do hope this will get your mind off of the really, really big surprise tomorrow."

"Oh yeah, this will help...between your reminders."

When the sounds of the construction crew woke them the following morning, Charlie wished he would have told them not to start until 9:00 a.m.

"I think that would be our alarm clock. A brief, but wonderful getaway," Jenny said, searching for her clothes.

"We should have done this on a Friday night, with a weekend attached," he said.

"It was perfect. Officially on our six month anniversary," she said and followed with a kiss.

"Good morning you two," Bob, their crew foreman, called out from the third floor below them.

"Mornin' Bob. We were just checking out the progress up here," Charlie called back.

"Yeah, right. Happy anniversary, by the way. When you're dressed, we'll get back at it."

"Be just a minute, Bob, thanks," Jenny said laughing.

They had interviewed five general contractors, but the moment that, Bob Marquez stepped out of his truck with a broad smile and a "Howdy folks," they felt a connection. In his fifties, Bob approached this project with obvious enthusiasm, as if it were his own. He even brought his wife, Charlene, out several times and the four of them shared a few dinners in town.

Charlie and Jenny dressed and headed down the stairs to their mobile home where the flushing fixtures and shower were waiting. It had been Charlie's habit to be first on and last off the construction site. He didn't have experience in construction that he brought with him, but his drive to learn and need to be an intimate part of this project bridged the gap. He dressed quickly and took the breakfast sandwich Jenny made him as he walked out the trailer door.

"You're late, junior," Bob said, smiling as Charlie entered the first floor. The father-son relationship had started as a joke in the beginning, but they both enjoyed how well it fit, filling in empty places they both had.

"Sorry, Pop. Where do you want me today?"

"I have Hank, our electrician, working on the fourth floor... in the love nest," he paused, smiling. "His apprentice is out today and could use a hand."

"Steve's out? Nothing serious I hope?"

"No, it's his Grandmother's 80th birthday. Round trip to Sacramento will be a full day."

"That's great," Charlie said, heading for the stairs. When he reached the fourth floor he saw Larry and Joe hanging drywall.

"Mornin' Charlie. I think the surprise was on you last night," Larry said.

"What do you mean?" Charlie asked.

"After we snuck the table up here last night, we saw Jenny climbing the stairs with the air mattress."

"Oh. All's well that ends well," Charlie said.

"We got that part," Joe added. "Hard to miss the smiles this morning."

"We're still newlyweds and always smiling. I guess I earn my electrician's merit badge today. Have you seen Hank?"

"In the bedroom!" Hank called out from the other room, laughing. "When you're done holding up the drywall crew, that is."

"I'm thinking Hank didn't get any last night, "Joe offered as Charlie returned his smile and walked toward the bedroom.

Chapter 2

Charlie found Jenny on the phone in the office confirming an appointment with a furniture wholesaler. It was 6:30 p.m. when he was finished working on the construction site for the day. Their construction office was the second bedroom in the 15-year-old mobile home they had purchased to live in while Watson Manor was being built. He collapsed in the chair beside her.

"Long day honey?" she asked, hanging up the phone.

"I'm happy to report we now have power on our floor," he said grinning.

"I heard you worked with Hank today," she said and turned to kiss him. "I didn't feel a lack of power up there last night, Sparky."

"Cute," he replied, smiling. "It's amazing all the things I'm learning."

"Are we talking about today or last night, Sparky?" Her grin covered her face.

"If you call me Sparky again, I'll put 'For a good time call' with your number on the porta-potty wall."

"What? Did someone take the sign I put up down already?"

"I love you Jenny. Do I tell you that too often?"

"That, my love is not possible," she said hugging him. "We are set up; the furniture wholesalers, tomorrow at 1:00 pm in San Jose."

"So my," he paused throwing his hands in the air for effect, "really, really big surprise is not that I sold you on Bungalow Supply in Hawaii? It would probably take a full week to decide and be a business write-off."

"As much as beach furniture would look wonderful in our Victorian Bed and Breakfast, look at all the money we'll save not stretching out a decision in Hawaii for a week."

"I guess you're right about Hawaii. Did the furniture catalogs come in from Cancun, Mexico yet?"

"You're hopeless Charlie! Hit the shower, mister. I'm taking you to dinner tonight and later…your big surprise."

"The surprise, hardly crossed my mind today? Do I get a hint?"

"Only that it's all about you," she said with her sexiest smile.

"Works for me," he said, heading towards the bathroom.

After he was dressed he walked down the hall to the entry closet for a coat. He had just slipped it on when he heard her call from the couch behind him.

"Oh Charlie…" she said alluringly.

He turned to find her dressed in black, the dress hugging her body in all the right places, with a plunging neckline in the front.

"What do you think of my new dress?" She turned slowly, revealing the

257

back of the dress, which was open all the way down to her waist.

"Wow! I think it cost way too much so we'd better stay in tonight, to offset the expense."

"Is that the only reason you want to stay in?" she asked, pouting.

"You look amazing. I'd think you'd be more hurt if I could think beyond putting that dress back on the hanger right now. What a wonderful surprise."

"This isn't your surprise. I do love to see your face light up like that though. Worth every cent of the twenty dollars it cost me online."

"I think even with my hands all over you it's still too cold out there for you tonight in that dress."

"This isn't for going out…our dinner reservations are for 8:30 and its only 7:00. Any ideas?"

"Only one and it's always been my favorite," he said, slowly closing the gap between them.

*****

"Hello Jenny, Charlie. How are my favorite customers?" Judy greeted them at the door of Kula Ranch Steakhouse as they walked in.

"Hello Judy," Jenny said. "Did Hank complain about his helper today?"

"He still came home happy. You know he loves working there, even when he's training the new kid," she said laughing.

Charlie turned to Jenny and said, "She's calling me the new kid, you've labeled me Sparky… What's next, I'm working with the plumber tomorrow."

"Well tonight, I understand, you're celebrating an anniversary," Judy said smiling.

"Yesterday was six months with Sparky," Jenny said laughing. "He's still in training, but a fast learner."

"I warned you about calling me Sparky," Charlie said grinning. Then he turned back to Judy. "Judy, have you got a table for us?"

"Follow me; I've held your table."

When they sat down Judy went to get their drinks. Charlie reached across the table and took Jenny's hands.

"Every time we've been here it takes me back to our first date in Phoenix," he started.

"And my dance lessons, what a magical night," she told him.

"If unwrapping you out of that dress wasn't my surprise, what is it?"

"Actually, it's more for our children," she replied.

Charlie's face lit up with excitement. "Are we pregnant, Jenny?"

"No, honey, not yet. I should have worded that differently. You'll understand when we get home."

"I have to wonder about your over-used ability to catch me off guard," he said.

"Over-used ability?"

"Maybe better stated, your ability to draw my total focus with only your smile."

"Isn't our love grand?" she said. "I'll never confess that power goes both ways."

Judy brought their drinks to the table and they ordered dinner. They discussed the trip to the furniture wholesaler the next day. Charlie kept trying to get more information on his surprise during their dinner but was unsuccessful. When they arrived home Jenny sat him down in front of the TV in the living room.

"I got this idea when we returned from Hawaii," she explained. "I grew up with wonderful memories but only have my words and a few photos to share those with you. I want our children to see their father building Watson Manor." She pulled the video camera out of the cabinet and plugged it into the TV and hit the play button.

"When did you get the camera? I never saw you taking video," he said surprised and smiling.

"I've been pretty sneaky to this point." She sat down beside him and took his hand. "My hero."

They watched as the picture and sound came to life on the screen. After a few minutes he turned to her. "I'm a little confused here, sweetheart."

"Oh my God, Charlie, what is this?"

57444568R00143

Made in the USA
Charleston, SC
13 June 2016